哀悼人

天童荒太作品

〔日〕天童荒太 著

张智渊 译

人民文学出版社
PEOPLE'S LITERATURE PUBLISHING HOUSE

著作权合同登记号　图字01-2019-4823

ITAMU HITO by Tendo Arata
Copyright © 2008 Tendo Arata
All rights reserved.
Original Japanese edition published by Bungeishunju Ltd., Japan 2008.
Chinese (in simplified character only) soft-cover rights in CHINA(P.R.C.)
reserved by Shanghai 99 Readers' Culture Co., Ltd. under the license
granted by Tendo Arata arranged with Bungeishunju Ltd., Japan through The
Sakai Agency, Japan and Bardon-Chinese Media Agency, Taiwan.

图书在版编目（CIP）数据

哀悼人／（日）天童荒太著；张智渊译.
—北京：人民文学出版社，2022
（天童荒太作品）
ISBN 978-7-02-016817-0

Ⅰ.①哀… Ⅱ.①天… ②张… Ⅲ.①长篇小说—日本—现代
Ⅳ.①I313.45

中国版本图书馆CIP数据核字（2022）第032438号

责任编辑	朱卫净　陶媛媛
装帧设计	钱　珺

出版发行	人民文学出版社
社　　址	北京市朝内大街166号
邮政编码	100705

印　　制	凸版艺彩（东莞）印刷有限公司
经　　销	全国新华书店等

字　　数	311千字
开　　本	787毫米×1092毫米　1/32
印　　张	14.75
版　　次	2022年6月北京第1版
印　　次	2022年6月第1次印刷

书　　号	978-7-02-016817-0
定　　价	88.00元

如有印装质量问题，请与本社图书销售中心调换。电话：010-65233595

目 录

楔 子   1

第一章 目击者（莳野抗太郎-I）   9

第二章 保护者（坂筑巡子-I）   51

第三章 伴随者（奈义幸世-I）   89

第四章 伪善者（莳野抗太郎-II）   123

第五章 代辩者（坂筑巡子-II）   161

第六章 旁观者（奈义幸世-II）   211

第七章 搜索者（莳野抗太郎-III）   265

第八章 照护者（坂筑巡子-III）   315

第九章 理解者（奈义幸世-III）   371

尾 声   451

谢 辞   465

楔　子

您在寻找的，是不是这个人？

一年前的六月三十日，天色未明，我穿上袜子，打开大门，出门后才穿鞋，以免被父母察觉。在深蓝色的夜空下，我快步前往车站。

我出生的城市是以汽车相关产业集群城市为中心、呈放射状延伸出去的卫星城之一。车站前，大楼和商店林立，早晚皆人流拥挤。直到两年前的春天我还在就读的高中，搭电车约二十分钟可达。我和好友总是约在车站会合，一起去上学。三年前的六月三十日也是如此。

会合点在车站南出口沿外墙设置的投币式储物柜前。我准时抵达时，见好友和一名身穿同一所高中制服的男生正在交谈。好友是个眉清目秀的可爱女生，很受男生欢迎。我想，大概又有人向她告白，希望和她交往。

可是我见她面露困惑的表情，于是出声喊她，试图赶走那男生。与此同时，男生从书包中掏出闪着金属光泽的物件，一个箭步冲向好友，手臂动了两三下，她便一声不吭地瘫倒在地。

我高声尖叫。等到男生跑走之后，我感觉像是走在海绵上似的，靠近好友，跪在她面前。她瞪大了眼睛，眼眶中满含着泪水。

犯人很快落网了。据他在警察局供称，因为曾对班上同学宣称自己在和她"交往"，所以拜托她配合演出。因遭拒绝，愤而行凶。

设在车站前的献花台上供奉着许多鲜花。葬礼上，致哀者众多，大家都泪流满面。我也在好友母亲的怀里失声痛哭……但我觉得那不是真正的眼泪。无法保护好友，苟且偷生，这令我羞愧不已。

她的遇害，好一阵子都是学校里的焦点话题。可是随着时间流逝，她不再是话题人物，我也全心投入学业，准备考试，因为我想不到逃离罪恶感的其他途径。虽然考上了东京的大学，却没有丝毫喜悦。即使已经来到东京三个月，仍然无法向任何人敞开心扉，交不到半个朋友，成天浑浑噩噩，虚度光阴。不知不觉，好友的一周年忌日即将来临。

为了参加在好友家中举办的法事，我逼迫自己返乡。她的父母很高兴见到我，但我总觉得自己是为了减轻罪咎而来，苦于胸中郁闷。她的父母说，心伤未愈，无法去案发现场祭拜。法事结束后，我独自前往车站，想在献花台或类似纪念碑的标记前祈求好友早日安息。不过，在她倒下的地方什么都没留下，只有熙来攘往的匆忙行人。

那时的你也一样吧？我仿佛听见了冷冷的一句话。

"你也一直想忘了我的死吧？今后也会日渐淡忘吧？"

我想呐喊"我不会",便失去了意识。醒来时,发现自己躺在医院的病床上。出院后,我把自己关在家里,足不出户,觉得死了比较轻松。但是父母声泪俱下地劝我,我便把他们端来的食物吞进胃里,行尸走肉般地活了下来。好友的父母也很担心,数度打电话来慰问。可是,我自己也不知道该怎么办才好。

过了一年,好友的忌日再度来临。

黎明前,寒风刺骨,我身穿牛仔裤和T恤,加了一件薄款运动夹克,手藏在口袋里紧握着水果刀的刀柄。我几乎意识不到手中的水果刀是为了防身还是想在那个地方自行了断。

一路上,我没有遇见任何人就抵达了车站前投币式储物柜一字排开的地方。天似乎开始亮起来,从车站后方可以看见镶着橘边的云朵。忽然,一道影子在好友倒下的附近摇晃。

看似人形的那道影子以左膝着地,接着把右手高举至头顶,像是在捕捉飘在空中的某个物体,然后把手移到自己胸前。随后垂下左手贴近地面,像是在汲取大地的气息般送至胸前,叠放在右手上。我绕到能够看见那人侧脸的地方,发现那个人闭着双眼,似乎在吟诵着什么,嘴唇蠕动着。

"你在做什么?"

我不假思索地提问,对方宛如在祈祷的身影撼动了我的心神。

影子静静地站了起来,是个年轻男子,刘海长到盖住眼睛,脸略长,温柔的眼眸中流露着疑问。他身穿洗得退色的T恤和膝盖处有破洞的牛仔裤,脚踩磨损的运动鞋,脚边放着一只大背包。

"我在哀悼。"

他仿佛要看穿我的瞳孔似的,凝视着我,以令人意外的轻柔声音说:"有个人在这里去世了,所以我在哀悼。"

听到他的解释,我才反应过来"哀悼"这个词的意思。

可是,为什么……这个人和好友有什么关系?不,我甚至不知道他是不是在悼念好友,正想开口询问,他先说出了好友的名字,问道:"你认识她吗?"

我惊得发不出声,无言地点了点头。

"既然这样,能不能告诉我关于她的事情?有人爱过她吗?她爱过谁吗?她做过什么事而被人感谢吗?"

听到这些话的一瞬间,我心中顿时涌起对她的回忆。

许多人爱过好友。她爱过许多人。而且,她应该也爱过我……可是,直至她过世之前,我都没有察觉这件事。好友大概也一样。因为当时的我们认为,爱这件事仅限于男女关系,或限于家人之间。可是,那个人的问题令我想到,好友活着本身就是一种爱。她早上起床,和家人发生小争执,和我去学校,和同学闲聊嬉笑,怀着对将来的不安而念书,在补习班叹气,回家和家人用餐,和朋友互传短信,上床睡觉……这一切的一切,都是爱。

听起来很愚蠢?但是听了他的问题,我如此深信不疑。我告诉他关于好友的事,告诉他我想起来的所有事。等我说完,他说:"让我将你刚才说的话铭记在心,以此哀悼她。"

他以跟刚才一样的姿势，左膝着地，右手举在半空，左手垂下贴近地面，将两处流动的风聚拢到自己的胸前，然后闭上双眼。

您说的是不是这个人？我们就此道别，我不知该到哪里、用什么方式寻找他。时光就这样流逝。当我回到大学，和鼓起勇气主动攀谈交到的朋友聊到网络时，想到可以试着搜寻那个人。我心想：除了我，说不定还有别的人认识他，于是在网络上发出相关信息。我持续搜寻，终于来到了这个网站。是他吗？您说的是不是这个人？

我来不及问他的名字。所以，我称他为"哀悼人"。

我想知道关于他的事。当时就很好奇了……而且时间越久，我越不知该如何看待这个人。

他现在身在何方？在做什么？为什么要做那种事？如今也持续进行着那样的行为吗？他的目的是什么？

"哀悼人"究竟是谁？

第一章

目击者

(莳野抗太郎-I)

1

梅雨季节刚过，阳光直射而下，被家家户户的窗户从四面八方反射过来。电线杆的阴影逐渐变得浅淡。莳野抗太郎把啤酒灌进干渴的口中。

今年春天刚进报社的新人正在马路对面的民宅前按着大门上的门铃。按了好几次也没人应门，于是他转头看向莳野。莳野则报以一记咂嘴。

"继续按！直到对方忍不住出来求你别按为止。"

"可是，会不会真的不在家……"

名叫成冈的年轻人一脸哭相，扭曲了五官。莳野嗤之以鼻。

"如果生下来就在猛开冷暖气的房间里长大，那么在这种热得要死的天气下会变得迟钝就不奇怪了。"

他们拜访的是位于东京西南区的一栋独栋住宅，挡雨窗是紧闭的。明明没有风，小庭院里的杂草却在摇晃，可见附近有冷气室外机在工作。

成冈似乎终于发现了这一点，又开始按门铃。他面向玄关，以蚊子叫似的音量报上名头响亮的周刊杂志的大名，说："我想请教几个问题……"

莳野离四十不惑还有一年多，全身的肌肉却已松弛。他松开似乎紧勒脖颈的领带，环顾四周。附近的住户或许怕被牵连，都像是销声匿迹了。

　　"别按了，先到附近打听一下消息，拍拍现场照片！"

　　成冈面露松了一口气的表情，离开门前，将数码相机对准了那栋房子。

　　"喂喂喂，小朋友！你只拍房子，岂不成了房产广告？现场应该是马路才对！"

　　据报道，住在这栋房子里的一家人五天前原本预定前往山区露营。父亲将大型轿车开到马路上，没有熄火就先回到家中与妻子搬运行李。似乎就是在这段短暂的时间内，十一岁的长子坐上驾驶座，无意中碰到了手刹。正在朝哥哥挥手的六岁次子就站在突然往前直冲的轿车前方。

　　"可是，因为前天下雨，没有留下警方搜证的痕迹；而且只拍马路的话，画面又不会说话。"

　　成冈把相机对准住宅区的马路，不服气地回嘴。

　　"哦，正职员工果然不一样……'画面不会说话'这种措词都用上了？那么，这样如何？"

　　莳野走到马路正中央，倾斜手中的啤酒罐。啤酒从罐口流下，在炽热的柏油路上溅起，马上形成一摊黑色的水渍。

　　"把这摊水渍当前景，整栋房子当背景，拍几张。"

　　从读者的角度，黑色的水渍可能像是血渍。

　　成冈大概也察觉到了，面带恐惧地说："呃……做这种事好吗？这样岂不是造假？"

"哎呀，你在找茬吗？我只是要写一篇六岁小孩死在这里的报道，怎么看待水渍是读者想象力的问题。快点儿拍！要不然，难得一见的'会说话的画面'就要干掉了！"

成冈痛苦地低下头，莳野听见他啐了一句"嗜血野"。

莳野原是北海道报社的记者，后来先后跳槽到东京的晚报和体育报，七年前开始以签约特派记者身份受聘于现在的周刊杂志。他擅长撰写惨无人道的杀人案或渲染男女爱恨纠葛的报道，因此大家在背地里称嗜血腥、好情色的莳野为"嗜血野"。他擅长借助与警方及黑帮的交情取得内幕消息，将焦点集中在人性的丑陋和虚伪上，并加入大量性描写，以煽情的手法写出引起读者兴趣的报道，在圈内算是抢手人物。

但是这半年来，他被代表周刊形象的特辑小组除了名，上司要他带新人，同时整理用来烘托主要报道的花絮。他原本的愿望是写写报纸广告或电车天花板广告中被奉为第一头条的右侧专栏，其次是被奉为第二头条的左侧专栏。

"如果能取得他们夫妻交恶、离婚在即的证词，给人以长子是为了挽救父母关系才故意辗过弟弟的印象，就能抢到比较大的版面了。"

莳野一边对成冈大发牢骚，一边拜访近邻，在黄昏前回到了报社。

他把向组长作报告的差使交给成冈，自己到报社附近的咖啡店点了杯啤酒，坐在位于角落的桌前打开电脑。虽然他在报社里也有办公桌，但是傍晚之后仍待在办公室会被嘲笑为没用的家伙。大致梳理完今天的案件，他去厕所洗了把脸，黏滞的汗水令人不悦。镜中映出一张肥胖、多油的脸——阴郁的眼神、厚重的眼睑和仿佛流露出下流欲望的粗大痘疤。

回到桌旁，组长海老原已坐在同一桌的椅子上。海老原比莳野年长六岁，眼角下垂，看起来和蔼可亲，眼底却暗藏着令人摸不透的老谋深算。

"成冈说他想辞职。看来小莳没能让他感受到关爱啊。"

无论何时，海老原说话都彬彬有礼；无论有多久的交情，他也绝不逾越职场上的关系。他的这种态度有时令人焦躁不安，有时令人觉得轻松，有时又令人不寒而栗。

"这孩子是念心理学的。他说，关于这次的意外，与其指责父母，不如写出能够使这一家人重新振作的报道。我让他放手写写看。"

"嘿，海老兄也变得天真了，你的尿是不是含糖了？[①]"

莳野喝了一口服务生刚送来的第二杯啤酒。

"从小就读了很多残酷事件报道的这代人渐渐地成了社会中坚。"海老原用勺子搅散卡布奇诺的泡沫，"这个时代已经渐渐厌倦了残酷血腥的现实。小莳，你执着于挖掘人性黑暗面的文风也差不多走到了极限吧？"

"可是现实中就是有这么多凄惨的事件。我如果随便写篇小

---

① "天真"和"甜"在日文中同音。

便爬蚂蚁的报道，根本无法蒙混过关。"

"仅以第一头条、第二头条为目标，却欠缺谨慎的调查，小心得不偿失呀。"

去年年底，莳野从熟识的刑警口中听说有位二十岁的未婚妈妈接连失去了两个襁褓中的孩子，于是把目标锁定在虐待儿童上展开采访。四处打听的结果是，那名女子拥有媲美偶像明星的美貌，是在孤儿院里长大的，遭受过父亲的虐待。于是他说服编辑部：如果她被警方逮捕，肯定会引起读者的兴趣。并使这计划得以通过。他带着年轻记者直接找上门，单刀直入地切入正题：就是你吧？你想起从前不愉快的记忆，忍不住对亲生骨肉下毒手，对不对？

莳野让年轻记者偷拍下她的怒容，穿插性描写的稿件也大受好评，主编决定作为第二头条。但是在刊发之前，另一名记者通过实地采访，确认曾受到父亲虐待的是另一名同姓女子；两个孩子都是死于婴儿猝死症，警方根本没有立案。后来，接受莳野采访的那位未婚妈妈试图自杀，虽然性命无虞，但是和莳野一起追踪这起事件的年轻记者因受到良心的谴责而引咎辞职。从此，莳野便坐了冷板凳。

"海老兄，我当保姆的任务就到此为止吧！请你让我去特辑小组大展身手，我一定会拿到大独家。"

雇约是一年一签。今年是靠过往的成绩而勉强拿到续约，但是以现在的状况来看，恐怕明年的饭碗难保。然而，海老原面不改色，说："在下次续约之前，你只要一面带新人一面发掘能让杂志大卖的消息就好。"

"我看，从你的尿中跑出来的大概是酸吧？就算有消息，报社肯为现在的我支付出差费用吗？"

"只要是读者乐见的消息，你爱去哪里，尽管去。我会把成冈的稿子发给你，请你适度修改。明天也请继续带他累积按门铃的经验。"

海老原拿起账单要走，莳野拦下他，又向服务生加点了第三杯啤酒，才将账单给他。

走到店外，街头挤满了下班回家的人。明明是夏天，却有着异常的寒意。莳野掂了掂钱包，考虑要不要去找女人。为了和采访对象建立关系，莳野欠了一屁股债，没有闲钱。不得已，只好打电话给采访主妇卖淫时认识的女人，要她向家人撒谎溜出门，宾馆的钱也让对方出。女人说，明天孩子要考试，央求莳野早点儿放她回家。他却需索无度，贪得无厌。

回到位于交通便利的学生街的公寓，已经是凌晨一点多。

莳野手里拿着啤酒罐，看着预约录下的新闻节目。成为自由记者之后，从新闻节目中寻找题材成了例行公事。他握着计数器，每当屏幕中出现死者便按下。

今天也有人死于意外、凶杀或自杀，还出现了尸骸。计数器的数字是"8"。在中东的市场里，安装于汽车上的炸弹爆炸，造成五十人死亡。但是国外的死亡事件中如果没有日本人就没有报道价值，所以莳野并未按下计数器。除非是大型灾害或意外，否则新闻报道的死亡人数顶多是每天十人。这几年来，日本国内的年均死亡人数超过一百万。平均每天大约二千八百人死亡，其中被报道的死者大约占百分之零点三六。

莳野走到工作桌前，打开电脑。他几年前开设网站，广泛征求邮件。只要是丑陋的、粗鄙的、极度残忍无情的加害或被害……请寄件人具体写下来。条件只有一个：必须是自己的亲身体验。

一开始，大多是比较常听说的经历，诸如虐待宠物、性侵幼童、护士欺负病患、养老院员工凌虐老人……后来，莳野让访客能够阅读彼此的信息，暗示有机会刊登在周刊杂志上，于是邮件数量增加，渐渐收到了一些有报道价值的。

某少年写道，他以无法检验的毒药让家人看似生了病，随后一个一个地杀害；和前男友的尸体一起生活的女人坦承，正伺机把现在的男友也变成自己的专属品；自称现任警官的男人说，为了提高业绩，会逮捕明知其无辜的残障人士；知名女子高中的学生控诉，参加社团活动的半数学生都曾被顾问老师施暴。

屏幕上罗列着一般人看了可能会皱起眉头的邮件。然而莳野看着这些邮件，心情反而会平静下来。虽然其中也夹杂着捏造的假消息，却揭示了忍不住吐露负面情绪的人性层次。莳野不禁想笑：人类真是充满了恶意和污秽。

莳野情绪亢奋，起身去拿啤酒，这才发现回家时没有注意到厨房旁边的电话答录机的灯在闪烁。他播放录音，传出因嗜烟酒而沙哑的中年女子的声音，是和他的父亲长年同居的女人。

"你为什么不来？不是告诉过你了？你父亲住院，吵着想见你。他似乎有话想告诉你。你们之间大概有许多过节,但是他都生病了……"

莳野没听完就切掉。心想,事到如今,还有什么话好说?岂止有许多过节?那家伙不知道对自己和母亲做了多少过分的事!要死就自己去死,我不会为他上香。

但是,莳野并没有批评别人的资格。四年前,他因为出轨而导致离婚。儿子现在应该升上了小学三年级,但是自分手之后,一次也没见过面。抚养费只付了半年,儿子已经有了新的父亲。即便自己死了,大概也没有人会来上香。

亢奋的情绪平复下来,他浏览成冈以电子邮件发过来的稿子。内容是对幸存的男童家人寄予同情,鼓励他们振作。莳野在心里骂:明明只会出一张嘴,什么都不做,只是想让自己心里好过一点儿吧!他把报道改写成批判失职的父母,发给海老原。

莳野和衣而卧,睡梦中被电话铃声吵醒。阳光从窗帘缝隙中透进来。他以为大概是海老原打来抱怨的,没想到对方是北海道警察局的警部补。[①]

当天下午五点半,莳野抵达北海道。

黄昏时分,阳光宛如春天般和煦,空气中也感觉比东京多了一分温润。比起对故乡气候的怀念,自己已不属于这里的生疏感

[①] 日本警察的头衔共分九等,分别是警视总监、警视监、警视长、警视正、警视、警部、警部补、巡查部长和巡查。

更加强烈。

莳野生于函馆，十二岁被父亲带到东京之前，都在这里生活。大学毕业后，他以记者的身份在札幌住了五年。母亲娘家的墓地在函馆，她的骨灰也供奉在那里。出于信仰的考虑，母亲虽然憎恨父亲，却没有和他离婚，直到身后才实现愿望，长眠于父母身旁。

莳野已经不与母亲的亲戚来往。至于父亲那边，他甚至不清楚有哪些亲戚。自己大概会孤独地死去，被当成无人祭祀的孤魂野鬼丢进小寺庙的灵骨塔。

莳野搭出租车前往小樽。在夕阳余晖中确认发现尸骸的小山丘之后，才折回预定过夜的札幌。到旅馆办理完入住手续，莳野走进靠近北海道警察局大楼、以前经常光顾的寿司店，在店内深处的和室内等候。

莳野在北海道的报社上班时，曾和一名拼命准备升级考试、没有资历的穷警官混得很熟，不但请他喝酒，还请他体验情色。对方目前成了北海道警察局搜查一科的警部补。莳野拜托他，若有劲爆的消息就通知一声。一年能联络一次还算可以接受，但是得到的大多是无用的情报。这次的消息也一样吧。

据说案发于二十年前，当时莳野就读于埼玉的大学，一名住在札幌邻镇的二十五岁女银行员失踪，她的公寓收拾得整整齐齐，且刚和之前交往的上司分手。基于这些事实，警方怀疑是离家出走或自杀，几乎未曾进行调查。

但是就在三天前，从札幌往西北方向大约三十五公里、下望小樽海景、海拔约五百米的山腹附近发现了一具白骨。昨天,鉴证结果出炉,确定就是那名女银行员。

"你没有看到这条新闻吗?"

被警部补在电话中这么一问,莳野才想起,确实在录下的新闻节目中看见过尸骸。

但是,若以杂志记者的身份调查,必须有特殊的原因,比如警方已判定为杀人案或有通灵者猜中了陈尸地点。

"通灵者啊……虽不中亦不远矣。"警部补发出苦笑声。

莳野当天上午前往报社,请求海老原派他出差。他虽然没信心能挖到大独家,但是与其继续当抗压能力低的新人的保姆,不如去北海道大啖美味海鲜。莳野斩钉截铁地说:要是写不成报道,旅费愿意自己出。总算和海老原达成协议,先由报社垫付。

莳野挂念着钱包,于是在寿司店等了将近一小时只点了一瓶啤酒。对方终于出现后,或许是因为暌违四年,又或许是想速战速决,随便招呼几句就切入了重点。

据说因遗体被弃置太长时间,所以无法判定是他杀或自杀。不过,告知山上有一具女尸的男人,也就是可能犯下杀人罪的嫌疑人,曾经吐露类似忏悔的告白。

"听了嫌疑人告白的人发现了遗体。发现者现年三十二岁,男性,前一份职业是医疗仪器厂的业务员,目前无业,居无定所。老家在横滨,父母健在。五年前辞去工作,成天旅行。他在千叶的滨海公园露宿时,一名看似流浪汉的无名男子向他坦承弃尸之事。对方年龄在五十到六十岁之间,满头白发,身穿蓝色夹克和牛仔裤……大概的情况就是这样。"

莳野几乎无法消化警部补连珠炮般一口气说完的话,正在脑海中整理时,警部补大概认定是由莳野付账,点了高价的寿司。

"嗯,发现者会不会是杀人埋尸的真凶?"

莳野提出第一个问题。

对方歪嘴笑道:"女银行员失踪时,他才读小学六年级。唉,我们已经初步取证过了,他当年不在北海道。"

"可是,北海道警方难道会相信有人在旅途中偶然发现受害人尸骸这种事?"

"我刚才说了,并不是偶然。发现者在公园露宿的时候,有流浪汉拜托他,说有一具尸体沉睡在小樽的山上。如果他去那附近,要双手合十祝祷。发现者爬上去一看,在流浪汉所说的地方有一棵白桦树,树干上留有记号,一旁有个被落叶覆盖的横穴……这就是事情的经过。北海道警方也曾派调查员前往千叶寻找那个流浪汉,不过发现者听到这件事早在二月,所以大概是找不到了。"

"早在二月?为什么过了五个月,发现者才决定来北海道寻找?"

"理由很好笑。他说,因为天冷。他的旅行顺序是先在南方待到天气变暖,入春之后才沿途北上,所以相隔了这么长一段时间。调查员调查他的随身物品,也替他的说词作了证明。"

"可是,警方不是逮捕他了?因为他有罪,才逮捕他吧?"

"我刚才说过了,这件事发生在二十年前。他没有罪。只是人命关天，死了一个人，总想向发现者问清楚详情。因为他说自己在旅途中都是露宿，没有钱住旅馆。不得已，我们只好破例拘留他。你可别忘了，我们征得了对方的同意。"

点的寿司送上桌，对方不再说话。莳野无法判断、消化所听到的信息，催问对方：警方打算怎么处置那名发现者？

"警方不能长期拘留他，今晚会再问他一次。如果他是清白的，我们决定明早就放他走。所以我才会跟你联络。我想，你当面问他比较有效率。他是怪胎。我和他老家联络过了，他父母说：我孩子确实在进行那种旅行。一副习以为常的语气，应该有不少人打听过他的背景吧？哎，难怪，那家伙似乎老是在人死去的地方徘徊。"

"就是这个。你在电话中说，有个家伙在人死去的地方徘徊，就是他发现了尸体。我是被你的这句话吸引，才千里迢迢来到这里。说得更详细点儿！"

"叫你去问本人嘛！跟他要来笔记本看看，很有趣的。"

"当地记者会不会也感兴趣？这条消息，你不只给了我一个人吧？"

莳野故意露出提防的表情问道。

对方耸了耸肩，说："当然，我也把消息给了各家报社。二十年前失踪者的遗体被发现，这可是大新闻。不过，杀人案是有时效性的。似乎有几家报社采访过家属，但是又不清楚案件的来龙去脉，不至于有人去写发现者的报道。等我们结束千叶那边的调查，大概会以女银行员自杀后被落叶覆盖或累了在山上睡着时发生坍方意外之类的作为结论。"

"告诉发现者山上有尸体的男子去了哪儿？警方完全查不到他的行踪？"

"据已退休的前辈说，有一名住在女银行员家附近的建筑工人下落不明，相当可疑。但因警方认为她很可能是离家出走，所以没有追查这条线。发现者搞不好是偶然发现尸体之后心生恐惧，于是捏造了压根不存在的流浪汉。说到这个……"

对方又点了昂贵的酒，接着说："你在路上，或许还不知道，刚才石狩市发生枪击事件，有人死亡，记者应该都去追那条新闻了。"

莳野告别了对方，马上回旅馆看电视。石狩市的闹市区确实发生了枪击事件，一名男子死亡。眼看尸骸案不可能写成报道，莳野心想，这起事件倒是帮了忙。海老原从东京来电问莳野知不知道石狩市的案子，要是有趣，就发篇稿子回来。

莳野搭出租车赶往约二十公里外，拍下石狩市内依然喧嚣的现场照片。他再度和提供消息的警部补联络，得知似乎是地痞流氓为了女人而发生口角。莳野简单采访周围的店家之后，搭出租车回了札幌。

半路上，停在路边的几辆警车映入眼帘。两辆撞得稀烂的轿车停在路肩。警方或许还在搜证，记者的闪光灯此起彼落，染血的气囊引人侧目。

莳野一回到旅馆便火速打开电脑，撰写石狩枪击事件。

但是警部补口中"在人死去的地方徘徊"的男子令他印象异

常深刻。苛野好奇地打出发现尸骸的男子的姓名，试着念出屏幕上显示的文字：

"坂筑静人……"

2

少云的天空宛如铺开一张蓝色的绢布般澄澈。太阳的位置还很低，棱镜般的反射光横亘于眼前，尘埃飞舞，周围的气氛一派慵懒。

晨曦笼罩的小樽警署大门口出现了一名年轻男子，缓缓穿过晨曦走来。他一身轻装，穿着原本似乎是蓝色的退色T恤和膝盖处有破洞的牛仔裤，踩着快要四分五裂的运动鞋，背着缠附睡袋的大型背包。他的脸略显细长，头发像是时下年轻人流行的长度，却参差不齐，也许是自己剪的。虽然身高比苛野高十厘米，但目测体重只有苛野的一半左右。尽管瘦得像竹竿，但或许是习惯了旅行，他步伐稳健，不会给人不健康的印象。

对方的打扮已由提供消息的警部补事先告知。苛野挺起靠在警署大门上的脊背。

年轻男子没有重获自由的喜悦，也没有表现出对警方的不满，几乎是面无表情，无视苛野的存在，走向马路。除了苛野，周围没有记者模样的身影。

"年轻人！坂筑先生，坂筑静人先生？"

苛野故意从背后呼唤他。

年轻男子伫足回首。黑瞳比普通人略大的眼睛看向蒳野，毫无警戒之色，像天真无邪地等候大人说话的幼童；另一方面，肌肤却宛如暴露在风雪之中的渔夫般粗糙。

"你是坂筑……静人先生……对吧？"

蒳野又问了他一次。对方冷不防地伸手过来。蒳野来不及躲避，一只看来硕大的手覆盖住他的脸，遮住他的视线。刹时，蒳野陷入仿佛被永远封闭在黑暗中的错觉，心生恐惧。但是对方立刻将手移开，面露柔和的笑容。

"应该是被风吹来的吧？"

声线出乎意料地纤细。他的掌心托着一只肢干精巧的蜘蛛，似乎是刚才停在蒳野头发上的。或许是打算放它走，他将手伸向人行道旁的树丛。

蒳野惊得目瞪口呆，焦躁感立刻涌上了心头。

"你是坂筑静人吧？关于你发现的遗体，想问你一些事。"

不甘心对比自己年轻的流浪汉男子使用敬语，于是蒳野以略显傲慢的语气说道。

"您要回警署吗？"

静人不改温和的表情，顺从地迈步走回。

"不，我不是警方的人。"

蒳野递出名片。和瘦削的身形相比，接名片的手果然偏大。

"该说的，我都在警署里说了，这样还不行吗？"他说。

"警方并没有具体公示，家属和周围的人都想知道详情。"

蒳野随口撒了个谎。接着，从静人身上传来虫鸣般的声音。

抱歉。他腼腆地按住腹部，似乎是肚子饿了。莳野原本打算直接带他去发现遗体的现场，但现在决定先让他填饱肚子，边吃边问。

一旦决定出发，对方的步伐缓慢得令人光火。问他是否身体不舒服，他回答没有哪里不对劲，但一步步轻轻踩脚般的行走方式和时而环顾四周的眼神实在令人在意。于是莳野又问他是不是在找什么东西，他回答："是的，我在找花。"

他是指开在树丛中的花？或者在找北海道特有的花？

看见前方出现快餐店，莳野不管三七二十一，邀静人进入店内，点了两份汉堡套餐。莳野让他坐在里面的座位，防范他随时逃走。静人似乎很饿，立刻将汉堡吃了个精光。莳野于是又帮他加点一份。

或许是在警署重复说过好几次，已经习惯了，静人毫不停顿地淡淡陈述着。一名男子在千叶的公园里明确向他指出在某个地方有尸体，拜托他去合掌祭拜——和先前北海道警察局的警部补说的一样，没有令人耳目一新的信息。

提供消息的警部补介绍给莳野一名北海道警察局的前调查员，他依稀记得二十年前的女银行员失踪事件。在等待静人出警署的空当，莳野打了电话向他询问。

据说那名女子当时负责柜台业务，笑容可掬，也曾有客户约她出去。另一方面，住在附近、在她失踪之后便不知去向的建筑工人是个其貌不扬的矮小男人，以低薪维生。假设这名工人经常在附近见到女银行员，对她产生好感，进而欲图不轨……莳野询问前调查员，这种可能性有多高？对方回答，那他大概只能盗用公司的小厢型车埋伏在路边将她强行掳走吧！实际上，这名前调查员也曾接获目击者通报，声称看见一辆小厢型车停在她的公寓前。

真相不明。但是，若依照莳野的想象继续推演，建筑工人从背后偷袭半夜去便利商店购物的女子，将她强押上车，以胶带封住她的嘴及双手，带到荒无人烟的地方想施暴。没料到刚撕掉嘴上的胶带，女子便尖叫，于是男子慌乱中掐住她的脖子。后来，男子想起小时候在山上玩耍时见过的横穴，便将尸体藏在那里。考虑到方便将来返回现场确认，便以刀子在白桦树上做了记号。他不断更换住处，最后成了流浪汉，偶遇旅行中的男子，想对他一吐长年积压在内心的郁结，便坦承藏尸地点……

"你在公园里遇见的男子说他杀了一个女人，对吧？"

莳野设下文字陷阱，诱导静人。

"不。他说，某个女人长眠在一个地方。"静人答道。

"你应该问了是他杀还是死于意外吧？照理说，一般人都会感兴趣。"

"我没有问。我对于死者为何去世不感兴趣。"

"为什么？如果是杀人案，不会令你兴奋吗？这可是杀人犯毫无预兆的认罪哦。"

"可是，人已经死了，我什么忙也帮不上。"

这男人确实是怪胎。莳野偏着头，焦躁不安地挠了挠耳后。

"那我问你……你在千叶的滨海公园做什么？"

"三个月前，一名慢跑的男子在滨海公园被刺身亡，听说犯人是随机杀人。我为了哀悼死者而前往，想知道他去世的准确地点，所以询问住在帐篷里的男子。对方详细地告诉了我。我哀悼后，正准备在公园露宿，住在帐篷里的男子问我能不能替他去哀悼某个女人。他说，她原本在银行上班。他去银行柜台办公事时，她注意到他的手很脏，于是温柔地微笑着递给他面纸。他告诉我，他十分清楚，她一定是在家人的关爱下长大的，和自己是两个世界的人。他后来也在附近见过她几次，对她那灿烂的笑容非常倾心。"

"所以他想把她据为己有，绑架她、监禁她，最后杀了她？"

"他说，如果我能替他哀悼那么棒的女人，他会很高兴。"

"警方好像认为你说的男子并不存在，是你捏造的。"

苅野冷冷地丢出这一句。然而，对方丝毫不为所动。

"我只是说出事实，警方要怎么想，我管不着。"

"不过，当别人对你坦承埋藏尸地点时，你没有想到去报警吗？这应该是好公民的义务吧？"

"是的，警方也是这么对我说的。可是……警方会相信我说的话吗？"

应该不可能。餐风露宿的男人偶然听到可能喝醉的流浪汉的告白，信息又十分模糊，警方八成不会搭理。

"你自己觉得呢？第一次见面的人告诉你藏尸地点，你不会觉得被骗了吗？"

"我的确不知道该信他几分。我对他说，我没办法马上去北海道。他说无妨。于是我把当时的谈话内容记录下来。五个月后，我抵达札幌，顺道前往小樽。虽说已经事隔二十年，但是当地好像没有太大的改变。我在他告诉我的地点附近寻找，在一棵白桦树的树干上发现了淡淡的十字记号，拨开树根处的落叶和枯枝，发现了横穴。"

"你不害怕？埋的不是宝物而是尸体，令人毛骨悚然吧？"

"如果真有尸体，我想好好哀悼她。我宁愿自己被骗，毕竟有人被埋了二十年，是一件令人难过的事。总之，我拨开塞住洞口的土，过了一阵子，就渐渐看见白色的东西。"

说到这里，他忽然伸长脖子，看向莳野身后。

"抱歉。"他对某人喊道。

莳野望向身后。一名上班族装扮的男子正站在靠近店门口处，闻声回过头来。

"您忘了带走那边的报纸。"

静人说道。男子看了看自己刚才的座位，座位上放着折叠起来的报纸。

"假如您不再看，可以给我吗？"

听到静人这么说，男子露出不悦的表情，他原本大概打算丢下报纸径自离去。男子粗声粗气地应了一声"拿去吧"，便走出了店门。静人向莳野解释道："抱歉，我一直在想办法弄到今天的报纸。"

他拿了报纸，一脸满足地回来，将报纸郑重其事地放在膝上，令人好奇。

"你要干吗？该不会是晚上睡觉的时候裹身体取暖吧？"蒔野轻蔑地问道。

静人不以为意地说："为了了解哀悼的对象，我每天晚上都会听广播，也会去图书馆翻阅杂志。可是，还是报纸提供的信息最详细。"

"了解哀悼的对象？能不能具体地告诉我，你都做了些什么样的事？"

静人说了句"请等一下"，先把餐食吃完。连蒔野正要丢弃的薯条，他也爽朗地问："可以给我吗？"将薯条收进背包后，才在空无一物的桌子上摊开报纸。

那是蒔野从前担任过记者的地方报纸。版面和当年一样，摊在眼前的社会版，以比全国性报纸更大的篇幅报道着当地的事件和意外。

"石狩市有一位死者，报纸上登出了过世现场的地址，我待会儿要过去。"静人说。

蒔野昨晚前去采访的闹市区枪击事件占了将近半版。

"有老人在旭川死于火灾，因为报上只写了镇名，所以我会到附近询问详细地址。有中学生在钏路溺毙，我想，到附近也打听得到地点。在札幌和石狩之间，有上班族死于车祸，现场……就在附近。"

听到他念出的地点，蒔野知道是昨晚自己从石狩市回来的路上经过的车祸现场。

"确实很近，昨天晚上我从现场经过。"

静人抬起头来。

"真的吗？假如不麻烦，能不能带我去？"

"咦？等一下。也就是说，你都是从报纸、广播或杂志得知意外或事件的信息，走访有人去世的地方……是这么回事吗？"

"是。除此之外，有时是在旅途中认识的人告诉我的。"

"为什么这么做？你打算写报道文学吗？"

"不，我只是哀悼。"

莳野无法清楚地理解静人的意思，用手指轻敲桌面。

"你口口声声哀悼，是指祈求死者一路好走？而且，只能从报纸或杂志的报道中得知，代表对方跟你非亲非故……是你信仰的神明的教诲吗？还是宗教团体的修行？"

"既不是我皈依的宗教的教诲，也不是宗教团体的修行。那么，你可以带我去车祸现场吗？"

静人不等莳野回应，便将报纸收进背包起身。

"不，年轻人，坂筑老弟，话还没说完。"

"这三天里，我无法离开这里，所以想尽量多去几个地方。拜托了。"

震慑于对方的气势，莳野也不由得跟着站了起来。他转念一想，或许看了静人的实际行动后会比较容易理解，于是跟着静人走出店门。但是静人并未走向车站前的出租车扬招点，而是迈步往石狩市方向走去。莳野连忙叫住他，问道："你该不会打算走过去吧？"

"是的……大概三小时就能到。"

莳野怀疑他在开玩笑，却见他一脸认真，于是默默地对他招招手。

3

在前往现场的出租车上，莳野继续询问静人的情况。

旅途中，静人大多露宿公园，在公共厕所解决内急，用公共自来水洗脸，一周去一次澡堂，顺便清洗衣物。换洗衣物有夏季的T恤和内衣裤各两套、冬天的毛衣和运动夹克。如果天气冷，就将夏天的衣服叠穿在里面。平时以折扣价购买快过期的面包或饭团解决三餐，有时也购买当令的便宜水果充当一餐。

"能不能让我看你的笔记本？你有秘密笔记本，对吧？"莳野想起北海道警察局警部补的建议，问道。

"并不是秘密，都是一些原本就公开的内容。"

静人从背包里拿出几本学生笔记本。最上面的笔记本特别厚，静人说他将从报纸、杂志或广播新闻中得知的死者信息记录在上面。他将出现死者的地区大致以北海道或关东等行政区域划分，再根据这些资料去拜访。已哀悼过的似乎会誊写在别的笔记本上。那些所谓的哀悼记录笔记本按地区整理成"九州岛—冲绳""四国""山阴—山阳""近畿"等。莳野试着翻开封面上写着"关东南部"的笔记本。接近正中央处画了一条线，将页面一分为二。页面左侧以工整的字体记载着死者的姓名、年龄、去世的年月日和地点。除此之外，左下方还加注关于地点的详细信息，比如儿丁目十字路口旁的邮局转角等，大概是实地拜访时得知的。不过，不知为何，没有记载死者因为什么事而死亡，也就是所谓死因。

页面右侧写着："热爱孩子的少女，目标是像亲爱的父母一样成为幼教老师。记得所有朋友的生日，经常被人感谢。""被父母更被妹妹深爱的体贴哥哥，足球社的人气王。经常因鼓励情绪低落的队友而被人感谢。""照顾许多母子而被感谢的助产士，在家里是个做事迷糊的可爱母亲。"

这些话究竟意味着什么……莳野一面往下看一面询问静人。

"哀悼时，我会从在场的家属、朋友或附近邻居的口中打听关于死者的事，记下来。"他答道。

莳野摸不透静人的真正用意，随意翻阅着笔记本问道："你好像周游了整个日本……怎么过日子？历时五年之久，手头很紧吧？"

"我有之前工作时存下的积蓄。一天的伙食费控制在三百日元左右，包括渡海时的船资、拜访山间村落的公交车费等最低限度的交通费，一年的花费大概能控制在二十五万日元左右。除非生大病，否则撑十年没问题……"

莳野错愕不已。怪胎还不足以形容他，简直令人怀疑他是不是有精神病。

"先生，我想就在这一带了。"

司机打断两个人的对话。昨晚发生车祸的十字路口就在眼前。原本停在路肩的事故车辆已经撤走，只看见警官和鉴证人员的身影。

过了十字路口，莳野吩咐司机停车，付了车资后率先下车。静人跟着下车，注视马路对面的车祸现场，说出人名后问道："他爱过怎样的人？被怎样的人爱过？"

"咦？你在说谁？"

"去世的人。报纸上写着他的名字。"

交通信号灯转换，静人朝现场走去。搜证儿乎已在昨晚结束，现在似乎正在进行简单的确认工作，没有以黄带封锁。一名年轻巡警正在指挥交通。

莳野决定和静人稍微保持距离，从远处观察他的行动。

"请问，木村先生是在哪里发生车祸的？"

静人向年轻巡警发问。巡警听到他的语气，大概以为他是死者亲近的朋友，回答道："他开车冲上这边的人行道。车子现在由警署保管。"

"您知道他被谁爱过、爱过谁、做过什么事被人感谢吗？"

"咦？那种事情，我完全……噢，不过刚才有个自称木村太太的女人说想看她先生过世的地点，是被亲戚搀扶过来的，大家都哭了……"

巡警略显困惑地回答之后，静人又问："谢谢您。那么，我可以在这里哀悼吗？"

静人毫无预兆地当场左膝着地。莳野和巡警都目瞪口呆。静人在他们的注视之下，将右手先举过头，然后垂到胸前；接着用左手先靠近地面，再抬至胸前，交叠在右手上。他垂下头，嘴唇蠕动着，但是莳野距离太远，听不见他在说什么。

巡警或许觉得可疑，犹豫了半天，喊了声"先生"，伸出手，于是静人抬起头。这段时间实际只过了两三分钟，却令莳野感到焦躁难耐。

静人不仅向巡警也向鉴证人员点头致意之后，走回来。

"刚才的行为就是你说的……那个，哀悼吗？"莳野迎向他问道，"你闭上眼睛在吟诵，对吧？你在祈求什么？"

"我听说死者的太太和亲戚拜访这里，并且流下了眼泪，就以此哀悼死者，希望将他们爱过的人确实活过这件事铭记在心里。"

"哎……那，你接下来要做什么？去死者的家吗？"

"不，就这样结束了。谢谢你特地带我过来。告辞了。"

他彬彬有礼地低头致谢，以近乎冷淡的态度告别，朝札幌方向迈步。

莳野避开好像仍然看向他们的巡警等人的目光，追上去。

"等一下，你说就那样结束了，那你接下来打算去哪里？"

"回札幌，还有几个预定要哀悼的地点。"

"昨晚在前方的石狩市死了一名帮派成员，你也在报上看到了吧？他为了抢女人，在大街上与人枪战，所以你不哀悼那种死了活该的家伙？"

"我不懂死了活该的意思，但不管哪种人，我都会哀悼。"

莳野想再仔细观察一下这个男人值不值得写成报道，于是又拦下出租车。

因为犯人尚在逃,所以闹区内的命案现场仍然围着"禁止进入"的封锁带。

莳野带静人观看现场,告诉他报纸上尚未公开的死者姓名。除此之外,也将自己打听到的消息和北海道警察局的警部补透露的信息告诉静人。开枪的嫌疑人和被害者都绝非善类,去世的男子从中学时代就胡作非为,进了少年感化院之后也不思悔改,后来成了帮派成员。除了替地下钱庄讨债,还暗地里屡屡从事恐吓或性暴力等犯罪行为。

"开枪的男子是他中学时代的狐朋狗友。因为一个女人而和从前的伙伴互相残杀,简直禽兽不如。"

莳野语带轻蔑。静人转过头说:"去世的男子,他曾经被谁爱过?爱过谁?做过什么事被人感谢?您听说过吗?"

莳野心想,他会不会弄错了?不理解静人这么问的用意。

"你没听见我刚才说的吗?去世的男子没人爱。他不懂爱,也不知道被人感谢的喜悦,所以会落得这种下场!"

报道的提纲已经齐备。只要充分渲染血腥和性爱的气氛,描述被家人和社会抛弃的年轻人崇拜暴力、沉溺性爱、最后丧命的来龙去脉,结尾补上"铲除帮派"这一句即可。

"我告诉你,世上真有死了比活着对社会更有益的人。"

莳野略带嘲讽地说,暗自期待着静人反驳。如果他像正义人士那般回答"没有人死不足惜",莳野已准备好台词,来驳倒他的伪善。

但是,静人离开莳野,在无人处卸下背包,左膝着地,右手举到头顶，像在捕虫似的移到胸前；左手做出仿佛捡拾地面灰尘的动作，在胸前和右手交叠。看他的嘴唇，果然在吟诵。

莳野难以压抑焦躁感。他是在真心祈求这种人渣早日升天吗？等他站起来，莳野说："你刚才对被枪击的家伙做了你说的哀悼吗？你是怎么哀悼的？"

"因为他中学时代有要好的伙伴，朋友之间应该曾互相感谢。若是因为女人引发争执，他应该爱着那个女人。我是根据这些哀悼的。"

"这算什么？都是你自己的看法吧！也可以说是毫无根据的想象。这样做妥当吗？"

"我从一开始就是为求自我满足而做这件事的……妨碍到您了吗？"

"虽然没有妨碍到我，可是为什么要这么做？你说不是宗教活动……"

静人很可能有精神上的疾病，但莳野实在不方便说出口。就在这个时候，静人说："我有病。"

一脸温和的表情，消瘦的脸颊甚至浮现笑容。他点头致意后离开莳野，从背包里拿出地图册，好像在进行确认。莳野非常在意，又开口问道："坂筑老弟，你接下来打算做什么？回札幌？"

"不，难得来到这座城市，我决定先在附近绕一绕。"

具体来说，要在哪些区域绕呢？静人拿出厚重的笔记本说：今年三月，这里的邻镇有一户民宅被烧毁，七十四岁的父亲和三十八岁的女儿葬身火窟。据说父亲因为脑梗而卧病在床，母亲已不在人世，女儿一面上班一面照顾年迈的老父亲。莳野之所以不记得，是因为接连数日发生了更具报道价值的事件和意外。

"你特地哀悼这两个人，是因为怀疑火灾并非意外而是纵火或谋杀吗？"莳野跟在举步前行的静人身旁询问。

"不。我只是在北关东旅行的时候从报纸上得知火灾的事，没办法马上前往，所以现在才去。我想专心走路，有话待会儿再说，好吗？"

静人像是在确认每一步似的，踩着稳重的步伐，走在车水马龙的大马路边。那步伐有一股紧张感，令人没来由地忌惮会打扰到他，于是莳野静观不语。

虽说是北国，但日照强烈，气温也随之上升。莳野在半路上买了罐装啤酒润喉，稍作休息后稍微加快脚步，很快就追上了脚程慢的静人。

不久便接近现场。静人经过洗衣店前面，说了句"打扰了"便推开店门。莳野从门外窥视店内。静人向老妇人说出两名火灾丧生者的名字，询问对方知不知道那户人家。对方狐疑地反问：你有什么事？

"我想哀悼他们。假如您知道两位逝者的事，能不能告诉我？那两个人爱过谁？被谁爱过？做过什么事被人感谢？"

老妇人虽然一脸困惑，但仍告诉静人，去世的父亲在身体硬朗的时候是热心助人的镇议会会长，许多镇民都受到他有形无形的恩惠，十分敬爱他。此外，据说女儿是个凡事替父亲着想的好孩子，毫无怨言地尽心看护父亲，令镇上所有人都由衷地敬佩。

静人道谢后走出店外，朝老妇人告知的方向前行，接着走进大门敞开的理发店，似乎要问同样的问题。莳野等他出来时逮住时机问："你总是像这样到处问附近的人关于死者的事吗？"

　　"如果有机会。也有死者是在附近没人的地方过世的。"

　　静人又迈步前进，不一会儿便抵达了火灾现场。民宅烧得精光，已经夷为平地。一名中年妇女提着购物袋从马路对面走来。静人点头致意后朝她走去，问了和先前一样的问题。妇人虽然惊讶，但是对死者表示同情，道出那对父女如何互相替对方着想以及许多人如何对他们不舍。

　　妇人离去后，静人在空地前卸下背包，单膝着地，双手一上一下，然后在胸前交叠、不动。虽不知道能够派何用场，莳野仍用手机相机拍下了他的身影。静人起身后，莳野问他："坂筑老弟，你为什么不拜访邻居家，问得更详细一点儿？"

　　静人背起背包，害羞得脸颊微微泛红，说："因为我没有那种权利。"

　　"你在说什么啊？你不是一会儿去店家打听，一会儿向路人询问死者的事吗？"

　　"我想，店家是对外开放的，路人也多少有会遇到陌生人的心理准备。可是，强迫在家里休息的人走出户外是另一回事。"

　　莳野原以为这段话说不定是在批判从事自己这份工作的人，但是看他的表情，好像只是单纯对自己的行为感到过意不去。

　　"还有，那个奇怪的……这么说很失礼，但你祈祷时的姿势有什么意义吗？"

"并没有特别的意义,只是这种形式适合我的哀悼。我不太清楚自己为什么会这么觉得,刚开始哀悼的时候,我就自然地采取这种形式了。"

莳野问他接下来要拜访哪里。静人说在前方的旧公寓,两个月前,有一个六个月大的婴儿被母亲的小男友摔在地上,头部骨折而死。

抵达旧公寓花了将近一个小时。一路上,静人向几位路人询问。他们虽然知道公寓的地点,但是没有人知道有婴儿夭折。

公寓周遭没有人影,四周也没有营业的店。虽然耳边传来电视声和幼儿的声音,但是静人并未拜访公寓的住户,而是直接在公寓前单膝着地。

"你不询问事件的细节吗?这样能正确地哀悼吗?"

莳野忍不住从阴凉处走出来问他。静人保持跪地的姿势,稍微转头回答说:"经常会有找不到人问话的情形。我会将这个地方记在心中,把去世的婴儿当作不同于其他婴儿的一个特别对象铭记在心。"

"如果不知道发生过什么事,你又如何真正地祈祷?仅凭自己的想象去悼念是一种傲慢。"

"缅怀死者不对吗?"

"我总觉得你的说法和行为互相矛盾,缺乏一致性。"

为何要动怒?莳野一面说着,一面对自己的言行感到困惑。这个男人不是自称有病了吗?为何自己无法置之不理?

"的确没有一致性。我想,应该也有许多矛盾。"

静人的反应不是恼羞成怒，而是以冷静的口吻回答，点头致意，仿佛暗示莳野别再管他，然后转过头，举起右手，将左手垂下，贴近地面。

　　此时，一楼公寓的门打开，两个六七岁的女孩冲出来。

　　她们看见静人跪在地上，一脸惊讶地停下脚步，旋即走向静人。其中一人问："你也在替宝宝祈祷吗？"

　　或许是在婴儿过世的时候，她们见过人们多次前来祈祷。

　　"宝宝很可爱。"另一个女孩面对面地告诉静人，"脸颊好软，老是笑咪咪的。"

　　"而且，他的手指啊，这么小，头发也很浓密。"

　　先开口的女孩接着说。静人听着，面露微笑，语气柔和地回应："你们爱过那个婴儿，对吧？"

　　静人再度举起右手，垂下左手，然后将双手在胸前交叠，垂下颈项。女孩们瞪大眼睛看着他的动作，接着，其中一个女孩邀另一个女孩和静人并排蹲下，将小手在胸前合十。

　　莳野忘了擦拭冒出的汗水，出于记者的习惯，将相机对着他们，口中反复低喃：这小子在搞什么！这家伙以为他是谁！

4

　　水龙头的积水一滴滴落下的声音听起来好像在诉说着：好寂寞，好寂寞。

　　总觉得像是母亲的声音。于是莳野从床上跳了起来，拉开小

41

窗上的窗帘。从位于函馆市中心的商务旅馆窗口看见的天空稍微呈现鱼肚白，窗玻璃上挂着雨丝。

组长海老原昨天打电话来是在坂筑静人替婴儿哀悼结束、正要前往下一个地方的时候。预定的报道拖稿了，海老原想以石狩事件填补版面，希望莳野前往那两个互相残杀的地痞流氓的故乡函馆。莳野没有理由继续跟着静人到处跑，心情顿时变轻松。但是看着静人远去，他忽然想跟海老原商量：世上有这种人，海老兄怎么看……莳野的脑海浮现对方皱眉的表情，于是闭嘴。

莳野搭飞机飞向函馆，租车先后到警署和报社取得资料之后，有些疲惫，便早早上床睡觉。但是，或许是因为好久不曾拜访母亲长眠的土地，心情莫名地不平静，借助酒力好不容易睡着，却又在刚过凌晨五点醒来。

莳野啐了一声，冲了个澡，看成人录像带打发时间，便出发拜访石狩市两名当事人念过的中学。他们毕业于七年多前，学校方面的回复是：因当年的校长和班主任都转调他校，故毫不知情。对于意料之中的回应，莳野装出勉强接受的表情，正要起身……蓦地，脑海中浮现一个问题。

"学校方面会哀悼去世的毕业生吗？比如在早会上默哀？"

校长和在座的班主任面面相觑，面露错愕，冷冷地回答："不会。虽说是毕业生，但是跟校方毫无瓜葛，所以完全不会考虑这么做。"

莳野也对自己为何提出那种问题感到不解，迅速离开了。

两个流氓的老家是老旧的公共住宅。开车十分钟左右到达之后，莳野在四周打听消息。看到有数面之缘的别家周刊杂志的记者和摄影师，莳野便停下车。彼此都是受聘记者，交流信息可节省时间和金钱。莳野告诉对方校方的事，以换取附近邻居提供的小道消息。

嫌疑人的母亲独居在老家，逃亡中的儿子可能和她联络，因此似乎有警察在附近埋伏。被害者的父亲也独居在老家，认为没出息的儿子八百年前就死了，事到如今并不悲伤，但是醉醺醺地说：如果有赔偿金，照收。

嫌疑人和被害者都从少年时代就抽烟喝酒，偷窃与恐吓是家常便饭，成天把"去死，老头子"和"吵死了，老太婆"挂在嘴上，也曾因为偷车而接受管教，简直是地方上的麻烦人物。

莳野已收集完材料，接下来只要取得他们以前的伙伴的证词，整篇报道就大功告成了。通过门路得知，两个人中学时代共同的朋友就在港口附近的修车厂工作。

短发的年轻人一脸困惑地接受了莳野的采访，告诉他：两个人明明该早点儿金盆洗手，但他们都是无法洗心革面的懦夫。还说等采访完就直接收工了。然而，莳野莫名地感到在意，问道：

"他们知道真正的友情或爱情吗？被别人感谢过吗？"

年轻的修车工顿时表情僵硬。他带有怒气的眼神游移着，压低音量说："他们是最差劲的人，如果你现在问我能不能和他们当朋友，我的答案是办不到。不过，他们从小就被父亲殴打或被母亲的情夫用脚踹，只能靠逞凶斗狠来保护自己。所以他们很重视伙伴，朋友也都很喜欢他们。我上初二的时候，被一群优等生排挤，很想自杀，是死掉的那个笨蛋笑着对我说：我替你报仇！是他的笑容救了我。他们俩争夺的女人是低我们一届的中学学妹，也是因为家庭问题而堕入风尘。听说她是在石狩市的酒店里和遇害的笨蛋重逢的。两个月前，他打电话告诉我，他们要结婚了。他大概是真的爱上她了。不过，她是杀人的那个笨蛋的初恋情人……所以他们才会争风吃醋吧？或许正因为是最好的朋友，才无法原谅对方。总觉得很悲哀啊。"

听着听着，莳野感到莫名地胸闷，只简单道个谢就离开了修车厂。他推断自己大概不会把刚才听到的内容写进报道——报道凶徒也有人性的一面，只会招致读者的反感。

等嫌疑人被逮捕后再来采访就好。距离从函馆起飞前往东京的最后一班航班还有一段时间。莳野心想，干脆去从昨天就惦记的母亲坟前上香，于是驱车前往。

母亲的老家从前经营老字号旅馆。孩提时代的母亲似乎过着衣食无忧的大小姐生活，高中念的是天主教女校，梦想将来有一天和青梅竹马的餐厅小开结婚，经营一间小店……父亲从东京流浪到北海道，不知是如何巴结校方高层的，被女校聘任，执了教鞭。就是他粉碎了母亲的梦想。自称诗人、立志成为记者的假知识分子让当时是他学生的母亲怀孕，二人奉子成婚。父亲还插手干涉旅馆经营，和客人发生了好几次争吵。亲戚开会讨论的结果是决定给父亲一笔小钱，要求他离开函馆。

母亲因为宗教信仰而没有离婚，带着十二岁的莳野跟随吹嘘投机致富的父亲前往东京。但是，父亲马上另结新欢，不再回家。后来，老家的旅馆被大火烧毁，母亲为了照顾卧病在床的父母，回到了故乡。莳野不愿转校而留在东京。母亲在父母过世后也不再前往东京，她在哥哥于旅馆旧址重盖的公寓担任管理人。莳野就职于北海道的报社后，她仍然表示"我这样就行了"，继续一个人生活。某个冬日，似乎因急性心力衰竭，被人发现孤伶伶地死去，终年四十五岁。

母亲老家的墓地位于一座高冈上的大型公墓一隅，坐北朝南，日照良好。旅馆曾经生意兴隆，占地广阔，墓石也宏伟壮观。其中，比较普通的墓碑旁矗立着为母亲刻的十字架。舅舅曾向父亲提议，希望让妹妹长眠于父母身旁。父亲因自己的家族没有墓地而同意。下葬时，父亲并没有出现。

莳野结婚后，立刻陪同妻子来向母亲报告，那是他最后一次为母亲扫墓，已经时隔十年。此时，莳野蹲在母亲的坟前，将雨伞搁在墓碑旁，只是形式性地双手合十。骤雨打在墓碑上，水滴积在刻着母亲姓名的凹缝中，旋即满溢流出。早上听到的"好寂寞，好寂寞"的声音在耳畔回响。他忽然想起那个男人的话："这个人曾经被谁爱过？爱过谁？做过什么事被人感谢？"

母亲被谁爱过？爱过谁？做过什么事被人感谢？

和静人临别之际，莳野好奇心起，问他今后要往哪儿去。他毫无隐瞒，摊开笔记本作答。莳野习惯性地做了笔记。静人说，今天预定要按照顺序拜访孩童发生车祸的某个三岔路口、发生摩托车事故的另一个十字路口、公务员卧轨自杀的铁道口、被屋顶掉下的积雪压死的老人的家、儿子杀害双亲的家……

莳野听说静人连自杀和积雪导致的意外死亡都要哀悼，怀疑他全是一派胡言，心想：他会不会只是根据新闻报道而幻想，偶尔到意外或事件现场窥视，以别人的不幸为乐……

从函馆起飞的最后一班航班是七点多，但是从札幌起飞的最晚接近十点。这是自己的癖好，老爱确认东确认西的职业病……莳野边在脑海中嘀咕这些借口边回到车上。

莳野搭傍晚的航班回到札幌，在机场租了车，雨中，他好几次迷路，才抵达据说是车祸现场的三岔路口。按照静人的说明，事故似乎发生在三年前，正要左转的卡车将脚踏车卷入车轮内，热爱棒球的九岁男孩惨死轮下。

莳野把车停在路肩，下车寻找静人。到处都没有车祸的痕迹，也找不到静人的身影。车祸的事是谎言吗？他正如此寻思，对面来车的车头灯照出供奉在车道护栏下方的花束。

被雨水濡湿的大朵百合的花瓣绽放着鲜艳的光泽，看起来是最近才放置的。仔细缠绕的蓝色缎带上写着过世男孩的姓名，还画着球棒的图案。

说到这个……莳野想起，第一次在小樽警署前遇见静人时，他说在找花。难道他指的不是野花，而是献给逝者的花？假如在路上发现供花，他打算当场进行那种哀悼仪式吗？

莳野拍下花束，接着前往静人说的十字路口。虽然找不到供花，但是莳野回想起静人的行为，便学着到附近的便利商店询问。店员记得那场车祸。

一年前，偷窃摩托车的男子在逃避警车追缉时冲上人行道，辗过正在等红灯的男孩。店员说，三天后，曾看见几个似乎是被害者朋友的孩子在现场祭拜，一个女孩哭倒在地。莳野进一步询问：有没有一个背着背包旅行的男子来询问此事？店员摇了摇头表示不知情：因为半小时前刚换班。

莳野在逐渐加大的雨势中抵达了某个铁道口。不知道是不是静人所说的地方，因为莳野无法相信静人连自杀者都会哀悼，抄写笔记时不够准确，被屋顶积雪压死的老人的住址没有记下。每年不知道有多少人死于自然灾害，除了亲戚，大概没人会有一丁点儿关心的命案现场居然有人刻意拜访？莳野觉得是谎言。

三十岁的失业男子以哑铃打死上班族父亲和家庭主妇母亲是今年过年时发生的事件，莳野记得很清楚。因为大众对这种儿子杀害父母的人伦惨案很感兴趣，所以他也写了一篇稿子。不过，当时人伦惨案在全国各地接二连三地发生，莳野无暇探访现场，只依据报纸和电视的报道，和其他的人伦惨案拼凑起来，轻描淡写地草草带过。

再不前往机场的话，会赶不上最后一班飞机。如果静人的身影没出现在现场，莳野打算认定那果然是一派胡言，再直接前往机场。他向报社的前同事请教那户人家的地址，将车停在附近的大马路边，朝住宅区走去。

隔一个转角就是现场时，突然听见一声愤怒的粗吼："你想干吗？不要做这种蠢事！外人怎么可以玩弄我们的悲伤！"

莳野一转弯，见似乎是案发地点的房子前，一个撑伞的胖男人正将另一个身穿塑料雨衣的高个男子推倒在地。

"我无可奉告。逝者不是让你这样糟蹋的！"

震慑于胖男人怒气冲冲的神情，身穿雨衣的男子往后退了两三步，低下头。

"抱歉，我不是故意扰乱您的心情。"

是静人的声音。他再度低头道歉，背包差点儿掉落，接着朝莳野所在的反方向走去。

胖男人目送静人，依然一脸气愤地朝这边走来。他察觉到莳野的存在，尴尬地摇了摇头，像在自言自语地发牢骚：跑来这种怪胎，真是伤脑筋！

"有什么问题吗？我是……札幌警署的人。"

莳野心想，自称记者会产生反效果，立刻撒了谎。男人松了一口气，放松脸部肌肉说："你知道这户人家的事吧？我是过世的那位父亲的哥哥，住在这附近。现在仍有人会在围墙上乱画，所以我经常过来巡视。刚刚看见有个男人跪在房子前，试图赶走他，结果他要我告诉他关于两名逝者的事。案发之后，经常有自称宗教人士的神棍要求捐献，说是前世的报应，所以我刚才大声斥责了他一顿。"

莳野适度地附和，回答：我们警方也会注意。

他假装追上前，却在看见静人的背影后停下脚步。即使在雨中，静人的走路方式也像是在一步步确认脚下。暗淡的路灯光线照出他的牛仔裤从膝盖以下已完全湿透。

莳野心中涌起疑窦：这男人会不会是个充满恶意的家伙？

他几乎就要以为：外表清清爽爽的静人即使哀悼他人死亡的

态度显得伪善，内心深处也应该是善良的。但果真如此吗？他是不是在将人们为了活下去而不得不忘记、尘封在记忆深处的事挖出来打乱人们安逸的生活？莳野的工作也类似拜访逝者，但基本上是以代言人们的愤怒和悲伤为目的。可这个男人无论对于婴儿的死、地痞流氓的死、车祸致死、自杀、谋杀……大概连莳野母亲的死都一视同仁。在这个世界上，人的死亡多少有轻重之别，这是一件心照不宣的事。英雄或圣人的死不容和恶徒的死相提并论。静人的行为当然会让人困惑、焦躁。

为了再次追问他，莳野正想追上前，设定成震动模式的手机却动了起来。莳野以目光捕捉静人的身影，保持一段距离地接听电话，是提供消息的北海道警察局的警部补打来的。

"石狩那起事件的嫌疑人露面了，哭哭啼啼地说他们不是为了抢女人，而是开玩笑地用枪指着朋友说要放烟火庆祝结婚，结果走火了……这算哪门子凶杀案？只是愚蠢的嬉闹嘛！"

已交的报道必须紧急改稿。莳野当场和海老原联络，叹了一口气，抬起头却发现不见了静人的身影。莳野讲到一半便挂断电话，匆匆跑向前方的十字路口。

任何方向都不见人影。莳野不曾问过他接下来要去哪里，只好不停地东奔西跑，最终死了心，停下脚步，凝视着吞没那个男人背影的那片黑暗。

第二章

保护者

(坂筑巡子 - I)

1

坂筑巡子身穿黑底红玫瑰套装和粉红色丝袜，脚蹬银色高跟凉鞋。为了掩饰消瘦的胸脯，她抬头挺胸，轻轻拢起金色波本[①]假发的发梢。她从镜中检查自己的装扮，说：

"好，无懈可击……即使不完美，也差强人意。"

巡子对着镜中的自己微笑，走出厕所。女儿美汐身穿白色衬衫和深蓝色裙子，一身朴素的打扮，在走廊上等她。看见巡子的穿着，美汐快哭出来似的皱起眉头。

"妈……还是很奇怪，你就放弃这身打扮吧！你以为自己几岁啊？"

"五十八岁！而且我永远五十八岁，似乎不会更老了。"

巡子是穿着平时的外出服来到医院的，换下的衣物已经收进包里。她将包递给美汐，踩着不习惯穿的凉鞋小心翼翼地走路，把美汐留在走廊上，一个人走进一星期前住院的病房。

"各位，午安，别看打扮成这样，我是坂筑。各位好吗？"

顿时，曾长期共处一室的三名女病患高声欢呼、尖叫——

[①] 波本，日本动漫《名侦探柯南》中的人物，发型为带刘海的金色短发。

"那是什么模样！你怎么了？""哎呀，真是的，精神都来了。""好适合你哦，你在学玛丽莲·梦露？"

"是麦当娜！医生说，人一笑，免疫力就会提升。我来把活力分给大家。怎么样，美吧？"

"好好笑，你棒呆了！我也来戴金色的假发吧？""你居然有那种衣服哦。"

"是我女儿的，我没有硬塞就穿进去了，变瘦倒也不全是坏事。你们呢？"

巡子之前使用的是靠窗的病床。她望向病床上看似五十岁出头的病患，对方好像对巡子的模样感到困惑。其他病患将五天前刚入院的她介绍给巡子。

"你好，我是坂筑，是曾在这间病房跟病魔奋战的伙伴。"

"啊……那么，你的病好了？"那名女病患的表情亮了。

"若是那样就好了。我服用两种抗癌药物都无效，今后决定居家照护。今天来是为了和医生及访视护士讨论方案。而且，我也想向大家打声招呼。"

"也就是说……你放弃治疗了？"对方的表情转为遗憾。

巡子舒了一口气，淡淡一笑。其余三位患者面露百味杂陈的笑容。

"我决定迈向另一种生活方式。我选择了和病魔奋战的另一条道路……那么，我还要去其他病房。告辞，各位保重。"

巡子和三位患者握手告别。初次见面的那名病患或许是觉得和她肢体接触会不祥，便把手藏在棉被下，所以巡子只对她点头致意,便离开了病房。

巡子到住院期间熟识的病患病房探视。一周之内,一人出院,两人过世。其他的病患果然对巡子的奇特造型感到惊讶,纷纷露出笑容。或许因为是癌症病房,往往只需交换简短的感谢话语,就能心意相通。

"能和大家共度一段美好时光,互诉衷肠,我很开心。"

巡子告诉一名八十多岁的老妇人。对方戴着遮住嘴的口罩,眼眶泛泪地点了点头。

"哇,坂筑太太,你真的办到了?那是变装大赛时的行头吧?大家都吓了一跳吧?"

再度来到护士站,巡完病房的护士长看到巡子的打扮,瞠目结舌。年轻的护士们也笑了,不出声地拍起手来。

因为巡子选择居家照护,所以医院方面当天会将巡子交接给居家医疗人员。医院的护士们客气地向访视护士交代事项,主治医生也写下提供给出诊医生的病历报告。此外,主治医生将写着剩余时日的诊断书交给巡子,能够凭此领取寿险的生前赔付金,经济上将不用担忧。

"坂筑太太,就依照自己的方式去生活吧!可是,如果有任何问题,请尽管和我们联络。"

护士长留下这段送别的话。巡子挥挥手,离开了病房,走进电梯,见一名打扮不起眼、身穿灰色马球衫和同色西装裤的男子站在角落里。

"鹰彦,你怎么了?为什么闷不吭声地站在这种地方……那张轮椅是要干什么?"

比巡子大六岁的丈夫鹰彦将写有医院名称的轮椅推到巡子的身旁。

"我想,你如果累了,可以坐……"他以几乎听不见的微弱声量答道。

"我才不会累呢!今天的身体状况好极了。可是,既然你特地准备了,我就坐一下好了。"

鹰彦把轮椅推过来。巡子背对轮椅坐下。虽然她绷紧神经,试图表现得活泼开朗,但是身体一旦陷入椅背,就忍不住深深地叹了口气。

"喏,你看,累瘫了吧?妈,你为什么要逞强嘛!"

美汐横眉竖目地说。

巡子面露苦笑,嘀咕了一句:"这孩子真唠叨。"

"住院期间,大家让我度过了充实的时光,这是我对他们的报答。希望他们会高兴。"

(在这里,能够互相倾诉无法向家人透露的不安、恐惧和后悔。连"不想死"这种悲痛的话也能像闲话家常似的告诉彼此。无论什么年龄、资历,都能包容彼此的存在。)

"如果无精打采地出现,会对不起努力奋战的大家。快点儿,鹰彦,我们回家吧。"

巡子催促着丈夫,搭电梯到一楼。她为了坚定决心,暂时闭上双眼。一楼的柜台附近明明因为熙来攘往的人群而嘈杂不休,但是巡子只听得见车轮的滚动声。

（说不定声音是从体内传来的，是自己的余日马不停蹄地流逝的声音。）

下一秒钟，一股轻微的冲击由下而上贯穿全身，脸颊感觉到一阵温热的风的流动。

（这里就是分界线了。我必须从这里放弃治疗。坦白说，我好害怕……）

巡子提心吊胆地睁开眼睛。缤纷的色彩在眼前展开：前院的花圃里绽放的花朵、茂密树丛的影子、向阳处的斑驳日影、马路上来来往往的车辆、擦身而过的探病访客、访客手中的花束……停在正前方的出租车车窗上映出一个坐在轮椅上、一身黑底红玫瑰套装的金发女子。

假发是向女儿的美发师朋友借来的。半年前左右，巡子在别家医院接受化疗时，因为药剂副作用而严重掉发。这次接受其他药剂的化疗时，便将头发剪短，却几乎没受影响。巡子脱下假发，将白发尚不多的头发往后拨。

（外面这么明亮，我却烦恼了半天才作出决定……下定决心吧。）

巡子拍了一下轮椅的扶手，站起来。身后的鹰彦"啊"地叫出声。走在一旁的美汐伸过手来，问："你在做什么呀？"

"如果像个重病患者般出院，笑着对大家道别就变成骗人了。鹰彦，拜托你。"

丈夫将轮椅推回大门内。美汐靠过来搀扶她。

"我认为，妈的病还有可能治好，比如替代疗法或民俗疗法，一定还有办法的。别说这种绝望的话。"

（这孩子，还没有切身感受到母亲的死期将至。我的母亲从前得肺癌的时候，我也曾到处寻找治疗方法让她尝试，结果却像是在折磨她……）

"爸，你也说句话！干吗乖乖站在电梯前等？很奇怪哦！"
美汐的口气像在责备走回来的鹰彦。他困惑地眨眨眼。
"鹰彦是担心我到处走动，看不下去了吧？"
巡子决定回家疗养后，再也不在乎世俗的观感，想到的事就要立即付诸行动。自从长男出世，巡子就称丈夫为"孩子他爸"，决定改回直呼其名也是这次决定的事项之一。
"静人还没回来吗？难不成他在家里等我？"
巡子边朝停车场的方向迈开脚步边问父女俩。
"哥哥为什么会回来？你跟他联络了？"
美汐和巡子并肩而行。或许是为防万一，她勾住母亲的手臂。
"就算没有跟他联络，母亲作出这种重大决定的日子，应该会有心灵感应吧？"
"不可能！哥哥连妈妈生病了都不知道。"
"察觉不到母亲有难算什么儿子？只顾追逐陌生人……"
巡子一发牢骚，母女俩的背后就发出轻微的干咳声。
"北海道的警察来确认过静人的身份了……八天前，在你出院的前一天。"
鹰彦断断续续地低喃道。巡子母女吃惊地停下脚步。
"哥哥又被抓了？"美汐问。

"跟以前一样，确认他是不是在做哀悼旅行……我拜托警方传话，要他打电话回家。"

"那么重要的事，为什么现在才说？"巡子纳闷地问。

"因为警方只是来电确认，而且静人没打电话回来……"

"鹰彦，如果静人打电话回来，你是不是打算告诉他我生病的事？"

巡子的指责令丈夫低下头，忐忑不安地挠头。

"妈，你刚才不是也说希望哥哥回来吗？"美汐替父亲撑腰，"爸当然应该一五一十地告诉哥哥。"

"不行！除非静人自己察觉，否则绝对不能告诉那孩子我生病的事，去中断他的旅行。可是……原来他没有打电话回来，一定是警察忘了传话。"

巡子自然地袒护静人。

（假如他现在在北海道……大概过年后才会回关东吧？他会回家一趟吗？我撑得到那个时候吗？）

"哎呀，坂筑太太，好特别的打扮。什么时候换了行头？"

出了医院停车场的回转道上，访视护士浦川晴美站在面包车外挥手。她主动参与和院方的讨论，还提议开工作车接送巡子一家人。她看起来很年轻，但是听说已经四十出头，有两个孩子。

浦川开着车，朝巡子位于横滨保土之谷的家驶去。

"浦川小姐，可以开到街上吗？难得打扮成这样，我想上街走一走。"

巡子从后座对浦川说。坐在副驾驶座上的美汐马上严厉地摇头说:"别胡说了。你得快点儿回家,让身体好好休息才行。"

虽说女儿是出于担心,但是巡子有一股冲动,忍不住想挑衅地调侃女儿。

"对了,趁这个机会,进情趣用品店看看吧。浦川小姐,你进去过吗?"

"咦?没有……因为要是看了想买就伤脑筋了。"

浦川稍微将脸转向巡子,吐了吐舌头。

(这个人或许可以信任……)

"浦川小姐,你还没有和我老公面对面说过话吧?你不觉得他很奇怪吗?"

"除了在家或职场,不爱与人交谈的老公比想象的更多。"

"之前老是跟你谈我生病的事或居家要求,没有多余的时间解释他的事。其实他有心理障碍,从小就害怕接触人,虽然还没到恐人症的地步,但是没办法和外人当面说话。讲电话没问题,不过看到陌生人的脸就会恐慌。"

"我知道了。出问题的时候他会打电话给我就行了。"

浦川对镜子里的鹰彦微微一笑。他低下头,避开她的视线。

"情趣用品店里也卖令人脸红心跳的内衣裤吧?我在想,要是我当初穿那种内衣裤挑逗外子,说不定我女儿会更性感呢!"

巡子进一步调侃女儿。鹰彦在旁边坐立难安地扭动身子。

"令千金非常有女人味呀,已经有对象了吧?"

浦川尝试缓和气氛。美汐或许生气了,没有回答。

"连个影子都没有。都二十七岁了,从没带男人回来过。

唉，看来我终究是抱不到孙子了。儿子也不知道在哪儿流浪。我家的孩子真的个个不孝。"

"令公子外出旅行是为了寻找真正想做的事？真羡慕。"

包括浦川在内，巡子很难对外人解释静人的行为，一直含糊其词，只说长男和时下年轻人一样外出进行"自我探索之旅"。

浦川应巡子的要求，在车站前的商店街放他们下车。因为无法长时间停车，所以留下一句"我在附近绕半小时左右，再回来这里等你们"，便驾车离去。

"妈，你穿那身走在街头会被笑话的！别闹，好丢脸。"

美汐阻止巡子，但巡子见人多反而来劲儿，又戴上假发。

"以这身打扮走在街头，会成为我一生的回忆。鹰彦，我们要不要干脆直接上宾馆开房？"

鹰彦眨眨眼，巡子径自将瘦弱的手臂钩住他的手臂，朝人群迈步走去。

车站前的商店街即使在非假日中午也挤得水泄不通，大部分是年轻人。一旦被身穿流行服饰的人包围，巡子看起来或许并不奇怪，没有人盯着她。眼前的景象和医院里截然不同，总觉得自己和四周的人一样是昂首阔步的健康人。如果必须立刻面对严苛的现实，那么巡子想暂时沉醉在错觉中，哪怕只有当下这一刻。

蓦地，巡子看见沿着人行道种植的一棵行道树下摆着一束黄色洋桔梗和几瓶啤酒，像供品似的，就在一家小型钟表店门前。

巡子抛下美汐，催促鹰彦进入店内，询问花束和啤酒的事。

巡子的打扮或许是老板面露困惑的原因之一。"我们顺道经过，没有别的意思，只是有点儿在意。"她像在找借口似的，老板回答："五天前的深夜有人吵架，一个年轻人被撞到要害致死。"

巡子没听说这件事，继续询问：新闻没有报道？

"因为是意外，我也要做生意，没人知道反而更好。放花束的大概是死者的女朋友，啤酒应该是朋友放的。至于该怎么善后嘛……商店街的店家在讨论要通过警方拿给家属还是丢掉……放那些东西的人也该替我们考虑。"

巡子向老板道谢后，和鹰彦走出店外。美汐询问：怎么了？巡子不知该如何解释。想到那个比自己早逝的年轻人，她对着行道树下的花束双手合十。

2

巡子回到家，便目送承诺了"我待会儿再和出诊医生一起登门拜访"的浦川离去。她一面环顾房屋四周，一面朝大门走去。她怀着期待转动门把，是上锁的。

"唉，果然没回来啊……美汐，你把钥匙放好了吗？"

"没动。我想，哥哥没回来之前，小偷恐怕会先发现。"

美汐抬起放在大门旁的茉莉花盆栽，钥匙就放在底下。即使家人不在，你也可以进屋休息……巡子如此告诉静人，给他看大门钥匙的放置处。那把钥匙虽然被盆栽里撒出来的泥土弄脏了，但仍在玄关的瓷砖上发着光。

"我传送了不知多少次心灵感应，他到底有没有用心接收啊？……哎呀！"

一只细脚蜘蛛停在茉莉花的叶子上，令人误以为是灰尘。巡子伸出手，蜘蛛爬到她的掌心，一步一步踩着稳重的步伐移动。

（你能不能告诉静人？告诉他：你的母亲不久于人世了。老是追逐别人的死，却对自己的母亲置之不理，这样好吗？）

巡子将手掌向空中倾斜，"呼"地吹了一口气。蜘蛛飞向半空，不知是掉在看不见的地方还是真的飞走了，消失在视野中。

这栋房子是鹰彦的父母在战后不久盖的。静人出生前，鹰彦的父亲将房子改建，一、二楼分别由鹰彦的父母和巡子夫妇使用。进门的右手边墙上装饰着鹰彦的画作。绘画是他以前的兴趣，也因为这个缘故而结识巡子。这幅画以鲜艳的蓝色描绘他出生的故乡四国今治的海。

脱鞋进屋后，正面是楼梯，楼梯下是厕所，直行是通往和室的纸拉门；在楼梯前右转，来到餐厅和厨房；再往里走是洗手间和浴室。餐厅的隔壁是客厅，客厅的窗户朝南，面向庭院。客厅的左边有一间四坪①大的和室。

和室里铺着昨天送到的看护床。和室原本是鹰彦父母的起居室，二老过世之后，巡子夫妇仍住二楼。但是浦川等专家建议：如果希望接受居家照护，最好把卧室改到一楼，睡西式床。于是租了一张看护床。

---

① 面积单位，1坪约合3.3平方米。

（我大概不止在这里生活……也要在这里迎接死亡。）

和室角落里并排着两座佛龛，分别是坂筑家和巡子老家和木家的佛龛。巡子老家原本在镰仓，母亲在二十九年前去世之后，祖宅因没人居住而卖掉，佛龛也带了过来。所以，两家应该供奉的牌位全部摆在这里，每天早上供奉茶水，从不间断。

（我诚心诚意地供奉列祖列宗，你们却没有保佑我，我实在想抱怨……但是，能够活到这个岁数，或许已是祖宗保佑。我很快就要过去了，请你们欢迎我。）

房间的横木上挂着鹰彦的父母和哥哥、巡子的父母和哥哥继郎的照片。两边的父母都是过了五十岁才过世的，但是鹰彦的哥哥五岁就夭折了，遗照是从当时的家族照片中挑选出来的。巡子的哥哥继郎十六岁时病逝，巡子在他生前拍下的笑脸成了遗照。

（继哥哥过给我的寿命，看来终于到了尽头……真抱歉。）

意识到胃痛是在五年前，静人辞掉工作前不久。巡子忧心于静人看上去心事重重，开始胃痛。随着担忧变成常态，胃痛变成了慢性病，又从刺痛转变成闷痛。

巡子小时候体弱多病，到了中学才变得健康，后来连小病都没怎么得过，顶多是服用自购的胃药，没有去看医生。她一面在百货公司的食品卖场做兼职收银员；一面作为妇联会的核心成员，每周到老人之家当三次义工，协助老人用餐，行程很满。即使鹰彦劝她接受检查，她也一拖再拖。

巡子心里很惶恐。她的母亲死于肺癌，当时的医疗条件不如今日先进，母亲因为各种治疗的副作用，走得非常痛苦。巡子知道自己很可能是因为遗传而被同样的疾病缠上，以致母亲的痛苦模样折磨着她，使她逃避面对现实。

她从去年秋天开始每天持续腹痛，引发好几次贫血。此外，排便也开始发黑。某天早上，她正想着"差不多该准备迎接新年了"，忽然感到无法忍受的腹痛。她坚称"睡一觉就好"，但鹰彦看她弓着身子呻吟，强行带她去附近的医院求诊。

到了一年才来看一两次感冒的内科诊所，医生开了治胃溃疡的药，建议她到专科诊所接受检查。鹰彦百般央求，巡子才不情不愿地去附近的消化科诊所接受超声检查。医生说：胃的下半部有一大片阴影，应该到更大的医院接受精密检查，于是开了转诊单。仍然死鸭子嘴硬的巡子察觉到自己的身体状况非比寻常，等过完年，终于前往公立的地区综合医院，接受内窥镜等多项检查。

巡子讨厌隐瞒真相，相信"鹰彦大概无法忍受在精神上对我撒谎"，从一开始就希望医院告知病情。鹰彦找来美汐，三个人一起听主治医生作说明。医生说：胃的下半部有大型恶性肿瘤，癌细胞大概已扩散至整个腹腔，看样子也转移到了肝脏，已经不适合动手术。医生建议以抗癌药物做保守治疗。

和愕然无语的巡子和美汐相比，鹰彦则毫无意义地从椅子上站起又坐下。看着他的模样，巡子恢复了冷静，决定积极地接受所有能做的治疗。

她每两周住院一晚，接受医学界认为针对癌细胞转移至肝脏具有疗效的"鸡尾酒疗法"。一个月两次，为一个疗程。经过三个月六次的三个疗程，副作用令巡子苦不堪言。呕吐最令人痛苦，止吐剂也没有效果，经常处于抱着脸盆过活的状态。她畏惧进食，日渐消瘦。体力的衰竭令她害怕，于是又拼命地吃东西，但还是吐了出来。

在第二个疗程的治疗过程中，溃疡性口腔炎变得严重，且一用梳子梳头发就会明显掉发。虽然不至于秃头，但是原本发量丰盈的巡子非常不安。昏睡一整天的情况也增多，不得不辞掉兼职。妇联会缺席了，也暂停到老人之家当义工。无法满足周围人的期待让她很痛苦。尽管如此，治疗却不见起色，主治医生说：敝院无法做进一步的治疗，如果要转院，可以给您写转诊单。

这间医院没有癌症病房，可能这一床的病患正在接受抗癌药物治疗而隔壁病床的食物中毒病患却在打点滴。医生开的止痛药有时候无法消除疼痛，这时，巡子会失去与病魔奋战的意愿，自暴自弃地心想："我只是找个机构等死罢了。"后来通过美汐的朋友介绍，到治疗癌症口碑高的民营医院看诊。

检查结果和之前的医院一样，果然也建议化疗。巡子迟疑了，但新的主治医生说："已经可以使用荷尔蒙药物了。"开的止痛药有了效果，好久没像这样感觉不到疼痛了，巡子因而对这间医院产生了信赖。医生考虑到巡子害怕反胃等副作用，让她住院，并采用少量多次服用抗癌药物的治疗方法。

医生连续四周采用不同的药物，加上休息两周，为一个疗程。接受了两个疗程的治疗，巡子没有掉发，只有一点儿呕吐感，也能够少量进食。不过，她全身倦怠，手脚酥麻，膝关节疼痛。

　　另一方面，因为住的是癌症病房，病患之间有共情，能够毫无顾虑地聊疾病话题，这使巡子获得了精神上的慰藉。除了疾病和治疗方法相关知识之外，日常生活中的诸多杂事、大小便等不方便开口问医疗人员的事，也能够向其他病患请教。如此坦然地讨论死亡，乃至如何迎接自己的死亡，巡子因此获得了作具体思考的契机。

　　巡子的母亲如果早知自己会死，应该会希望以妻子、母亲和女儿的身份作好各种准备，但医生没有告知她真实病情，以致她最终在对疾病和家人的怀疑中结束了一生。巡子希望至少在梳理完自己的人生之后再死，这种念头在住院期间越发强烈了。

　　结束第一个疗程，巡子获得了外宿许可。回到自己家，巡子试着和设有照护病房的医院联络。听说目前没有空床，等床位的病患已高达两位数。巡子也试着询问提供照护的机构，但是就算是离自家较远的，也没有空间容纳新病患了。

　　次日，巡子得知在老人之家当义工时结识的一位老人过世了，于是出门前往吊唁。听说老人接受了附近的居家诊所与访视看护中心合作的居家看护直至临终，巡子便与那家居家诊所联络，得知他们也为癌症末期病患提供照护。

　　第二个疗程结束，巡子再次返家时，便试着拜访那家居家诊所和访视看护中心。院所的气氛愉快，出诊医生和访视护士都很容易沟通。巡子整整思考了两天，才跟鹰彦商量：假如这次的治疗效果仍不佳，大概就无法争取剩余的时日在自己家里度过了。

他难以应答，但是没有表示反对。

检查结果并没有好转，病情反而似乎正在恶化。主治医生问她：有尚未经过临床实验的药物，要尝试吗？巡子迄今使用的药物，医学界都宣称能有效控制癌症病情，而据说别种药物在数据上的结果并不好，还有可能产生强烈的副作用。

巡子询问：假如什么都不做，会怎么样……医生说：胃的出口会堵塞，无法摄取养分。巡子又问：一旦出现那种状况，还剩下多少寿命？主治医生拐弯抹角地说：这种事不能轻易断定。但是巡子提起使用寿险的生前赔付金需要记载剩余寿命的诊断书，主治医生便回答：大概三个月。

巡子请医生给她时间考虑后出了院。抗癌药物代谢掉之后，倦怠感和手脚酥麻的症状都消失了。她能够处理好家务，也能打点生活起居。如果出现比以前更严重的副作用，自己大概就什么也不能做了。巡子不想如母亲那样留下遗憾，而想趁能动的时候做喜欢做的事、见该见的人，以自己能够接受的方式迎接死亡。

鹰彦说：既然你决定了，我没有意见。他接受了巡子的决定。如巡子所预料的，美汐强烈反对。美汐列举出自己查到的许多治疗方法，但是巡子意志坚定。美汐终于屈服，答应如果巡子在家休养，她会从旁协助。

"静人该不会……在院子里吧？"

巡子打开和室的落地窗，看了一眼朝南的庭院。她一直费尽心思整理花园，以便能在每个季节赏花。如今，大理花的鲜艳色彩令人雀跃。但是每年这个时候装点庭院的金盏花因为巡子接受治疗、无法定植花苗而不见了踪影。

"好，彻底搜查。去看看静人有没有在二楼！"

巡子回到楼梯口，小心翼翼地跨上楼梯，感觉到鹰彦担心地跟过来的动静。上了二楼，最前面的是夫妇俩的房间。巡子将鹰彦的画作挂在墙上。不擅长与人面对面交流的他只画风景，没有一张是人像。

鹰彦读小学的时候，班上有个也很怕生的男孩，总是独处的鹰彦和男孩像磁铁般互相吸引，不知不觉间，经常形影不离地黏在一块儿。那个男孩家里经营工厂，制造、研磨连接钢管的接缝零件或晒衣杆的零件。鹰彦从中学起便去那家工厂打工，高中毕业后直接去那里上班。一双巧手和勤奋的工作态度获得认同，到了退休年龄后仍被返聘，继续工作。前几年，那位朋友过世了，加上巡子患病，鹰彦才在今年一月辞职。

夫妇俩的房间隔壁是美汐的房间。她三年前在东京租了一间公寓，邻近上班的旅行社，过起独居生活。但是因为巡子决定在家疗养，美汐又搬回了家中。染上四季自然色彩的观光导览手册在桌上堆积如山，似乎是她的工作资料。

（静人……你正走在这些手册上的那些地方吗？如果可以，我希望你悠闲地漫步在盛开的樱花树下和火红的枫叶中，但是……一定不会如此吧。）

巡子一面合上美汐房间的门，一面以开玩笑的口吻说："搞不好他其实回来了。"她打开走廊对面静人房间的门。明知房内无人，仍难掩失落。

拉开通往阳台的窗户的窗帘，打开窗户，引进室外的风。

正前方是静人上小学时买的书桌。因为他说不用换新的，所以老旧的书桌上仍残留着他小时候的涂鸦。书桌旁边是音响和唱片收纳柜，对面是床铺，床铺旁边摆着摇椅。摇椅原是静人的中学好友的，好友过世后，他的父母便送给了静人。

巡子在静人外出旅行时会不时地坐在摇椅上，听着儿子选购的音乐，试图理解他的心事。如今巡子也静静地坐在椅子上。

（静人……医生说我只剩下三个月的寿命。我明明这么有精神啊。无法切身感觉到这一点的不止美汐一个人，其实，我也无法置信，一点儿没有作好心理准备……）

医生提醒巡子，今后除了疼痛，还有可能出现腹水、消化道堵塞、排泄障碍、转移所引发的黄疸，等等，也必须考虑到胃出血的危险。

（我如今仍抱着一丝希望，也许会发生奇迹。我想，为我带来那个奇迹的人会是静人你吗？你能不能暂停旅行回来？）

窗外发出像是回应的声响。巡子起身走向窗边。庭院里，繁茂的叶片被风吹拂，互相摩擦。对了，巡子想起从前的事……

二十五年前，棕耳鹎曾在庭院的树上筑巢。从二楼的阳台能看见鸟巢内。当时六岁的静人用父母买给他的双目望远镜热切地持续观察四只幼鸟孵化、成长的身影。但是一天夜里，台风呼啸，次日早上，一只从鸟巢掉下来的幼鸟死在树根下。因为是一大清早，鹰彦、一岁的美汐和当时还健在的公公都在睡觉，巡子独自检查庭院的受灾情况时，静人穿着睡衣走下庭院。

（当时，静人怎么会大清早爬起来？）

仿佛风又忽然捎来消息，树叶互相摩擦。她听见了"该怎么做才好呢"的声音。该怎么做才好？该怎么做才能……

巡子转回头朝门看。随后跟来的鹰彦忧心地凝视她。

"静人回来了？我总觉得听见了他的声音……"

鹰彦默默地歪头。

树叶又在巡子背后互相摩擦，发出宛如低喃的声响。

该怎么做才好？该怎么做……才能一直……

3

出院后的第一个星期六，一大早就晴空万里，太阳的位置尚低，蝉就开始鸣叫。一想到它们拼命试图将短暂的生命燃烧殆尽，巡子就觉得勇气可嘉，更甚于嫌它们吵嚷。

巡子早上七点服用了荷尔蒙缓释剂止痛，多亏了止吐剂和中成胃药，巡子能不畏呕吐地吃完泡过温牛奶的面包。用餐完毕，她想着日后的事，正在厨房整理厨余，通过流理台上方的窗户听见了停车声。

"舅妈，您好。听说病情好转了？恭喜，我是怜司。"

外甥福野怜司是鹰彦的妹妹美野里的孩子，和美汐同年。美野里在丈夫的故乡滋贺县有了小家庭，每年中元节和新年会带着怜司返回位于横滨的娘家。怜司、静人及美汐感情甚笃，情同亲兄弟、亲兄妹。怜司上了初、高中之后，也会在长假期间一个人来玩,据说他考入东京的大学就读的动机,是因为能够和静人兄妹频繁见面。怜司说他现在任职于东京市内的通讯公司,管理网络营运。

怜司一身鲜红色的夏威夷衫,似将盛夏的暑气穿在身上,探出头来说:"舅妈,您办到了哦!这就是所谓的奇迹式复活?噢,头发变短了,看起来很有精神嘛。"

昨天下午,出诊医生来访,对以荷尔蒙药物控制疼痛和因癌症恶化所引发的并发症状进行确认。考虑到巡子的身体状况,医生采取了缓和病情的治疗方法。另一方面,巡子再次告诉医生,她不想为了延长生命而浑身插满导管。

"抱歉,没有去您转往的新的医院探病。或者应该说,是因为我听美汐说,舅妈叫我不用去。我其实很担心您的身体状况。没动手术吗?"

"嗯,因为现在有良药问世。如果找到适合病患的药物,效果会很不错哟。"

(我想,迟早也得向怜司和美野里坦白真相,但是……)

怜司自行打开厨房冰箱,物色了半天,发现了营养饮料。

"咦,舅妈在喝这种饮料?添加各种维他命和叶酸?"

"我不知道。是美汐的吧?"

"那我喝了。我妈在电话里要我代她问好,说她没办法去探病,很抱歉。"

美野里如今成了社长,掌管丈夫的一家小型搬运公司。她和巡子是大学同学。巡子属于戏剧社,有一次,明明是莎士比亚剧的公演，自以为作风前卫的学长却提议采用令人联想到战争的图画作为背景。巡子找美野里商量，她说"我哥哥会画很阴沉的画"，便将鹰彦介绍给巡子。

"我爸有糖尿病，所以经济重担全由我妈一个人扛。咦，舅舅呢？"

"在院子里晒棉被。"

怜司走进客厅，拍了拍窗户，对在太阳下摊开棉被的鹰彦使个眼色。鹰彦回过头，惊讶地瞪大眼睛，接着露出像是松了一口气的笑容。

（啊，他以为是静人回来了……那孩子在外出旅行前也经常穿怜司身上那种鲜艳的衣服。虽然默不作声，但他也在等静人回来啊……）

"静人哥呢？展开自我探索之旅还没回来吗？"

怜司仿佛察觉到巡子的心思，如此问道。自我探索之旅……巡子不知道如何为静人的旅行下定义，至今都对亲戚和朋友如此解释。

"总觉得好羡慕他。随心所欲的旅行生活啊……我也想辞掉工作去某个地方旅行。"

"工作怎么样？女朋友呢？怎么不带女朋友给我们看看？"

"工作处理得无懈可击，薪水也挺不错……试着和很多女孩交往过，但是总遇不到真命天女……最近觉得有点儿空虚哦。"

"少说傻话了！也有女孩被你伤了心，暗自哭泣吧？"

"我从来没有交往到令对方伤心的程度。我养成了在那之前慧剑斩情丝的习惯。"

这孩子从小到大，不管是念书或运动，都能灵巧地达到中上水平。巡子想起静人曾对怜司以此自得的个性严厉地告诫过，而怜司也把静人当作亲哥哥般地景仰——宛如昨天才发生的事。

"新的医院在治疗癌症方面很有名吧？有人介绍了一家好医院吧？"

怜司回到厨房。巡子走进客厅，坐在沙发上，免得劳累。

"嗯，在那里能和患有相同疾病的人聊很多事，非常棒。这都是托美汐的福。"

怜司扔掉营养饮料瓶，把头转向巡子，"嘿嘿"地抿嘴笑。

"那种笑容……是什么意思？发生了什么事？美汐说，那间医院是认识的合作厂商介绍的。"

"合作厂商啊……美汐那家伙，原来什么都没说。"

巡子正想问是怎么一回事，下楼的脚步声响起。美汐探出头说："搞什么！我正在想是什么声音这么吵，果然是怜司。你怎么跑来了？"

"舅妈找我来的啊。她说要去镰仓扫墓，叫我开车来。虽然小汐也很辛苦，但是舅妈能出院不是很好吗？果然还是那间医院的功劳吧？"

美汐立刻以严峻的表情瞪了怜司一眼，像是在压抑感情，转向巡子说："妈，今天早上吃这个试试。出诊的医生也说吃这个没问题。"

她从玻璃瓶中拿出一个装着药粉的袋子，是集合了数种蘑菇、米糠和海藻的粉末，坊间盛传对治疗癌症很有效，似乎是她从网上订购的，昨晚交给了巡子。但巡子不太感兴趣，所以没吃。

"好，我会考虑……怜司也来了，你准备好出门了吗？"

美汐看似不服气，但是大概觉得在怜司面前不能清楚地说出巡子的病情，便回了自己房间。怜司看了一眼留在桌上的玻璃瓶，问："虽然出院了，但还是得吃各种药吗？"

"大病初愈嘛。不过，美汐有时候会请一星期的年假，真爱小题大作。倒是刚才那件事，介绍那间医院的……难不成是美汐的男朋友？"

"八九不离十。高久保的叔父是县议员，人脉很广……原来美汐没告诉你。"

高久保是怜司大学时代的朋友，在东京市内的银行上班。三年前在圣诞节派对上，怜司撮合美汐和高久保，于是两个人开始交往。巡子是从怜司口中得知这件事的，算算也差不多该谈婚论嫁了，却丝毫没有动静。

"她完全不跟我讲男朋友的事。我昨天稍微试探了一下，她完全不吃我那一套。"

"我最近也没和高久保见面……才想问小汐进展得如何。"

"拜托你了。我死前想亲手抱抱孙子啊……"

巡子"啊"地惊呼一声，发现自己说错话了，但为时已晚。正犹豫该怎么把话圆回来时，怜司放声笑道："哈哈，别闹了。昨天刚出院，一点儿都不好笑。"

巡子也笑了。

一小时后，所有人准备完毕，巡子坐副驾驶座，后座是鹰彦和美汐，轮椅折叠起来收进了后备厢。巡子事先告诉出诊医生和访视护士浦川说要出门，领取了紧急情况下用到的荷尔蒙药物，也向他们请教了紧急情况下的应对之道和联络方式。

到附近买了花，上了高速公路，因为跟前往海边同一方向，所以非常拥堵。如果巡子的身体在塞车时出状况就束手无策了，所以怜司下了高速公路，改走一般道路。靠导航前行，周围绿意增加，天空逐渐开阔，感觉大海就在不远处。不久进入镰仓市，朝北镰仓方向上了高冈，接着抵达巡子老家纳骨的菩提寺。

墓地位于寺庙后方，必须稍微爬一点儿坡。巡子好不容易出院，坚持以自己的双脚步行。鹰彦贴近她走，替她撑阳伞。幸好，身体并不感觉疼痛。

或许是因离中元节尚早，而且远离观光路线，除了巡子一行，没有其他人影。相对地，蝉声震天价响，甚至连人声都听不清楚。美汐和怜司负责在墓地入口的水龙头处汲水。巡子站在斜坡上回头，见美汐痛苦地提着装满水的水桶，被怜司一并接过。接过水桶时，或许是怜司开了什么玩笑，美汐作势要打他，他边笑边躲的模样跟美汐简直像是亲兄妹。巡子刹时有一股错觉，以为静人回来了。

和木家的墓地很小，除了因心脏病过世的父亲、因癌症过世的母亲和哥哥继郎的骨灰之外，只有一只写着"历代祖先"的小小骨灰坛，里面据说装着从原本位于青森的嫡系家族分来的骨灰。巡子和鹰彦以怜司提来的水仔细地将墓地洒扫干净。怜司又用扫帚清扫了周围，但美汐好像累了，坐在树荫下休息。

供花，点燃线香，所有家人在坟前双手合十。蝉鸣声渐远。

（明年夏天，我已不在人世了吧……继哥哥，一想到你，我就觉得自己很幸福——不但结了婚，而且生了两个孩子。说起欲望，会没完没了，但是……我是真心诚意地打算心怀感激地结束一生。）

"继郎伯伯是个怎么样的人？"

听到怜司的声音，巡子睁开眼睛。三个人已经结束默祷。

"我或许小时候听说过，但不记得了。好久没来这里，还是觉得十六岁就过世太年轻了。我在想，他是个怎么样的男孩？"

"对了……我告诉过静人，但或许没详细对你俩说过。"

巡子正想说起继郎的往事，鹰彦大概是担心巡子的身体状况，再度替她撑起阳伞说："找家店进去说，怎么样？"

巡子一行回到车上，前往位于高冈下的老牌豆腐料理店。

巡子孩提时代经常全家上门光顾，继郎也很喜欢这家餐厅。虽然结婚之后有一阵子比较少来，但是自从为了扫墓重返这片土地，静人和美汐都喜欢上这家店，生日或圣诞节的时候都想来这里庆祝。既然是豆腐料理，如今的巡子也能毫无障碍地享用。

巡子等到引擎发动了，才开始对美汐和怜司诉说哥哥的事，进入店内之后也继续说。

小时候，巡子体质虚弱，只要稍微动一下就会疲倦，经常发烧。如果进入人群，不久之后就会因为感冒而卧病在床，受到一点儿刺激就会出疹子或拉肚子，人们说，孩子容易得的疾病她几乎无一幸免。因此她的个性胆小，是个畏缩不前、最怕外出与人交谈的孩子，可以说和现在正好相反。

当时经常安慰、鼓励巡子的，就是哥哥继郎。

继郎天生健康，不但擅长运动，开朗体贴的个性也受到许多人喜爱，在同辈分的孩子当中总是领导人物。他同情体弱多病的妹妹，当她在家里或医院的床上睡觉时，会挨近她的枕畔，耍宝逗她笑，念绘本或漫画给她听，或者教她功课。尽管如此，当巡子的心情依然好不起来的时候，他会抚摸她的头说："好可怜哦。如果我能够代替小巡就好了。"

巡子很开心。但是接连住院后的某一天，她忍不住闹别扭顶嘴："继哥哥其实是明知道无法代替我，才说那种话。"

那时，继郎一脸泫然欲泣的表情至今仍烙印在巡子的眼底。

那一天，继郎只是低喃道"没那回事"。但是次日，他以下定决心的表情说："我祈求神明，让我代替你。我拜托神明，我愿意代替小巡生病，请让小巡康复。"

他做出双手合十、祈求上苍的动作。从此以后，每当巡子生病，他就会握着巡子的手，用手指轻戳她的脸颊，说："我已经祈求神明把我的健康分给小巡了。我已经拜托神明将我拥有的寿命折给小巡了。"

他原是田径队表现活跃的王牌队员。在训练时晕倒，发生在他十六岁那年。医生判断是暂时性的疲劳过度，但是继郎说自己身体倦怠、沉重，健康状况每况愈下。附近医院的医生说是疲劳累积所致，但是某天早上上学途中，继郎忽然无法行走，又到大医院接受检查，诊断出得了白血病。

住院之后，继郎的衰弱之势好像忽然加速，食不下咽，骨瘦如柴。十二岁的巡子心想：继哥哥真的代替我了，神明答应了他的祈求……

有一天，父母对巡子说：你去跟哥哥多说说话。巡子隐约明白了父母的言下之意，喊着"我不要、我不要"，哭了一整天。次日，巡子去探望哥哥。

"继哥哥，你不用代替我。比起老是生病、个性阴沉的我，生性开朗、被大家喜爱的继哥哥活下去会更好。你快点儿对神明这么说嘛。"

听到妹妹的话，他面露虚弱的笑容回应道："才没有什么神明呢。就算有，也不会答应我的祈求。我不是因为代替你才生病的。可是……比较起来，还是小巡活着比较好，因为你能生小孩。如果我的寿命能给小巡和你的小孩……那也不错。"

又过了几天，继郎陷入昏迷，在睡梦中断了气。

巡子心想"这是继哥哥让给我的寿命"，于是告诉自己不能浪费一分一秒。巡子要连他的那份一起活下去，所以下定决心要像他那样活跃，积极与人来往。虽然一开始很是勉为其难，但是渐渐地觉得这说不定是自己原本的个性，变得活泼积极，朋友也增多了。与此同时，原本的体弱多病或许受到精神状态的影响，渐渐成了连感冒也不易得的健康体质。

"话虽如此，到了这个年龄却突然罹患重病。"

巡子替这个故事收尾。

"继郎伯伯真是个心地善良的人。"

平常嬉皮笑脸的怜司以罕见的认真语气说。

"嗯,我现在也经常觉得,他活着比我活着好。"

"你是什么时候告诉静人哥继郎伯伯的事的?"

"那孩子八岁的时候……坂筑家爷爷的过世给他很大的打击,所以我告诉他这个故事,要他连爷爷那份也好好活下去。"

(公公死于故乡的海边。我不忍心让鹰彦一个人去认尸,便带着八岁的静人和三岁的美汐,四个人一起出发。认完尸,大家去看公公去世的那片海。湛蓝的大海。看完海,我在回家路上告诉了静人有关继哥哥的事。)

点的菜送上桌。这道菜似乎是以新鲜的腐皮和豆腐沾取浓郁的汤汁食用。日式高汤的香气溢出,大家等不及地大快朵颐。巡子注意到美汐皱起眉头放下了筷子,便说:"美汐,怎么了?这不是你最爱吃的吗?"

"对不起。我觉得味道闻起来有点儿怪……怜司,如果吃得下,连我的也吃掉吧。"

巡子听到她这么说,想起自己过去也有过两次同样的情形:对酱油味儿感到恶心,突然吃不下原本喜欢的日料……

(对了,这孩子开始喝含叶酸的营养饮料,提不动水桶,爬个坡就累得精疲力竭……而且,突然讨厌豆腐的气味……)

"我说,美汐,你该不会是……"

巡子盯着女儿的脸,却说不下去。尽管如此,只要是女人,应该都会察觉巡子想说什么,美汐当然应该否认。但是,美汐僵着一张脸,沉默不语。

(你该不会……真的……有了吧?你有身孕了?)

"都是哥哥害的。"

美汐费力地说了这一句,从座位上起身,走出了店门。巡子想追上前去,但是鹰彦按住她的肩膀。鹰彦也制止了怜司,自己去追美汐。

巡子对于怜司说了什么充耳不闻,茫然地坐在椅子上。

4

面朝庭院的落地窗窗帘依然笼罩在阴暗的天色中。

尽管如此,巡子已经放弃睡觉,坐起身子。鹰彦将棉被铺在睡床旁边的榻榻米上,发出轻轻的鼻息。巡子转向身后。为了避免半夜起床时摔跤,天花板上的小灯依然亮着,继郎的遗像浮现在灯光下。

继郎住院后,身体状况稍微好转时,父亲带相机去医院拍了全家福。当时继郎对巡子说:帮我拍照,我希望小巡为我拍照。

还是小学生的她感到当时的相机十分沉重,勉强不颤抖地架起相机,由父亲替她对焦。继郎和生病前一样开朗,与其说是对着相机倒不如说是对着巡子笑。和健康时的笑容相比,他面容憔悴,令人感到几分心疼。但是父母说照片中充满了继郎对留下的家人的温情,于是挑选这张作为遗像。

（继哥哥，告诉我，我该怎么办？发生了意想不到的事。一半是我希望已久的事，但是另一半……我觉得美汐好可怜。我好难过，心好痛。）

昨天，美汐在车上一路哭回家。那种哭泣让人觉得她一直独自承受着压在肩头的重担。巡子出院的时候，她之所以一举一动充满怒气，或许也是因为拼命压抑着复杂状况下的纷乱心情，因不胜负荷而显露出焦躁。

扫完墓，回到家中，巡子和怜司都犹豫着该如何发问。鹰彦坐在客厅里，柔声呼唤："美汐。"

美汐顺从地走入客厅，端坐在鹰彦面前吐露了内情。

怀孕已经到了第十六周。对方是通过怜司介绍、交往了两年半的高久保英刚。但是高久保并不知道她怀孕一事，因为意识到怀孕之前两个人就分手了。

自今年起，朋友和同事陆续结婚，美汐心想自己也差不多该嫁人了，于是每次约会都若无其事地和高久保聊起将来的事。因为巡子被医生告知得了癌症，所以美汐延后了介绍高久保给父母认识的计划，原本打算等巡子身体好转再说。

三月过后，美汐察觉以前对结婚态度积极的高久保的反应渐渐冷淡。尽管如此，两个人仍约定在美汐五月生日时做一趟短途旅行。美汐隐隐期待，说不定高久保会在旅途中求婚。

后来，旅行取消了。来到美汐公寓的高久保提出分手。"我之前原本想和你结婚，但是……"高久保持续重复这种借口好几次之后才说出"结婚不仅是当事人的事，也会对家人和亲戚造成影响"，坦言"其实，我的一位亲戚派人调查了你家"。问题出在静人。

调查美汐家的那位亲戚似乎和警界有交情，调查到一些事实，诸如静人被家乡周遭的警署视为可疑人士，曾被拘留、逮捕或确认身份。此外，那位亲戚还打听到，静人在各地的警署都遭遇了类似对待。

美汐只告诉高久保，静人的旅行是为了探寻自我。实际上，他总是前往杀人案现场等有人死去的地方，而且持续了五年之久。高久保的家人和亲戚会心存疑虑，也是自然的。你交往对象的哥哥基于什么原因在做那种恐怖的事？为何他父母会认同？当家人和亲戚要求详细解释时，高久保因为也是第一次听说而无法回答。据说，有人认为美汐故意隐瞒静人被警方盘查的事，怀疑高久保受骗上当。也有亲戚站在连谣传都必须慎重应对的立场上，担心和一再做出特异行为的人扯上关系。最终在召集了家人和多名亲戚的家族大会上，作出不能答应这桩婚事的结论。

美汐听到这些话，完全无法反驳。直到现在她也不清楚静人展开那种旅行的真正理由。除此之外，也对父母为何不阻止哥哥感到疑惑。当然，她知道父母曾经反对静人旅行，但至今无法认同，觉得父母应该更强硬地阻止，应该还有其它挽留方法。

继续这样交往下去，不会有未来……高久保最后这么说。美汐只能责备他：你是不是早就决定分手了？为何事到如今才说？他回答：因为你母亲病了，所以我说不出……

和情人分手以及母亲的病占据了美汐的脑海，她惶然度日，无法思考其他事。不久，巡子在公立医院的化疗进行得不顺利，最后院方要求转院。美汐走投无路，只好跟怜司联络。

美汐告诉怜司：巡子的癌症发现在早期，是有机会治疗的。现在就诊的医院没有癌症病房，待得不安心，希望怜司能够介绍好医院。怜司回答，高久保一定能找亲戚介绍好医院给你们。

坦白说，美汐对高久保余情未了，于是把心一横，拨了电话。但是，听到对方阴沉嗓音的一瞬间，美汐察觉到两个人已经不可能再续前缘了，于是反而变得意气用事，要求他务必替母亲介绍医院。虽然没说出口，但彼此都觉得像是"分手费"。美汐说："我不会再打电话给你了。"三天后，高久保便安排好一家听说普通人不得其门而入的私立医院。

六月过后，美汐发现两个月没来月经了。因为长期压力巨大，所以觉得可能只是经期不调，但美汐仍然战战兢兢地用验孕剂检查，结果是阳性反应。美汐丝毫不感到喜悦。验孕剂不是绝对准确的，美汐觉得说不定是受到身体状况不佳的影响，仍然等待着通常在两周后会到来的生理期。但是依然不见月经报到，这才终于到医院接受检查。医生说：怀孕进入了第十一周，预产期是明年一月十一日。

（可怜的孩子……她以再也不和孩子的父亲见面作为交换，请他介绍医院，我却没能痊愈就出院了，她一定很难受。）

"由你来说，怎么样？"

美汐说到这里，鹰彦注视着巡子说。

"静人的事……如果由你来向对方解释，你觉得如何？"

如果是静人妨碍了美汐和高久保的婚事，就向对方仔细说明静人为何进行那种旅行。解开误会终究是最好的方法。

怜司听了鹰彦的这句话，便说自己也想了解静人哥的事。他说，一直觉得自我探索之旅这种说词很牵强。他又说，派人调查坂筑家的亲戚不是高久保担任议员的叔父就是担任他叔父秘书的哥哥。怜司答应会跟高久保谈谈，一定会叫他跟坂筑家联络。当然越快越好，最晚不超过下星期。

巡子向美汐确认："这样可以吗？"

美汐说："既然这样，希望现在就告诉我们。首先，请试着说明：哥哥为什么要做那种事？非那样做不可吗？你们为什么不阻止他？"

巡子穷于应答，避重就轻地回了一句：我需要时间整理。

（老实说，我也不能理解静人的旅行……）

前天，巡子在钟表店前发现供花，向店员询问事发经过，并在据说是年轻人死去的现场祝祷。她在半冲动下做出的行为是静人持续在做的事。了解别人的死、替死者祈祷，并非坏事。但是一而再、再而三地重复，就会受谴责……

静人，适可而止吧。静人，那么做有什么意义呢？巡子如今仍会空虚地想起如此反复说服静人的那段日子。警方第一次来电，是在静人真正开始旅行之前。他在发生杀人案的公寓外到处打听关于被害者的事，被附近邻居视为可疑人士而报警。后来警方也频频来电询问，巡子一家人只能连声道歉。

（谁叫那孩子自己无法解释呢？每次问他真正的用意，他只是坐立难安地回答：我忍不住非这么做不可。最后还说：我希望你把我当作病人。）

之所以无法阻止静人，只能说因为他毕竟是成年男子，总不能用铁链拴住。即使这么告诉别人，也不可能被谅解。

（即使如此，也要请高久保了解……因为老天爷好不容易赋予美汐一个新生命……）

巡子拿着换洗衣物走到客厅，合上纸拉门，拉上窗帘。虽说天色渐白，但是庭院里仍然感觉阴暗。换好衣服，打开窗户，为了进入庭院而穿上凉鞋。

改建之前，庭院里已有一棵梅树。因为春天过后景色萧索，所以巡子提议在和室前播种夏天开花的百日红……更往里的一块地种下秋天开花的桂花……和马路之间的栅栏里种下山茶花篱笆。除此之外，还种下春天开花的贴梗海棠、初夏的绣球花、夏天的木槿、能在秋天欣赏红色果实的朱沙根，等等，每一季还更换综合盆栽。

家人或邻居都会称赞这栋被缤纷色彩包围的房子。如今回想起来，自己说不定是试图通过植物强韧的生命力来治疗失去父母、哥哥等亲人的内心伤痛。自从静人外出旅行之后，巡子进入庭院的次数更加频繁，盆栽也变得绚丽夺目。

（静人，你能不能回来？我希望你像从前一样有一份普通的工作，过着平静的日子。那么一来，我想一切就会迎刃而解。怎么样，你肯回来吗？）

蓦地，一股疼痛从体内渗了出来。巡子试图克制，当场蹲了下来。如果口服荷尔蒙无效，医生似乎会从腹部进行皮下注射，持续打药剂。大概过不了多久，巡子就会动弹不得了。

（来得及吗……我能看到孙子出世、静人回家吗……）

泪水涌上眼眶，庭院的风景摇晃着。巡子以手掌擦拭眼泪，移开手指的时候，模糊地看见了接近百日红根部的地面上突出一块七八厘米高的小木板的重影。

那是利用零碎木片替棕耳鹎的幼鸟做的坟墓。虽已是二十六年前的坟墓，但掩埋仔细，后来也持续注意不让木片松落，所以始终保留着。

在因泪水而摇晃的风景中，总觉得看见了六岁的静人。

棕耳鹎的幼鸟因前一晚的台风而掉落地面，变成了冰冷的尸体。静人用手掌将它捧起，一脸不知该怎么办的困惑表情，目不转睛地凝视着它。

巡子对孩子说，它从鸟巢摔下来死掉了。

静人依然低着头问：不把它放回去，这样好吗？

巡子说：它已经回不去了，死掉了，无法回到鸟巢了，放开它吧。鸟妈妈不停地在树上啼叫。听起来不是悲伤，而像是不愿人类玩弄幼鸟。巡子劝静人：替它造个坟墓，把它埋起来吧。

静人听话地点了点头。巡子将园艺铲递给静人。他在百日红的根部挖了洞，怜悯地将幼鸟放在洞底。小心翼翼地掩上泥土之后，树上的鸟妈妈便停止了啼叫。

静人在坟前双手合十祈祷。然后抬起头，注视着坟墓说：我从这个小鸟宝宝出生的时候就认识它了，因为我一直从阳台上看着……它将脖子伸向爸爸妈妈叫着……不过，现在，在这里沉睡了……只有我、妈妈和这孩子的爸爸妈妈知道……如果我们忘记，就只有它的爸爸妈妈记得了。

巡子没有深思，只回答：鸟没有人活得久。

那么，如果我们不记得，就没有人知道它的事了吗？它慢慢长大，明明就快会飞了……没有人会知道那种事了吗？

是啊……静人得牢牢记住它才行。

于是，静人将目光移回坟墓，沉思良久，旋即哭起来。

怎么了，静人，你在哭什么？被这么一问，他抽抽噎噎地说：该怎么做才好呢……该怎么做才能一直记得它呢？

巡子哑口无言。总觉得不管说什么，都会变成虚伪的谎言。

于是，静人用睡衣的袖子拭泪后，抬头看向树。

这孩子，之前活在那里……他把右手举向鸟巢所在的树上。可是，它掉在这里……说完，他垂下左手，贴近幼鸟掉落的地面。接着他将双手移回自己的胸前交叠，用力压向心脏。

放进这里……才不会忘记，我把这孩子的事放进这里。把这孩子生下来、活过的事……放进我的心里。

第三章

伴随者

(奈义幸世 - I)

1

我杀了人称佛陀转世的人。

他是我丈夫,所以,我犯了杀夫之罪。

奈义幸世并不打算辩解,被判死刑也无所谓。

她被第一个丈夫家暴。得知偶然进入的寺庙是家暴受害者的庇护所,于是藏匿其中。该寺庙所有者家族的长男名叫甲水朔也,在他的帮助下,幸世得以离婚,后来接受他的求婚而再婚。一年后,她将他杀害。

警方以杀人案展开调查。各种证据显示,朔也对幸世怀有杀意。检察官以防卫过当、伤害致死的罪名起诉幸世。

公辩律师主张,幸世是正当防卫。据五金行店员的证词,被认定为凶器的生鱼片刀是朔也亲自买的。虽然不清楚动机,但朔也留下了录像画面——他对着镜头说:"我要杀死幸世,不能让她活着。"

审判过程中,朔也的父亲和弟弟坐在证人席上陈述意见。两个人都是僧侣,克制住情绪未曾外露,但两个人都表示朔也是一个为社会、为世人而尽心尽力的人。

朔也不是僧侣，他在寺庙旁建立了为家属服务的殡葬中心，也成立家暴受害者庇护所，还经营小区照顾无依无靠的老人。

父亲不留情面地说："那个女人是魔鬼。她装得弱不禁风，勾引男人，让男人身败名裂。"弟弟说："品德比我更高尚的哥哥不可能企图杀害无辜的人，一定是哥哥知道那个女人隐瞒了罪行，认为必须惩罚她。"

幸世不为所动，心境似已远离现实尘嚣。

检察官问幸世："你有杀害丈夫的意图吗？"她老实地回答："没错。"

因为这个答案，加上幸世刺丈夫一刀之后又深深地刺了第二刀，造成致命伤，所以法官判她有罪。不过，法官认定幸世在命案当天遭朔也施暴，对于检察官求处的六年有期徒刑只宣判四年。希望严惩凶手的朔也家人和寺庙信众发出不满的声浪，但是似乎受不了媒体一再采访，没有要求上诉。幸世对未获死刑感到失望，当律师指出"高等法院有可能减轻刑责"，建议她提出上诉时，她拒绝律师的好意，服从了判决。

在狱中，她每天只是默默地做狱方命令的事。或许是沉默寡言的态度令人感到毛骨悚然，她没有受到所谓的欺辱。就某个层面来说，狱方似乎认为她表现良好，决定放她提早出狱。当时，幸世二十八岁。

服刑期间，朔也的家人通过代理人提出离婚，她顺从地答应了，在领取户籍誊本的委任书上签了名。大概是出狱日期传入了朔也家人耳中，她一出监狱就看见代理人在外头等着。代理人交给她装有一百万日元的信封，要求她在保证书上按手印，保证再也不出现在镇上。除此之外，大概是为了抹去她回到镇上的理由，代理人还交给她两只乱塞了她私物的波士顿包以及获得新住处所需的户籍誊本和住民票①。

幸世无处可去。她先朝靠近监狱的东北地方②首屈一指的闹市区而去。从公交车上看着五颜六色的街景，她饥肠辘辘，不假思索地饱餐了一顿，引起了腹泻。她在廉价旅馆订了房间，除了吃饭之外足不出户，只靠看电视过了几天。

在监狱里过着人身受限的生活时无需思考的问题渐渐浮上心头。到了第五天，她对活着产生了倦怠：我为何还活着？活着有什么意义？

但是，幸世连为了死作准备都嫌麻烦。她反而羡慕丈夫。

"朔也，朔也。"

幸世对着墙壁呼喊他的名字。不知持续喊了多久。

（幸世，你怎么了？怎么一副凄惨的模样？）

朔也的声音回应她。幸世以为是幻听。

（不是幻听。我一直在你身边。可以说，你吞下了我的命。）

背后的空气晃动着，幸世感觉到了朔也的存在。没有恐惧或不安，反而觉得平静。借助他的存在感，自己仿佛能够逃离孤独，总算能保持精神平衡。

---

① 针对市〔区〕町村的居民，以个人为单位登记姓名、出生年月日、性别、家庭成员、户籍地、住址等事项的单据。

② 福岛、宫城、岩手、青森、山形、秋田六县的总称。

"那个时候，如果你杀了我就好了。"

正前方墙上挂着一面镜子，幸世注视着镜中的自己对他说。

（你羡慕我的处境？既然这样，找人杀了你不就得了？）

从镜中幸世的右肩后方，朔也的脸宛如等候已久的旭日从山边升起般地出现了。他面露冷笑，倏地靠在她的肩上。

短发，有点儿厍斗状的下巴，因眼鼻集中在小脸的中央而给人一种五官挤在一起的感觉。浓眉下是一对深邃的眼眸，双眼皮，瞳孔中盈满了晦暗的光芒，与他对望的人总觉得会被看穿心思，抬不起头。

相较之下，幸世的口鼻更小，眼眸平凡，有点儿内双，似乎害怕与人对视，瞳孔的焦点经常左右游移，看起来凡事缺乏自信。朔也曾说过："我就喜欢你这一点。"但是幸世后来才明白，这并不是夸赞。

（虽然活腻了，但是无法自我了断。既然如此，只要找个肯杀自己的人就好。）

脑筋动得快，口齿伶俐，仿佛在说"我什么都知道"的自信……不止容貌，朔也在各方面都令与他面对面的人感到自卑。

"别说那种办不到的话。哪里找得到那种人呢？"

房里的电话铃响起，朔也消失了。是前台打来的，因为有人订房，所以旅馆希望幸世把房间让出来。旅馆方面似乎担心一直关在房里的她会自杀。

幸世离开旅馆，徘徊街头，寻找有可能杀死自己的"那个人"。她搭乘电车南下，腻了就下车。在光鲜亮丽的街头感到坐立难安，又搭上电车。这样反复好几次之后，她在北关东一个从没听过的车站下车，那里的氛围和自己出生的城镇相似，总觉得说不定能找到"那个人"，于是前往一家老旧的房屋中介公司。幸世开出的条件是带厨卫的三坪大的套房，租金一个月两万三千日元。原以为没有保证人又要当天入住会吃闭门羹，没想到房屋中介公司的年迈老板毫不在意，回答：预付一个月房租就行。

四天后，幸世在小商店街看见一张招工广告，觉得一直坐吃山空未免悲惨，便写了一份隐瞒前科的履历表，参加面试。在第一家便利店，店员指出她未填电话号码，幸世便随便写上一串数字。在第二家店，店长说改天再联络。第三家是家庭餐厅，店长说："晚上十点到清晨五点的深夜时段缺人，如果你愿意做的话……"之后当场雇用了幸世。

虽然作息日夜颠倒，但是一星期后就调整过来了，加上幸世不嫌弃打扫厕所和垃圾场，于是被四十多岁的男店长重用。一个月转瞬即过，薪水汇入从结婚之前用到现在的户头。她成了一家超市的常客，开始和住在隔壁、在酒店上班的中年女人打招呼，能分辨出现在是盛夏的季节感也回来了。另一方面，她对于杀害转世佛陀的女人顺利融入社会这件事感到说不上来的怪异。

房间的柱子上挂着之前的房客留下来的镜子。幸世对着镜子说出想法，朔也在镜中笑了。

（这不代表四周的人接纳了你。对社会而言，你是随时可替换的小螺丝钉，没有过去和未来，只是现在可以使用的女人。）

次日，幸世接受了受雇餐厅店长的邀约，喝完酒，上宾馆，在短暂的时间内平凡地做完那档子事。店长问她感觉如何。幸世抱着报复朔也的心情回答"很棒"。第二周，店长又邀了她。第二次发生关系的晚上，他做出了粗暴的行为，拉扯她的头发，说："我是勉强雇用你的哦！"要求幸世照他的话去做。她瞪了回去。店长咆哮道："那是什么眼神？"甩了她一记耳光。朔也在床对面的大镜子中笑了。

（幸世，你又在重蹈覆辙了。用楚楚可怜的外表勾引男人，扭曲的内心却令对方感到焦躁，最后对你施暴……你干脆拜托那家伙杀了你，怎么样？）

店长问："你在看什么？"抓住她的手臂。幸世甩开他的手，说："我问你，你肯不肯杀了我？"

对方的手停在半空中。

"我杀了丈夫，服了四年有期徒期，前阵子刚出狱，就被你的餐厅雇用。我觉得活着是多余的。你与其打我，不如干脆杀了我？"

对方一脸错愕，突然跳下床，拿起衣服进入厕所，穿好衣服后走了出来。店长问："你是要我负起责任吗？"幸世看到他连钱包都掏出来了，不禁面露苦笑。

"你那天为什么会当场雇用我？你看上我哪一点？"

他先是结结巴巴，然后回答："你看起来像一只被抛弃的小猫，我觉得必须设法帮助你。"然后把三万日元放在桌上，逃跑似的离开了房间。

（可怜的幸世……看来很难出现答应你要求的人呢。）

朔也在镜中露出虚伪的悲伤。幸世把手边的枕头狠狠地丢过去。

次日，她哪儿也不去，心想"说不定能饿死"，躺在房间角落里。虽然忍耐了一天，但是第二天晚上饥饿难耐，就将手伸向事先买好的面包。朔也在柱子上的镜中笑了。幸世打破镜子，把面包丢向窗外，又忍耐了一阵子。后来喉咙干渴欲裂，于是把嘴贴在自来水的水龙头上喝水。或许是因为胃部受到了刺激，她饿得几乎失去理智。她在厨房寻找，什么也没找到，终于赤脚冲出房外，捡起掉在地上的面包。她一面流着眼泪对自己感到绝望，一面将面包塞进嘴里。

隔壁的女人似乎下班经过，看到幸世的模样，吓了一跳，问她怎么了。

"杀了我。"

幸世说。女人带她回自己的房间。

幸世告诉她，照理说已经死了的丈夫出现在镜中，唆使她去找人杀了自己。

女人是某新兴教派的信徒，替幸世祈祷之后，说："你好像被恶灵缠身。"劝她最好到坟墓之类的场所诚心祈祷。

幸世和人说话后，终于恢复平静，向女人道谢。

她不太明白是被朔也附身还是幻觉变得严重……但是，再次前往刺杀朔也的地方也不错。将菜刀的刀刃插进他身体的触感如今仍鲜明地残留在手上。尽管如此，却不觉得他死了，因为并没有见过遗体。

如果现在再度站在那个地方，或许能切实地感受到一个人确实灰飞烟灭了。自己亲手夺去了一条被许多人爱过并感谢过的生命……好了，这种坏女人该何去何从呢？该怎么做才好呢？魂魄般的存在会消失吗？或者更加如影随形？此外，不论是生是死，幸世都期待借由站在那片土地上而获得某种答案，获知自己未来的路该怎么走。

幸世将原本就少得可怜的家当又精简些，提着收纳于一只小型波士顿包的行李，一身轻装，穿着衬衫和牛仔裤，踩着凉鞋离开了镇上。她在车站前买了一顶帽子，压低帽檐，转乘电车。那天午后，抵达了照理说不会再回去的东北城镇。

幸世避人耳目地搭上公交车，从四周没有人家的公交车站步行爬上一座小山丘。那座小山丘和之前与朔也共同生活过的寺庙正好位于镇上的两端。

山腰附近有一座大公园，从前设有工业废弃物处理场，收集来自其他县市的废弃物。后来因为从地下水中检测出有害物质，工业废弃物处理商破产，只好花费纳税人的血汗钱来掩埋，变成了有名无实的瞭望公园。四处可见突出于地面的排气管，异臭持续弥漫，降雨后会渗出绿色或黑色的液体。当初自从公园建成，就几乎没有居民在这座公园里游玩了。

九月上旬的工作日，太阳高挂天际。爬山途中，不曾有人或车擦身而过。

幸世后悔选择穿凉鞋，气喘吁吁地爬上公园，站在朔也那天带她来的地方。草木不生，只有干燥的黄土仍和当时一样，没有留下任何让人联想起那个事件的痕迹。

不过，在不能称之为公园的公园中央，有一个孤伶伶的影子在摇晃着。

2

瞭望公园约有两个足球场大小，南面视野开阔，站在那儿能将整座镇子一览无遗。前方是陡峭的悬崖，上头设置了护栏。

幸世的脸曾经狠狠地撞上那道护栏，撞破了额头。在连绵的雨中，她仰躺在地，朔也满脸怒容地靠近她……

距离伴随着痛楚记忆烙印在她心底的那个地点的稍远处，站着一名男子。

他的身高看起来和朔也差不多，大概一百七十几厘米，高而瘦，胸膛单薄，身穿白色T恤和退色的牛仔裤。从斜后方看不见脸，但似乎饱经日晒，皮肤黝黑。

男子没有注意到幸世，脚边放着大背包，左膝跪在背包旁，右手举向空中，左手伸出，贴近地面，接着将双手于胸前交叠，垂下头。

幸世感到心脏怦怦跳，因为男子的姿势像在替死者祈祷。

男子应该在追悼朔也。以地点来看，除此之外别无可能。男子似乎在吟诵什么，嘴唇蠕动。幸世想在被对方看见之前逃离，但是好奇心作祟，反而朝他走去。

大概是察觉到脚步声，男子抬起头来看见幸世，面不改色，静静地站起身来。他的脸型略显尖瘦，头发偏长，但是还没到遮住眼睛的地步。衬衫起皱，牛仔裤布满裂缝。尽管如此，幸世之所以不觉得他肮脏也不感到害怕，大概是因为他的眼神中没有警戒或谄媚，全身上下自然地流露出像在迎接朋友的亲和。

"你好。"

他彬彬有礼地点头致意。

听见令人意想不到的话，幸世没有摘下帽子还礼致意。

"那个，你在这种地方做什么？"

幸世从喉咙深处挤出声音询问。

"我在哀悼某个人。"

男子的声调纤细，音色沉稳。

"那是什么意思？"

幸世从他的姿势察觉到哀悼的意味，但仍然追问。他看起来和朔也同岁，于是幸世寻思：大概是他读书时代的同学？

"有人在这里去世，所以，我在哀悼他。"

"什么人去世了？他的名字是……"

"他的名字叫做甲水朔也。"

幸世不动声色地说："那个人是你的亲人吗？或者，是要好的朋友？"

"不是。我一次也没见过他。"

"咦……那么，是工作上的交情之类的？"

"我和他毫无关系，或者应该说……没有任何交情。"

幸世凝视对方。男子仍不改平静的表情。

"呃，这是怎么回事？你说你和他既没关系也没有交情，但是你在哀悼他……"

于是，对方在蓝天下露出耀眼的开朗笑容，反问幸世："抱歉，请问你是甲水朔也先生的朋友吗？"

幸世正要否认，但意识到晚了，说："有一点儿交情。"

"既然这样，就算一点儿小事也好，能不能请你告诉我关于甲水朔也先生的事呢？"

幸世不明白对方的真正用意，沉默不语。对方似乎想解开她的疑惑，接着说："我是在四年前的报纸上得知甲水先生去世的事。我曾在三年前拜访这里，在山中的商店请教过甲水先生去世的地点和他的背景，听说他是个博爱的人，在老家的寺庙旁替遭受家暴的女性盖了一间庇护所，还为无依无靠的老人家建了小区，被许多人感谢。"

"你说三年前？到底是怎么回事？难不成你是警方的人？"

"我只是旅行者。我一直在旅行。四年前甲水先生去世的时候，我在北陆。次年，因为选择了途经这座城镇的路线，所以能来拜访。这两年，我一直走别的路线，所以没办法来。今年选择经过这座城镇的南下路线，所以又过来一趟。"

"你说什么？我完全听不懂。"

"抱歉。别人经常说我解释事情很没有条理。我拜访、哀悼从报纸、杂志、广播或别人口中得知的逝者。"

越来越无法理解，听起来像是某种宗教之旅。幸世说："换句话说，你是僧侣或修道士，正在做修行之旅吗？"

"不是。我没有那种资格或权利。我什么都不是。"

"那么，你是出于什么目的而进行拜访逝者的旅行呢？"

"我没有特别的目的，只是对人的去世感到遗憾。"

幸世渐渐觉得对方在调侃自己，正不知该如何提问，男子先问道："请问，甲水先生是个什么样的人？"

"你问我他是什么样，实在一言难尽……"

"他被什么样的人爱过、爱过怎么样的人、做过什么事被感谢吗？如果你肯具体地告诉我，我会感激不尽。"

幸世从问题中感到某种恶意，既无法理解他的意图，也好奇这个男人到底如何看待爱、感谢及朔也被妻子杀害的事实。

"请问，你知道甲水先生是怎么死的吗？"

"我看了报纸，只知道报道中写的。"

报上刊登了自己的大头照吗？幸世很想摘下帽子。她从命案现场直接被送往医院即遭警方逮捕，没有时间看报纸。

"可是报道中没有详细说甲水先生是个怎么样的人。"

从男子的表情和声音中感觉不出他怀疑幸世就是杀害丈夫的那名犯人。

幸世的内心涌上一股倾诉欲，想一五一十地说出朔也所隐瞒的恶行。为何被视为正人君子的他会对妻子施暴、企图杀人？为何留下"我要杀妻"的影像？

"听说他从小就被称为神童。"

幸世抑制住冲动，说出人们所相信的朔也的形象。

"他脑筋动得快，有责任感，体贴地对待所有人。别说同学，连老师和家长都以仰慕和期待的眼神看着他。小学、中学和高中，他都被选为学生会会长，带头做打扫厕所等别人讨厌的工作。一旦听到有人被欺负，他不仅会警告欺负人的一方，还会挖掘出对方心中善良的一面，也治愈被欺负的一方的痛苦，消除双方的芥蒂。连大人都做不到的事，他甚至能对高年级学生做到。寺庙的礼堂开设了教少林寺拳法的教室，或许是在那里锻炼出了体魄，他身上具备了一股发自体内的魄力，只要被他注视，任何流氓都会安静地听他说话。女学生个个爱上他，男学生都渴望和他交朋友。"

自己为何光说这种表面的事？真相太过离奇，而且错综复杂，无法让任何人相信。因为自知如此，所以幸世在法庭上绝口不提，如今也是一样。

"身边的人都对他以继承地方上的小寺庙作为家族使命感到遗憾，资助他进入东大就读，实现更大的愿望。他下面有个弟弟，似乎影响了他的决定。那是他同父异母的弟弟。他的亲生母亲在他五岁的时候车祸身亡，他和父亲续弦的妻子相处融洽，因此非常疼爱后来出生的弟弟，于是说服父亲，称自己要继续读书，希望由弟弟继承寺庙。听说继母哭着向他道谢。他在大学念政治学，在某政治家的办事处打工，受到那位政治家的赏识。他身边的人非常期待，如果顺利，他能成为政治家或官员。可是他在毕业之前回到了镇上。他得知寺庙日渐没落，专心协助父亲和弟弟。他向地主购买后山，着手为地方居民开发美观的公墓，在寺庙旁建立了提供住宿的殡葬中心，以满足家属意愿办丧事的方针经营寺庙。此外，他将殡葬中心员工宿舍的一部分作为家暴受害女性的庇护所。这些女性在此工作，领取薪资，作好了自力更生的准备。他把旧礼堂改建成小区，接收无依无靠的老人；如果老人去世，他会提供丰厚的吊唁金。寺庙因他而日渐复兴，成为镇上居民新的心灵寄托，人们自然也开始传颂，说他可能是佛陀转世。"

即使仅流于表面，讲述朔也的生平也让幸世想起昨日种种。意识到自己说太多，连忙像在找借口似的说："其实，我的祖先就埋葬于朔也家的寺庙。我带着母亲和祖母的骨灰拜访时，失业的我被殡葬中心聘用，听说了朔也的事。我也耳闻目睹过他的言行。所以，这是对你刚才问题的回答……我认为，他可以说是被所有遇见过他的人爱着，而且他的行为应该受到地方上所有人的感谢。"

幸世依旧隐瞒自己是他的妻子也是杀害他的犯人的事实。说完朔也的生平，她重重地喘了一口气，总觉得从背后传来"嗤嗤"的笑声。

（为什么不告诉他实情？）

幸世把朔也在耳畔的呢喃当作耳边风，告诉眼前的男子：我说完了。

"谢谢你，我会参考。那么，让我重新哀悼他。"

男子回以爽朗的表情，这次改用右膝着地。他牛仔裤的双膝部位都磨破了，是因为经常采取这种姿势吗？他将右手举过头顶，左手垂下贴近地面，像是在收集飘浮于两处的花朵的种子，把双手交叠于胸前。

幸世渐渐觉得男子屈膝的位置就是自己刺杀朔也的地方。

当时，墓园内路灯稀落，不可能看见积水的颜色，但在记忆中染成了鲜红。如今鼻腔内依然能感觉到当时那股混合着废弃物恶臭、雨水味、泥土味和人类汗水味的臭味。自己从朔也的背后往他腹侧捅了一刀，等他倒在地上，又将锐利的刀尖朝他的心脏插进去。朔也在断气前对幸世低喃了一句话。

对了……幸世至今仍然不明白他当时说那句话的涵义。他为何会说那句话？他真正的意思是什么？一切仍是个谜。

初秋午后的阳光下，人、事、物都显得平凡。男子除了跪在地上祈祷，没有其他动作。幸世怀着漠然的不安站着，内心涌起疑惑：虽然自己在这里刺杀了丈夫，但他其实没有死。

她和失去意识的朔也一起被送到医院，直接被逮捕，最终没有见到他的遗体。自己是不是落入了陷阱？幸世产生了一份期待：一切都是计谋。朔也如今仍好端端地活着，背后感觉到他的存在，不过是错觉罢了。

幸世有一种预感：似乎在替朔也祈祷的男子知道事实。

她蹲在男人的身旁，侧耳倾听他在低喃什么。

"你把寺庙交给疼爱的弟弟，自己在幕后协助寺庙和家人工作，经营殡葬中心，提供漂亮的吊唁场地，满足家属的意愿办丧事，而且为家暴受害者建庇护所，为无依无靠的老人建小区，十分受欢迎。许多人敬重你，而且认识的人都爱着你。"

似乎是幸世刚才说的内容的摘要。幸世不知道他特地重述一遍的理由，但不至于产生反感。男子接着说："最重要的是，有一位女性替你传达这件事。她如今也想念着你。你如今也拥有活在她心中的力量。"

就在他的话从耳朵进入、抵达内心深处的一刹那，幸世发出了尖叫。

3

幸世靠在公园角落的护栏上反复干呕，痛苦得快掉眼泪。

"你没事吧？我带了水，你要喝吗？"

听见背后传来的声音，幸世从腋下抬头，看见了刚才那名男子的运动鞋。

这个男人在搞什么鬼……竟然说出那种话……幸世的心中涌起疑虑和愤怒。

幸世正要回答"不用了"，但是口中实在干渴。男子从幸世的斜后方递出圆形水壶。大概是错觉，闻到干净的水的气味后似乎益发口渴。幸世连道谢都忘了，接下水壶，用手掌接水饮用，畅快的凉爽感传遍全身。幸世以濡湿的手冰镇发烫的额头和脸颊。她意识到帽子掉了，但是顾不了那么多，只想沉浸在清水的舒适之中。她继续冰镇脖子，将水灌入喉咙。水壶转眼间变轻，幸世惊呼："啊，用掉了这么多……"

幸世仰望男子。他拿着她的帽子站在稍远处。

"全部用完也无妨，我会再找个地方汲水。倒是你的身体状况如何？"

"嗯,已经好多了……"

幸世盖上水壶盖,扶着护栏站起来。男子递出帽子,她道声谢收下,递还水壶。这时,幸世才注意到男子身材高瘦,手却略嫌大了些——不仅手指修长,手掌也很厚实。

(这个男人是何方神圣?)

幸世听见朔也的声音,右肩感觉到比之前更强烈的存在感。一回头,看见了朔也的头。明明之前只能透过镜子看见他,现在却能直接看到他俊秀的脸庞。他的下巴忽然从背后探出,靠在她肩上,白皙的皮肤一如往昔,细眉微微蹙起,看着男子。

(他居然说中了,我如今也拥有活在你心中的力量。说不定他知道你是谁、对我做了什么,都知道了。)

之前如呢喃的声音现在听起来已是普通人说话的声量。

幸世将目光转向眼前的男子。他能否看见朔也?是否听见他的声音?

"他刚才说的话,你听得见吗?他就在我的肩膀上,你看得见吗?"幸世将右肩稍微往前倾,试着询问对方。

男子的视线停在幸世的脸上,并非对着朔也,问道:"你问我听不听得见,是指什么?我应该看见什么吗?"

(他也有可能是我们寺庙的某个人雇的侦探。)

幸世心想:确实不无可能。于是发问:"你是甲水家雇来的吗?找我有什么事?"

(难不成他们在你出狱后一直监视你,知道你会来这里,所以抢先一步来警告你?)

"我并不打算回寺里,如果连来这里也算违反约定,我把钱退还给甲水家就是了。"

"你好像有什么误会,我和甲水先生毫无瓜葛。"

男子仿佛道歉似的微微低头说。朔也嗤之以鼻。

(素不相识的人为什么要替我祈祷?根本没有理由。)

你有什么企图,就直截了当地说!幸世正想逼问对方,山边突然刮起一阵狂风,吹走了她手中的帽子。帽子轻易地越过护栏,掉落悬崖。幸世以眼神追逐帽子,忍不住将帽子的命运与自己的命运重叠,心想:我干脆也追随帽子,从烦恼和迷惑中获得解脱,那该有多轻松啊!

(哦,你当真?如果你有心这么做,应该并不难吧?)

朔也无情地说。幸世在他的怂恿下,将手搭上护栏。有人把手放在自己没有背负朔也的左肩上,将自己往地面按回。

"很遗憾,你的帽子捡不到了……只好放弃。你还会在这里待一阵子吗?还是你要下山了?"

幸世从男子不同于刚才的低沉嗓音中感觉到,他在担心自己会跳崖自杀。

"你接下来打算做什么?"幸世将手从护栏上移开,问道。

男子也松开她的左肩,说:"我并不急着赶路,所以会待在这里,直到你的身体好转。如果你要下山,我就陪你一起。"

听到他这么说,朔也状甚愉快,嘴角露出微笑。

(他似乎打算在你下山前紧盯着你。寺庙那伙人在山下等着吗?)

幸世将目光投向那晚刺死朔也的地方。到处可见排气管突出于地面的土路，和自己在雨中与朔也纠缠时的情景并不一致。自己握在手中的菜刀切开朔也结实的肌肉、静静没入他体内时的触感似乎仍清晰地残留在手中，却无法切实地感觉他已死。

而且，朔也的头正靠在自己的肩上。是亡魂吗？还是另一种层次的、无法衡量的存在？眼前的男子说的话……朔也如今也拥有活在她心中的力量……是这句话让原本封存在她体内的朔也仿佛听见了解放的咒语而跑出体外吗？如今的朔也不是存在于她体内，而是存在于体外。纵然他的肉体被消灭，但就真正的意义而言，他是否并没有死？

"我要下山了。"

幸世觉得继续待在这里毫无意义。朔也不是死在这里的。他说不定根本没有死。幸世朝丢在地上的单肩包走去。朔也待着的右肩感觉有点儿沉重。她试着把单肩包的肩带挂在左肩上，感觉和朔也的头达到了分量上的平衡，心里没来由地平静了。

那名男子以习以为常的动作轻松地背起沉重的背包，背包上绑着卷成一团的大型睡袋。幸世在他的视线催促之下，跟在他身后迈开脚步。

男子的外表给人弱不禁风之感，但是走起路来下盘沉稳，步履踏实。下山途中，男子频频回头，确认她仍跟着，投来温柔的笑容。

（喏，跟他挥挥手怎么样？）

每次，朔也都会出声调侃，但幸世只是默默地行走。

行至山麓，男子在通往市中心的道路旁边等候幸世。除了他们之外，不见任何人影。幸世小心翼翼地确认四周没有人躲藏。

"你不要紧吗？身体不会不舒服吧？"

幸世仍然一面观察附近一面回应男子的关心，点点头。

"接下来你要去哪里？如果你不介意，我送你过去。"

男子说道。自己还能去哪里？幸世无处可去。

"你要去哪里？回甲水先生的寺庙报告吗？"

幸世试着套男子的话。他目不转睛地直视着自己。

"我从没去过寺庙。等一下，我打算前往流经市中心的河川上的一座桥，原本在那座桥下生活的男子四个月前去世了。"

幸世无法清楚地理解这段话的意思，问道："这是什么意思？朔也和那个人有什么关系吗？"

"关于甲水先生，听你说了他的事，我才能完整地哀悼他。"

"能完整地哀悼他又如何……"

"下次来拜访应该是三年后，或者视旅行的进程而定，说不定是更久之后。我打算到那时再去那个地方哀悼。"

"下一次是三年后？你刚才说，今天是你第二次哀悼朔也，对吧？你说还要再去……你到底是什么人？目的是什么？请老实告诉我。"

"你要我老实告诉你什么呢？我称不上是什么人，只是到处哀悼死者。目的大概是……单纯想这么做而已。"

"你不要谎话连篇！这样未免太奇怪了吧？"

幸世深感焦躁，几乎破音。朔也同样一脸错愕。

（这个人口风很紧哦。那么，刚才的祈祷有什么意义？）

幸世听到他的话，忍住内心的刺痛，问："那么，你刚才为什么把我的事扯进去祈祷？"

"你指什么？"

"少装傻了！你为朔也祈祷的时候，我出于好奇，仔细听了一下。你说'你如今也拥有活在她心中的力量'，不是吗？"

"噢……我是听了你说的话，产生了那种感觉。我觉得，因为有了你这个人，所以甲水朔也先生和其他人不一样了，显得与众不同。"

朔也摇摇头笑了。

（我确实因为你而变得与众不同，因为我被你杀了。）

幸世把他的话当作耳边风，以强烈的语气质问男子："就算他和其他人不一样，跟你又有什么关系？"

"变得方便哀悼，因为他成了无可取代、独一无二的存在。我所做的事情仅此而已。我哀悼并记住死者。"

他或许习惯了这种问题，没有给人以假惺惺的感觉，而是以自然的语气回答。

"可是，对你而言，那些逝者都是素不相识的吧？"

"是的。所以我想向和逝者亲近的人请教，详细地了解逝者是个什么样的人。"

（总觉得宗教气息很浓。该不会是宗教团体的成员吧？）

幸世以眼神巡查男子的随身物品，找寻隶属团体的标识。

"无论你有任何信仰，那都是你的自由，但是你为什么放下朔也，又去别的人那里呢？你刚才说逝者在桥下生活，那个人是流浪汉吗？"

"我想应该是的。我从报纸上得知他去世，所以等一下要去哀悼。如此而已。"

（他在耍你，我怎么可以跟流浪汉相提并论？）

"我知道了，你在耍我，对吧？"

"没那回事，我不会耍人。"

（这样说来……这个男人可能有精神病。）

"虽然这么问很没礼貌，但是……你有病吗？"

于是，男子或许觉得自己总算获得了理解，以轻松的表情点了点头："是的，我也觉得你这么想比较好。"

4

不管男子是什么人，都和幸世无关。更何况，他都说自己是病人了，所以不用管他。但如果就此告别，他就会将朔也和自己之间的关系一直误解地记在心头。幸世无法理解他为何平等地对待朔也和流浪汉，也想确认他对逝者所做的哀悼有何意义，是否真的在做他口中说的那种旅行？

"我可以和你一起去那个流浪汉去世的地方吗？"

幸世向男子提出要求。他有些惊讶，但仍回答："嗯，那倒是无所谓……但我不是直接前往桥下。"

他说，为了了解逝者的背景，他会走访沿途的店家。幸世回答：反正我什么都不知道，只决定跟着你去，所以你不用管我。

男子一步步地踩着稳重的步伐，或许是在寻找什么，不时地将脸转向马路两侧。

幸世穿着凉鞋上下山也累了，缓慢的步伐正合她意。

（虽然离寺庙很远，但是假如遇见认识的人，你可要好好打招呼哦。）

朔也从她的肩上离开，眺望四周，语带讽刺地说。

幸世曾经在这座镇上生活了两年。她都是在寺庙一带活动，几乎不曾来这个地区，但是应该有几户信众的家在附近，也有可能有人看过新闻，记得她的长相。幸世丢了帽子，所以一旦有人走近，她便深深地低下头。

"你好！"

走在前头的男子声音嘹亮地打招呼。往前一看，有个四五十岁的男人在家门前的路上洗车。幸世保持距离观望着。男子走向中年男子，拜托他分一些水给自己。或许是男子递出水壶的客气态度令中年男子解除了警戒，大方地将水注入水壶。

"你知道四个月前有人在桥那边去世吗？"

男子问道。中年男子偏着头，不知道他问的是什么，然后或许是回想起来，皱起眉头说："噢，你说的是被一群不良少年杀害的流浪汉吗？"

案发当时或许曾经引发骚动。中年男子没有停下洗车的手，似乎在详细讲述犯下凶杀案的当地少年的家庭环境和品性。

幸世无法听清所有对话。对方大致介绍之后，男子再度说道："谢谢你。那么……你知道关于逝者的事吗？"

中年男子一脸不悦，摇了摇头说：不，我什么都不知道。

男子道谢后走开。幸世低头追上他。朔也从她的肩头看向中年男子，告诉他：这个女人杀了我。但是对方连头也不回。

接着，男子进入一家正在营业的报摊。幸世往店内一看，他正在和貌似老板的中年夫妇交谈。幸世等他走出店外，试探地问：知道了什么？

"什么也不知道。照他们的回忆，虽然全国性报纸和地方报纸都曾经提到过关于被逮捕的几个少年的事，但几乎没有提到逝者的背景。"

后来，他又前往小型舶来品店、米店、荞麦面店、药局、加油站、旧超市……等等，探听去世的男性流浪汉的事。

男子在旧超市买了贴有打折标签的吐司和香蕉，借用了厕所。幸世也感到肚子饿，于是买了三明治和果汁，一样借用了厕所。男子坐在停车场角落的阴凉处开始用餐。由于除此之外没有其他适当的地方，所以幸世在他身旁坐下。

抵达流经市中心的河川时，太阳斜斜地挂在西侧的连绵群山正上方。河川源自远方的奥羽山脉，包括河岸在内，宽度将近一百米。幸世在镇上生活的时候，早晚经常从位于斜坡上方的寺庙眺望这条河。

男子在桥上走了一阵子，停下脚步，望向底下的河流。

从这里往上游方向数过去的第二座桥，幸世经常路过。沿岸的堤防上种着一排樱花行道树。她想起自己曾经和朔也并肩走在盛开的樱花树下。

朔也向自己求婚的时候，幸世以为他是闹着玩。他身边的人好像也无法相信他竟会选择逃离丈夫的暴力、一无是处的女子，觉得他大概是在说笑，没当作一回事。知道朔也当真之后，大家都表示反对，听说有几位县内的名媛还上门提亲。然而，朔也不顾众人反对，坚持和幸世结婚。幸世完全搞不清楚状况，在朔也和周围人之间受摆布，连静下心来思考是否接受求婚的空当都没有。尽管如此，和幸世初次来到寺庙的时候一样，朔一直温柔待她，所以虽然心怀忐忑，担心着自己"真的有资格嫁给他吗"，却仍然接受了他的求婚。在他的怀里，幸世多次以为"这就是真正的爱"，也曾在心中发誓要爱他一生一世。但是，为何事情会变成这样？

（你发誓要爱我一生一世？我倒是第一次听说。）

或许因能够听见幸世的心声，朔也在她肩上讽刺地叹气。幸世忍不住怒上心头，说："你却不是这样想的，对吧？你根本不把我当回事，对吧？"

（不，我真的觉得你很好。）

"你只是需要一个实现自己愿望的人偶，绝不是爱我。"

幸世的眼泪快要落下，于是抓住桥的栏杆，克制住混乱的情绪。

被染成暗红色、波光粼粼的河面令幸世想起朔也映照在公园路灯下的裸体。

幸世痛苦地别过脸，男子原本在桥上的身影不见了。她环顾四周，回到桥墩，站在能看见桥下的位置。在空旷的空间里，男子正单膝跪在布满碎石的地上，右手举到空中，左手垂下，贴近地面。

幸世走下堤防，朝男子走去。帐篷等物品或许被撤走了，没能看见男性流浪汉曾在此生活过的痕迹。当然，也看不到类似纪念碑的东西。

不久，男子垂下原本贴在胸前的双手，站起来。

难道他所说的到处哀悼逝者是真的？

（天晓得，说不定他只是在你的面前做做样子。）

朔也冷静地说。

（毕竟以事实来看，他的祈祷很空洞。）

什么意思？幸世在心中问道。

（他在为我祈祷的时候——以他的说法是哀悼，算了，是祈祷或哀悼都无所谓——他问你我爱过谁、被谁爱过、曾经做过什么事被人感谢，对吧？然而，流浪汉过着孤独的生活，谁会爱他？他能爱谁？他可能做出任何值得别人感谢的事吗？不管是祈祷或哀悼，应该都找不出任何说法。）

幸世走向正要背起背包的男子，说："刚才你好像在替流浪汉祈祷，但是你连对方的名字都不知道吧？实际上，你无法以任何形式祈祷，不是吗？"

幸世虽然觉得自己的质疑多少有点儿无礼，但是在朔也的怂恿下，她试着如此问道。

男子没有立刻回答，回望桥墩一带。支撑钢架的水泥底座上蹲踞着三只毛色呈黑或黑白相间、没戴项圈的猫。

"据我向镇上的人打听,那名男子好像自称山根。他似乎曾笑着说:别看我这样,其实我才五十三岁。也听说他会捡拾岸边的垃圾和空罐交给自治会,每次收取一千日元左右。行政机关不会主动清洁的,委托业者处理又会是一笔高额费用,所以虽然不能公开表示,但是他的确被居民们感谢。我想,即使在岸边散步的人不认识捡垃圾的人,也会为周遭变得干净而感到高兴。此外,听说山根先生很疼野猫,猫好像也很喜欢他,所以我以此哀悼他。"

出乎意料之外的回答令幸世一时语塞。然而朔也笑出声。

(捡空罐会被感谢?真可笑!那只是为了赚酒钱吧?名字铁定也是假的。还有他很疼猫、猫喜欢他,简直是无聊的幻想。)

朔也的话听起来一点儿也没错。幸世决定直接告诉男子:"他收集空罐和垃圾大概是为了钱,名字和年龄也不见得是真的。关于猫的事,只是你个人的一厢情愿吧?"

"我认为,即使是一厢情愿也无所谓。重要的是,如何将逝者铭记在我心中。所以,只要找出那个人为他人做过的事就好。"

对方好像不为所动。幸世越来越糊涂了。

"替逝者祈福,为什么必须找出对方为他人做过的事?"

"我并没有替逝者祈福。"

"咦……那,你在做什么?"

"这是我自己的解释,如果'请你安息''请你早日升天'这种念头算是在替逝者祈福,家人或有关系的人大概会追思着逝者生前的模样来祈祷。但我认为，假如素不相识，无法想起逝者的模样，就会变成类似在宗教机构向神明祈祷，有点儿抽象。我想将逝者当作无可取代、唯一的人记住，所以称之为哀悼。"

"呃，做那种哀悼有什么用？你会得到什么好处吗？"

幸世的问题令男子露出复杂的笑容。说不定他迄今已被问过无数次类似的问题，不同于苦笑或羞涩的笑，看起来像是对这种问题习以为常。

"我想，毫无作用。我从没想过要得到什么好处。"

（哎呀，你老是和无聊男人扯上关系。幸世，够了吧？）

朔也摇了摇低垂的头。但是，幸世不知为何仍然十分在意，问道："你接下来要去哪里？又要去哀悼某个人吗？"

"是的。有位疏导施工路段交通的女警被酒醉驾车的司机辗死，现场应该就在过桥之后不远处，我要去哀悼她。"

"咦……不仅是杀人案的被害者？连死于意外的人都哀悼？"

"是的。我想，不管逝者是谁，只要能够让我哀悼，我都会去哀悼。"

"再接着要去哪里？"

"隔壁镇上似乎发生过一起遗产纠纷，一名三十岁的男性被大他五岁的哥哥和小他两岁的妹妹施暴以致身亡。我准备去哀悼他。"

（被哥哥和妹妹杀害？那么实在称不上有什么亲情，他要怎么哀悼对方呢？）

朔也或许略感兴趣，再度抬起头。幸世心想：你自己不会直接对他说吗？但是对方听不见，幸世不得已，只好转达："那个人不是被家人憎恨吗？你打算怎么哀悼他？"

"这得到现场打听消息后才知道，但是他和朋友、同事之间可能有亲密的交流。即使是兄妹之间，说不定在小时候也曾感情融洽地一起玩，从彼此身上感受到手足之情。我想，如果能找出那种事就好了。"

"等一下，回溯到他小时候……你有资格做那种事吗？"

男子又露出称不上是苦笑还是羞涩的复杂笑容。

"这件事，充其量只是在我心中进行。"

（真是笑死人了。如果你在这个男人的面前死去，他也会把你的过去翻出来，发挥想象力，最后把你吹捧成为生前活在爱与感谢之中的女人！）

幸世听到朔也的挖苦，出于反抗心态，感到有一股想朝反方向发足狂奔的冲动。

"可以让我确认吗？确认你是不是真的在做你所说的事。"

"咦？嗯，我无所谓。"

和接受幸世同行到这里一样，男子爽快地允诺。幸世深感意外，说："我不会打扰你？你的哀悼不是神圣的仪式？"

"其实我经常感到害怕，担心自己冒犯了逝者。但我要拜访的都是公共场所，而且你要去是你的自由。只是，你不需要做自己的事吗？"

幸世想做的事是真切地感受到朔也已死，重新找到自己未来的方向。但是,朔也的存在感在她的肩上越发强烈。眼前男子的言行令幸世对死、爱与罪产生了不同的想法。朔也似乎也一样。他虽然嘲笑男子,但是幸世能感受到他的困惑。幸世心想:既然如此,那么追随男子的行动,是否能弄清肩上的朔也是何方神圣?是否能明白该怎么处置自己的生命?

(你最好别做傻事。和玩弄死者的病人一起行动,不会让你明白任何事。)

朔也一脸严肃地阻止她。她反而倔强地告诉眼前的男子:"我的目的地好像和你要去的方向一致。"

"可是我准备露宿。而且,穿凉鞋恐怕没办法走远路。"

幸世望向落入桥下、依然看得见的夕阳。现在是夏天,露宿无所谓,而且自己有足够多的钱随时投宿旅馆。至于双脚,她的脚跟和小脚趾磨得发疼。幸世试着脱掉凉鞋,赤脚踩在地上,触感凉爽宜人。

"买到鞋子前,我赤脚走路。住宿的事,到时候再说。"

男子担忧地看着幸世的双脚,或许是无计可施,便默默地举步前进。

幸世赤脚爬上堤防,单肩包差点儿滑落。她想改买背包,耸了耸肩膀,将肩带甩上来。朔也的头在她肩上轻轻地跳了一下,发出冰冷的笑声。

(你当真?小心被连名字都不知道的男人杀掉埋尸。)

幸世对着男子渡桥的背影说:"能不能告诉我你的名字?我叫奈义幸世。"

男子回过头来报上姓名。幸世又问他，这两个听不习惯的字怎么写？

"写作'安静的人'。和我并不相称，所以我是个名过其实的人。"他腼腆回答的表情并不特别，是极其平凡的青年。

第四章

伪善者
(莳野抗太郎 - II)

1

进入编辑部,第一张桌子上常备好几种零食,还有咖啡之类的饮料,以备熬夜加班者不时之需。莳野抗太郎一大清早还没吃早餐就被叫来,于是用纸杯喝了两杯咖啡,又将饼干、薯片等点心塞进嘴里。

"不能准备更像样点儿的食物吗?报社的面子往哪儿搁?"

莳野把沾满盐的手指舔得"唖唖"作响,以响彻整个编辑部的声量说道。

"想嫌东嫌西,你也出份子钱呀!一个月一千日元都舍不得出的人少废话!"

从他的视线死角处传出中年女子的声音,是负责图片彩页的资深前辈,正是由她向编辑部的众人集资购买点心。

"又不是小孩子的生日会。拿偶像明星的性丑闻去恐吓经纪公司,叫他们吐出来一些钱啊!"

莳野没有特指地大声咆哮,又将甜甜圈塞入口中。

大概是听到了他的声音,海老原叫了一声"小莳",从座位上向他招手。一群人围在海老原面前，有新人成冈、海老原隔壁小组的组长川场和一名陌生的年轻女子。

"敝姓野平，立志成为记者，请让我在这里多多磨练。"

川场那个小组的女记者两周前请了产假，眼前的年轻女子去年刚进公司，原本待在业务部，据说是因人事异动而调过来的。她简洁利落的说话方式令莳野想起了前妻。前妻原本是另一家周刊杂志的记者。当年莳野一面担任晚报的记者，一面兼职替那家周刊杂志的情色报道搜集资料，因而和负责该版面的前妻结识。如今向他打招呼的年轻女子虽然长相和体形都不像前妻，却令莳野的心湖泛起一阵小小涟漪。

"小莳，你带她去采访下谷的那起老夫妇被杀案，教她采访的基本功。"

川场说道。成冈刚进编辑部时也是如此，主管们的想法似乎都是把新人丢给莳野这个编辑部的头号麻烦人物，好让新人对恶性事件、对涉事人产生免疫力。

"听说她也想见识小莳的工作方式。"．

海老原说道，语调比平时更加柔和。接着，川场补充说："北海道三部曲使你声名大噪，公司里好像有你的粉丝了！"

莳野从北海道出差回到东京之后，将石狩市的流氓枪击事件写成了如下报道：

中学时同窗的两个男人受社会排挤，因此加深了友谊，虽然沦为地痞流氓，却相互扶持，直到其中一人与堕入风尘的初恋重逢……他痛改前非，正打算和初恋脚踏实地地过活，却因为好友嬉闹着尝试俄罗斯轮盘游戏而一命呜呼。

他们的一生所谱写的青春悲歌,被称赞"不像嗜血野的文风",在公司内广受好评。海老原也对莳野说:"我就是要这种报道。"读者的反应更是热烈。杂志的抽奖回函一向通过问卷来征询、评选出读者最感兴趣的报道,莳野的报道一跃上升为当期第四名。平时,占据前几名的总是特辑小组的报道,策划版的报道能进入前五名是史无前例的。

除了这篇,还有没有北海道的新闻?在海老原的要求下,莳野以阴雨绵绵的北国短暂的夏天为背景,讲述了一名热爱棒球的少年车祸身故三年后,他的父母依然在案发现场供奉花束的故事,并附上当时以手机拍摄的、被雨水打湿的百合花以及画在花束缎带上的球棒——绝对是"锦上添花"。连主编都对他说:"我好感动。能不能以这种风格再写一篇?我为你腾出版面。"

莳野犹豫了老半天,最后写出了被母亲的情人凌虐致死的婴儿的故事。住在同一栋公寓里的两名六岁女童如今仍心疼地回想起婴儿,哭着告诉记者:"他的脸颊好软,头发好浓密。"标题确定为《两位祈祷的天使》,照例附上当时所拍摄的两名女童在胸前双手合十的照片。这篇报道在公司内好评如潮,而且因为从另一种角度批判了虐童事件,以致在杂志上开设专栏的某知名评论家都来函评论。海老原不动声色地对莳野说:"你的续约大概没问题了。"

莳野一点儿也不开心。关于石狩的报道固然是出自潜意识,但接下来的两篇报道显然是因意识到某个男人的行动。下笔之际，莳野无法否认，自己试图触碰人内心纤细的部分，明明觉得那不是自己的腔调，却忍不住往那个方向落笔。如果可以，莳野希望交稿后不被采用。如果主编怒斥"这篇狗血报道是怎么回事"而将稿子退回，莳野或许就能强化自己对那个男人的负面认知。然而，主编善意地接纳了第一篇、第二篇报道。莳野猜想"这次大概不会再被采用了吧"，把第三篇报道写得更加温情，结果竟然被揶揄有了粉丝。

"如果跟着我，与其学跑新闻，不如学学我走路的公狗腰，还能学得更多。"

莳野发牢骚似的抛下这么一句话，走向门口。成冈他们马上追上去。

莳野在报社前拦下出租车。一直欲言又止的成冈说："呃，现在才说晚了点儿，但莳野先生这次的报道，我也看得津津有味。"

拔高的语调令莳野心里不是滋味，想回他一句"你不说话没人当你是哑巴"，又嫌麻烦，于是一坐上出租车就占据里面的座位，假装睡觉，直到目的地。

从上野乘车到下谷，在鬼子母神社①前下车。乌云密布，天气闷热。沿着神社和零星散布着商店的街巷往里走，攀爬在各户人家院墙上的牵牛花伸展着藤蔓，使得小巷越发狭窄。

在一间这样的老房子里，一名六十三岁的男子和同岁的妻子

---

① 鬼子母神为日本孕妇与儿童的守护神。

于一个月前被杀害。警方朝强盗入室杀人的方向侦办，但在三天前，一名因偷窃被逮捕的五十六岁失业男子坦承杀了他们。男子住在被害者家附近的公寓里，之前和被害者在酒馆熟识。他向被害者借钱遭拒，愤而动手杀人。

抵达被害者的家，莳野发现门口围着"禁止进入"的警方封锁线。没有媒体和看热闹的居民，也不见警官的身影。虽说犯人是在三天前被逮捕的，但案件是早在一个月前发生的，所以人们的兴趣淡了，莳野甚至感觉到一股"全镇的人想尽早忘记这件事"的氛围。

莳野交代两名新人去打听有可能写成报道的消息，等搜集到丰富的素材后再和自己联络。他回到途中经过的老旧中餐厅。

餐厅里只有吧台和两桌座位，三名中年女子将零食堆满其中一张大桌，好像在聊八卦。距离午餐时间还有一个多小时。她们大概是附近把这里当作聚会场所的家庭主妇，和店员一起向莳野高喊"欢迎光临"。

莳野选择吧台座位，点了啤酒和煎饺，然后摊开店里的报纸，打开社会版，找寻发现死者的报道，确认地点。那名男子会去这些地方吗？

自从在札幌的路上追丢坂筑静人之后，如今仍然不知他的去向。莳野拜托任职于北海道警察局的旧识警部补，如果得知关于他的消息，请告知，却全无音讯。

石狩枪击事件的报道刊登于周刊杂志之后，莳野像平时一样也上传在自己的网站上。读者有时会来信发表感想，这次的邮件中，有认识两名地痞流氓的人来信，似乎曾在学生时代被他们恐吓过。

由于收到这封邮件，蒔野想到或许有人曾目击静人的行踪，于是以"走访逝者的男人"为主题开设网站，上传如下文字：

"有一个男人，不管死因是犯案、意外、自杀、灾害……总之，专门走访有人死去的地方，四处打听逝者的事。他是有着异常的性癖好？或是想向家属或亲友诈取金钱？有没有人发现这名可疑人士？有没有人知道事情原委？我寻求任何相关资料。"

然而，至今还没有收到他期望的信息。寄来的少数几封邮件却是在批判开设网站的蒔野：这是一个无聊的策划，这个男人的行为并非罪大恶极，何必大费周章地找他？

坐在大桌旁的女人们发出险些掀掉天花板的笑声，将蒔野拖回了现实。

别说了，这样对逝者不敬……她们说出蒔野正在打探的被害夫妇的名字。蒔野略作思考，上前向她们搭讪。根据蒔野在下町[①]和乡下的经验，人们通常以高于对杂志记者数倍的好感欢迎电视台记者。

"我是电视台的，在做谈话节目采访，方便打扰吗？"

蒔野递出曾以电视台制作人名义印制的假名片，向她们请教老夫妇遇害事件的始末。蒔野察觉到，她们虽是平凡小市民，却

[①] 指东京的台东区、千代田区、中央区隅田川以东的地区，历来多为商人、工人聚居地。

具有强烈的好奇心，于是提议："各位想不想当当记者？只要稍微替我调查一下，我就付给每人五千日元。"

她们爽快地答应，离开了那家餐厅。莳野则去玩小钢珠打发时间。过了两点回到餐厅，三个女人已经返回，告诉了莳野打探到的消息。

莳野递给她们先前承诺的酬劳，从店老板手中接过没写金额的发票。

不久，成冈他们来电联络，约在大马路边的咖啡店碰头。到达时，成冈和野平已经在等候。莳野听了他们的采访报告，他们搜集的信息净是被害夫妇多么善良、附近邻居多么愤慨。

"够了！把那种东西写成报道，谁会特地掏钱买来看？"莳野吼道，"一对高龄夫妇遇害，任谁都会寄予同情地说他们是好人。这位大小姐，请灵活地运用自己的女性优势，把真正的情报弄到手！"

"我姓野平，有名有姓，可以请你用名字称呼我吗？"

虽然容貌不像，但这种语气令莳野想起在京都再婚的前妻。

"如果希望我记住你的名字，就给我好好工作！尸体在社会上没有姓名，只是两名死者。只有被我们写成报道，世人才会知道死者是何地的何许人。好人、命不该绝的人……写一大堆这种表面文章，死者就会有姓名？大小姐在周末也被男朋友舔[①]？"

"这话是什么意思？你不知道……这是性骚扰吗？"

[①] "舔"和"瞧不起"在日语中同音。

"我是要你仔细想想：爸爸妈妈做了什么才会生下你？然后去采访！遇害的老先生年轻时就好色，夫妇俩一天到晚吵个不停；而且他好吃懒做，从父母手中继承的模具工厂也濒临倒闭，幸好有道路规划从工厂上方经过，才能苟活。最近这阵子，他每周去一次菲律宾酒店，将大把金钱花在马利亚这个酒家女身上。或许是这个缘故，老太太沉迷于奇怪的宗教，三天两头劝左邻右舍加入而遭人厌。大家都觉得很奇怪，犯人居然会去那种人家借钱。换句话说……犯人和遇害的老先生相识的酒店就是马利亚上班的酒店。犯人或许认为抓住了老先生的把柄就能借到钱。"

这些都是附近的家庭主妇提供的消息。自己是外地人，就算踏破铁鞋，也无法在短时间内获得这些深细且不足为外人道的内情。成冈一脸惊讶，问道："你打算……写成怎样的报道？"

这个故事显然不会成为所谓北海道三部曲那种报道，莳野也无意那么做。他说："天晓得。写一小篇关于老夫妇的日常生活，诸如老先生用脸去贴酒店小姐的屁股、老太太到处劝人加入伪宗教团体，最后你俩以'他们是好人'作结论，不就得了？"

不知是不甘受辱还是对莳野的期待落空，野平流下泪来。

莳野故意打了个大哈欠，叹了一口气，把账单塞给成冈。

"我先回去了。你可不要安慰人家安慰到床上去了。"

他没有回公司，而是打电话向海老原报告这次不可能写成正面报道。海老原说：我想让成冈他们学着写，请你带一下。

"他俩现在不知道去哪儿幽会了。我去跑之前的案子了，拜托给我报销。"

莳野前往新大久保，在三温暖消磨时间，随后走进了熟悉的麻将馆。

莳野走向以前当晚报记者时认识的帮派成员的麻将桌，围观了一局，便接手年轻人。副总编辑想了一个策划，请获得过非虚构文学奖的作家写写最近黑道帮派的想法和动向，因此莳野兼做田野调查，到处向相关人士打听消息。

"嗨，小莳你怎么了？皮肤干巴巴的，是不是没和年轻女孩亲热啊？"

以杀过三个人、尸体至今未被发现为傲的同龄帮派成员说道。他叫刚才和莳野换手的年轻人拿出粉红色名片，递给莳野。

"你打电话到这里，就能和女学生上床。从青涩的果实中获取一些活力吧！"

莳野打了三小时的麻将，适度地放炮给对方，说服他答应和作家见面。

回到公寓，电话录音机中有留言，是父亲的情妇打来的。她每隔三天左右就会来电，反复诉说父亲的病情如何地不乐观，希望莳野到医院看他。

莳野照旧听到一半就切掉，打开罐装啤酒。

坐在工作桌前打开网站。照旧没有人寄来关于静人的信息。

说不定他在烟雨迷蒙的十字路口前消失的那一天已经停止了旅行。

如果这么想，心情当然比较轻松，但是莳野知道那是不可能的。不过，自己为什么会如此在意那个男人……他弄不清楚，只是越发焦躁不安。

蒴野关掉自己的网站，连上另一个网站。那是前妻的网站。

如今他仍然感到不可思议，自己居然和那么迷人的美女结过婚。肯定是因为时机恰当。当时他在晚报的工作充实而愉快，为现在的周刊杂志所写的报道也广受好评，正在谈签约。另一方面，她刚和男友分手，弟弟和帮派成员发生车祸。蒴野找关系帮她圆满善后，获得她的信赖。

离婚是在婚后的第六年，原因是他出轨。四年后，蒴野偶然得知她现在的姓，于是上网搜寻，连到了她的网站。大约三周前，又在链结中发现了九岁儿子的博客。似乎因为正值暑假，母亲建议他写博客。内容都是家庭作业或和朋友玩等鸡毛蒜皮的小事，但在一天结束前浏览儿子的博客成了蒴野的习惯。儿子这一天写道，因为参加足球教室的练习，累得不成人形。

蒴野一口气灌下啤酒，温温的。这种感受莫非反映出自己的精神状态？

厨房的电话铃响起，被切换成电话录音。父亲的情妇像是喝醉了的嗓音阴郁地在狭窄的室内响起：你为什么不肯见他？你们明明是父子……

2

宛如蒸汽氤氲般乌云密布的天空下，蒴野一个人走在特殊行业店家林立的上野闹市区。

据蒋野的笔记体草稿显示：被害人在菲律宾酒店一个名叫马利亚的酒家女身上花了大把金钱，也很可能和犯人在那家店结识。海老原他们对此很感兴趣。

海老原他们想看到的是，哪怕像这种并不怎么精彩的案件，也不要写成成冈和野平那种单调的纯粹事实报告，而是在蒋野的协助下找出特殊的看点，写成引起读者兴趣的报道，并迎合最近的社会热点。但是蒋野讨厌照顾新人，便派他俩去调查犯人的履历，自己拿着公款独自和马利亚见面。蒋野问她几岁了，她回答二十岁，但应该只有十七八岁。她说带出场也行，于是蒋野付给酒店一万日元，又在外面的宾馆付她两万日元，和她上了床。

马利亚从店里得知发生了命案，但她回答没有见过犯人。蒋野一问起被害者，她就闭上眼睛，在赤裸的胸前画十字。蒋野很在意她的动作，问她是不是喜欢那位老先生。她耸耸肩，摇了摇头回答：他是个好色老头，以为有钱就是大爷，并不是好客人，但是我希望他上天堂。蒋野问她：他是不是对你做了什么好事？她像是突然想起来般地笑了笑，说：今年二月，他给了我一袋豆子，说是会招来福气。那是他送给我的唯一礼物，真是个吝啬的老头……再度画了个十字。

蒋野心想，如果是那个男人，会怎么做……哪怕是这种程度的故事，说不定他也会认为死去的是足以让外国少女为他祈祷的人而伪善地哀悼……这么一想，他忽然感到满腔怒火，问开始穿衣服的马利亚想不想再赚一万日元，要求她为自己服务。

深夜回到住处，打开网站，依然没有收到关于"走访逝者的男人"的信息。儿子在博客上报告：今天在游泳池游了十五米。

拂晓时分，开始下雨。大概是受到隔着窗户传进来的雨声影响，莳野梦见静人在雨中离去的身影。他站在十字路口中央回头向莳野说："我游了十五米哦。"

午后，莳野采访马利亚及其他外国小姐的生活，打听到如今她们依然被剥削，决定根据这些内容将报道的方向调整为：被害者同情马利亚的遭遇，想让她回故乡，因此经常到店内陪她聊心事；他的妻子也有同样的想法，向自己信仰的神明祈求少女平安无事。犯人不但杀害了两个如此善良的好人，也粉粹了外国少女希望早日回到故乡的梦想。第二天，莳野带马利亚出场，除了正常的出场费，更开出再加五千日元的条件，拍下了她遮住脸在胸前双手合十祈祷的照片。

星期一下午，莳野将稿子和标题为《少女流泪为逝者夫妇祈福》的照片拿给海老原和川场看。稿件结尾写道："少女将老先生说会招来福气而在立春送给她的豆子捧在胸前，等待着回到故乡的那一天。"海老原他们大约知道照片是造假，但是什么也没说，接受了稿件。因客观报道的稿件不被采用而满口牢骚的成冈和野平看到莳野提交的照片和稿件之后，或许是想象到了它们将对读者产生的吸引力，也闭上了嘴。

海老原要求莳野往这个方向修改成可以刊发的报道。莳野甩不掉和自己原本的文风不同的怪异感，在编辑部里感到拘束，于是逃进熟悉的咖啡店。

八月还剩下短短几天，但是路人的着装告知了秋天的气息。

蒔野习惯性地点了啤酒，看着马利亚的照片，敲打着笔记本电脑的键盘。

他渐渐觉得自己在写一个幻想故事，感觉很愚蠢，于是又点了一杯啤酒。有人从店外经过，似曾相识。三年不见了，却是不想见到的人。或许是对方接收到了这个讯息，回过头来，和店内的蒔野视线交会。那张长满胡子、皮肤粗糙的脸露出笑容，举起手"嗨"地打了声招呼。他是和蒔野同期进入北海道报社的同事矢须亮士。他走进店内。

"大白天就喝啤酒？真奢侈。在大公司上班果然不一样。"

他从肩头卸下看似沉重的肩包，坐在蒔野正前方的椅子上。

"我不是正式员工，你知道吧？不知道什么时候就会被开除，所以现在先喝了再说。"蒔野像在找借口似的回应，"好久不见。你在日本啊？"

"三天前从格鲁吉亚回来，还不适应日本这边的情况。不请我喝一杯？"

基本上，蒔野不会请他不指望有所回报的人喝酒，但他从矢须身上感到一股莫名的压迫感。当年刚进公司时，经常和他一起喝酒，两个人都瞧不起上下级制度，都高估自己的能力，都表现得不可一世，聊天对象自然而然只剩下彼此，这大概也是他们保持来往的理由。两个人之间产生差距是从蒔野辞去报社工作之后。蒔野对上司交办的轻松工作感到焦躁，以喝酒和玩女人逃避，最后不得不辞职。相较之下，矢须则向上级要求希望被派去海外动荡不安的地区采访，被上级拒绝，于是成为自由记者。一开始没人知道他在哪里、做些什么。后来替社会派杂志写署名报道的机会渐渐增多，不久之后，在电视上也渐渐能看到他在战火中的亚洲或中东做现场报道的身影。

"你现在做哪种报道？和以前一样吗？"

矢须问道。三年前，在如今挂职的公司的编辑部见到他时，他带着发生在苏丹的大屠杀的报道来找主管，希望刊登在大众杂志上，让更多人知道那些事实。当时蒔野正在追访因偷拍嫌疑而被逮捕的知名运动员。结果矢须的报道被认为不适合周刊，挪用为月刊《观点》杂志填版面。蒔野总觉得矢须的眼神在嘲笑自己：你还在跟踪无聊的案件吗？他怒上心头，说："有个挺有意思的男人。工作之余，我在追查那家伙。"

服务生送上啤酒，矢须将胡子泡在啤酒中牛饮。蒔野看着他的模样，心想：要不要告诉他静人的事，问他有何看法？毕竟他是在全世界看过许多尸体的男人。

"矢须，我告诉你，那个男人啊，跟你倒有几分类似，你们都徘徊在有人死去的地方。"

矢须用晒黑的手臂抹去沾在胡子上的啤酒泡沫，说："他在中东、非洲还是中亚？大部分记者我都认识。"

"不，他不是媒体相关人士，而且徘徊的地点是日本国内，和恐怖主义或政局动荡也没有关系……"

看到对方狐疑地皱起眉头，蒔野不想说下去了。尽管如此，他内心涌起自我解嘲的心情，希望矢须对那个男人作出否定的评价，于是只说了极为表面的情况。

"你在胡扯什么？流氓开枪？铲除屋顶积雪时发生意外？你居然说和我类似？你在挖苦我吗？"

果不其然，矢须将心中的不悦表露无遗："不管是宗教狂热还是其他什么，这种行为都未免太一厢情愿了。"

"是嘛，你果然觉得一厢情愿啊。"

莳野内心窃喜，但是佯装一本正经地点了点头。

"哎，以刚才听你所说，我认为那个宗教狂热小子如果试着和我一起四处走一走就好了，到一瞬间炸死一百人甚至几千人的现场见识一下。他到了那种地方又会怎么做呢？"

莳野只回了一个故弄玄虚的笑容，没有回答。矢须从鼻子里冷笑着说："志在拿下头条报道的嗜血野竟然会追这种消息，这不像你的作风。一定有什么隐情吧？还是上了年纪，精力衰退？难不成……你累了？"

被矢须出其不意地击中要害，莳野无言以对。

"你也差不多该加入我的行列了，说不定你能成为世界发生改变的那一瞬间的见证人。"

"世界会改变吗？发生过几次革命，也出现过英雄……然后，结果还不是跟原先一样？"

"说这种愤世嫉俗的话，才是我认识的嗜血野。总之，改天看看我写的报道吧。我等一下要去兜售了，但恐怕卖不出去。我想把稿费作为下一次的采访经费。如果你能介绍肯买我的报道的地方，我会感激不尽。"

莳野完全无意帮忙，只是口头敷衍：随时跟我联络。

那一晚，莳野带着帮派成员去日本料理店的包厢给作家牵线。几乎问不出帮派火拼的相关内幕，那帮派成员只是没完没了地说着如何把尸体埋在警方找不到的地方。

深夜回家，打开前妻的网站看儿子的日记，不外乎没有抓到蝉、喷出西瓜籽这种无聊的内容，但是一整天接触的都是世界现实的一面，看着看着，亢奋的情绪就会逐渐趋于平静。

莳野心想：反正不会收到关于静人的信息。直接钻进被窝。

不眠之夜。半梦半醒之间，他看见静人单膝跪在沙漠般荒凉的土地上，反复做了好几次双手一上一下、然后在胸前交叠的动作。一直持续做同一件事的模样十分滑稽。莳野站在他面前问：你在做什么？静人依然挥动着手，头也不抬地回答：一万个人在这里死去了。

莳野睁开眼下床，将烧酒倒进玻璃杯，以"打发睡意袭来之前的时间"为借口，试着浏览网站。往下看时，发现最新的邮件中有人写着："该不会是这个男人吧？"

对方说：网友以分享趣闻的语气告诉我似乎有这种奇怪的男人，心想说不定是他，所以来访问网友告知的这个网站。

"那是今年冬天的事。我打工的居酒屋傍晚五点开店，因为有许多事要准备，所以我会提早一小时进入店内。四点多，我在店门前扫地时看见了一个男人，他身穿运动夹克，头戴毛线帽，背着大型背包。

"他提起九个月前在这家店里死掉的人，自称是从地方报纸的报道中得知消息的。那一年春天，在大学迎新联欢会的饭局上，的确有一名新生被同学和学长煽动着一口气灌了太多酒，死于急性酒精中毒。我不巧正是那一桌的负责人员。警察也来了，问了一大堆问题。同事还笑我，说有人喝了我端去的酒死掉，等于是我下了毒……简直倒霉透顶。

"男人问我，去世的大学生是个怎样的人？我回答说我怎么可能知道，他只是一般的客人。于是他问我：和他一起喝酒的人觉得他怎么样？我回答：我不知道，但是如果在意他，就不会灌他酒了吧？而且学校也没有派人来向店家道歉。听警方说，那名大学生来自一座小岛，尸体被飞机运回去了。我告诉对方那件事的时候忽然想起一件事。

"事发后四个月左右，一名中学生自称是去世学生的弟弟上门拜访，说想看他哥哥去世的地方。他说他是趁着放暑假，瞒着父母来的。店长叫我为他带路。那是一间空无一物的普通包间，但是死者的弟弟默默地看着，忽然扑簌簌地掉下泪来。我觉得很尴尬而离席，但是听得见声音，他大概哭了五分多钟……我回过神来，发现他站在店门前，低头恭敬地向我道谢后回去了。

"我一说完死者弟弟的事，男人便跪在店前的地上，双手一上一下，然后交叠在胸前，口中念念有词。我觉得毛骨悚然，去找店长来，他却已经不见了人影。店长很纳闷地说：这是新的诈骗手法吗？同事调侃我：那是去世学生的鬼魂。如果这个网站上所说的和我看到的男人是同一个人，起码他不是鬼魂。另外，男人并没有向我讨钱，感觉不像是骗子……

"怎么样？是这个男人吗？是不是同一个人？"

如果静人说的是真的，他从五年前开始旅行，那么有一两条目击者反馈也合情合理。于是莳野试着开设这个网站。然而一旦有信息进来，他还是会怀疑是真是假，对一文不值的死都哀悼更令他感到恼火。

虽然不见得认同矢须，但莳野想说：世上有很多比一瞬间炸死成百上千人更悲惨的死法。

但是……想到那个感叹哥哥的死被路人说成一文不值、读中学的弟弟泪如雨下的身影，莳野越来越没了睡意。

天亮之后，是睽违已久的暑气再次回归的大晴天，气温一大早就超过三十度。莳野在黎明时分终于入睡，午后一到报社就在一楼的前台被叫住。

莳野经常对前台小姐说些涉嫌性骚扰的玩笑话，对方不正眼瞧他是家常便饭。正因为如此，莳野感到很不可思议，口中说着"你可以叫我嗜血野"朝前台走去。他将手搭在前台的桌子上挑逗道："只要跟我睡一晚，你就会想用撒娇的语气叫我嗜血野了。"前台小姐冷淡地说："有访客。"她指着大厅角落摆着待客沙发的一隅，"我告诉对方，不知道你什么时候来上班。但是对方坚持要等你，已经等了两小时。"

一名背对着这边而坐、身穿和服的肥胖女性或许察觉到莳野走近的动静，回过头来，挤出后颈的赘肉。她顶着一脸浓妆，年龄四五十岁。她站起身来，整理下摆，直面莳野，目不转睛地看着他，表情倏地亮了起来。她的双唇涂着鲜红的口红，勉强扬起嘴角笑道：

"哎呀，我都认不出你了，你发福好多。好久不见。"

莳野和对方已八年不见，比起对方的容貌，倒是从最近一直听到的声音先认出：她是和父亲长年生活在一起的女人。

3

莳野在东京东北区的小车站下车，往北走在经过土地规划的笔直大道上。进入九月，炎热的天气依然持续，但是白天变短，到了傍晚六点半，四周已经没入暮色。

走了十分钟左右横穿大马路。这一带住宅林立，有一条小小的商店街，主顾多是附近公共住宅的居民，这些住宅似乎是很久以前盖的。照着写在名片上的地址，在小街拐弯处发现了一间房子，挂着"玩具庄酒吧"的招牌。

唯一醒目的装修是将镶有木门的墙壁砌成红砖墙，令人一不小心就会错过。门上油灯款式的电灯亮着，大概表示正在营业。莳野心想，再晚一点儿有了客人就无法交谈，所以选在这个时间。他松了一口气，拉开门。

吧台前并排摆着十张左右的椅子，内侧只设有一张大桌。店内的装饰并不华丽，但是另一方面，椅子、餐具柜和窗框等却一律采用被称为新艺术、曲线多样、给人优雅印象的设计。壁纸是白底绿蔓草纹样，令人觉得是一家有文艺情趣的店；但是吧台角落又摆出用来唱卡拉OK的屏幕和麦克风，明显是为了揽客而妥协的，令人感觉莫名地落寞。

看不见客人或店员，他正想呼唤店员，或许吧台内侧藏有被暖帘遮住的楼梯，传来下楼的沉重脚步声。尾国理理子拨开暖帘，身穿可称之为礼服却略嫌朴素的短袖连衣裙现身。她的脸颊和眼皮都已松弛，看起来十分苍老，几乎认不出。

"哎呀，讨厌，欢迎光临。今天来得真早。"

她看也不看地说，脸颊和眼皮倏地拉紧，顿显年轻十岁。

"刚发现一块抹布也没有，想起来都放在二楼晾干，所以上去拿一下。"

她摊开纯白的抹布擦拭吧台。或许因为蒋野一动也不动，她这才抬起目光。

"欸？是蒋野家的小朋友……来，别杵在那里，过来坐。"

蒋野轻轻叹了一口气，轻轻地坐在身旁的椅子上。

"我前一阵子说过了，能不能请你别叫我小朋友？"

"哎呀，对不起，我习惯用第一次叫你的称呼了。"

"这家店挺不赖，灯光美，气氛佳……店名也很文雅。"

"你的嘴真甜。店的内部是十年前接盘时的旧装潢。店名是令尊取的，听说是波德莱尔的别墅名。令尊很有诗情，对吧？"

蒋野后悔自己下意识地赞美了。他不想继续聊这个话题，于是话峰一转："你来公司的时候，我发现你说话的语气和电话录音机里不一样。"

"噢，大概是因为喝醉了打的，所以说话的方式比较粗鲁？对不起。别看我这样，其实很胆小。如果不喝酒壮壮胆，就不敢给你打电话。"

理理子没问莳野要点什么就拿着大啤酒杯在啤酒机斟酒。因为啤酒机放在高处，所以从莳野的座位可以看见她短袖内的腋下和浑圆饱满的胸部。她体态丰盈，肌肤和十六年前一样有光泽。

莳野自从十二岁被带到东京，父亲就不再回家，母子相依为命，过着单亲家庭生活。他高中二年级的时候，母亲为了看护卧病在床的父母而回到故乡，在他们死后仍留在故乡，所以莳野继续一个人生活。他大学毕业后决定在北海道就职，搬出公寓时，必须知会父亲一声。

当时父亲从事销售进口高级轿车的工作，是个只会耍嘴皮子的男人。撇开坏脾气不谈，业绩似乎不错，从事业务相关的工作始终不曾失业。

莳野打电话到父亲的公司，告诉他自己要到去北海道的报社上班。莳野曾听母亲说，父亲从前想成为记者，也曾到报社毛遂自荐，但是最后没有当成。莳野达成了父亲无法实现的梦想，有一种争了口气的快感，心里也有点儿期待父亲会夸奖自己。父亲说，我们去银座吃顿饭吧。

餐桌上，莳野提起了录取率很低的录用考试，希望父亲说一句"恭喜"，但是父亲几乎不说话，只在餐后邀他去喝酒。银座的店有等级之分，莳野现在回想，当时进去的店大概和下町的酒吧没两样，但当时只要是在银座，就连地下室里灯光昏暗的小店都显得光彩夺目。理理子是那家店的小姐。哎呀，这位就是莳野家的小朋友？她笑着坐在父亲和莳野之间。大眼睛、大嘴巴，眼角有点儿下垂，显得妩媚动人。她身穿无袖小礼服，手臂和大腿的白皙肌肤很醒目，只要身体一动，丰满的胸部就会颤抖。莳野当时已经光顾过特殊行业，并没有轻易被挑起性欲，但是看见父亲的手一会儿托起她的胸部一会儿伸进大腿内侧，内心莫名地感到不平静，有一种像是目睹父母进行性行为的厌恶和愤怒。

理理子即使被父亲抚摸着，也面不改色地听着莳野说话，最后终于劝告父亲：在小朋友面前这样不好吧？父亲对理理子说："他是个讨厌的小鬼，"嗤之以鼻道，"他来跟我炫耀，报告他被地方报社录取了。大概是听他母亲说过那是我年轻时的梦想。不过是地方上的小报社，就自以为了不起，以为这样就争了一口气吗？"

莳野感到憎恶，同时被一股无法言喻的悲伤打败，不知不觉地哭了。理理子试图安慰莳野，却被父亲打断，吼道："滚回你乡下老土娘身边去！"莳野走出店外，不想回公寓，直接走进特殊行业店。对方身材微胖，做到一半，莳野决定努力把她当成理理子，假想侵犯父亲的情妇⋯⋯莳野试图靠这么想而雪耻。

那个女人正在眼前。她将大啤酒杯端到莳野面前，微笑道："请用。那么，你去医院了吗？知道病房是哪一间了吗？"

她去公司的目的和在电话中反复拜托的是同一件事，就是告诉莳野，他父亲喉咙处的肿瘤转移到淋巴结，即将不久于人世，所以希望他去见一面。她将他父亲住院的医院地图和写有病房号码的便条纸塞给他。

莳野的确喉咙干渴，但主要是为了从她身上移开目光而将啤酒就口，说："不⋯⋯我没有去医院。"

"咦，为什么？我好说歹说……他也知道这将是你们父子最后一次见面了。"

对方的声音中带着怒气，挑动了莳野的情绪。

"事到如今，他凭什么要求我？他一辈子自私自利，临死了说想见我，脸皮也太厚了！你既然待在他身边，应该知道他都做过什么吧？"

第二次见到理理子是在母亲的葬礼上。

一想到母亲才四十五岁便孤独地死去，莳野就提不起劲儿和父亲联络。舅舅说"不能不通知他"，从莳野口中问出联络方式，直接打了电话。

葬礼尊重母亲的信仰，在函馆的教会做弥撒，代替守灵。第二天在老家的菩提寺正式下葬，丧家由舅舅代表。父亲直到正式下葬仪式开始前，才以一身平常的西装打扮现身寺庙，允许母亲的骨灰纳入她老家的坟墓；和舅舅讨论了其他手续上的必要事宜之后，甚至拒绝看母亲最后一面，只想赶紧走人。因父亲太过无情无义，莳野追上前去，发现出租车停在寺庙的参道前，也看见了一身旅行装扮的理理子。

父亲毫无愧疚地说："机会难得，我想顺道在北海道玩玩。"倒是理理子似乎刚听说有葬礼，一脸抱歉地深深鞠躬。

"我今天来是为了告诉你，我和那个男人早已断绝父子关系。在公司见到你的时候，因为八年不见，我吓了一跳，所以听完了你的说词再跟你告别。"

"我不是不能理解你的心情，但是……他快死了。"

"在我心中,他早已经死了。我连他的长相都忘了。"

"你之前说过了。"

"之前?噢,你还记得啊?"

之前是指八年前,莳野的儿子出生后,迎来一岁生日时。

当时,有人在假日拜访莳野一家三口的公寓。一开始是妻子去应门,辛苦哄着儿子的莳野后来也被叫出去,只见身穿套装的理理子站在玄关处。

好久不见。她低头打招呼,把高级百货店包装好的包裹塞给他。她站在玄关寒暄,说是他父亲派她来的,想庆祝孙子的生日。莳野的妻子站在他背后,好像不知所措。因为莳野告诉她,父亲很久以前就过世了。

喉咙干渴欲裂。莳野问理理子:你怎么知道这里?连孩子的事都知道?她回答:因为我跟你函馆的亲戚联络了。莳野虽然和亲戚断绝了亲密往来,但是希望在纪念母亲的法会上,舅舅能到场,所以告诉了舅舅自己结婚、孩子出世等消息及联络方式。

但是,讨厌母亲方面亲戚的父亲为何会跟函馆的亲戚联络?莳野对此感到疑惑,理理子仿佛察觉到了,说:令尊的身体欠佳,变得软弱,不停地说想见你,于是和你的亲戚联络。

通过她听到父亲说想见见孙子,莳野无法克制愤怒,大吼:"开什么玩笑!"便把她赶出玄关外,咆哮道,"那个男人在我心中早已经死了,我连他的长相都忘了!"然后关起大门。

时隔八年,父亲垂危之际再度打电话到函馆,得知莳野的联络方式。

理理子从冰箱里拿出啤酒瓶，倒进玻璃杯，连喝了两杯。

"大家最近都喝生啤，但我还是喝这个。我喜欢好像一杯一杯地累积着时间的感觉。喝光时，能够回想起人生中的片断，别有风情。你……果然是你父亲的儿子。"

莳野从对方的话中感觉到佯装的冷酷，便沉默不语。

"令堂去世的时候，他的表现和现在的你很相似，对吧？"

"如果你打算用无聊的挖苦激我去医院，我会觉得很恶心，能不能请你别这样做？"

"这样难道好吗？就这样一句话也不说地让令尊过世？你和他生活了几年？跟他说过多少话？你几乎对他一无所知，只是憎恨他而已，对吧？"

"我对他十分了解，了解到不想再了解的程度。而且那种人没有任何值得我了解之处。"

理理子不语，灌了一大口啤酒。当她又斟满酒时，莳野别过脸去，扯开嗓门吼道："你少瞧不起我！"

"我没资格说大话，但是，你仅仅了解他的一部分吧？他在这里读诗时，客人们为他鼓掌；我因为患了子宫肌瘤而无法生育时，他安慰了我一整晚；气管被切开之前，他说想让孙子听见他说话，用录音带录下了自己的声音……你什么都不知道。我还没有告诉你，他已经失去声音了。他用马克笔在素描本上写道：我想见抗太郎。虽然你恨他，但稍微克制自己的情绪见他一面又不会少一块肉！"

莳野终究感觉到内心动摇了，像是要挣脱眼前的局面似的离座说:"你的男人和我认识的男人一定不是同一个人。见面只是白费力气!"

莳野从钱包里抽出一千日元放在吧台上,朝出口走去。

"令尊……买好了墓地。"

理理子在他背后说。莳野把手搭在门上,背对着听她说。

"可是他不告诉我买在哪里。他只想告诉你。他大概希望等他死了,你可以给他下葬。而且他希望你将来一起入土。"

"可笑。你入土陪他不就得了?"

"他好像不让我入土陪他,因为那是莳野家的墓。我话说在前头,丧家是你。"

莳野推开门往外走,到别家店又喝了一阵,但是喝不醉。

一天将尽的时候,他回到了家,实在没有睡意,于是坐在电脑前浏览关于静人的信息。前几天来自居酒屋店员的信息仿佛成了引线,又陆续收到来自全国各地的邮件。

"我看到了,看到了。一定是那家伙。他在中学生跳楼自杀的公寓前跪在地上做出奇怪的动作,还背着背包,我想肯定是他。那是今年五月。我和朋友还笑他脑袋有问题,没想到他出没在那么多地方。他在搞什么?真是变态?"

"我也发现了。背着背包、步伐缓慢的家伙,对吧?我们在小酒馆林立的小巷里呕吐完正在休息的时候,那家伙就跪在我们旁边,手挥来挥去的。我们事后问店里的人,听说那里有个上班族大叔被年轻人殴打,撞破头死掉了。结果你猜怎么着?他竟然跪在大家呕吐过的地方!简直是神经病。"

"我为了当救生员,一直在作准备。游泳池开放的前一天,那个男人出现了。意外发生在去年学长担任救生员的时候,所以我怎么可能知道去世的女孩被谁爱过之类的?可是那个男人死缠烂打地追着我问:有没有其他人知道?我无可奈何之下,只好找来正式员工。员工没办法,只好告诉他死者父母参加葬礼时曾哭泣。于是,男人跪在地上,做出像在祈祷的动作,然后走了。那一天,我向游泳池辞掉了打工的工作。我原本就知道有人死掉,但得知那是一个曾经被父母和同学深爱的女孩之后,总觉得很难过。都是那个男人害的。他是个混账。"

次日上午,莳野如往常一样睡眠不足地前往编辑部。

正好是电视新闻播报时段,闲下来的人聚在屏幕四周。

如果发生了有价值的案件,上级有时会在开会前命令大家前去采访。

"哦,看看这个,拍到了很棒的画面嘛。"

几个人发出赞叹声。莳野一看,出现在屏幕中的是颗粒粗大的影像,像是用手机拍的,类似河岸处蹿出火舌的场面。

"这是什么?"

莳野找到成冈,在他背后问。成冈有点儿兴奋地回过头来说:"有人被活活烧死了,路人正好经过。犯人有好几个,在那个人身上放火后被目击到逃跑的样子。这不是很棒的独家吗?"

莳野全无真实感,不知道那团火球是不是人,只注视着那团在荒芜的草地上左右摇晃、画质粗糙、色彩模糊的火焰。

4

人活活被烧死的案件向全国播报后，报社立刻决定制作特辑，由海老原小组负责。莳野久违地担任了采访现场的指挥。

位于埼玉县南部河边的现场聚集了许多媒体。莳野指示成冈和野平，除了目击者之外，也必须向附近居民打探情报。他得知自己熟识的重案组主任负责了这起案件，便紧跟着搜查组，努力拼凑出案件的全貌。

但是，还来不及掌握全貌，第二天清晨就收到了犯人被逮捕的消息。目击者以手机拍下了逃逸车辆，警方经过图像处理，似乎查出了车牌号码。

上午十点，县警察局召开记者会，警方公布被害者是一名十八岁的女性。至于嫌疑人方面的主犯，是和那名女性同居、自称男公关的二十一岁男子，共犯则是他的三名酒肉朋友——十九岁的油漆工学徒和分别为十八岁和十六岁的无业少年。不过，被害者的准确身份尚待确认。

案情很简单。案发经过是：男性主犯和被害女性在房里争吵，她情绪失控，于是男性主犯勃然大怒，殴打了她，她便瘫倒在地。男性主犯以为她死了，找来三名伙伴，企图毁灭证据，在河岸向她泼煤油点火。但是她发出尖叫声，痛苦挣扎，又有居民经过，于是四人仓皇逃逸。

在另一场非正式的警方发布会上，警方指出男性主犯经常食用毒品，而被害女性也有药物中毒的倾向。她和三名共犯都发生过性关系。三名共犯似乎因此对男性主犯感到内疚，所以按照他的要求伙同犯罪。

由于一开始播放的画面令人震惊，受到各界挞伐，各家电视台后来都避免再次播放引起争议的画面。这起案件不但令人反胃，而且被害者身份不明，媒体只能控诉此罪行泯灭人性，并没有电视台特地为此制作特辑。被害者没有驾照或社保卡，在不同地方使用好几个不同的名字。虽然留下了几张照片，但妆化得很浓，和协助搜寻失踪人口的名单比对后，也没有得出结果。将房间里留下的指纹和指纹库比对，也没有一致的指纹。或许是受到药物影响，烧剩的牙齿的状态似乎也很糟。

案发后第四天，周刊召开编辑会议，成冈和野平介绍了对被害者身边人的采访情况。少女总是化浓妆，没有人见过她素颜的样子。她总是轻易地和任何人发生性关系，借了钱也不还，除了毒品，也吸食强力胶[①]，身心都处于残损不堪的状态。

"受访的人当中，没有任何人说她的好话。"成冈淡淡地报告，"虽然对逝者不敬，但假如我是读者，就会觉得她是一个死有余辜的人。"

作为女性的野平被征询意见时，表情冷静地歪着头说："我和成冈一起到处采访，所获得的信息一样……即使犯人恶贯满盈，但是女性读者大概会觉得她活该，难以产生同情。"

莳野是和成冈他们分头调查的，确实没有人为少女哀悼，反

---

① 强力胶中的有毒气体可麻痹神经，因价格便宜而被误入歧途的青少年作为毒品替代品吸食。

而对加害者抱有同情，觉得他们被怪女人缠上。

"小莳，再稍微观察一下情况，看看警方是否确认了被害者身份，再决定我们要不要制作特辑。"

海老原的这句话决定了编辑方针，先做半页的陈述式报道。

开完会，莳野到厕所喘一口气。他也向其他周刊杂志的约聘记者询问情况，似乎每家的处理方式都类似。编辑方针是正确的。既然如此，为何自己不能释怀？

"没能制作特辑，真的很遗憾。"

蓦然回神，成冈就站在身旁，一脸深感遗憾的表情说："被害者的问题未免太多了。"

成冈打从心底里同情两个月前被十一岁的哥哥误发动车子辗死的六岁孩童，却认为这次的被害者死有余辜。连原本对莳野的性骚扰言辞很敏感的野平，得知少女是与多人发生关系的吸毒者后也说她是自作自受。你们是以什么为标准同情某位死者又放弃某位死者的？莳野察觉到自己正要说出口的问题非常幼稚，慌忙离开了厕所。

深夜回到家，他试图重振精神，看了儿子的博客。新学期开始了，儿子热中于为参加运动会做练习。看到儿子自述不擅长跑步，他一边想"儿子在这种奇怪的地方和自己真像"一边面露苦笑。

另一方面，他平均每两天会收到一两封目击到静人的邮件。

小钢珠店的店员逼问在停车场徘徊的男子是不是想偷车上的物品，男子回答：我想知道关于在这里中暑致死的婴儿的事。店员将他视为可疑人士，立刻赶走了。

外县有位列车司机在铁轨旁发现一名蹲在地上、手贴着胸的男子。那是一名铁轨作业员在工作时被列车辗死的地方。司机鸣了警笛,男子便对司机鞠躬致意。

一对恋人眺望着冬天的海面时,被背着背包的男子询问:有一对男女在夏天翻船溺亡,你们知道些什么吗?发件人怒气冲冲地说:好好的约会被他毁了!

"这件事发生在我工作的幼儿园,时间是去年圣诞节前的某一天。"

这天收到的邮件里提到的是苆野隐约记得的意外。

"我让孩子们在庭院里玩耍的时候,有一名男子隔着栅栏看向这边。他身穿破旧的运动夹克、牛仔裤,背着大型背包。我叫孩子们回教室,问他有什么事情。他说想请教关于过世男童的事。那孩子死于四年前,是一起令人心痛的意外。他远足后回到园内,等待父母接他回家的时候爬上后院的树,水壶垂下来的背带钩住了树枝,勒住了他的脖子……

"当时的园长和班主任至今仍在打官司,两个人都辞职了。我虽然不是他的班主任,但知道他是个活泼的孩子,和谁都能和睦相处,大家都很喜欢他。我相信他也喜欢我们。当我这么告诉那名男子后,他便跪在地上,双手一上一下,然后在胸前交叠。同事觉得可疑,招手要我过去,我们正在讨论要不要报警,他就消失了。男孩过世的次年,树被砍掉。最近,这起意外成了禁忌话题,所以我真的好久没有去那棵树原本的地方双手合十了。

"发现这个网站后,我稍微松了一口气。如果是同一个人,就要去很多地方，就不会再来我们幼儿园了吧？他来，只会扰乱我们的心情。希望他别再来了。"

第二天，蒔野和作家去探访帮派斗争的背景，却没获得有用的信息。找旧识的帮派成员商量，反被对方讥笑道：去找学生上床，忘了这件事吧！

晚上，为了慰劳作家，蒔野带他去喝酒。喝醉了的作家说：其实我想做的是拯救世界的工作。在焦躁感的推波助澜之下，蒔野把作家带到上野，说想介绍为了医治弟弟的重病而来到日本的外国少女给他认识。作者神色一变，蒔野要他掏出三万日元，把其中两万日元塞进自己的口袋，一万日元交给酒店，带马利亚出场。蒔野告诉作家，希望他至少再花五万日元拯救世界，便将马利亚交给他。二人离去时，马利亚转头朝他露出一口白牙。

"他大概是我家附近新成立的宗教团体的成员，警察说不定已经盯上了他。如果没有，最好有人去报警，在他做出可怕的事情之前好好监视他。"

还收到对静人进行批判的邮件：

"好低级的嗜好。我听说有的变态看到人的尸体就会兴奋。最好隔离他，让他一辈子都无法出来危害世人！"

"如果是我，绝对不希望陌生人出于兴趣而问起我男友的事。假如我看到有人在我男友去世的地方胡作非为，我说不定会杀了他。"

此外，蒔野也收到一封关于从前采访过的案子的邮件。那案子是某个城镇的女高中生在上学途经的车站前被同校的男学生刺杀。邮件很长，发件人是案件的目击者，也是被害者的好友，如今成了女大学生。莳野看过邮件才想起来，自己曾在案发一周后入住镇上的旅馆追查案件。除了当事人就读的高中，也轮流拜访过加害者和被害者的家，曾因对方迟迟不出来应门而感到不耐烦，即使在深夜也狂按门铃。

然而，现在……却完全记不起被害者的名字，对她的身世和人际关系一点儿印象都没有，顶多对加害者的姓氏和家庭环境稍微有点儿印象。这种情形不仅限于这起案件。越是残酷的案件，越是不记得被害者的名字，但能记住加害者。

莳野隐约记得车站前的投币式储物柜，心想：静人去过那个地方吗？莳野试着想象他单膝着地，双手一上一下，然后在胸前交叠，垂下脖颈吟诵逝者的名字。

目击的女大学生并不像之前的发件人那样对他感到愤怒、不安或焦躁。她烦恼的是不知该如何看待他，于是称静人为"哀悼人"，问莳野：他在哪里？在做什么？

"'哀悼人'究竟是谁？"

我也想知道他是谁……莳野在口中低喃时，电话铃响起。

切换成电话录音后，传来理理子的声音。她已经不期待莳野会接电话，从一开始就打算留言，以平板的语气说，他父亲已被移到护士站前面的病房了。病患间流传，一旦被移到那间病房，一周左右就会死掉。他父亲之前曾经坚持绝不搬进那间病房，应该是到了必须随时观察的状态。

"如果要见他，真的只剩现在了。"她说。

活活被烧死的少女案件仅在一开始令人震惊，因无法查明被害者的身份，在层出不穷的新案件中，如今话题日渐冷却。莳野从认识的报社记者口中打听到，有人出面作证说，少女在三年前就自称十八岁。这下连年龄都变得可疑。搜查团队士气低迷，加上曾有在死者身份不明的情况下检察官依然起诉的先例，很快就传出"这次也可以循例处理"的声音。

莳野离开报社回家的路上，忽然改变心意，搭上和自己家反方向的电车，在离理理子告诉他的医院最近的车站下车，心意摇摆不定地往前走。

即使已入夜，接收急诊病患的综合医院的各个楼层仍然灯火通明。

莳野抬头看向父亲所在的病房楼层，窗户一侧有个男人。那个无情对待母亲和自己的男人即将结束他的一生。

理理子曾讲述父亲的另一面：他在店里读诗时客人为他鼓掌，他真诚安慰无法生育的情人，他失声前留下了给孙子的讯息。

"哀悼人"啊……莳野嗤之以鼻：即使是这么愚蠢的故事，你也会哀悼吗？

忽然，莳野很想和静人的父母见一面。父母如何看待儿子的旅行？北海道警察局的警部补说，他的父母知道他旅行的事。既然知道，一般应该会加以阻止。不阻止的理由是什么？他们了解静人那么做的原因？他的父母和自己的父母有什么不同？

父亲明明在母亲的葬礼上表现得冷酷无情，却害怕自己死期将至而买了一块墓地。要不要干脆站在父亲面前嘲笑他是胆小鬼？但是莳野不希望自己因为看到父亲濒死的脸而动摇心意。自己必须继续憎恨那个男人。

莳野离开医院朝车站走去时心想：四周的景象似曾相识。他想起车站前的商业大楼八年前曾经发生火灾，因为消防设备不完善，死了二十多个人，当时引发了一阵大骚动。但是后来大楼重建，丝毫没留下悲剧的痕迹。见有个人蹲在粗大的柱子底部，莳野心想："不可能是他吧？"走过去一看，发现是一名年轻男子正弯着腰在呕吐。

莳野回到家中，浏览儿子的博客。儿子写到了家庭作业，老师要大家问自己的父母从事哪种工作，工作上有哪些辛苦之处。莳野辗转打听到前妻的再婚对象是京都一家美术相关书籍出版社的编辑。从网站上的描述得知，她也在帮忙做编务。儿子以小学三年级的童稚文笔写出了以上情况，接着又得意地写道：这种向人提问的行为叫做采访。他写道："做采访的人是记者。我以前的爸爸是记者。"

莳野大吃一惊。这是儿子第一次提起他。

"我听妈妈说，他是个非常优秀的记者。"

这又令莳野吓了一跳。他做梦也没想到前妻会那样向儿子形容自己。莳野觉得颇为受用，他反复阅读接下来的文字，并铭记在心：

"可是，我听妈妈说，以前的爸爸死了，死于意外。我已经记不得他的长相了，可是我不寂寞，因为我有妈妈和现在的爸爸。写完了。"

第五章

代辯者

(坂筑巡子 - II)

1

穿透窗帘的光线照得天花板微亮。坂筑巡子抬头看向天花板，将空出的手举到眼前。在刚才的梦中，她收下了无可取代的珍贵之物。那种感觉留在手中，好温暖。总觉得自从女儿美汐告知怀孕的那天晚上起，就一直做着同样的梦。不过，遗憾的是，醒来就忘记了具体的情形。

清晨六点多。铺在床边的棉被上不见丈夫的身影。巡子一边坐在床上测量体温，一边构思俏皮话或谜语与答案。虽然选择了不积极治疗癌症，居家生活，但还是试图稍微提升自己的免疫力，把每天想一句好笑的话当作例行公事。昨天想出的谜语是"安宁照护病房"，答案是"春、夏、冬"。解题关键在于"没有空位"[①]。但家人的反应有些迟钝。

体温正常。巡子将睡衣换成衬衫和裙子，走入客厅。隔着窗户，看见鹰彦拿着竹扫帚打扫庭院的身影。或许是因为今天的关系，他没有睡好。

八月六日，是鹰彦五岁夭折的哥哥和他二十四年前过世的父

---

① "空位"和"秋天"的日语同音。

亲的忌日。

今天,除了他们的法会,还要欢迎在得知美汐怀孕之前就分手的前男友到家里来。

原本想改天,但是对方希望尽早商讨。另一方面,美汐和对方都有工作在身,时间方便且日期最近的假日就是今天。法会从下午一点开始,预定一小时结束,所以巡子拜托外甥怜司和对方联络,请他在下午三点过来。

巡子打开窗户,呼唤丈夫。他从巡子的表情明白了她的身体状况,悄悄地放松了肩膀。

"老公,我今天早上也想到一个谜语,保证好笑。准备好了吗?谜面是'宣告剩余寿命'"。

鹰彦的笑容蒙上一层阴影,因为巡子的笑点都和疾病有关。她坚持要对癌症一笑置之,所以觉得谜语必须取材自疾病。

"谜面是'宣告剩余寿命',谜底是'艺人气象主播的气象预报'。快,问我为什么?"

"啊……解题关键是?"在巡子的催促下,鹰彦问道。

"解题关键是'不准比较能让人接受',怎么样?"

鹰彦硬挤出一个接近苦笑的笑容。

"那是什么脸啊?一点儿反应也没有。你知道笑点在哪儿吗?破例再来一个,我要说了。谜面是'没有告知病患的情况下',谜底是'美国的外交政策'。它的解题关键是……'伙伴必须辛苦找借口'。这个怎么样?"

巡子抛下反应迟钝的丈夫去洗脸,动手准备早餐。不久,美汐从二楼下来了,或许是没睡好,眼睛红通通的。三天前决定了请前男友来家里的日子的那天,她向巡子和鹰彦低头道歉。包括婚前怀孕在内,她的对不起涵盖了各方面。巡子除了因自己的疾病让美汐喘不过气之外,更因静人的事导致美汐失恋而感到过意不去,反而想向美汐道歉。

"美汐,要听今天的笑话吗?你肯定会哈哈大笑,绝对有益胎教。"

巡子把刚才对鹰彦说的谜语和答案向美汐重复了一遍。美汐只是皱起眉头,不发一语。

我们家的人都太没有幽默感了。巡子一面如此嘀咕一面回到厨房,说:"美汐,今天早上吃面包,好吗?我和你吃的东西好像挺像的?"

巡子喜欢柔软、易消化的食物,早上总是将面包泡过牛奶再吃。美汐也因为孕吐而怕吃日本菜。鹰彦大概是为了配合她们,从米饭改为吃面包。

"妈,你睡得好吗?身体状况各方面……没问题吧?"

巡子从美汐僵硬的表情中察觉到她在担心今天是否会顺利,于是说:"和高久保先生见面的时候,我戴上假发如何?他以为我的病情好转了吧?"

"嗯……因为我没有详细地告诉他。他和怜司一样,应该以为你痊愈了。"

"既然这样,我还是戴上比较好,毕竟第一印象很重要。对了,戴上金色假发如何?"

"你又在胡说什么?他的接受程度很有限。"

"稍微逗逗他,笑一笑,事情比较好谈吧?对了,先用荣哉师父做测试。"

坂筑家的菩提寺就在附近,住持法名荣哉,和鹰彦同年。他每年中元节都会来做法会,因而熟识;加上他的母亲住进了老人之家,巡子去那里做义工协助老人用餐时和去探望母亲的他见过几次面,变得更加亲近。

"如果我告诉荣哉师父,我的头发是因为抗癌药物而变成了金色,说不定他会相信。你觉得呢?"

美汐一脸严肃地坚决反对,鹰彦一脸困惑地不停挠头。

"午安,我是怜司。今天,夏日炎炎,河川中没有水,我没有女朋友。"

吃完早餐,外甥怜司一身参加法会的西装打扮现身了。巡子心想"他应该懂我的笑话",问他:"你觉得做法会的时候戴金色假发怎么样?"原本以为他会赞成,没想到他说:"今天最好安分一点儿。"对巡子露出意味深长的笑容。

"倒是舅妈,今天有办法好好解释静人哥的事吗?"他问。

"我会努力的。"

巡子一面意识到美汐的视线一面回答。这一个星期以来,她参考了静人外出旅行前的日记,一直在思考怎样才能解释明白。但是思绪一团乱,她其实没有自信。

(可是为了美汐肚子里的孩子,非得让对方接受不可……)

由于法会要在摆设佛龛的和室里进行,鹰彦和怜司先将床铺搬到客厅，把收在壁橱里的组合式祭坛端出来，在佛龛前摆好。鹰彦的哥哥五岁时死于战祸，已经做完五十周年忌，原本不用再做法会了，但是巡子为了让他欣然地面对妻子的命运，想再次好好地祭拜。鹰彦的父亲两年前做了二十三周年忌，后年是二十七周年忌，今年并不是正式的周年忌①，但也出于同样的理由，决定请来荣哉师父。

吃完午餐，巡子和美沙开始换衣服，化妆。一眨眼工夫就到下午一点了，荣哉师父平时没有时间观念，门铃却准时响起。巡子还没戴好黑色假发，便请怜司去玄关开门。戴假发的时候，巡子忍不住想恶作剧，改将金色假发戴在头上。对方还没进门，从玄关传来怜司困惑的声音。

巡子走出去问道："怎么了？"

怜司的面前，站着两名身穿高级西装的年轻男子。

"哎呀……请问是哪位？"

巡子的问题令两名男子面露疑惑地看着她的脸和头发，口中说道："您好，敝姓高久保。"

稍微年轻一点儿、身材高挑的年轻人低头行礼。一旁戴着眼镜、文质彬彬的男子接着说："我是英刚的哥哥。抱歉，突然上门打扰。"

比弟弟鞠躬更深。形式上的客气反而令巡子感到压力。

虽然知道来者是谁，但是明明约好三点，为什么会在一点出

---

① 指二十五周年忌、五十周年忌等。

现？巡子将目光移向怜司，他也一脸错愕，只以嘴型示意巡子："舅妈，假发……"指了指自己的头。

"啊……对不起，我在准备慈善化妆舞会……"

巡子随便找了个借口躲进客厅，赶紧拿下假发，高声对着玄关问道："我以为是约在三点……对吧？怜司，我没记错吧？"

噢，不。

怜司清了清喉咙说："我以为高久保会一个人来。我想，他将来会成为这个家的一分子，一起参加法会比较好，所以自作主张地请他在一点过来……没想到，他哥哥一起来了……"

难怪他反对巡子戴金色假发。虽然想通，但为时已晚。

听见美汐下楼的脚步声，可以想象她不知该怎么打招呼的尴尬表情。这种时候不能指望鹰彦。果然不出巡子所料，她所在的客厅隔壁的和室里发出了衣物的摩擎声。

门铃明明没有响，却传来打开大门的声音。

"请问有人在家吗？"

听起来像脖子粗、体格魁梧的人的嘶哑嗓门。是荣哉师父。

"哦，来了这么多人，是出席者吧？往生者想必会很高兴。"

"英刚，我们好像会打扰到人家，待会儿再过来吧。"

巡子听见冷静的说话声，大概是高久保的哥哥。她下定了决心，不戴假发，轻轻拨了拨头发便走到玄关。她将视线扫过在楼梯下低着头的美汐，对秃发的额上冒着汗的荣哉师父行礼，在高久保兄弟面前跪下。

"太晚打招呼了，我是美汐的母亲。很感谢您介绍我一位好医生。前几天，听美汐说了，我才知道，对不曾向您道谢致上由衷的歉意。托您的福，我才能出院。希望改天能郑重向您道谢。另外，今天在联络上出了差池，非常抱歉。不过，既然您专程来了，能不能请您直接进来呢？拜托了。"

巡子没有看向不知所措的高久保，而是注视着表情冷静的哥哥。他的眼神游移不定。

"我不知道事情是怎么一回事，但是你们如果现在回去，往生者会难过的。不妨进来吧？"

荣哉师父帮巡子劝道。听怜司说，高久保是银行职员，哥哥则担任县议员叔父的秘书，似乎迟早会参选。他大概另有盘算。

"那么，打扰了。我们这身打扮才觉得过意不去。"

巡子等荣哉师父进屋、高久保兄弟也进屋后才站起来带路。

"听说你的病情好转了，请问是药物影响了头发吗？"荣哉师父问道。

"是我自己剪的，以免大量掉发。药物治疗很适合我，幸好没有产生副作用。"

巡子愿意让高久保他们也听见回答。进入客厅之前，她转头面向美汐。怜司跟在高久保兄弟身后，走近美汐，好像在道歉。

走进和室，已换上礼服的鹰彦正在和荣哉师父打招呼。因为长期来往，所以他能和荣哉师父交谈。但是，一旦向他介绍高久保兄弟，他则不和他们视线交会，只把话说在嘴里，以不知道对方听不听得见的音量打完招呼，随即隐身般坐在房间角落里。

"年轻人可以盘腿坐。你们只要到场，往生者就很高兴。"

荣哉师父说。所有人坐定，开始举行法会。分别替鹰彦的哥哥和父亲诵经十五分钟左右，法会便结束了。美汐站起来准备茶水。大家先聊聊关于天气的话题，荣哉师父感慨万千地说："今天早上也和往年一样，各家电视台都在播放广岛的哀悼会。"

他双手捧着冰麦茶，含了一口说："有许多人出席，首相也去献花……人命有轻重的差别，果然是无可奈何的事。"

"咦？忌日是一九四五年的今天，难不成大舅舅是死于原子弹爆炸？"

怜司或许从荣哉师父的话中察觉端倪，注视着巡子夫妇。

"不，不是那样的……他死于今治。"

每次听说他死于昭和二十八年[1]八月六日，大家都会习惯性地问："是死在广岛吗？"类似落寞、心死的情绪重叠着，巡子的笑容微微颤抖。

怜司问："今治在哪里？"

巡子正想回答，高久保的哥哥答道："和广岛隔着濑户内海，是广岛对岸四国的港口城市，如今以生产毛巾闻名。"

弟弟已经改成盘腿，哥哥依然端坐着。

"今治也遭到了空袭，和广岛的原子弹爆炸是同一天。"

巡子回答后，望向鹰彦。他在佛龛的斜前方盘腿坐着，背对大家喝着麦茶。巡子心想，这是让高久保了解丈夫的好机会，便说："外子的老家在今治。他当时三岁，因为年龄小，加上哥哥

---

[1] 即1945年。

就死在眼前……所以他并不记得发生过三万多人罹难的空袭。"

巡子不是对着怜司而是对着高久保兄弟说这番话。荣哉师父和美汐早已知道这件事。

"八月六日,准确说来是五日即将过午夜十二点之前,可以说是从五日凌晨到六日清晨,美国对今治展开空袭,历史记载有超过四百五十人死亡。外子当时五岁的哥哥身受重伤,不久就死了,所以不被纳入记载的死者数字里。听坂筑的公婆说,这种罹难者不在少数。听说当初原本是在他死亡的那一天祭祀,但是不忍心被人遗忘他是在六日遇害的,所以决定在这一天祭祀。"

话一停顿,窗外震天响的蝉鸣即响彻四周。巡子抬头看向佛龛,接着说:"外子的父亲在二战前是教师,他教过的大批女学生因为政府动员而来到今治的工厂工作,听说死了许多。外子的父亲当时被军方调到别处服务,战后才知道这件事,据说内心非常自责。这种事和长男的死及战后的混乱局面接踵而至,外子的父母察觉三岁的儿子不再说话时已经太迟了。空袭和失去哥哥的打击或许成了难以平复的心灵创伤。外子如今仍害怕面对生人,吃了许多苦头,但能和亲近的人交谈,平时也能毫无障碍地生活。"

巡子将目光移向鹰彦的方向。他正把玩着手中的空茶杯。

房内又只剩下蝉鸣。一阵子之后,荣哉师父起身说:"那么,我差不多该走了。"

巡子和鹰彦、美汐一起送荣哉师父到玄关。他眺望着装饰在玄关墙上的画,问:"令郎还没回来吗?"

巡子对他也说静人是外出展开自我探索之旅。

"他早点儿回来，你们才能放心。还有，希望你的头发早日长回来。能留头发的人真是令人羡慕。"

荣哉师父摸着自己即使不剃也秃得光溜溜的头温柔地微笑。

回到和室，三个人一脸僵硬地等候着。特别是怜司，毫不留情地瞪着高久保。

"谢谢你们特地前来。"

巡子跪在高久保兄弟面前道谢，鹰彦和美汐也低头致意。

"快别这么说，我们学到了很多。刚才忘了拿出来，一点儿心意，请笑纳。"

高久保的哥哥从高级百货公司纸袋中取出礼盒，放在榻榻米上推过来。

"另外，这是一点儿吊唁的心意。没有准备任何东西前来，真是非常失礼。"

大概是趁巡子他们离席时准备的，高久保的哥哥将一只白色信封放在礼盒上。

巡子坚决不收，但是对方不肯退让："不，请收下。"于是怜司重重地叹了一口气，酸了高久保一句："我说高久保你啊，如果像个男人那样一个人来，就不会有这种问题了，不是吗？"

当事人高久保依然低着头。巡子眼看气氛尴尬，于是收下礼盒，退还信封。对方也轻轻点头致意，把信封收回。

"这件事我也有责任，所以没有资格说什么，但是既然演变成这种局面，干脆打开天窗说亮话。双方都知道事情原委吧？"

怜司说道。他又瞪了高久保一眼,才将视线投向他哥哥。

"问题出在这个家的长男身上吧?所以,请坂筑家负责说明。如果高久保家能够接受,就没问题了。我说得没错吧?"

怜司像是在提醒似的对高久保说。高久保半晌才点头。

巡子希望多点儿时间作好心理准备,但事到如今,她别无选择,于是从佛龛底下的抽屉里拿出十几本日记,说:"那么,请容我解释长男静人正在做的事。如果不按时间先后,会弄不清楚前因后果,所以可能会稍嫌冗长。请以放松的姿势听我说。"

2

巡子不想讲令人心情沉重的事。但是为了让外人稍微了解静人旅行的意义,除了从静人的成长过程说起,别无他法。于是,巡子想起几个重要人物的过世。

巡子从十六岁英年早逝的哥哥继郎拜托神明将自己的寿命折给体弱多病的妹妹开始说起。仿佛上天答应了他的祈求,继郎因白血病倒下,而巡子变得健康。继郎去世前对巡子说,这不是他向上天祈求的缘故,要她别放在心上,并留下"假如能将自己的寿命让给巡子和她的孩子也很好"的遗言,咽下最后一口气。

后来,巡子意识到自己健康活着的每一天都是哥哥转让给自己的,因此努力避免浪费,积极地活到今天。另一方面,巡子依然抱着自责的念头:还是受到所有人喜爱的哥哥活着比较好。

正因如此,怀了静人的时候,她真的很开心。能怀孕、生育后代……借此，巡子终于能接受自己"活着也很好"的现实。

巡子的父亲死于心肌梗塞，是在她结婚的前一年。

守灵夜的席间，大学时代的好友美野里和她哥哥鹰彦前来吊唁。巡子之前参加的戏剧社公演需要画作作为舞台背景时，美野里向她推荐了擅长画画的鹰彦。

公演的剧目是《罗密欧与朱丽叶》，热爱前卫艺术的导演将舞台换成安保斗争①时期的日本，寻求令人联想到越南战争的画作作为背景。鹰彦或许是受到童年亲身经历的影响，画了许多惊心动魄、符合舞台形象的作品。当时，鹰彦依照要求在大型木板上画出殷红生物的影子，在阴暗的森林中躁动。

自从当时委托鹰彦作画之后，巡子和他已经两年没见。美野里在守灵夜的席间待了许久，陪巡子的母亲聊天。鹰彦则对着巡子父亲的遗体双手合十祝祷，之后便独自走到细雪纷飞的屋外等候妹妹。

巡子透过窗户看见他的肩上微微积着雪，于是撑伞到屋外。

"聊过了吗？"鹰彦小声地说，"你和父亲聊过了吗？"

听他这么说，巡子才想起之前公演结束后，为了将舞台的照片交给他而去他家，当时他的家人碰巧不在家，只有巡子和鹰彦两个人。话题匮乏时，因为为想起听美野里说过他生性害怕面对生人，所以巡子主动攀谈："其实，我也失去了哥哥。"

---

① 发生于1989年至1960年的日本反战群众运动，约330万人请愿反对美日签署安保条约，展开日本史上空前规模的反战和平运动，同时发生了群众暴动。

大概是因为对方默默地聆听，巡子说起了家人在失去哥哥之后变得不一样，尤其是父亲，或许是痛失寄予厚望的长男而太过失望的缘故，简直过着行尸走肉般的日子，对巡子视而不见。父亲觉得死的最好是我而不是哥哥……巡子连这种内心话也一股脑儿说出口。过了一会儿，鹰彦眨了眨眼睛说："你最好和令尊好好聊一聊。"

守灵夜的晚上，鹰彦问的就是这件事。巡子摇了摇头，说没有那种心力。

"既然这样……最好在他化作骨灰之前把话讲出来。"鹰彦说，"听说……耳朵的听力会留到最后一刻。我认为，即使去世了，也还会留下'灵魂的耳朵'……他一定会听见的。"

母亲和亲戚在别的房间就寝之后，巡子仍然醒着，在线香快烧完时添上新的线香。她掀开盖在父亲脸上的白布，说："我知道父亲的心情。可是，哪怕是骗我也好，我希望听见您说：幸好你活着。我希望您在临终时能说：你活着真好……"

父亲安祥的脸庞在火光中摇曳。这是收到噩耗之后巡子第一次流下眼泪，感觉心中的芥蒂消除了，并且隐隐觉得自己的人生或许需要鹰彦。

婚后，和鹰彦夫妇同住的婆婆在巡子即将生下静人时去世。

婆婆外出后踩着重心不稳的脚步回家，一问，说她在车站前和自行车撞上，仰头摔了一跤。她笑着说没事，抚摸着巡子的大肚子，要孩子健健康康地出生。深夜，她突然说头很痛，接着陷入昏迷，次日就在医院过世了。

巡子想到婆婆的遗憾，哭着说，妈那么期待孙子诞生，想必心有不甘。公公对她说："光是你嫁给鹰彦，她就很幸福了。"

公公说，婆婆一直认为自己要为鹰彦的心理问题负责。虽然勉强让他到朋友家经营的工厂工作，但是早就不期待他结婚了。然而，巡子肯嫁进他们家，还有了孙子，她真的很高兴。

"她现在大概了无牵挂地抱着鹰彦在天国的哥哥吧。"

两个月后，巡子回忆着婆婆温柔抚摸自己肚皮时的感觉，生下了静人。

巡子至今也忘不了生产之后静人靠在胸脯时的幸福感。她心想：哥哥死了，但是我活着；爸爸和婆婆也死了，但是这孩子会活下去。

静人的身高、体重都是标准值，虽然总觉得相较于身高，手稍微大了些，但是爬行、走路、说话……一天天的成长都和其他孩子没有两样。

静人三岁的时候，巡子的母亲罹患肺癌，动了手术后，病情仍不见好转，身上接了好几条导管，痛苦地迎向人生的终点。因为病情不稳定，所以连巡子也很难被医生允许见母亲一面。直到医生认为大概几天内就会断气，才终于批准巡子在鹰彦和静人的陪同下探病。

静人进入病房，看见巡子的母亲被绑在病床上，说：

"外婆被改造……"

大概是在人类被改造成机器人的电视节目上看过类似场景。

母亲还有意识，但是无法说话，只对着静人微微一笑。

"外婆，你想要什么？"

静人问完，母亲想了许久，好像想说什么。鹰彦察觉到，便递出便条纸和笔。他自己无法和人以言语沟通时总会这么做。母亲困惑地皱起眉头。她反对巡子的婚事，理由是和无法跟人正常交谈的人结婚没有什么前途。或许是仍将当时的事放在心上，她对着鹰彦双手合十，像是在道歉，露出"今后拜托你照顾巡子"的表情。然后，以颤抖的手握住笔，在巡子手中的便条纸上写下："记住我。"

静人似懂非懂，于是巡子替母亲说："外婆说，要记住她。你能永远记住外婆吗？"

静人点了点头，明确地应道："嗯，我会记住。"

母亲或许放下了一颗心，头深深地陷入枕头中。两天后的清晨，她咽下了最后一口气。

三年后，静人在庭院里捧着死掉的幼鸟，问巡子：该怎么做才能一直记住它？或许是因为那一天在医院里的对话一直留在他的脑海中。

静人上小学那一年，公公辞掉了工作。他六十五岁，身体硬朗，兴趣是游泳。比起自己的房间，更爱在和家人共处的客厅里消磨时光，是个替家人着想、个性淳厚的人。

他在战后依靠朋友的关系，举家迁往横滨。或许是因为经历过在空袭中失去学生的痛苦，他不再担任教职，而在通讯相关行业工作。退休之后，也在子公司担任干部。妻子的七周年忌过后，他突然说"差不多该休息了吧"，便辞去了工作。后来，他白天沉迷于打小钢珠和赛马，而且开始喝酒。听婆婆生前说，公公原本就爱好杯中物，战前经常喝上几杯。或许是为了吊唁在战争中死去的人，公公曾戒酒多年。好不容易摆脱束缚，享受余生，巡子没有资格反对，但是他偶尔带着静人去赛马场很令人头痛。巡子每次向公公提起，他都若无其事地说："我要让静人看看我享受人生的模样。"

静人喜欢这种祖孙间的交流。鹰彦是个好父亲，但是他的精神状态不宜和孩子一起捧腹大笑……而巡子认为静人也接受了继哥哥转让的时间，所以总是忍不住唠叨两句：要更努力念书和运动！因此静人更加敬爱凡事以宽容的态度包庇自己的祖父。

公公自称"不良老人"的第二年，静人读小学三年级的时候，家里收到一封通知，大意是公公从前担任教职的中学要在今治召开同学会，似乎是以祭拜在空袭中丧生的学生为主题。公公一脸认真地整理行囊。八月六日，当年的教师和学生齐聚一堂，在设有纪念碑的寺庙祈祷，傍晚举办餐会。公公住宿在举办餐会的饭店，预定次日早上回家。餐会之后，他说要去看看从前常去的大海，离开了饭店。他想边看海边喝酒，便在海岸边的商店买了酒。但是隔天一早，正在蹓狗的当地家庭主妇发现了他被海浪打上岸的遗体。他没有留下遗书，身上仅穿内衣裤，后来也找到折叠好放在岩石上的衣物。据警方分析，这是想在海里游泳却不幸溺毙的意外。

接到警方联络，巡子一家前往今治。据说溺毙者通常面露痛苦神色，但公公的遗容像是安稳地睡着。最后的两年，像是他下定决心好好度过的岁月，然后在儿子和学生的忌日，死于故乡。纵然不是自杀，但纵身入海时，是否抱着某种程度的死亡念头呢……若是如此，总觉得最好不要哀叹，而是以感谢和慰劳的话语送他一程。鹰彦或许也有同样的想法，回家后画出的今治的大海给人一种此前没有的澄净、明亮的感觉。

然而，祖父的死令静人受到强烈打击。自从接到通知，他一直哭个不停，还因为太过伤心而发烧。巡子告诉他自己哥哥的事，告诉他婆婆期待静人诞生的心愿，告诉他公公痛失长男和学生的悲伤，说：积极地活下去，逝者才会感到安慰。公公的心愿或许是希望静人代替长男和学生，活出美好的人生。巡子抱紧静人说："你只要一直记得他们就好。"静人摸着自己的胸前，回应道："我会把大家的事……放进这里。"

巡子担心祖父的死会对静人幼小的心灵造成负担，但这份担忧是多余的。静人成长为开朗豁达的少年，他热爱运动，交到许多朋友，也很照顾小他五岁的美汐。对寒暑假来家里玩的怜司，他也当作亲弟弟般地疼爱。

中学加入手球队，虽然学习成绩实在算不上优秀，但似乎相当受女孩欢迎，不时会收到可爱信件。

巡子希望他上适合一般成绩的公立高中，适度发展就好，但是他在初三那年夏天突然发奋念书，以备取考上了县内屈指可数的明星学校。静人说，其实是因为从初一认识的好友邀他就读同一所高中，也帮他温习功课。那位好友小时候看了医疗相关的节目而大受感动，梦想成为医生，拯救许多生命。尚未立下任何未来志愿的静人敬佩朋友，似乎想以某种形式协助他达成梦想。

好友如愿进入医学院。静人则进入工科大学，他说自己选择这个志愿的原因，是比起脆弱的人类，更喜欢坚固、永远固定运作的机器。巡子担心会不会是祖父等亲人的死在他心中造成了阴影，于是把心一横，试着问这件事对他造成的影响。静人笑着回答："假如说有影响，大概是爷爷带我去赛马场时，电子显示屏看起来很美吧。"

静人从家里乘车上大学。比起念书，他更全心投入社团活动和打工。好像有女朋友，但是感觉对象经常变。自己的孩子好像在浪费继哥哥转让的时间，这有时会让巡子感到焦躁；但是像公公教他的那样享受人生的模样又令巡子感到放心。大四的初秋，他半夜喝醉酒回到家，说要到医疗仪器厂上班，因为既能协助当医生的好友，也被理想中的公司内定录取。静人说他和好友去喝酒庆祝，甚至唱起了荒腔走板的歌。巡子和鹰彦开心地看着这样的静人。正值期中考的美汐下楼来抱怨好吵，他却牵起妹妹的手，在餐厅跳起舞。

次年，静人搬到东京，每天在公司和宿舍之间往返。巡子每次一打电话就会被转到业务部。虽然感到遗憾，但是随着工作慢慢上手，静人的语调渐渐变得开朗。

在医院担任义工也是业务的一部分。巡视几家医院、指引门诊病患或陪住院病患聊聊天，都是基于和当事人培养感情、促使医院购买仪器的公司政策。医院方面因为人手不足，也能够接受这种行为。静人积极地参与类似活动，经常和医生、护士及病患交谈，把这样获得的意见呈报给开发部，有助于制作符合当事人需求的仪器。

入职的第三年，静人开始深入参与儿童病房的义工活动。公司政策似乎是不让员工长期待在同一个地方，认为业务工作重在拓展人脉。静人便利用假日到儿童病房。他后来向巡子解释说：因为和孩子们变得亲近，所以难分难舍。

但现实是，即使难分难舍也必须永远分离的经验一再累积。静人几乎每周都会到儿童病房，鼓励、安慰和病魔奋战的孩子。他们一个个地病情加重，身体衰弱，最后离开人世。

他的心情被这种痛苦的情境搅乱了。不是医疗人员的他虽然有地方可逃，但是另一方面，他并没有机会挽救下一个病患的生命，只能无力地旁观他们死去。他告诉一名刚交往不久、同一家医院的护士自己的这种痛苦，对方建议他："如果你不忘记，能量就会燃尽。"

他找好友商量。好友鼓励他："正因为如此，更要开发出有效的医疗仪器。"

他虽然同意好友的看法，但是仍然心灰意冷，心里嘀咕道：不管医疗再发达，开发出多少重要的医疗仪器，一定还是有救不活的人。这种念头，静人无法向已当上实习医生、每天努力学习的好友坦承。好友邀他去喝一杯，他也拒绝了。静人渐渐远离儿童病房，也和交往的护士分手了。

入职的第五年夏天，一名中年妇女在街上向静人低头道谢。对方自称是静人在儿童病房陪伴过的孩子的母亲，说前几天刚做完一周年忌。静人以前陪他玩，孩子非常高兴，起码这一点令人感到安慰。静人听她说完，即使想得起来是哪个孩子，却为将忌日忘得一干二净而感到惭愧。

回想起来，自己并不记得儿童病房里每一个去世的孩子的忌日。他们去世时，明明内心激动地想着即使能量燃尽也无法忘记他们，但是……总觉得自己的行为和感情都是虚情假意。

独自闷在心里很难受，静人想找好友讨论，但他已去世。

好友在连续值勤三十八小时之后，就寝前，在自己的公寓里泡澡，大概泡在水里睡着了，死因是溺亡。

巡子看到出席守灵夜之前回家的静人，太过憔悴的模样令她吓了一跳。自从接到好友父母的联络，静人好像没合过眼。他告诉巡子关于儿童病房的事，后悔当时没有和好友见面聊天，一再重复着同样的话："比起我，那家伙活着绝对更好……为什么死的是他？"

巡子和鹰彦也参加了守灵夜，与自己同龄的中年男女在孩子的遗像前垂头丧气的身影令人不忍心看。静人留下来守灵，直接参加第二天的葬礼。

警方打电话到家里是在举行葬礼当天的傍晚。巡子前往警署，看见一身皱巴巴丧服的静人，他似乎和参加葬礼的三个高中同学互殴。巡子问理由，静人说是因为他们佂说好友竟然以这种无聊的死法过世……

"我不能原谅'无聊的死法'这种话。"静人说道。

因为好友家信仰神道教，所以在十日祭、二十日祭、三十日祭、四十日祭、五十日祭、百日祭等规定日子举行法会。静人一次也没缺席地拜访好友家。他从好友的父母手中接过了好友爱坐的摇椅，它现在放在静人位于二楼的房间里。

当时，公司交付给静人重要的工作，他变得忙碌。事后听他自己说，他刻意连别人的工作也接手，以忙碌逃避现实。

于是，他忘记了在好友的忌日举行的一周年忌。一个月前，好友的母亲还打电话来通知静人。尽管他答应了会在工作日请半天假出席法会，却连续在外面跑业务，等意识到的时候，早已过了祭祀仪式的时间。

静人火速赶往好友家。好友的父母没有放在心上，说着"你做到这个程度已经够了"，安慰着不停道歉的他。这更让他过意不去。

包括祖父母的死在内，或许迄今经历的死全部击中了静人伤痕累累、不堪一击的心。他回到家里，在佛龛前说："我想起来了……小学五年级的时候，隔壁班的孩子死于车祸。中学的时候，两个比我高一年级的女生自杀了。高中的时候，学弟来不及从火场逃出来，明明这么重大的事，我却和同学开玩笑说'好恐怖哦'，内心不为所动。我甚至不记得逝者是一个怎样的孩子或名字。那其实……是很不对的吧？"

过了一阵子,他在工作时出现过度换气症状,陷入呼吸急促的状态,失去了意识。去医院检查,并没有发现异状。医生指出他是精神疲劳,建议他住院。

公司同意让他休养一个月。但静人主动要求一周后出院。出院那天,巡子去接他。从医院回家的路上,静人说想散散心。

走了二十几分钟,他突然蹲在十字路口。一小束花靠在护栏上。巡子曾在新闻中看过献花的场景,觉得并不稀奇,但是静人一会儿把花束倒过来,一会儿盯着花束内侧。

"上面没有写逝者的名字或年龄。他是怎么死的?"

四周是住宅区,没有商店。巡子来不及阻止,他已按响附近民宅的门铃,向出来应门的住户询问花束所代表的意义。对方似乎感到狐疑,但是看到巡子一脸担心地陪在一旁,或许以为静人与意外有关,便告诉了他自己知道的事。

女大学生骑着轻型摩托车在眼前的十字路口停下来等红灯,却被轿车追尾,被抛到马路上,头部受到重创。原因是轿车司机分心讲手机。意外发生后的一阵子,被害者的父母到处拜访附近邻居说:我们想在每个月的忌日那天献花给她,或许会给你们添麻烦,但希望你们允许我们这么做。同情他们的居民们回应:我们会在供花快枯萎之前处理掉,你们尽管一直吊唁她吧。

静人听了这段话,深受感动,请对方告知被害者的名字,然后在供花前双手合十。

回家后,他好像一直在沉思。次日早上,早餐随便吃两口就离开了家门。巡子心里忐忑不安,追在静人身后。静人好像沿着马路边找边走。问他打算做什么,他什么也不回答。不久,他发现便利店的停车场放着和前一天类似的花束,便进入店内,过了十分钟左右现身,蹲在花束前双手合十。他站起身后,在巡子询问之下才回答:有几个年轻人在这里只因为视线对上就打起架来,一个被刀子捅死了。花束似乎是去世少年的妹妹放的。

巡子说:这样你满意了吧?劝他回家。静人丢下一句"我晚上会回去",又迈开脚步。她没有力气和体力追上,只好向打工的超市请假,在家等他。

静人依照约定,晚上回了家,裤管和膝盖都脏极了。

第二天以及再接下来,静人一大早就离开家,到了深夜才一副精疲力竭的样子回来。巡子问他在外面做什么,他回答在找路边的供花,但是找了老半天都找不到。

巡子担心他的精神状态,要他先休息一阵子再说。静人默不作声。

第二天早上,他没有出门,却翻开报纸仔细地浏览,然后把某篇报道抄在便条纸上,骑着自行车出去了。巡子翻开那篇报道,叠在全国新闻里的神奈川版写着:一名老年人在坂筑家附近被卡车辗死。

从此以后,静人就从报纸上获取信息,他似乎难以忍受电视新闻报道死者身外的纷纷扰扰。除了每天的报纸,他好像也会到图书馆翻阅旧报纸。他甚至会根据报道,搭电车或公交车前往远方。巡子好几次劝阻他,但是静人已开始跑到外县市。某个秋天的深夜，他打电话回家说在枥木，没有电车了，所以要在那里过夜。第二天回来，巡子问他在哪里过夜，他回答在公园。

那一晚，巡子、鹰彦，加上还在念大学正在找工作的美沙，跟静人促膝长谈。

巡子开导他：好友的死确实令人难过，我也明白你是因为忘记忌日而责备自己，但是追寻别人的死会变成一种安慰吗？有什么意义吗？

静人表情痛苦地摇了摇头。他好像无法说明那么做的原因。

美沙急得发脾气，说：你该不会打算走遍全日本替所有逝者祈祷吧？

静人回答：称不上是祈祷。他说他会试着走访有人去世的地方，也明白自己没有祈祷的资格和权利。

美沙问他：那你在做什么呢？

"我在想，能不能记住他们？能不能设法持续记住他们？"

巡子再度察觉到他被何等沉重的罪恶感折磨着，于是告诉他："可是，静人，你不可能全部记得吧？……总有极限吧？"

静人或许觉得家人稍微能够理解自己的行为，露出虚弱的笑容："是那样，没错……甚至在一个小小地区，我也无法知道所有人的死。可是，一旦知道这里有人死亡，那里也有人死亡，我就没办法坐视不理。我在想，我能不能尽量记得死去的每个人曾经活在世上这件事？现在，我还知道了记住又能怎样。为了知道这一点，我想继续下去。"

巡子看了鹰彦一眼。她总觉得鹰彦对自己在同一场战祸中幸存而哥哥死去一直怀有类似罪恶感的情绪。巡子问他：孩子的爸，你觉得怎么样？静人也望向父亲。鹰彦沉默了许久，然后说："你必须活下去。光是关心逝者，养不起自己和家人……

静人低下头。巡子能够感觉到，鹰彦的话令他痛苦。

后来，他还是继续出远门，不回家的日子变成了两天、三天。巡子拿钱给他，要他至少找旅馆住，心想：除非他的热情冷却，否则奈何不了他。

年关将近的十二月，警方来电联络，似乎是因为静人在发生杀人案的现场附近到处打听被害者，警方将他列为可疑人士而拘留。巡子去接他回来。

第二天，他向公司提出辞呈。他说，犯人已经被逮捕，他没有任何嫌疑，但是继续探访别人的死可能会对公司造成困扰。

"我如今也相信，医疗进步和医疗仪器的开发都非常重要。我认为，即使人迟早会死，但是试图实现人们'想活久一点儿，希望病患活下去'的愿望而做的努力仍值得尊敬。可是我想……就算我不做那份工作，也会有别人去做。"

静人领出存款，花了几天作准备。有一天吃晚餐的时候，他突然拿起塞满换洗衣物的背包和睡袋，在家人齐聚一堂的餐桌上宣布：我明天要去旅行。

那一天是除夕。

"我一直记得爸爸对我说的话。不过，能不能再让我这么做一阵子？对于忘记逝者，我并不打算赎罪。可是，到处探访有人死去的地方让我感到心痛，觉得自己真的忽视了许多人的死。"

就算开口阻止,他大概还是会去。巡子要求他至少每半年到一年要回家一趟。静人虽然露出为难的表情,但是看到担忧的家人,还是点头答应了。

第二天,大年初一,静人在巡子、鹰彦和美汐的目送下,背着背包和睡袋,踏出了家门。

3

巡子一口气说到这里,暂时闭上嘴。

重温那段时光,原本担心会疲倦,但或许是因为情绪紧绷,觉得身体状况比想象中更好。另一方面,巡子体验了静人的心情,反省自己在每一时刻对待他的方式,感到后悔,觉得精神上脆弱的那部分又受了伤。

巡子抬起头,发现高久保或许正心里一团乱,眼神不安地游移着。他的哥哥没有将情绪表现出来,眼镜后的眼神稍微下垂,一动也不动。怜司一直仰慕着静人,大概是一下子听到太多事情,不知该如何消化,比高久保更不知所措,露出有话想说却说不出口的着急表情。

回过头,鹰彦和美汐都坐在巡子的斜后方,模样简直好像是被害者家属,安静地垂着头。巡子正犹豫是否该继续说下去时,怜司问道:"我两年前见到他的时候,他不是为了寻找自我,而是进行你刚才说的旅行?"

语气中流露出除此之外还有很多事想问的心情。

巡子淡淡地笑而不答,翻开日记,决定往下说。

静人去旅行之后,警方三番两次来询问。静人总是徘徊在案发现场,或在火灾现场附近到处向人打听消息。警方以拘留的名义将他带回警署。警方曾数度要求巡子来保释静人,她都没有去。反正就算去接他,他大概又会外出旅行,反而希望警方教训他一顿,让他稍微吃点儿苦头,自己想通:该结束旅程。

实际上,因为毫无嫌疑,静人马上就被释放了。或许是渐渐习惯了,警方来询问的次数渐少,即使偶尔来电联络,也只是确认身份。

一年后的一月中旬,静人守约回家。他脸颊消瘦,眼窝凹陷,胸膛单薄。因为他显得过于疲劳,所以巡子考虑带他去医院,也在一旁照料。他整整睡了一天,起来后稍微吃点儿东西,又沉沉睡去。经过几次的用餐、睡觉,洗了澡,终于能讲话,那是在他回家后的第三个晚上。

你过得好吗?好好吃饭了吗?睡在哪里?对巡子的问题,静人惜字如金地回答。每天的生活就是节省开销,安排行程。因为这个缘故,一开始体重减轻,但是过了三个月,身体状况稳定下来。现在觉得自己身轻如燕,处于健康状态。

"所以……你还是在探访有人死去的地方吗?"

听到巡子的问题,他像是要遮掩叹息似的,用手掌擦拭嘴角说:"嗯,我都在哀悼……"

对于探访有人死去的地方、缅怀逝者的行为,静人第一次以"哀悼"形容。巡子问起这个词的意思,他含糊不清、有气无力地回答：并不是替逝者祈福，而是试图记住逝者，所以觉得比起祈祷，"哀悼"这个词更恰当。

"那，这样就结束吧？你要回家了吧？"

美汐迫不及待地说。音量转小的电视上播放着大灾难后哀悼仪式的影像。静人目不转睛地看着电视。

第二天，他去好友的墓前和家人的墓前祭拜。第三天，他好像从相关人士口中问出从前在儿童病房认识的孩子的墓在哪里，前去祭拜。第四天，他坐在房间里的摇椅上思考。第五天，准备鞋子和换洗衣物。第六天早上，他一脸歉然地对家人说：

"抱歉，我要走了……总觉得还没有好好哀悼任何人。"

"不要再去了！"美汐以近乎尖叫的声调阻止，但是静人垂下目光，往玄关走去。

巡子有一种预感，如果任由他去，他就再也不会回来了。她追在静人身后，对在玄关前背起背包和睡袋的孩子说：一年后，你要再回来哦。

静人抬起头，没有自信地歪着头。站在巡子身后的鹰彦说："为了你母亲……也为了美汐……你要回来……"

静人隔了半晌，点了点头，快步离去。

同年年底，静人回来了。虽然清瘦依旧，但是举手投足令人觉得他已经习惯旅行，表情中带着更深的苦恼，甚至像是在恐惧着什么。

他在烦恼什么？恐惧什么？静人不发一语，为亲近的人扫完墓，把自己关在房间里，几乎一直坐在好友的遗物——摇椅上。

家人刻意避谈旅行的事。巡子一心祈求他回归原本的生活。

即使过完年，静人也没有作旅行的准备。畏惧的神色并未从他的脸上消失，他有时会在用餐时突然转向身后，有时会不安地注视着巡子使用的菜刀。

旅行回来的第十天，他在晚餐席间不可思议地直盯着家人团坐的餐桌，像从内心深处挤出来痛苦的声音，嘟囔道："这种事并不寻常……这是特别的事，是奇迹。"

巡子打破"不问旅行的事"这个不成文的规定，问他：旅途中发生了什么可怕的事？你在害怕什么？于是，静人一脸惊讶地说："害怕？我吗？你说我看起来像在害怕什么？"

他的眼皮像抽筋似的颤抖，像要哭起来，又像要笑出来。

那一瞬间，巡子发现这孩子害怕的是自己的死，又或者是家人的死……他之所以低喃着"家人能够坐在一起用餐是奇迹"，肯定因为迄今为止看过许多悲惨的死法，感想脱口而出。他有时候是否也会对某人的死深深地投入感情？

旅途中，譬如走在浊流旁、经过悬崖边、横越铁轨或车流量大的马路，是否都有差点儿被死神拖走的一瞬间？

"你不会死！就算探访别人的死，你也不能死！"

巡子忍不住以严肃的语气对他说。她直盯着脸色铁青的静人，思考着该怎么表达。

"你要把自己和别人的死区分清楚。记住别人的死和丧失自我是两回事。这么说或许很无情，但你必须避免对每个人的死都动真情。如果丧失自我，就无法达成目的，不是吗？最重要的是持续哀悼，对吧？"

巡子非常害怕静人自杀，才说了这段话，但是说不定反而鼓励了他快要消失的旅行意愿，给了他展开新旅程的心理暗示。第二天早上，静人开始作旅行的准备。

美汐责备巡子：你为什么要说那种话？虽说迫于无奈，但是巡子后来认为，说不定是她自己对哥哥和父母过世的罪恶感以及对渐渐淡忘他们的恐惧，化作了近乎鼓励静人的话。

启程的早上，静人正在穿鞋，美汐满脸怒容地吼道："我要离开这个家，一个人生活！继承这个家是长男的责任！"

然后冲上了二楼。

巡子察觉到美汐的心情，要求静人一年后一定要再回来。

静人踩着缓慢的步伐离开家。他在当年的圣诞节回来。或许是腰腿经过锻炼，他体态优美，而且摄取的营养和俭省的生活之间似乎已取得平衡，精瘦的身体线条更显干练。虽然表情阴沉，却显得沉稳，少了恐惧。巡子认为，持续注视着人们的死一定很痛苦，但他或许在旅途中以产生心痛的方式学会了与苦恼和平共处……至少，他不像是囿于死亡而迷失了自我。尽管疲惫，但不像以往陷入昏睡。当巡子说他的脸色和其他状态很好时，静人腼腆地微笑道："说不定是因为我稍微掌握了哀悼方式……"

他说：记住某位逝者的时候，不是记住死亡的凄惨或悲哀，而是截取逝者可取的一面。虽说是可取的一面，但是想法又因人而异。然而静人说，他听过几十位、几百位逝者的故事，发现不管是什么样的人，都会留下三件可取之事。

"那个人爱过谁？被谁爱过？因为什么事被人感谢？"

在每天探访数名逝者的过程中，如果能够知道这三点，就能够将每一名逝者和其他人作出区别，留在心中。更重要的是，纵然那个人是病人，或身患残疾，不管有没有工作，即使是还没有很多人生经历的孩子或婴儿，都能以某种方式满足这三点。

当然，有时无法向任何人打听逝者的事。那种时候，哪怕只有三点中的一项也好，都要尽量找出来，将逝者铭记在心。有时也会出现牵强附会或误会的情形。但是他最近开始觉得那也无妨，因为人和人之间的关系或许原本就是个人认知的累积。所以静人下定决心，与其害怕穿凿附会或误会，不如把重心放在记住当事人上。

怜司与静人见面就是在这个时期。美汐说"静人从自我探索之旅回来了"，把怜司叫到家里。她似乎认为家人已经阻止不了静人，所以作为家人之外的亲戚，又认识从前的静人，来聊一聊，或许能够使他有所改变。

身形消瘦、形象大变的静人令怜司大吃一惊，问他：你为什么到了这个年龄才寻找自我？并且有点儿挖苦地说：做那种事不过是自我满足罢了，快点儿停止吧。

"是啊，怜司，这不过是自我满足，可是我还不满足。"

静人语气柔和地回答，两个人后来各说各话。

过年前，静人外出旅行的那一天，美汐已经搬出去，巡子和鹰彦目送静人出发。

"一年后要再回来"的话，她说不出口。静人仿佛持续从逝者身上学到某种意义深远的东西，表情、谈吐跟刚去旅行时截然不同，现在已经不会让人感觉他是出于冲动而在追逐别人的死。除非他自己想通，否则大概不会停止。尽管如此，如果逼他答应回来，他可能会勉强改变行程。即使不那么做，自己孩子肩上的负担也已经太过沉重。巡子不想让他作出加重负担的承诺。

大概因为她只字不提，静人走出玄关时，欲言又止地望向她。巡子无力地微微一笑，他也放松表情，说句"那我走了"，便要离去。

"你的人生……会走得很辛苦。"

鹰彦说道。静人回过头，以体恤的目光凝视着巡子和鹰彦，说："你们比我更辛苦吧……抱歉。美汐就请你们多费心了。"

静人一步一步地踩着像在确认脚下之物的步子离去。

一年后，他没有回来。今年也尚未回来。

巡子合上日记，稍微纾解紧张的情绪，悠悠地舒了一口气。

说完自己所知的静人的事，总觉得没抓到要领，离题太远，而且欠缺条理。但是不管怎样，接下来只能看对方怎么想了。

"我说完了。无论你们能不能理解，但是至少请你们知道，静人屡次被警方拘留不是因为犯罪。他之所以走访有人死去的地方，有他个人的严肃理由。请你们起码相信这一点。拜托。"

好一阵子，没有人开口。连怜司也低着头沉默不语。

"这件事，我明白了。"

开口的是高久保的哥哥。巡子说话期间，他盘腿而坐，现在又正襟危坐，说："但是我没有自信是否能够正确地理解……令公子的旅行的确是出自真挚的动机。另外，他不是被警方逮捕，而是被拘留，马上就获得了自由。因为伯母真诚的讲述，我已经将这一点完全记在心中了。"

巡子松了一口气。她希望好歹让对方明白这些就够了。

美汐或许也放下了心中的大石，巡子听见她在身后轻叹。

"不过，一般人很难明白这件事。即使听上好几遍，我大概也无法好好地向人解释。而这一点最令我们头痛。"

高久保的哥哥一改方才的冷静态度，趋身向前说道："从英刚口中听说令千金时，不用见面，我就知道是秀外慧中的女性。我一直认为，她的哥哥辞去好工作外出旅行，应该有深切的理由。但是，我们的家人和亲戚观念守旧，也有许多亲戚住在乡下，个性真的很顽固。有人不懂被警方拘留和逮捕之间的差异，如果听说年过三十的男人还四处漂泊，就会觉得他哪里有问题。我该怎么让他们理解刚才的内容才好呢？我父母是长男长女，可以说是家族之首。对于我们家缔结新的姻缘的对象，亲戚们一定会有很多话说。"

巡子察觉到对方接下来要说什么，咬紧了牙关。虽然想反驳，但是听懂对方真正的意思就已耗尽心神。高久保的哥哥稍微将身体向后仰，回到原本的位置，皮笑肉不笑地说："伯母刚才的假发很逗趣。府上的豁达令人羡慕。不过，我的家人和亲戚都很无趣。叔父从事反映民意的工作，更要谨言慎行，避免脱序。对缔结姻缘的府上，会要求相应的协助。届时，府上一定会失去现在所拥有的从容。若因为我们的缘故，使得府上无法像现在这样优游度日，会令人感到过意不去。"

接着，高久保的哥哥冷不防地将双手撑在榻榻米上，动作夸张地低头致歉道："在前几天的家族会议上，舍弟被严厉斥责，说他在婚前让女方怀孕，行为实在是不检点。连我父母都被牵连，遭亲戚痛斥：你们是怎么教育孩子的！或许是因为这个缘故……舍弟竟向众人脱口而出'谁知道是不是我的亲生骨肉'。他实在是个卑鄙无耻的男人。真的很抱歉。"

巡子看了高久保一眼。他端坐着，脸色苍白地紧抿双唇。

"舍弟侮辱曾经爱过的女人，所以我揍了他一拳。但是，有亲戚相信他说的那句话。他们认为：既然是容许长男无业漂泊的家庭，女儿也有可能和好几个对象乱来，反而让误会加深了。如果让我们这种家庭迎娶令千金，只会让她不幸。我可以介绍一家稳妥的医院。除了手术费用，我们还准备了大约一百万日元。"

一开始就有了结论。以谦逊的态度伤害坂筑家，令人火冒三丈的说词大概也是事前演练过的。巡子想大吼："滚回去！"但是一想到美汐就说不出口了。

这时，从背后传来压低音量的笑声："真可笑……你在胡说八道些什么……请回吧！"

厌恶在美汐的脸上表露无遗，她不屑地说道。

"不，可是，我的意思是……你的肚子里……"

高久保的哥哥看着美汐的脸和腹部。高久保也目不转睛地盯着她。

"孩子的事？你们不用担心，原本就没有孩子……'你的孩子'，并不存在。"

美汐瞪着高久保说完，起身离开和室。巡子听见脚步声先冲上楼梯，在途中似乎耗尽力气而停下来。

"我好像惹令千金生气了……怎么办呢？"

高久保的哥哥似乎打算现在就作出决定，没有告辞的意思。

巡子不仅对眼前的人，也对自己的无力感到愤怒。

（就算能活久一点儿，如果不能让孩子获得幸福，也没有意义吧？）

"我想……请你们回去。"

鹰彦来到高久保兄弟面前低头恳求。他弓起来的背颤抖着。

"够了吧……我女儿和内人都已经遍体鳞伤了……我想请你们回去。"

"不，伯父，请听我说。如果拖延下去，会错失时机。"

"吵死了！叫你们回去，没听见吗！"

怜司打断高久保哥哥的话。他的眼中泛着泪光，绕到高久保哥哥的身后，将手插进他的腋下，强迫他站起来，并用膝盖压住一旁的高久保的腰，说："喏，你听见了吧？孩子没有了。你的孩子没有了！"

"可是……"高久保进屋以来首度开口。

"没有什么可是不可是！别人声称你说了你没说过的话，你却眼睁睁看着爱过的女人受伤也闷不吭声，那就没有必要留在这里了。滚回去！快点儿给我出去！"

"你冷静下来。如果现在不以成年人的方式协商,将来大家都会感到困扰。"高久保的哥哥安抚他。但是怜司逼近对方,一副要揍人的样子,说:"我表妹不是说了吗?高久保的孩子没了,你们有什么好困扰的?"

"话是那么说没错,但如果生下来,被外人说三道四,你们情何以堪?又叫我们家的脸往哪儿搁?"

"你是听不懂人话吗?没有就是没有。应该没有的孩子万一生下来……那,那也是……"

怜司闭上嘴。他将目光投向美汐刚才离去的方向,像是下定决心似的吐出一口气,然后说:"我的孩子。"

巡子抬起头注视外甥的脸。鹰彦也看着他。怜司羞愧地避开巡子夫妇的视线,拿起供在佛龛上的礼盒,抵在高久保哥哥的胸前,退还给他们。

"这样就没话说了吧?你可以这样向你的父母报告。如果担心,我也可以写保证书给你。"

高久保兄弟震慑于怜司的气势,退到玄关,无法反抗地从大门走出去。

"高久保,你不属于这里。不管是在我或美汐的心中,或者在这个家,都没有你的容身之处了。"

怜司的声音中带着一丝友情,神情落寞,在一脸痛苦的高久保面前关上门。

"怜司……"

巡子对着外甥的背影说。楼梯上,稍微看得见美汐的脚。

"抱歉了，舅妈……他原本是个好人，个性开朗，为人体贴，感觉很像静人哥，我才介绍给美汐。我以为把美汐交给他会没问题，没想到……"

真是太粗心了。巡子事到如今才意识到怜司一直喜欢着美汐。他们青梅竹马，而且就像亲兄妹，所以即使知道怜司对她有好感，也没有察觉到那是爱情。不，她想起自己是在快察觉时就马上否定了。

（你想和美汐保持距离，才介绍好友给她吗？）

巡子心想，这孩子是家人。他当然是亲戚，但是内心感到一阵揪紧，觉得他是比亲戚更亲的自家人。

（向这孩子坦承病情吧。让他知道吧。可是该怎么开口？）

"怜司……我说个有趣的谜语给你听。你听好了，谜面是'我的癌症'。"

"咦……舅妈，你在说什么？等一下，没头没脑的……谜语是什么意思？"怜司回过头。

"你听了就知道。谜面是'我的癌症'，答案是'坠入情网后才知道两家是世仇的罗密欧与朱丽叶'。请说。"

"啊，你要问解题关键吗？舅妈，太长了吧？"

"没关系。解题关键是……'知道时已太迟'。"

4

自称周刊杂志记者的男人在九月下旬的星期六午后出现。

当时大约是巡子选择居家照护之后的第三个月。她心想,如果按照医生的说法,即使死神随时降临,也不足为奇。但是身体状态并没有恶化多少。

避免固体食物和难以消化的食物,正常吃三餐,而且睡眠充足;和发现疾病之前一样,每星期到附近的老人之家三次,义务协助那里的老人用餐,也以妇联会的负责人身份参加活动,为十月底举办的秋季祭典作准备。居家诊所的医生会在每星期三上午来家里看诊。访视护士除了会在星期三到家里来,星期一和星期五也会到,但几乎都只是闲话家常。这一个月内称得上治疗的行为顶多是因腹部疼痛稍微加剧,请医生将早上九点和晚上九点服用的荷尔蒙药物从两碇增加至三碇而已。最令人困扰的,是副作用导致的便秘有点儿痛苦。

关于便秘,怀孕的美汐也是一样。巡子怀孕时也经历过,但是美汐即使遵照医生指示,努力摄取食物纤维,还是苦于只能排出硬物。

迈向死亡的母亲和即将诞下新生命的女儿,除了食物,连排泄的痛苦都一样。巡子觉得很不可思议。生与死在堪称低级的生理层面毗邻而居的现实令她觉得稍微缓解了对死的恐惧,也比较能克制对死产生过度想象。

附近的邻居相信巡子痊愈了。巡子能够感觉到,有时候甚至连鹰彦和美汐都忘了她严重的病情。巡子向怜司坦承真相，但即使告诉他自己大概无法迎接新年，他也迟迟不肯相信，说："我才不会上那种当。"

巡子也告诉怜司的母亲自己痊愈了。她在滋贺掌管小型搬运公司，无法轻易休假，按照巡子目前的状态，不需要她替自己做什么，所以巡子对怜司下了封口令：与其让她白白难过，不如等到见最后一面的时候再告诉她。

怜司将这句话当作怀疑巡子坦白的理由，说你们既是亲戚又是好友，这么做未免太见外了。

"那么，静人哥呢？如果生病是真的，得快点儿告诉他才行吧？"

巡子坦白后，他好几次劝说巡子应该通知静人。静人原本只有公司配发的手机，如今更没办法联络他。怜司说："如果在报纸上登广告，就应该能联络上。"于是美汐主动去调查。据说寻人启事等紧急广告可能被犯罪分子利用，所以必须报警后请求警方协助搜寻，再向报社提供报案编号。当然，巡子并不想请求警方搜寻静人。

八月下旬的戌日[①]正好是星期日，巡子一家人搭怜司的车，出门前往水天宫。

在戌日缠上腹带祈求安产的习俗，原本应在怀孕的第五个月进行。但是因为美汐没有及时坦承，所以当天已经超过二十周又

[①] 当月以地支排序的日子。戌对应生肖狗，在日本风俗中有"母子平安"的寓意。

三天，进入了第六个月。

神官替孕妇诵祷文之前，一行人用怜司的相机在神殿前拍了纪念照。一位年长的妇女对他们说："我为你们拍照吧。"怜司道声谢，把相机交给她，站定在鹰彦旁边。妇女说："年轻夫妇最好站在中间。"巡子一家人的脸上肯定各自露出了复杂的表情。替他们拍照的妇女诧异地放下相机时，鹰彦向后退一步，把怜司拉到中间，让他和美汐并肩。后来一看，照片中的鹰彦表情和平时一样，但怜司和巡子的笑容僵硬，美汐则一脸严肃。

如果美汐生下孩子，那是"我的孩子"。后来没有人提及怜司对高久保兄弟说的这句话，巡子也没想过让怜司和美汐真的结婚。就算他从以前就喜欢美汐，但孩子的问题又是另一回事，巡子一点儿都不想让他担责任。而且，当事人美汐如何看待这件事？因为她什么都没说，所以不知道她作何感想。怜司和美汐失去之前宛如亲兄妹的亲密，气氛变得尴尬。

美汐和高久保兄弟谈过之后，马上自己一个人去领了孕妇手册。她大概想快点儿转换心情。不久，她告知公司自己已怀孕。上司和同事惊讶地问她是什么时候结婚的，她从头到尾只说了一句："这是私人问题，不便回答。"

巡子将领取的腹带供在佛龛上，叫来换穿好宽松衣物的美汐，隔着衣服为她缠上。于是，美汐直接以那副模样走到客厅，把手放在缠着白色腹带的腹部，对等候的鹰彦和怜司说：

"这是我的孩子。"

美汐冷静地注视着两个困惑的男人。

"怜司……谢谢你多方为我设想。可是，这是我的孩子。"

怜司大概察觉到了美汐的心意，露出往常的开朗笑容，回应道："我知道了。他一定是个没大没小、不可爱的孩子。"

后来，两个人又恢复了老爱斗嘴的状态。

五天后，巡子和鹰彦陪着美汐去医院做超声检查。两个人也被允许进入检查室。滚轮般的器具在美汐的肚子上滚动，屏幕中出现生命的形状。头部和身体轮廓清晰，眼睛和嘴巴也成形了。胎儿似乎在动手指，或许是凑巧，但如同医生所说的，"他在比胜利手势"，胎儿竖起两根手指。

从头部到臀部的长度是十四厘米。巡子看到小小的心脏"扑通、扑通、扑通"快速而活跃地跳动，忍不住掉下眼泪。鹰彦也在擦拭眼角。

九月上旬的星期五，地区卫生所以怀孕中期的母亲为对象开课，怀孕第二十二周的美汐参加了。美汐说：也有四十六岁的女性和十多岁的少女参加，知道不是只有自己内心不安，放心多了。那一晚，怜司也到家里来，两个男人吃普通的白米饭，配巡子煮的炖菜，还有色拉；美汐怕闻到饭的味道而吃面包；巡子把饭煮成粥，将炖菜弄碎拌来吃。美汐说起妈妈教室的话题，怜司在一旁插嘴，餐桌上笑声不断。巡子心想，这个家没有任何问题，自己一家人受到上天的眷顾。若说到欲望，就是希望静人在这里……那孩子现在在哪里？

"舅妈，你怎么了？哪里痛？"怜司担心地说。

巡子连忙用手指拭过眼角，回答："我想到了有趣的谜语，想着想着就笑了。"问大家，"我说，你们想听这个谜语吗？"

大家一致谢绝："下次再听吧！"

九月下旬的星期六，她早餐吃到一半就感觉胀气，餐后持续胃胀了好一阵子。美汐说想去百货公司采购婴儿用品，怜司开车送她去。巡子也想陪她去，但是有一场之前预定好的妇联会聚会，而且鹰彦大概也担心她的身体，所以留在家里。

妇联会聚会要确定一个月后的秋季祭典中拖神舆的路线，巡子被推选为负责照顾孩子灯笼队伍的组长。她原本考虑请辞，但是当有人顾虑到她的身体，问："你的脸色不太好，没事吧？"她反而意气用事地说没事，接下了这个任务。鹰彦在市民中心外面等候，聚会结束后，两个人一起回家。巡子一进入家中，鹰彦便出去买晚餐的食材。

那个男人出现时，巡子正从洗手间的镜子里看着腹部突出的部分。

这几天，上腹部总在餐后鼓起。因过一阵子就会消下去，所以巡子还没告诉鹰彦和出诊医生及访视护士，却没来由地担心。

（老天保佑，千万不要是坏东西……）

巡子像念咒似的吟诵，用手抚摸腹部好一阵。门铃响起了。

中年男子报上一家知名报社的名头，问道：请问这里是坂筑静人先生的家吗？他在家吗？巡子问对方姓名，对方回答"敝姓苅野"，说他和静人于夏天在北海道见过面。

比起对方找静人有什么事，他最近和静人见过面这个事实更吸引巡子，于是打开了门。

一个满脸油光、脸上堆满假笑的男人站在大门口。他一面不时偷瞄她身后的屋内,一面从皱巴巴的西装外套内袋里掏出名片。巡子确认他是周刊杂志的记者,名叫苅野抗太郎,问他有什么事。对方没有马上回答,说:

"您是静人的母亲吧?哪里不舒服?脸色好像不太好。"

"不,我只是暂时有点儿不适。好得很。"

"是吗?我因为某起事件见到静人,对他的行动很感兴趣……我听警方说,他的家人知道他在寻访有人死去的地方。"

"您在周刊杂志上班,打算把静人的事写成报道?"

"不不不,我还没决定。且不论写不写报道,我不太懂他的行动的意义。"

"那孩子好吗?有没有生病或受伤?"

"您要看照片吗?我拍了他在婴儿死去的公寓前的照片。"

对方微笑说道,却不打算拿出照片。巡子察觉到他在等自己进屋,不禁后悔太着急地问静人的情况,让他进入客厅。

名叫苅野的男人故意四处打量屋内,甚至抚摸柱子,面露苦笑地说:"哦,原来静人就是在这里长大的啊。哎呀,可是……恕我失礼,很普通,看来没有特别之处。"

"特别是什么意思?"

巡子一面替对方准备麦茶一面问。苅野夸张地摇手说:"请不要放在心上。就某种层面来说,静人是个特别的人,所以我擅自推测他成长的家也有不同于一般家庭的环境。对了……"

巡子一坐下,苅野马上没礼貌地问她一大堆问题,除了坂筑家的家庭成员，还问及每个人的年龄、有无工作、职业类别以及信仰的宗教。他的态度暗示着等巡子回答之后，他才打算给她看静人的照片，巡子抑制焦躁的情绪，一一回答了他的问题。

"也就是说，他没有特殊的信仰，也没有钦佩的人物……他采取那种行动究竟是什么原因……您没有隐瞒我什么吧？"

莳野依然以觊觎的笑容盯着巡子，从西装外套的内袋拿出几张照片。

"这就是他。没错吧？要是弄错人，我可就笑不出来了。"

排放在茶几上的照片没有一张是从正面拍摄的，而且画质很差，但微微低头的侧脸肯定是静人没错。照片的日期是七月，所以相隔一年零七个月不见的他虽然依旧消瘦，但是没有受伤或生病的样子。巡子因为太过放心而差点儿流下眼泪。

"那孩子在精神奕奕地旅行，是吗？他有没有说离开北海道之后要去哪里？"

"他说，在天气转凉之前要南下东北地方……那么，我单刀直入地问了，静人为什么进行那种旅行？"

为了回答莳野的问题，巡子试图把告诉高久保兄弟的说法，也就是从静人出生之前，非常简单扼要地说一遍。但是，还没说几句，莳野就打断她："哎呀，细节不重要。应该曾发生过令人印象深刻、让任何人——也就是周刊杂志的读者——能一下子就了解的事件吧？请如实告诉我。"

巡子深深叹息。他和高久保兄弟一样，一定无法理解静人。

"没有能够一口断定'这就是唯一理由'的事件。我想，是好几件事累积起来,以及那孩子的心境变化渐渐形成的。在旅途中学到的事也是促使他那么做的原因。"

蒔野无聊地皱起眉,焦躁不安地用笔挠耳后。

"您好像很了解他的所作所为,但是我想,一般的父母应该会阻止这种旅行。"

"我十分清楚自己是个不及格的母亲。"

"您认为静人是因为父母才变成那样?这么想的理由是?"

"我并不打算逃避自己该负的责任。不过……我认为,假如说那孩子在做的事都是因为我们,等于否定那孩子的人格。"

蒔野将身体探向桌面,以指尖轻敲静人的照片。

"坂筑太太,您不觉得静人现在的生活很无聊、很没有意义吗?社会上有许多年轻人为了造福社会、造福人群而竭尽心力,您不会感到羞愧吗?"

"羞愧?不会,我不会感到羞愧。那孩子在做的事是……"

巡子不太会描述。她最近开始觉得,能够评判静人行为的说不定只有被那孩子哀悼过的人。巡子注意到蒔野手指下方的照片,说:"请问,这……这孩子在做什么呢?"

照片中的静人单膝着地,右手举在半空,左手垂近地面。

"唉哟,您不知道吗?这是他哀悼逝者时的姿势。跪在地上,右手向上举起,左手向地面垂下,把两只手在胸前交叠。"

"也就是说,他像那样哀悼……死者吗?"

(静人,你没有忘记棕耳鹎的幼鸟,对吗?你像那天早上一样,试图将在天空下欢笑、在大地上哭泣的死者视为独一无二的人放进自己心中，对吧？）

"其实，我在自己的网站上试着征集静人的信息。他在全国各地都曾被人看到，有各式各样的意见，能不能请您看过之后告诉我感想？"

莳野将写有数字和符号的卡片放在茶几上。

巡子感兴趣地接过卡片，但告诉莳野自己不会使用电脑。

"那真是遗憾。坦白说，人们看他的眼光很严厉，责难他的人占多数，好像也有家属觉得自己被愚弄了。知道这种情况后，身为家人，不可能不阻止他。不，应该说，如果是爱孩子的父母，就应该阻止他。"

话中的刺深深地扎中了巡子的心。难道他想说她不爱自己的孩子吗？

"他的终极目的是什么？为何选择现在这种生活方式？作为父母，应该明白他的目的吧？或者目的是什么并不重要？您要丢下一句'不关我的事'吗？"

莳野眯起眼睛，眼中迸出精光。这时，巡子有一种错觉，好像有另一个生物在对方的体内呼吸，有一个怒目而视、发出冰冷憎恨目光的孩子隐藏在这名肥胖中年男子的体内窥视自己，视答案而决定要不要发动攻击……

"您姓莳野，是吧？您为何采取现在这种生活方式？"

巡子反问对方。她并不打算驳倒对方，更像在问自己："您为何那样生活……这种问题能轻易地得到答案吗？再说，如果有人对您说'我明白你那样生活的理由'，您能满不在乎吗？那样才是没有意义吧?"

莳野一开始好像不知所措,渐渐面露不悦之色,说:"也就是说,关于静人,您有一些事情不想说,是吗?"

"我并不打算隐瞒任何事。不过,表面的话说再多也没用。静人被视为怪胎或可疑人物,大概有人会觉得不愉快。可是,我认为那是那孩子和产生那些感觉的个人之间的问题,其他人没办法负责。重要的是您怎么看待静人,不是吗?或许也可以说,不管莳野先生怎么生活,比起选择那么做的理由,您的存在价值在于对他人留下了什么。我认为,与其对某个人的行动说三道四……不如在与那个人相遇的过程中思考自己获得了什么、留下了什么比较重要。"

巡子自己也感到惊讶,这段话中使用了许多平时不常用的词汇。难道是因为每天感觉到死与生就在身边,加上持续思考静人的事,使之前不常用的词汇进入了心中吗?

"莳野先生,您怎么看待静人?他为您留下了什么?还有,知道那孩子哀悼逝者的事,又为您留下了什么?"

莳野像要狠似的瞪视着巡子。她没有避开目光,于是他先低下了头。

后来,过了许久,莳野都没有和巡子对视,虽然接连问了几个问题,但是语气中少了胡搅蛮缠。不久,他收起照片,从座位上起身。临走之际,他在大门前回头看向巡子。

"静人怎么看待家人和您呢?如果多少有亲子之情,他也该回家了吧?他在逃避家人和您吗?"

从他的声音中感觉不到挑衅，他的语气听起来甚至像是对巡子有所期待。

巡子答不上来。静人怎么看待家人和她呢……因为巡子一直很担心即使告诉他自己罹患的疾病，他也不会回来。在对方眼中，自己是否露出了落寞的笑容？

"如果那孩子以自己的意愿回来，我会很开心……"巡子如此回答道。

莳野离开不久，鹰彦便购物回家了。巡子没有告诉他莳野来过这件事。

临近傍晚时，美汐也回来了。怜司双手捧着满怀的战利品走进来。巡子一个星期没见到他，念叨着美汐乱使唤人。他直视着巡子的脸说："咦？舅妈……您的脸色怎么黄黄的？"

巡子苦笑道："你别闹了。"想起了在妇联会聚会时以及刚才莳野都提到自己脸色不好。鹰彦和美汐完全没有提到过她的皮肤颜色，或许是因为每天朝夕相处，反而难以察觉到逐渐发生的变化。

站在洗手间的镜子前，巡子觉得脸颊确实泛黄。

肚子的鼓胀还没消。巡子试着从肚子上方轻压突出部分，涌起一股强烈的呕吐感。她站不稳，当即蹲了下来。

第六章

旁观者

(奈义幸世 - II)

1

奈义幸世走在东北地方一座被连绵群山温柔环抱的小镇。

日历已是秋天，但山色青翠，仍听得见蝉鸣。这座城镇靠近知名的观光区，是外出到闹市区工作的人栖居的城市。没有显眼的建筑物，散发悠闲的氛围。虽然往来于主干道的车流量很大，但是看不到什么人影。

卡车按着喇叭从眼前疾驰而过。幸世坐在马路大转弯内侧的人行道上，背靠着山这一侧的墙壁。喇叭是朝跪在车道对面护栏前的坂筑静人按的。他所在的地方没有人行道，即使听见喇叭声，也仍然在路肩将双手抵在胸前，继续闭目祈祷。

这里不是从报纸和广播的报道中得知的，是走着走着，被他发现护栏和支柱中间插着一小束花。花束上没有写任何字，护栏上倒是被人以奇异笔涂鸦，像碑文般记载着在这个地方死去的人的名字、出生年月日和死亡日期，并写着"在天国和风一起奔驰""我死去之前，后座就载着天使吧""浑蛋，谢谢你"……二十四岁的死者大概是骑摩托车时在这里遇上了车祸。

静人好像在哀悼被留下那些字句的朋友和情人爱着的死者，而他也爱着他们，彼此互相感谢。

（真无聊。白痴。你一定这么想吧？）

甲水朔也从幸世的右肩探出五官端正的脸，调侃地笑了。

（虽然你觉得他很无聊，但是一起随行的你也很无聊。）

幸世连回他一句"你闭嘴"的力气都没有了。

自从和静人同行，今天是第八天。静人哀悼逝者的言行影响了幸世迄今为止关于爱与死的想法。朔也或许也一样，虽然嘲笑静人，但是显然感到不解。刺杀朔也的人是幸世，但是他如今在她肩上宣示着自己的存在感，几乎令人无法相信他真的死了。正因如此，幸世心想：和静人一起旅行，看清哀悼这个行为和死的本质，是否就能找出一部分的答案来弄明白该如何看待朔也的存在、该如何对待自己的生命？

静人没有拒绝幸世和自己同行。他没有问幸世是个什么样的人、是出于什么动机与他同行，从第一天起就没问过。

一开始因为他慢慢地走，幸世自信地认为跟着走并不困难。但是，缺乏运动的双腿在第一天晚上就因为肌肉酸痛而动弹不得。静人一抵达露宿的公园就倒卧在长椅上。深夜，幸世因为脚痛而醒来，发现自己身上盖着睡袋，身穿毛衣的静人像在守夜似的，睡在长椅前铺了报纸的地上。

第二天早上，幸世向他道谢，正想迈开脚步，脚却抽筋了。静人或许看不下去了，说他今天就在这附近绕一绕，晚上会回到公园；建议她如果无论如何都想一起走，明天再继续如何？幸世相信他的话，搭公交车前往闹市区，到三温暖请人按摩脚和腰，沉沉地睡了一顿好觉。出狱时，因答应从此不在朔也的老家露面而从代理人手上收到的钱还剩余不少。幸世丢弃单肩包，添购背包、睡袋、适合旅行的鞋子和衣服，为今后的旅行作准备。晚上在公园等候时，静人按照约定回来了。

从第二天起，或许是因为充分休息，加上新鞋子的缘故，她勉强能跟上静人的脚步。幸世还事先问他打算以怎样的顺序、绕行怎样的地区。静人摊开笔记本和地图册，仔细地告诉她。幸世疲惫不堪的时候，就经常搭公交车或出租车先到前方等他。只要在他说的地方等，他就一定会出现。

（你这样作弊，算是跟他一起走吗？）

一个星期以来，朔也经常说的讽刺话倒也没错，但是幸世回应：在适应之前，这也是没有办法的事。她好几次一个人在餐厅吃热食，第六天住旅馆，第七天早起，趁静人出发前赶到他露宿的地方。但或许是这么做的副作用，昨晚她在公园过夜时怎么都睡不着，今天从早上就感到身体倦怠。

（你只是在赖皮。你永远只是旁观。这么做有什么意义？）

静人去商店打听与逝者相关的消息或向路人询问时，她会保持充分的距离，佯装和静人毫无关系。但即使她和静人之间有一段距离，人们也不可能认为背着背包和睡袋的她与静人毫无瓜葛，可她始终不希望被当作静人的同伴。

（就算他的行为是伪善、没有意义的，至少他在做他想做的事。相比之下，坦白说，只是旁观的你比他更浪费生命。）

幸世无法反驳朔也。她确实能够认同静人哀悼人们的死这个事实，但还是不明白这么做的意义，也感觉不到有意义的事。车祸、杀人案、火灾、灾害或不小心的意外……静人哀悼的人之中也有令幸世同情的案例,但她不觉得自己能做什么。只观察两三天不会明白,短短四五天也可能找不到那么做的意义……幸世如此反驳朔也,但她没有多余的心力深入思考死亡,关于自己和朔也之间的关系或关于自己的生或死,她都得不出任何答案。

(你像是白白浪费了一星期。或者应该说,你会永远像这样浪费生命。)

对朔也的冷嘲热讽,幸世忍不住说:"请你别再多嘴!"

静人哀悼完毕,朝她走过来。幸世和他对视。

"你说了什么吗?"他问道。

幸世摇了摇头。静人"呼"地舒了一口气,放松了嘴角。她在旅途中经常和朔也拌嘴。在静人的眼中,她大概是个总在自言自语的怪女人。

"我只是有点儿耳鸣。走吧!接下来是废弃的小学?"

前方不远处,似乎有一间因和邻镇的学校合并而废弃的小学。一名十七岁少年在那里和同学发生争执,倒下来的时候撞到要害而身亡。据说静人于三年前在报纸和杂志上得知了此事,但因为行程不便,至今才第一次过来。

不久,主干道沿线的人行道上出现通往山侧的坡道,还有指示小学方位的路标。一爬上矮坡就看见蔓草缠绕的校门,杂草疯长的校园里建有老旧的校舍。校舍的入口和窗户上都钉着木板,以防有人进入。

"报道中提到,是在后院的焚化炉旁边。"

静人说完，绕到校舍后。后院的正前方有焚化炉的遗迹。

一棵纤细的树立在残骸前面，笔直地朝天空伸展。无数朵淡黄绿色的小花像线香的烟花，向四面八方弹射，开放在高高的枝桠顶端。静人走过去说："是刺龙芽哦。"

或许是长期旅行的缘故，他对花或树的名字知道得比较多。

以刺龙芽为中心，半径大约两米左右的圆圈中没有杂草。大概是被人拔掉的。静人靠近树干，那里摆着一张似乎是幼童用的小木椅，椅子上放着花束。

幸世感觉到少年肯定是在这里去世的。花束已经枯萎，但似乎是不久前放置的。

"来这里之前，你没有打听少年的事，打算怎么哀悼呢？"

幸世问道。静人在打听不到消息的情况下会参考新闻报道，他答道：杂志将这件事写成跨页报道，所以这次我打算根据那些内容哀悼。幸世问起内容，他摊开厚厚的笔记本。以前听他说过，这本笔记本是用来抄写报纸杂志上的报道或广播中的新闻，可以说是备忘录。哀悼之后，他会在另一本正式的笔记本中留下哀悼的记录。

备忘录的某一页上贴着从杂志剪下来的去世少年的大头照。胖嘟嘟的圆脸，眼神中流露出柔和的光。大头照下方是抄录的文字。

去世的少年个性暴躁、易怒，曾经因为偷窃而被警方辅导，也曾因为纵火未遂而受到警告。另一方面，为数不多的朋友说：少年心地善良，绝对不会说别人的坏话。记者的感想是：父母的过度保护导致孩子为非作歹，引发悲剧。

他要采纳这篇文章的哪个部分来哀悼呢？幸世感到不可思议，看了他一眼。他说："这里虽然写的是过度保护，但如果改变角度，我认为他被父母深爱着。另外，朋友说他心地善良。我会哀悼这件事。"

（快，你最好也试着照他说的去哀悼。光是旁观，无法了解。）

朔也看着单膝跪在树下的静人，在她的肩膀上说。

迄今为止的旅行都是在虚度时光，幸世感到疲惫、空虚，把他的调侃当作耳边风，说道："你不是也在旁观？"

静人或许正集中精神于哀悼，身体一动也不动。

"你静静地待在我肩上……难不成打算附我的身？"

她回头问朔也。他嗤之以鼻。

（这个嘛，不知道。不过我有理由附你的身吧？是你杀了我。）

"可是……是你叫我杀的。"

朔也别过脸。他只会在调侃幸世或高兴的时候现身，除此之外，大多躲在她背后，如今也想如此。于是幸世说："你别逃！我实现了你的愿望，你还要附我的身，太不合理了吧？"

自从实现了他的愿望，幸世就不再相信爱是美好的。假如没有爱，就不会过着地狱般的日子，就不会杀了他，当然也不会有现在这种痛苦。

（我之所以出现在你面前，是因为我还有遗憾。）

朔也躲到她背后之前说道。遗憾？正当幸世想问那是什么的时候，耳边响起一个严厉、低沉的嗓音："你在那里做什么！"

刹那间，幸世怀疑那是鬼魂。一个脸色白里透青、四十五岁左右、身形消瘦、身穿灰黑色套装的女人从焚化炉前凝视着这边。她手上提着一束花，瞪大的眼睛在颤抖。

"你在那里做什么！"

女人仿佛喘不过来气，以痛苦的语调又问一遍。

静人似乎刚做完哀悼，从树下站起来，向她鞠躬。

"我在哀悼。"

静人的回答令女人将手举至嘴边，像是要将胸腔中的气息引导出来似的，又垂下手说："哀悼……是哀悼逝者的哀悼吗？那么，你是在哀悼直纪吗？"

幸世想起了静人的备忘录上写着"沼田直纪"这个名字。

"你是……直纪的朋友吗？"

女人以期待而不安的眼神看着静人。

"不是。我是间接认识他的。"

"那么……你该不会是……杀害他的孩子的……朋友吧？"

女人的表情变得凶悍，愤怒的目光从静人移到幸世，又移到静人身上。

"不是。我不认识和事件有关的人。我只是路过的人。"

"路过……是什么意思？为什么你知道直纪的事？为什么你在祈祷？"

幸世正好站在两个人中间，默默地观察事态演变。听到她的问题，她想起静人的备忘录还在自己手上，于是递给女子，以安抚的语气说："我们是从杂志报道中得知的。这是笔记……"

这或许引起了女人的兴趣，朝这边走过来。幸世放下心，舒了一口气。女人从幸世手中一把抢走备忘录，用力摔在地上。

"你说是从杂志得知的？你相信那种乱七八糟的报道才来替我儿子祈福吗？"

幸世震慑于对方怒气冲冲的气势，往后退了几步，被不知何时走过来的静人扶住。

"去世的是令郎，是吗？我由衷地哀悼。"

他走到幸世面前，对女人鞠躬后捡起备忘录，拂去尘土。

"我这么做，好像伤了您的心，我很抱歉。我是想哀悼逝者，才来到这里。我从三年前的报纸和杂志的报道中得知这里发生的事，除此之外，没有机会了解事实，所以只能相信报道。"

女人以冰冷、愤怒的表情直盯着静人说："你不知道真相。就算替他祈福，那孩子不可能高兴。"

静人像同意般深深点头，说："我不是在为令郎祈福。"

女人大概听不懂他的意思，皱起眉头。他接着说："我哀悼沼田直纪这名十七岁的少年，我会记得他被父母爱过，他也爱过父母，对朋友很体贴……而且确实在这个世上活过。"

女人又盯着静人看了一阵子，绕过他走向剌龙芽树，用手上提着的花束更换小椅子上的旧花束，跪在地上合掌，念诵孩子的名字说："妈妈来了。"不久，她垂下手，抬起头，瞪着静人和幸世说："我不能让你们就这样离去。"

女人走进距离废弃小学步行十五分钟左右、位于住宅区的一间平房,静人老实地顺从。幸世在大门前犹豫了一下,正要向女人告辞说自己不是他的同伴。但是站在大门里的女人以不容推辞的眼神看她,请她进屋,幸世拒绝不了。

两个人被带进一间宽敞的和室,里面有一座大佛龛,以少年露出开朗笑容的照片为中心,四周供着家人的照片,也有玩具和文具等物品。

女人请两个人在这里等候,打了一通电话,请喝红茶。过了半小时左右,一个和女人同龄的男人走进来,一身西装,手拿公文包,好像是从公司早退。

男人和女人简短交谈之后,端坐在静人和幸世面前。他告诉二人,自己是去世少年的父亲,再度要求静人解释在刺龙芽树前面做了什么。

静人大概不是第一次遇上这种状况,习以为常地说了做哀悼的事。少年的父母似乎半信半疑。幸世也和他们有着同样的立场,所以能够理解他们的心情。

"你似乎有特殊的信仰……但不管怎样,你看的杂志报道中的内容是捏造的。"

少年的父亲开始诉说原委。据他说,媒体的报道不真实。

"因为这孩子没办法和人争吵。他有残疾。"

据说少年先天智障,只会责备、伤害自己,无法对别人发泄怒气,更何况是动手打人?他就算想那么做都办不到。

"这孩子是被欺辱致死的。其实许多人知道这件事。"

少年从特殊教育学校回家的路上，从公交车站走到自己家的途中遇见四名小学同学，其中一名领头同学邀他去玩。少年生性无法拒绝别人的要求。

"据说，四个人是为了打发时间才找他说话。这孩子被带到废弃的小学，被要求跟他们一起玩摔跤。因为他块头大，所以他们大概打算让他做沙袋。领头同学对这毫无抵抗的孩子拳打脚踢。少年忍无可忍想逃跑，一个不小心撞倒了对方。其余三个人见状笑了，于是领头同学恼羞成怒，把他打倒在地，并要求其余三个人各踢他十下。听说一个踢脸、一个踢胸、一个踢肚子。除此之外，领头同学又在他头上跳了好几下，这孩子终于不动了，他们就直接把他丢在那里。"

父母寻找迟迟不归的孩子，向学校和警方寻求协助。于是深夜有一通电话打到家里来，一个孩子的声音告诉他们少年倒卧的地点，是三名伙伴中的一名受到罪恶感的遣责而主动告知。

"据说这孩子被送到医院时已经死亡数小时，脸肿得认不出来。警方为了缉凶而将遗体送去解剖，要我们回家，但是我当然一夜无法合眼。第二天一早，一名少年及其父母上门拜访，告诉了我们真相。打电话来的也是那孩子。我们一时之间无法理解他在说什么。对方好像连声口头谢罪，但是不管我们原不原谅他，都仍无法相信孩子死了。少年和父母去向警方自首，四个人全部接受警方辅导，大家怒斥四名少年'居然做出那么残忍的事'。我们原本以为大家都在同情这孩子，但是……"

入夜后的报道变成了静人给幸世看的备忘录中的内容。

"领头同学的父亲和叔父是当地的警官。四个人接受辅导的那天晚上,警察公布的消息扭曲事实地说是一起因争执引发的意外,甚至说先动手的是我们的孩子。遗体在消息公布前送了回来。预定进行的司法解剖因情况变化而中止,负责的人要我们快点儿火化。我们一心以为他那么说是出自好意……但是看到第二天的报纸,我们吓了一跳。耐着性子,先吊唁再说,等葬礼结束才去向警方抗议。但是警方声称正在调查,不能和嫌疑人见面。"

一度告发的那名少年之后闭口不语,即使他们登门拜访也避而不见。其他孩子及其父母非但不谢罪,甚至不表示哀悼。

"媒体只照抄警方公布的内容。后来,周刊杂志的记者来采访的时候,我们拼命地告诉对方真相。可是一旦写成报道,内容却比之前更伤人。"

少年因为智障,所以很难长期持续做一件事,却因此被冠上"暴躁易怒"这种形容词。小学的时候,他曾在便利商店拿起糖果直接走出店外被店员抓住手臂而吓哭。店员也手足无措,只好报警。这件事被写成因为偷窃而闹上警局。夏天在庭院玩焰火的时候,因为兴奋过度而将焰火丢进邻居家的庭院。邻居的回忆内容变成了纵火未遂。我们向警方和媒体投诉:为什么不公布我们的孩子智障?但到处都像串通好似的众口一词:我们顾虑到孩子的人权。

"记者或许担心如果写出颠覆警方公告的报道会受到各界的挞伐或被暗中报复。加害者的家人及亲友大概害怕长年构筑的生活被破坏而将所有责任推卸给死者，可以说再度杀死这孩子。第二年，我们提起民事诉讼，如今也持续在打官司。但此后，匿名的指责电话与诽谤信件没完没了，甚至有人当面对我们说：你们是在利用死掉的孩子赚钱吗？答应声援我们的特殊教育学校似乎也被施压，自从班主任被调动之后，校方就不再对我们进行公开的协助。甚至连医院都变成除了头盖骨骨折之外没有任何记录。前几天，家门口还贴了一张纸，叫我们从这座镇上滚出去。"

父亲不甘心地一口气说到这里，母亲接着说："加害者搬家的搬家，迅速地离开了这座镇。我们只希望他们由衷地向直纪道歉，带着赎罪的心活下去，但是他们连这点儿基本的事情都做不到……"

她说，他们很羡慕因为其他原因去世的人。看电视的时候，有些事件或意外的被害人不管过了多少年，都会有人上香献花。他们一旦看到那种场景就会哭着抓住榻榻米，为什么我们的孩子不一样呢……为什么没有许多人怀念他呢？

"我们如今也在月忌日供花，在这孩子咽下最后一口气的地方。遇到外子要工作的日子，我们会分别在白天和傍晚去祭拜。可是至今一次也没遇见过其他人。你是第一个。第一次有人在那个地方替这孩子双手合十。"

"你们明白真相了吗？如果有想知道的事，请尽管问。"

父亲如此说。幸世想知道犯下罪行的少年后来的情况，因为自己也是犯下杀人罪的人，所以很好奇。静人却问了别件事。

"去世的孩子除了父母之外，被谁爱过呢？他爱过什么样的人呢？他曾经做过什么事而被感谢呢？"

父母露出困惑的表情，面面相觑。

"你不是想知道事件的真相吗？问那种事打算做什么？"

父亲问道。静人望向少年笑容开朗的照片，答道："我打算将听到的内容铭记于心，努力在有生之年记住。"

外人说那种话，孩子的父母大概不会相信吧……幸世这样想的一瞬间，母亲语调哀凄地说："请你记住，请你记住。"

她走出和室，捧着一大摞相簿回来。

静人和幸世看着少年自出生后日渐成长的照片，听着父母诉说关于他的回忆。父母以少年如今仍在某处活着般的口吻持续地诉说着。当窗外暗下来的时候，父亲察觉到了，劝邀他俩："是我们硬拉你们来的，请吃过晚餐再走。"

幸世没有理由拒绝，但是心想：静人大概会婉拒吧。然而，他道了声谢，爽快地接受了。夫妻俩走进厨房后，幸世问道：

"像这种事……接受别人款待的事，经常发生吗？"

"偶尔。我在某座山的山脚下哀悼被熊袭击的男性时，一面听他的伙伴诉说关于他的往事一面喝他们请的酒，直到天明。"

幸世无法接受。大概是她的心情写在了脸上，静人表情柔和地微笑道："明明是前去哀悼逝者，却白白吃别人的饭、喝别人的酒，这样好吗？你对此感到疑问，对吧？我一开始也觉得这样显得动机不纯，经常拒绝。但是劝我享用的人因而露出痛苦的表情，让我感到心痛。旅行的第三年，某个人对我说……重要的是持续哀悼。于是我摆脱了心理的束缚。最好灵活地对待各种事情,否则无法持之以恒。我现在会心怀感谢地接受别人给我的东西,在被人拒绝哀悼时也不感到难过或生气。"

随后,静人坦然地享用逝者的父母端出来的菜肴,幸世也在他们的劝请之下夹菜就口。

从他们家告辞时,天已经黑了。下一个哀悼的地方有点儿远,所以静人说今晚在这座城镇过夜,返回先前的小学遗址。虽然没有路灯,但静人带着只要旋转发条就会发电的手电筒。而且,今晚的月光格外皎洁、明亮。

刺龙芽树沐浴着月光,白生生地浮现着。据说放在树下的小椅子是少年从小爱坐的,他长大之后也不肯送人,经常局促地坐在上面。

幸世眺望着那张椅子,渐渐看见了一个圆脸的胖男孩局促地坐在小椅子上,心情愉快地摇着双脚。这当然是错觉。或许是因为刚听完他父母的话,他的身影在小椅子上一再地忽隐忽现。

婴儿时期肤色白皙,在医院里惹人怜爱,被说成像外国人的容貌……五岁的时候,一个人从家里步行两公里远,到母亲因盲肠炎住院的医院,口齿不清地喊着"妈妈"走进病房时脸颊上残留着泪痕……十岁的时候,在运动会的跑道上冲到正在替他加油的父亲身边,搂紧父亲的脖子不肯放开,于是父亲也和他一起跑,他抵达终点时露出笑容……去世之前喜欢上就读于同一所特殊教育学校的少女,坐在爱坐的小椅子上烦恼该怎么做才能传达心意时那认真的表情……幸世意识到少年在自己心中呼吸,惊讶地察觉:莫非静人的哀悼就是这么一回事吗?

静人单膝跪在小椅子前。幸世走向他,问他在做什么。

"心里想着刚才听到的事,再次哀悼他。"

即使是曾经哀悼过的对象,如果知道新的细节,静人似乎会重新哀悼。既然如此,干脆现在告诉他吧。告诉他关于朔也的死亡真相。

幸世感到朔也在背后冷笑。即使没有听到他的调侃,幸世也没有自信能准确无误地传达自己杀害朔也——而且是被他逼迫那么做——的真相。

静人已经熄掉手电筒,在月光下将双手交叠于胸前。幸世是第一次如此近距离地看他哀悼。月亮似乎被云遮住,看不见清的身影。四周只响起他哀悼的声音。或许是云被风吹散了,黑暗中隐约浮现静人闭目祈祷、散发着蓝光的侧脸。大概是刺龙芽花吧,细雪般的花瓣翩然降落,从他的前方掠过,轻轻地落在已故少年爱坐的小椅子的扶手上。

2

幸世从第二天起拉近和静人的距离,走在他身后。

在废弃小学痛失爱子的父母诉说关于孩子的回忆时那生动的表情烙印在幸世眼底。临别之际,他们的表情很柔和。那种表情是被静人引发的吗?是他答应会一直记住孩子而带来的变化吗?

(那些家伙只是想找个说话的对象罢了。)

朔也在她的肩膀上打哈欠。

（只要肯安静地听他们说关于孩子的事，对象是谁都行。）

少年的父母或许是在案发之后第一次能尽情地对外人倾诉关于孩子的回忆。静人相当于第一个令他们想诉说的外人。

走了一阵子，来到公交车站前时，静人查看车费表，说要搭公交车。自从和他一起旅行就一直步行，幸世一心以为接下来也只能徒步旅行，所以怀疑他在开玩笑。但是他说：这十多天走路是因为访址都在附近，在去山间小村或者去下一个哀悼地点有段距离的情况下，他经常搭公交车。如果一直徒步，太花时间，而且餐费等花销会提高。

搭公交车进入市区之后，按着地图走，拜访一家去年被强盗袭击、老板遇害的药店。药店已经重新开张，外观没有留下事件的痕迹。

静人等没有客人之后才进入店内。幸世先前都在外面等，这次却和他一起进去，从他背后观望。出来接待的男性药剂师被问及已故老板的事，明显地表现出不悦的神情。他也瞪了幸世一眼，问："你们想知道什么？是怎样的团体？"除了静人，同样打扮的幸世也在场，所以对方或许把他们想象成了狂热宗教团体的信徒。因为犯人已经被逮捕，所以对方大概认为，与其报警，不如快点儿赶走麻烦人物比较省事。听到静人的问题，对方反问了两次"爱？"，非常简单地回答："他很疼爱孩子，那一对双胞胎。他经常笑着说，生日什么的都要准备双份，很辛苦。他会客气地对来买药的客人说话，对过敏症状也很清楚，所以被不少人感谢。"

静人向对方道过谢、走出店外之后，在店门口旁边跪了下来。他大概是以刚才听到的内容在哀悼。幸世将目光转向店内，药剂师像看见讨厌的东西般皱起眉头。

三个月前，在住宅区内的一户民宅内发现了七十五岁丈夫和七十八岁妻子的遗体。或许是因为卧病在床的妻子病情恶化，以致断气。照顾她的丈夫太过绝望，粒米不进，滴水不沾，只留下一张写着"我没办法替她做任何事"的便条纸，活活地饿死了。

附近的邻居告诉静人夫妇俩的房子所在的位置，如今没有住人、端正、平敞，看不出荒废的样子。静人到房子正后方的米店打听。或许是因为看见一对旅行装扮的男女请教这类事，看店的中年妇女问道："你们……该不会是在做类似巡礼的事吧？"

她似乎去年刚从四国参拜寺庙回来。她怜悯去年过世的老夫妇，频频叹气说："为什么他们走得那么可怜呢？"摇了摇头。

静人对夫妇俩的死法不感兴趣，照例提出关于爱和感谢的问题。对方露出有点儿失望的表情，嘟囔着"感谢啊……"将视线投向远方。

自从老夫妇亲手拉扯大的掌上明珠二十岁时因病去世，他们就伤心欲绝，相依为命。妻子的手很巧，以前就有人拜托她缝制衣物，针线活儿很细，受到街坊邻居的欢迎。丈夫是个急性子，也有人讨厌他；但是从装配管道公司退休之后，他免费替老人家修理漏水的卫浴设备，也有不少人向他道谢。

静人和幸世听完，正要走出店外，中年妇女叫住了他们。她先走进屋里，不久拿着一个小包裹出来说："这是我匆匆忙忙捏的饭团，请你们收下。"将它交给了静人。

日落西山，差不多是时候决定露宿的地点。

幸世在向右转的马路前方发现了一座公园。静人笔直地往前走，大约十分钟后说"我们在这里休息"，便停下了脚步。那里是除了旁边有公共电话之外没有任何休息处的马路旁。

幸世建议："不如回刚才的公园？"静人将视线落在自己的廉价手表上，说："我必须在七点打电话。公园附近没有公共电话，所以我要在这里等。"

他卸下背包，掏出一本笔记本，翻开要找的那一页，以透明胶带贴着两张印有偶像男明星的电话卡，一张有用过的痕迹。

"这两张电话卡是怎么来的？感觉和你不相衬。"幸世问。

"这是我哀悼的某个人的家人给我的。"

五年前，一名三十七岁男子在北陆城镇自杀，是在公司担负重任、连续加班导致的。当初，公司和劳动基准监督署①都主张是个人问题，但家属提起诉讼。一年后经法院裁定，认为这是一起过劳自杀的劳动事故。地方报纸刊登了报道，静人也知道了。

他拜访那里是在两年前，似乎有人告诉了家属，说有人在镇上到处打听那名男子的事。于是在他向店家打听消息时，逝者的妻子和读中学的女儿出现，逼问他在做什么。他告诉她们关于哀悼的事，回答：我是为了记住死者。

---

① 日本的劳动灾害保险的主管机关。

女儿骂他是"骗子"。母亲则说：男子的事被新闻报道之后，有人上门采访，也有人因歉疚再度前来吊唁，但随着时间流逝，男子渐渐被遗忘，或许是受否定自杀的观念影响，即使在忌日，也很少有人来访。

"死者的女儿说：如果你说要记住我父亲不是骗人，就请你在他的忌日打电话来。"

在幸世看来，读中学的女孩大概无法相信静人的话，打算为难这个宗教狂或痛斥他敷衍了事的伪善行径，因而将身上的电话卡给了静人。所以，她应该并不期待静人真的致电。

"不，我去年和死者的女儿通过电话。我想，今天也一定能和她通上话。"

到了约定的时间，静人用电话卡打电话。对方好像马上接听。静人报上姓名，对方大概说了什么，他轻轻地摇了摇头，说："为什么？不是约好了吗？是的，我现在仍在旅行。"

对方又说了什么，他微笑说道："是的，枫叶即将转红，是令尊最爱的季节，也是你出生的月份。"

看着他温柔地说话，幸世觉得他脸上映出了少女的神色。

两个人决定在公园过夜，借路灯照明用餐，以旋转发条发电的手电筒附带的收音机听新闻。如果能够获得逝者的信息，静人就会做笔记，但这一天的新闻始终绕着经济和体育的话题打转。就寝前，他借手电筒的光打开笔记本，把这一天哀悼对象的名字、地点、被谁爱过、爱过谁、做过什么事而被感谢写下来。做完这件事，马上翻回几天前的页面，重读对哀悼过对象的描述，重新哀悼每个人。幸世之前表示疑问时，他回答：哀悼的对象太多，但是记忆力有限。为了深深地铭记在心，会反复重读。

静人小声地读关于逝者获得的爱与感谢的片断。幸世今晚也听着他像在念经或歌颂般的呢喃，在睡袋中蜷缩身子。疲劳袭来，她不知不觉进入了梦乡。

（他到底打算持续做这种蠢事到什么时候？）

朔也对她说话是在第二天一大早。静人正在公厕洗脸。

（不管谁爱过谁，一切不过是错觉。感谢这种玩意儿也一样。就算凭个人认定和错觉打听到了关于逝者的回忆，也不会改变什么，白白换来空虚罢了。）

"这种事因人而异，也许有人借助倾诉而得到救赎，不是吗？"幸世不自信地回嘴，"你也经常在寺庙听家属倾诉吧？"

（那是为了做生意。正因为执着于关于逝者的无聊回忆，人类才一点儿不会进步。）

"假如人就是执着的生物，那也无可奈何吧？"

（你替那家伙说话嘛。差不多该告诉他你杀了我的事吧？）

一想到这件事，幸世就感到胸闷。该怎么告诉他呢？什么时候开口呢？她下不了决心。

静人回来了。明明才早上，他却拖着疲惫的脚步。即使已经习惯，但是每天进行哀悼还是会对身体和精神造成影响吧？早上刚起床和就寝前，静人经常看起来非常憔悴。幸世觉得就算他现在倒下也不足为奇，十分替他担心。

"你要不要再稍微休息一下?"幸世试着劝他。

"咦,为什么?我完全没问题。我们差不多该走了吧?"

他像是在鼓舞自己似的转动几下肩膀,吃力地背起背包。

市中心的商店街角落里有一家小书店。四年前,有人在打烊后袭击店长和打工的女学生,将他们捆绑起来,烧了书店。两个人葬身火窟。

静人在案发后曾去过,据说今天是第二次前往。第一次去时,店里仍残留着火灾的痕迹,也有许多关于被害者的报道,似乎并不缺乏用来哀悼的信息。这次,这里却变成了无人管理的停车场。因为天色尚早,很多店没开门,路人赶着上班或上学,实在没办法向人打听消息。不得已在停车场四周徘徊的时候,一名四十岁上下的男子递过来传单,说:"不好意思,请帮忙。"

幸世跟在静人后面,也收下传单,看了一下内容,是在寻找发生在此处的案件的目击证人,并且公开了联络电话。

"你像在旅行。如果在途中听到什么消息,请跟我联络。"

男子的头发中夹杂着白发,给人以怯懦的印象,但仍奋力地呼吁。

"不好意思,请问你是其中一位逝者的家属吗?"

静人问道。男子赶忙摇了摇手。

"怎么可能?我是班主任。已故的打工学生的班主任。"

幸世感到意外,再看一次传单,脑海中涌现疑惑,不由得问:"老师为什么要做这种事……?"

男子一脸尴尬,一面以拳头用力地摩擦额头一面说:"是我建议她去打工的。她是班上的图书委员，喜欢阅读，有一天跑来找我商量，说想在经济上帮助离婚的母亲……所以我拜托开书店的朋友录用她……"

换句话说，他似乎觉得自己有责任。男子又敲了敲额头说："就算做这种事也挽不回失去的生命。可是，什么都不做也很痛苦……所以我会在去学校前一小时左右来发传单……实际上，除此之外，我无能为力，真是沮丧。"

静人忽然伸出手，轻轻地按住男子的手腕，阻止他敲额头。

"请告诉我关于你学生的事，任何小事都好。"

静人发出温暖、包容的声音。男子勉强压抑住快要夺眶而出的悔恨泪水，讲述了关于女学生的回忆以及店长朋友的人品。

看着他的模样，幸世心想：静人在哀悼两名逝者的时候一定会将这名男子加入哀悼的内容，诸如他如今也将两名逝者视为重要的人，一直追悔他们的死，记得他们确实在这个世界上活过。

静人说要搭乘前往山间小村的公交车。太阳已经开始西斜。他接着对幸世说：现在入山，可能会赶不回来，你可以留在镇上等我，没关系。幸世想起他今天早上疲惫的脚步，回答要和他一起去。

前往的村落因为两年前一场大雨引发泥石流，冲走了民宅，造成四个人丧生。

虽然询问了司机，在司机指示的公交车站下了车，但是搞不清楚东西南北，于是静人向经过的一辆轻型卡车举起手。驾驶座上坐着一位脸上皱纹深刻、宛如伤痕的老人，静人麻烦他带路前往被泥石流冲走的房屋旧址。那间房屋位于村落的边缘，崩落的砂土上长满了芒草，不可能再让人居住。据老人说，这起灾害发生在中元节，恰逢在都市生活的儿子、媳妇和四岁的孙子返乡，回到独居的老母亲身边。幸世心想，偏偏在那一家团圆的日子发生灾难，运气真差。然而，静人只和平常一样向老人询问了自己做哀悼所需的信息。

年迈的母亲总是期盼看见孙子，三天两头向附近邻居炫耀。儿子、媳妇每年都回老家，也想接老母亲一起到都市同住，而且孙子很黏祖母。不过，老母亲热爱有朋友的这块土地，坚持不愿离开。

静人听完这段话，拨开随风摇曳的芒草，进入现场，过了许久才回来。

果然没有回程的公交车了。静人和幸世原本打算在村落的神社屋檐下露宿，老人邀他们到自己家里过夜。他在山上种植柑橘，去年丧妻，目前独居。三个孩子都在都市打拼，也都想接他去一起住，但他爱着这块土地，说这辈子都不打算离开。

幸世用老人家里现有的食材煮菜，静人则去烧洗澡水。老人还拿酒出来款待他们，说："机会难得，能不能请你也哀悼一下内人呢？"

老人和蔼可亲地从战后撤回登陆的港口第一次遇见妻子的时候开始娓娓道来，夫妻胼手胝足共同生活的点点滴滴在世间或许是平凡无奇的事，但四周氤氲着他们常年生活的家的气息。听老人诉说过往，如聆听一段特别的历史。老人说完已是深夜。静人在老人的妻子咽下最后一口气的房间里单膝跪在磨损的榻榻米上，用双手收拢这个家里的空气，以双臂抱胸的姿势哀悼。老人看见他的身影，也自然而然地闭眼祈祷。

到了要睡觉时，老人看见静人和幸世把棉被铺在地上离得很远，一句话也没说。

第二天早上，老人开轻型卡车送他俩到公交车站。

"内人一定也开心。"

他露出笑容的脸很像那个少年的父母露出的表情。

3

静人和幸世身穿雨衣在雨中走了一整天，一无所获地睡在桥下。河水的水位上升，水流声逼近耳畔。幸世明明恨不得一死了之，身体却因意识到危险而紧绷，怎么也睡不着。

幸世没有确认日期，所以不知今夕何夕，但是离开老人家之后，应该过了将近两星期。山上的树叶开始转红，露宿时，虫声扰人清梦，早晚需穿厚重的衣物。

一瞬间想起故人生前的身影，心中会掠过一阵痛苦，在那阵痛苦尚未平息之前，静人又去打听下一名逝者的消息。多的时候，一天有五起意外，出现多名逝者的意外时也曾一次哀悼超过十个人。幸世总觉得，持续想象逝者的容貌，心理上会吃不消，于是中途放弃了尝试哀悼。

静人说，他因为不将每个人的事深深地烙印在心底，所以能够持续下去。"我认为，深深地怀念某个人的死，可以说是家属或亲戚的特权。我在旅途中意识到，身为外人的我，只要记住令人怀念的朋友的事就好。"

幸世渐渐地知道，他的哀悼中有许多个人的原则。

静人说：关于自杀的报道大概会顾虑到个人隐私，除了公职人员或名人，不会公开姓名和年龄。最近，其他的死亡意外也经常不提及姓名，有些案例，即使前往媒体报道的大致地点，也没有人知道该起意外，这种情况下就无法哀悼。

就算发现尸体，因各种缘故而不清楚身份也无法哀悼。

他经历过各种案例，屡屡烦恼于该怎么做。后来他认为："虽然很遗憾，但是在不能进行哀悼的情况下，我决定当作自己和逝者无'缘'。"

反之，静人似乎从可以哀悼的对象身上感觉到"缘"。他说："我经常在三岔路口偶然选择右边那条路，结果发现了供花。人去世的地方如果是在海拔几千公尺的高山或者遥远的海上，就无法轻易地前往。所以，条件使然，能够哀悼的情况下，我觉得当作有'缘'是恰当的……我可以说是以有'缘'人的身份在哀悼逝者。"

那么，对于无"缘"的逝者，就什么都不做，忘了对方吗？幸世问。静人回答："我会记录逝者去世的日子或者尸体被人发现的日期，经常打开笔记本想起对方。我什么都做不了，但是希望对方安息。"

一步一步,像在确认脚底有什么东西的走路方式也经过了一番思量。

外出旅行的第二年,听说了外出购物的家庭主妇被随机杀人的男子从背后刺杀的案子。静人去了命案现场。没有标志指出那个地方在哪里。就在他踱来踱去之际,碰见了一个手持花束的男人。他是已故主妇的丈夫。静人提起哀悼的事,男人双眼无神地指着静人的脚下说:"就是那里,她当时倒在那里。"

静人说他一度害怕走路。他产生一种摆脱不了的念头,觉得与其说自己脚下是逝者横躺的地方,不如说是脚踩着逝者的尸体。他曾选择在路边走路,或者快步走,减少脚步停留在地面的时间。但是日子久了,在哀悼许多人的过程中,静人领悟道:如果回溯到远古时代,那么任何地方都可能有人死。既然如此,不如换个想法:"能不能想着自己脚底曾经躺着被某人深深爱过的人而继续旅行呢?于是我开始小心翼翼地走路,可是……"

静人惭愧地坦承:我经常在不知不觉间精神恍惚地走着。

然而,不管是慢慢地走还是恍神地走,幸世都对走路感到疲倦。她对露宿感到疲倦,也对试图看清静人的真正用意感到疲倦。他以牵强附会的形式将各种事情转换成爱。幸世对他的行为感到烦躁,对这样的自己也感到疲倦。朔也错愕地沉默良久。

蓦地,她心想:或许差不多该到此为止了。继续走下去,大概不会有所改变。

早上,她一面爬出睡袋一面下定了决心:如果今天走一整天仍没有任何发现,就结束这趟旅程。

（你终于想结束了？绕了颇长一段远路啊。）

朔也好久没有出现了，像在伸懒腰似的出现了。静人已经开始准备早餐。

七个月前，一名高中男生从公寓的十一楼坠楼身亡。

静人在加油站询问事发地点。来到公寓前，向两名看似路过的家庭主妇打听到消息。少年似乎是因为药物副作用而产生幻觉，冲出房间，跨越了走道的栏杆。第二天，他的一大群同学和朋友前来拜访，在他去世的公寓停车场献上大量鲜花。

花已经被清光了，但是静人在停车场的角落跪下。这时，那两名告诉他消息的主妇冲过来，拜托静人不要祈祷。她们是已故少年的母亲的朋友。据说少年的母亲因太多人为少年祈福，造成心理上的负担而病倒了。

"她很自责，似乎觉得为少年祈福的人都是来责怪她的。"

静人答应她们，离开了停车场，但是他停步在前方不远处的电线杆角落里，再度采取哀悼的姿势。幸世问他：明明有人觉得痛苦，所以叫你别祈祷了，你还在哀悼什么？他回答：因为我觉得母亲之所以自责以致病倒，是出于对于少年的爱，所以我要哀悼这件事。

（他连伪善者都称不上了。他是个利用别人的感情满足自己乐趣的自我主义者。）

朔也嘴角上扬，笑容中透出焦躁。

"别再说了。等观察完他如何哀悼下一个，我就跟他分道扬镳。我要结束这趟旅程。"

幸世叹着气反驳朔也，注视着正在哀悼的静人的背影。

关于下一个地点，她先请静人让她看抄在备忘录上的报纸报道的内容。看的过程中，她失去了平静。朔也从她肩上伸长脖子看，不禁哑然失笑。

一名二十八岁的妇女因被丈夫施暴而陈尸于公寓的房间里。她似乎以前就曾被丈夫施暴，附近邻居经常看见妻子脸上有瘀青或者听见从屋内传出来尖叫。她的鼻梁被折断时，警方接获医院的通报，正要介入，但丈夫发誓会痛改前非，妻子也就没有提出指控。一个月后，她被丈夫用力踹中腹部，死于内出血性休克。

总觉得这起事件和幸世与朔也之间的情况很类似。不过朔也没有施暴，而是挥舞名为"爱"的凶器。虽然幸世杀了他，但是幸世在那之前就被他伤透了心。

静人在公寓附近的旧商店街打听到了已故妇女的消息。除了花店的女老板，美容院的老板和客人也都同情她。对她的丈夫，大家则歪头不解地说：他明明看起来不像坏人。静人像平时一样问：她被谁爱过？爱过谁？做过什么事而被感谢？

人们都露出困惑的神情。花店的老板支支吾吾地说：她应该爱着她先生吧？其他人也都露出深表同感的表情，回答说：既然她没有逃走，和她先生在一起，也没有提出指控，两个人大概在内心深处深爱着彼此。也有人看见当妻子被救护车载走的时候，丈夫哭着抱住她。

"她大概相信男人会改变。与其说他是单纯地爱着她，不如说是太爱她了。"花店的老板说。四周的人也点头同意，除此之外，大家还说起关于她的美好回忆。

幸世差点儿叫出声来。明明被丈夫杀害，这些人居然说他"太爱她"了？

静人向众人道谢，朝成了凶案现场的公寓走去。他显然要根据刚才听到的内容哀悼。幸世无法默默看着他单膝跪在公寓前，说："够了，别做那种残酷的事。"

她走向静人，按住他正要在胸前交叠的手臂。

"她三天两头地挨揍，最后被丈夫狠狠踢中肚子而死。"

"可是……因为他们结了婚，所以想必曾经彼此相爱。"

（话虽没错，但是你和我也结婚了，换句话说，我们曾经爱过彼此吧？）

幸世无视在肩上嘲讽的朔也，心急如焚地拽起静人的手臂。

"用短暂的时光总结人的一生，这未免说不过去吧？"

"我只是觉得，如果能以对逝者而言幸福的时光和事件来记住就够了。"

"你真的相信爱是好东西吗？跟踪狂也会说他爱着被跟踪的对象啊！许多人被人以爱为借口杀害了。这是欺骗、陷阱。如果没有爱，人不知道会多么轻松。"

他听见幸世的指控，露出困惑的表情，这令幸世感到气愤难当。她忍不出向前挺出右肩，说："是我杀的。我杀了这个人。是他利用我对他的爱，唆使我杀了他。"

"你杀了谁？"

静人的视线在朔也所在的附近游移。朔也觉得滑稽,笑了。

"我丈夫,甲水朔也。你哀悼过他吧?在山上的公园……他是我丈夫。是我杀死他的。"

话语接二连三地涌上喉咙,和朔也之间的回忆伴随着呕吐感冲上喉咙。

这时,有人从公寓出现,狐疑地看着这边。到了嘴边的话差点儿咽回肚子。幸世快步走起来。她想一吐为快,想说出来。朔也逼自己杀了人。如果现在不说出爱这种东西的恐怖、丑陋和愚蠢,就连呼吸都是受折磨。幸世怀着欲拔出泥泞的念头寻找能畅所欲言的地方。

她看见了一棵高耸于住宅之间的大树,朝它走去。眼前出现一间寺庙。她走进不见人影的庙内,气喘吁吁地停下脚步,回头一看,发现静人已上气不接下气地站在眼前。

4

小时候,幸世经常感到恐惧。正吃饭或玩耍的时候,感觉被不明所以的黑暗从背后袭击而突然感到害怕,或者觉得门的对面开了一个漆黑的洞而整个人吓呆,有一种会被扔在无人世界的预感,甚至害怕睡觉。

不安的最大原因似乎是父母失和。幸世不记得见过父母感情融洽地笑,他们几乎每天争吵,痛骂对方,有时互相动粗。

父母在幸世六岁时离婚。母亲心不甘情不愿,迫于无奈,抚养幸世。外婆也经历过离婚。之后当清洁女佣过日子。母亲和幸世搬到了外婆位于东京多摩的公共住宅。外婆和母亲也时常交恶，外婆抱怨：早就跟你说过那种男人靠不住，你就是不听老人言，吃亏在眼前。母亲则会瞪回去，反唇相讥道：谁叫我不知道什么是幸福的家庭？这也是无可奈何的事。

接收幸世母女的条件是，外婆辞工，母亲从事晚上的工作。家事虽是外婆的责任，但是不用工作的她沉迷于打小钢珠，家事都落到了幸世的头上。

母亲有时候彻夜不归。每次她不回家，外婆就会嘀咕"这个行为不检点的女人"。不久，母亲或许觉得自己还年轻，考虑再婚。幸世升小学高年级之后，见过她的几个情夫。母亲逼她穿上唯一的外出服，吩咐她"露出好人家小姐的表情"，三个人一同去用餐。但男人不是困惑地盯着幸世继而先走，就是拜托母亲快点儿让幸世回家。幸世见到的母亲最后一个情夫是个与众不同的男人。他以温柔的眼神注视幸世，问她喜欢哪个明星。隔了一周再次见面的时候，母亲说："你就当他是你高中毕业之前的贵人。"男人买来幸世说喜欢的明星的写真集。临别之际，男人问她："你想要个爸爸吗？"幸世想起母亲的话，点了点头。

有一天，男人上门看望幸世母女，见三个人邋遢地住在零乱的房间里。男人哭了起来，他责备母亲："你怎么不更珍惜幸世一点儿？"母亲回嘴："你以为你是谁啊？"男人坦承自己原本也有个女儿。他打开垂在胸前的项链坠子，出现一张可爱少女的照片。男人亲吻照片之后，对母亲说"我们一起养育幸世吧"，把幸世一把揽进怀中。他的手偶然碰到了幸世的臀部。母亲发出尖叫，大喊："放手，你这个变态！"殴打男人。即使在他放开幸世之后，母亲仍歇斯底里地将他赶出屋外。

母亲三十八岁那年，因为蜘蛛膜下出血而撒手人寰。为了将母亲的骨灰下葬，幸世询问外婆家族墓地的所在。外婆说：东北小镇曾经有间菩提寺，那里有历代祖宗的坟墓，先父母也下葬在那里。又称将近半个世纪没去，墓地一定已经不见了，不肯告诉幸世寺庙的名字。

幸世不再去学校念书，到咖啡店和餐厅上班。年轻同事向她表白爱意，幸世虽然并不喜欢他，但是不知不觉，对方将她当作了女友，向她索求了好几次。幸世草率地将身体交给了他。她并不觉得自己在和他谈恋爱，也答应别的年轻人的邀约，因而受到责怪。幸世因不能接受责怪而生气，反为对方的怒气火上浇油，终于被殴打。

后来持续发生类似的事。幸世被不喜欢的男人追求，在对方的要求下发生关系，之后破坏约定，或者接受别的男人的追求，然后被施暴。就连看似从未对任何人动过手的软弱男人也抓住幸世的头发，对她破口大骂："你这人渣！"

自己做错了什么事？只是因为没有真心地喜欢对方就被当作人渣对待，幸世厌恶这样的世界。她不时会想起胸前垂着去世女儿照片的母亲的情夫，如果他变成自己的父亲，在他的父爱下成长，自己大概就能够真心喜欢一个人吧。幸世羡慕男人已故的女儿。她感觉不到生的喜悦，觉得即使随时死去也无妨，但是，在死去的那一瞬间被遗忘的恐惧使她打消了自杀的念头而苟活。

幸世二十二岁的时候，外婆吞老鼠药死了。幸世虽然察觉到她有痴呆的征兆，但因为她毕竟是个有诸多奇特行为的人，也就放任不理。因为不是自然死亡，所以遗体交由法医解剖，幸世接受了警方的询问。警察问到寿险和遗产的事、从背后将手搭在她肩上的时候，她陷入了恐慌，小时候经常处于恐惧、被不明所以的黑暗从背后袭击的感觉被唤醒。幸世无法思考任何事，甚至无法替外婆善后。

在警署内负责照顾幸世的巡查部长陪在她身边，帮忙处理遗体，也替她外婆举办了简单的葬礼。巡查部长请了假，带着像幼童般缩成一团的她去火葬场，甚至代她捡遗骨。巡查部长姓仓贯，当时三十七岁，比幸世大十五岁，单身。

仓贯频频来幸世的家，观察她的情况，两个人不久发生了关系。她和之前一样，一点儿也不喜欢对方，可以说仓贯其实是她讨厌的类型：身材肥胖、手指粗短，眼镜底下露出阴郁的眼神，发出像在吹泡泡的笑声。发生关系之后，他露出自卑的笑容，说："其实我是第一次和良家妇女上床，你不觉得可笑吗？"

幸世之所以接受他的求婚，是因为害怕一个人生活，而且对于仓贯帮忙处理外婆的遗体，感到自己欠他一份人情。仓贯觉得她母亲的骨灰留在家里令人毛骨悚然，说应该和外婆的骨灰一起纳入坟墓。检查外婆的遗物，发现一个旧仙贝罐里装着关于某间寺庙由来的小册子和同一间寺庙的传单。寺庙所在地是外婆以前说起的东北小镇。仓贯调查外婆的户籍，询问寺庙。庙方回应：

查实有坟墓埋葬着和外婆的父母同名同姓的骨灰。

但是幸世提不起劲马上去遥远的东北,仓贯也以准备结婚优先。和没有亲人的女人结婚,似乎会带来工作上的问题。仓贯带着她向各种人打招呼。"露出好人家小姐的表情。"母亲的这句话一直在她脑海中响起。

这种婚事不可能顺利。语出不满的果然是对方。含三餐在内,幸世只会以自己的方式做最基本的家务。仓贯明明说那也无妨,但一旦实际共同生活,就把抱怨挂在了嘴上。而且幸世经常一个人外出,若不能拥有单独的时间,和别人一起生活就会令她几乎窒息。仓贯责备她这一点。之所以没有马上对她动手,大概是因为自己大了她十五岁,觉得要让着她。但幸世不肯改变态度,于是他的言行渐渐变得粗暴。

一开始顶多用手戳她的肩膀,踢她的屁股。踢的力道慢慢增强。被狠狠踹一脚的时候,幸世如果大声喊痛,对方就更用力地一脚踢过来。幸世心生恐惧,忍了下来。又被踢的时候,叫他"住手",他就眯起眼睛,甩了她一巴掌。

对方施暴的情形一天比一天严重,夫妻生活也变成折磨。仓贯要求她像妓女一样替他服务,幸世一旦拒绝,就被痛殴腹部。他有时候会哭着施暴,说:我原本不是这样的,是你把我变成这样的。又说:算了,我们同归于尽吧!结婚一年后,他说:我先枪杀你,然后自行了断。甚至定了执行日期。

幸世已经没有余力试探对方说这种话是否出于真心,觉得离开这里可以去的地方只有位于东北小镇的寺庙。她拿着手上仅有的一点儿钱，带上外婆及母亲的骨灰作为拜访寺庙的理由，搭上了前往北方的火车。

"我是在那间寺庙遇见朔也的。"

静人站在幸世对面。与其说是告诉对方，更像是呕吐出了憋在心里的话。如今她的心绪停留在前往朔也所在寺庙的电车上。

她换乘火车，向人问路，终于抵达了寺庙，但不知道接下来该怎么做才好。她双手提着装有骨灰坛的纸袋在寺庙门前的参道上踱来踱去，有人对她说："你怎么了？"一名男子身穿剪裁合体的黑色西装，正从通往寺庙殡葬中心的参道旁走过来。

男子像僧侣般剪短发，端正的眼、鼻集中在小脸的中央，加上匀称的体形，给人精明干练的印象。他深邃的双眼皮眼睛绽放精光，语气温和地对她说："我是寺庙的人，你有困难吗？"幸世事后得知，原来这间寺庙设有庇护所，供被施暴的妇女避难。对方似乎认为幸世也是那类妇女之一。

幸世给对方看骨灰坛，说明家族墓地的情况。男子带她进入庙内，查阅过去的账本，又带她到位于寺庙后方的墓地。几年前，在日照良好的寺庙南边开发了新的公墓，旧墓地则在北边的角落。男子马上替幸世找到了她祖先的坟墓。见打扫得很干净，幸世询问是否有人来扫墓。男子回答："因为这里是重要人士长眠的地方，所以我们会妥善地管理。"

当幸世想问管理费怎么收时，他将手伸向她。当时是夏末，幸世平时外出时会用长袖针织衫遮住有瘀青的手臂，但是当时满

247

脑子都是逃走的念头，所以身上穿的依然是居家时的短袖套装。

男子的手指细长，令人联想到独立的生物；指甲是干净的淡红色。像拥有纤细翅膀的蝴蝶停在花上，男子将手指轻放在幸世手臂上花瓣状瘀青的附近。

手指静静地滑动，拉起套装的衣袖，也触碰到她肩上的瘀青。幸世不禁闭上了双眼。一种不同于疼痛、迄今不曾感觉过的刺痒感从体内萌生，逐渐蔓延全身。手指忽然离开。幸世险些叫出声。明明还不希望他移开手指……幸世立刻觉得鬓角被人触碰，连忙克制。手指放在颈项上，那里有被仓贯丑陋的手指抓伤造成的疮痂。手指在疮痂上移动。幸世有一股冲动，想把身上的衣服脱得精光，希望男子毫无遗漏地抚摸留在自己身上的难看瘀青和疮痂。幸世幻想被男子微温的手指平滑地触碰，那时，被施暴的痕迹将完全消失，小时候无瑕的裸体将重现。"这些伤是谁造成的？"充满关怀的声音在耳畔响起，连幸世自己都感到不可思议地热泪盈眶，答道："是我丈夫。"

幸世不记得告知甲水朔也所有的事情是在墓地还是移步到作为庇护所的殡葬中心员工宿舍之后。幸世记得朔也问她："你想离婚吗？"她回答："是。"没有经过深思熟虑，当时不管朔也对她说什么，她都只能回答"是"，也只想那么回答。那么，这件事可以交给我吗？是。你想在这里生活吗？是。线香燃尽会变成什么呢？幸世"咦"地应了一声。朔也浅浅一笑，于是她娇羞得全身发烫，但也很高兴能看见朔也的笑容。

幸世以殡葬中心员工的身份帮忙守灵，举办葬礼，也打扫公墓,同时从同事口中打听朔也的为人。只要是关于朔也的事,她都想知道。

朔也自小被称为神童,备受期待,为了恢复老家寺庙昔日的荣光而回归……听别人说这些,幸世觉得他和自己根本就是两个世界的人。不过,幸世知道朔也和现在的母亲没有血缘关系,心想"他的父母也离婚了"。这是唯一令她感到两个人亲近的事。

但是仔细一问才知道他的父母不是离婚,而是从施主家嫁入甲水家的母亲在朔也五岁时和男人私奔了。那男人也出身于施主家,两个人从前在高中交往过,似乎是在男人进出寺庙时旧情复燃。半年后,两个人殉情自杀的遗体在遥远的城镇被发现。次年,朔也的父亲再婚;再后来,同父异母的弟弟出生了。

他因为博爱而被称为转世佛陀,但眼神中偶尔带有黯淡的光芒,身上也散发令人敬而远之的氛围,或许是受到身世的影响。

随着时间流逝,幸世知道了朔也曾和数名女子发生过关系。无论男女都被他吸引,身穿和服或洋装的美女一到傍晚就会去他的别舍,清晨才脸颊染满红晕地离去。非但没有人会责难这种送上门来的女人,甚至有一股羡慕被他宠幸的女人的气氛。听说那些女人当中也有逃离丈夫的暴力、在殡葬中心工作的之后,幸世总觉得身上残留的淡淡瘀青和疮痂发出阵阵刺痒。

幸世逃进寺庙三周后,仓贯出现了。庙方习惯了逃进寺庙的女人的丈夫或情夫上门兴师问罪。朔也与他相持不下。详细的经过,幸世并不知道。以仓贯的职业来说,她觉得事情的解决并不简单,但朔也和县内外的警方及司法界也有关系,好像将谈判重点主攻在仓贯是警官这一点上，问他：家庭暴力的事实若被上司和检察官知道，没关系吗？幸世将一切交给朔也处理，也到附近的医院接受检查，在和寺庙有交情的当地警官的见证下，拍下了瘀青和疮痂的照片。仓贯似乎大发牢骚，朔也也去东京和他协商。两个月后，离婚手续便办完了。

之后，幸世渴望朔也再度抚摸自己的心情更强烈了。幸世对自己的淫荡想法感到羞耻，而且知道朔也不可能搭理自己这种人，但渴望反而越来越强烈。她日夜想起朔也的笑容和纤细的手指，看见他的时候，总是以目光追逐他的身影。每当他的手指一动或一进入视线，她体内的刺痒感就会复苏。

有一天，幸世终于受不了那种刺痒，下意识地用右手指甲抓左上臂。第二天傍晚，她左臂缠着绷带打扫旧墓地的时候，听见一个声音问："你的手臂怎么了？"朔也站在她背后，是第一次被他触碰时同样的体位。

幸世说不出半个字。他伸手解开她的绷带，触碰了尚未结痂、隐隐浮现四条血痕的伤口。他问："这是谁造成的？"幸世原本打算老实坦承，然而嘴巴擅自回答："是你。"他蹙眉问道："是我？"他的手指在伤口上移动。明明还残留着疼痛，却有宛如浸泡在温水中的舒适感从伤口渗入体内。幸世闭上双眼。他又问了一次："是我？"问完，指甲插进伤口。幸世又惊又痛，险些叫出声，但她拼命地忍耐，总觉得是因为撒了谎而被他处罚，感觉和他之间的关系加深，备感喜悦。幸世依然闭着眼睛，像是在低吟似的回答："是的，是的。"

当夜，幸世被叫去朔也的别舍，在烛火照映下被他紧拥。幸世有生以来第一次主动回抱对方。明明不是处女身，却因为迄今什么都没学到，所以无法巧妙回应，深感焦虑。她动作笨拙地紧抱住他，因为太过欢愉与羞耻而潸然泪下。

自己肯定让朔也失望了。幸世作好了心理准备：他再也不会跟自己说话了。但是第二天中午，他叫她去旧墓地，在那里对她说："你肯不肯嫁给我？"

从此，幸世感觉自己搭上了失控的交通工具，上一秒钟刚刚一口气飞上云端，下一秒钟就急速下降，狠狠地被摔到地上。处境和情绪一下在天堂，一下在地狱。

朔也身边的人强烈反对他和一无所长、高中辍学、离过婚的女人结婚。太多良缘找上门，他却一律不答应。因此，对幸世的劝说和折磨升级了。朔也立刻察觉，四处游说身边的人，似乎连"如果我们的婚事不被理解，我就离开镇上再也不回来了"这种话都说出来了。幸世只能祈祷自己能攀在他身上不会被甩掉。

结婚典礼按照朔也的期望，盛大地举行了。诸多名人应他的邀请从县外赶来参加。幸世搞不清楚谁是谁，朔也就陆续地替她介绍，还对紧张地站在自己身后的她说："我喜欢你这种恭谨的态度，要让大家看到你的这一面。"

幸世原本以为这是夸奖。两个人没有去蜜月旅行，幸世自婚后第二天起就比之前更勤奋地工作。她尽可能地努力，要让身边的人认同她是朔也的妻子、甲水家的媳妇。

朔也是个温柔体贴的丈夫。如果幸世工作过度，他就带她去河边散步，或者带她去镇上的名胜景点，一起眺望樱花和焰火，还会主动握她的手。

晚上在床笫之间，她知道除了温柔之外，有时候粗鲁的动作也会化作欢愉，就按照他所说的去做，发现了替人服务的喜悦。幸世感到全身的寒毛都渴望朔也的抚慰，有生以来第一次明白了真心喜欢一个人原来是这么回事，由衷地感谢朔也的启发。

不久，身边的人也认同幸世的努力，开始接纳她是朔也的妻子、甲水家的媳妇。她在他的怀中感到无比幸福，发誓：只要是为了你，我什么事都愿意做。

她来到寺庙将满一年。有一天晚上，朔也用手电筒照路，带她到旧墓地。他说，我有事情要拜托你。幸世回答"我什么事都愿意做"之后，他冷静地说："请在这里杀了我。"

5

说出朔也那句话的一瞬间，幸世感到难受，冲向位于庙内角落的洗手处。

她用舀子舀起石盅里的积水洗手，以手掬水漱口。

"你没事吧？"

一抬起头，静人就递出了手帕。幸世忘了道谢，收下，将手帕按在脸上。

她觉得自己的人生全是差劲的玩笑。她当时以为朔也在开玩笑，要他别闹了。他将预先藏起来的菜刀的刀柄转向幸世，说：

"我不是在开玩笑。"

幸世冲回别舍,担惊受怕地准备就寝。朔也以如常的态度回屋,默默无言地入睡。幸世彻夜未眠,直至黎明。他以如常的轻松表情起床,问:"你下定决心了吗?"幸世反问:"你指什么?"他回答:"杀了我。"

幸世叫道:"别闹了!请你别再调侃我,别再欺负我。"于是朔也露出平易近人的笑容说:"伤脑筋啊,我和你结婚就是为了这件事。"

幸世仿佛被一刀插进心脏,无言以对。他说着"我是只不成材的草履虫",以不同于平时给人的清高印象,语气轻佻地娓娓道来:"我出生在寺庙,和尸体睡在同一屋檐下,在坟墓旁边玩耍,从小看着抚尸痛哭的人、祈祷的人、无情对待逝者的人长大。小时候我就理解,尸体不过是物体,但是活着的人以语言和饰品点缀尸体,试图以华丽的装饰使逝者化为永恒,或者为逝者的人生排名。人活着的理由和爱或梦想无关,而是细胞的力量。和原始生物一样,是细胞旺盛的生命力使人活着。为了留下人类这个物种,发达的大脑不屑与草履虫同级,于是创造愚蠢的借口,诸如'为了爱和工作而活'或'生命是仰仗神佛或上帝的垂怜才得以存活',这可以说是进化的副作用。只要看五分钟新闻,就应该能理解那种借口有多离谱。形成人类的最小单细胞的功能,不是抢夺想要的物品就是率先展开攻击,以免被人夺走。这种明明是很早以前就已被证明的事实,人们如今却仍以幻想逃避,煞有介事地诉说生命,点缀死亡,大概是害怕白来人世走一遭吧。其实人们害怕的不是死亡，而是自己的死毫无意义，害怕拼命活下来的人生和原始生物的死一样。

"我们家的寺庙将木雕人偶奉为主佛祭拜，如果从背面可拆卸的部分往里面看，就会知道那只是徒有其表的赚钱工具。连父亲那种庸人都能抓住人们忍不住依赖那种东西的弱点，身为孩子的我在那种环境中成长，知道这个事实的时候感到绝望透顶。你听过我的名声吧？简直荒唐可笑。学校的成绩不过是适合记忆与思维的细胞发挥了作用罢了。运动好也只是大脑的某个部分活跃地运作了，身体组织扮演了辅助角色。更令人绝望的是，我放不下乡下的评判。我明明可以在考试中交白卷或者跑慢一点儿，却不能忍受输给比自己更不适合生存的细胞。这是草履虫的自尊心。我也想过要自杀，但一想到要被低级细胞怜悯，就感到厌烦。我把寺庙丢给弟弟，远赴东京，但结果还是一样。我也让人为我出钱去了外国。但不管在哪里，人们都用美丽的词句装饰死者，崇拜天堂的幻象，试图逃离自己和原始生物的死本质相同的恐惧。我心想，干脆备受侮辱地活着。接受了结扎手术，试着放荡地生活，但反而越来越空虚。延续了数千年的多细胞社会体系告诉我们：为了拥有无用的力量，保住金钱和权力，有时候必须向心里不屑的人点头哈腰。我却没有那种甘心向人哀求、彻底变成笨蛋的魄力。

"我听说老家的寺庙没落，愚蠢的自尊心又抬头了。我不想被蠢人笑话，说明明有我这样的儿子，老家却如此败落。我深深地厌恶自己，却为了让寺庙恢复往日风采而展开运作，结果竟然被称为佛陀转世，真是可笑。便宜的公墓是靠欺骗拥有土地的老婆婆，压价买进的，所以就算廉价卖出也大赚了一笔。殡葬中心也很赚钱。至于家暴受害者庇护所，则是施主家的女儿遭受暴力后，那位施主跑来找我商量而被我想到的。那种女人大概能以低薪雇用吧？也有利于寺庙的宣传。我之所以接收老爷爷和老奶奶，也是为了替寺庙宣传，而且那是赚钱的遮羞布。照顾他们的麻烦事只要交给逃进庙里的女人去做就好。但老年人的死对我而言变成了一把最锋利的刀，不管再怎么想逍遥自在地生活，迟早都会痴呆、流口水、迎来凄惨的死法。

"死，是指细胞停止再生长，脑细胞也死光，变成无。我不知道那件事什么时候会找上自己，等失去理智之后就为时太晚了。但也有人说，自杀是一种认输的行为。难道没有令人震惊的、违抗命运的死法吗？而且，我想要一种能够完全证明神佛是胡说八道的死法。我想到的就是被妻子杀死。人称佛陀转世的男人被发誓爱他的妻子杀死……如果是不可能做出那种事的女人更好。我一面观察几个女人，一面研制计划，但并没有遇见理想的对象。日子一天天地过去，你终于出现了。你对一切缺乏自信，向我坦承你不曾爱过人，每次接受了不喜欢的男人就会被对方施暴。你厌倦人生，想改变，却萎靡不振。我和这种女人结婚，是神佛都无法安排的命运。除非我以坚强的意志一定要这么做并付诸行动，否则结不了这个缘份。况且，这个女人会杀死我吗？即使是万能的上帝也创造不出这种剧情，唯有我坚定意志才有可能实现。

"你听好了,这不是命令,而是求共鸣。人和人世都很卑劣,充满了欺瞒。我也是其中一部分,是和一文不值的草履虫同级别的生物。既然意识到了这一点,就不能平凡地活着、平凡地死去。我因为无法处置自己而饱受折磨,所以请你务必以妻子的身份爱着丈夫,按照肯替我做任何事的约定,杀了我。"

幸世以近乎尖叫的声音问道:"那是……骗人的吗?你不是爱着我吗?"朔也像在看不听话的幼童般蹙眉微笑道:"爱不过是对人或物的执着罢了,巧妙地将执着改说成了爱。如果你问我是否对你执着,答案是'是'。如果你杀了我,就没有任何女人会比你更令我感到意外。"

不要,我爱着你,打从心里爱着你……幸世泣不成声。朔也不发一语地下床离开。她怀疑他或许生病了。若是躁郁症,听说就会说出荒唐的话。即使是绝顶聪明的人,也很有可能精神出问题。不管今后发生什么事,都绝对不能答应那个要求。即使他对自己恶言相向或以暴力胁迫,只要忍耐下去,他的病迟早会不药而愈。

那天过后,朔也仍以温柔的态度对待她,没有提起那个要求。不过,只有晚上的夫妻关系产生了变化。在那之前,他明明每隔不到三天就会引诱她,如今他的手却不再伸过来。过了一星期、两星期,她心生恐惧。是不是因为自己拒绝朔也的要求,惹他生气了?三个星期过去了。朔也能够忍耐吗?幸世观察他的模样,发现他外出回到家时,像洗完澡似的满脸通红,而且身上散发出幸世不用的香水味。他好像故意炫耀外遇的证明,幸世反而无法责怪他。如果逼问，他可能会爽快地承认。幸世总觉得如果自己抱怨，他就会重提那件事，说是因为幸世不答应自己的要求。幸世时时刻刻提醒自己：只要忍耐，他就一定会恢复成原本的样子。于是压抑心中的疑虑。

听到恐怖告白三个月后的一个晚上，朔也突然把手伸了过来。幸世心想：噢，他终于忍不住了。长期压抑的情欲使她全身一下子感到欢愉。自己的身体在遇见朔也之前从没有感觉过爱，是经过了他的调教，才连寒毛末梢都会欢喜地颤抖。仅仅被他以指尖爱抚，全身就会痉挛起伏。幸世这才知道自己曾多么强烈地压抑着、忍耐着。她怀着羞耻、喜悦、怨恨和怜爱，从体内深处敞开来迎接他，扑进他怀里缠住他的身体。感觉到他在自己体内时，幸世感动得落泪。他恢复成原本的样子了，他对自己的爱回来了。不管他如何激烈地索取，幸世都将之视为他对自己的强烈爱意而接纳。他剧烈地摆动之后，又开始细致地服侍，像是要补偿冷落了她三个月似的细腻地爱抚，遍及每一寸肌肤。幸世感到超越了羞耻，或许丧失了自我，即使那样也无所谓。明明闭上眼睛，却几度感到晕眩。当一阵格外强烈的晕眩袭来，正要缓缓地平静下来时，幸世心想，该换自己服侍他了，得尽自己的一切来取悦他才行……她挺起身子，想抚摸他。顿时，手臂被朔也甩开，脸被推开，一个冰冷的声音响起：

"走开！我不会让你碰我。"

朔也一丝不挂地离开卧室。幸世听见他穿上衣服出去的声音，茫然地躺在渐渐变凉的棉被上。

第二天，朔也的态度没有改变。晚上，他的手又伸过来了。

朔也为人很温柔，爱抚的动作也很温柔。幸世自然而然地认为自己昨天一定做错了什么，又沉浸在接纳他身体的喜悦之中。他的服侍又开始热情，连医生可能都没法触碰的地方也接受了他的服务。不能什么都不做的亢奋情绪促使幸世采取行动，战战兢兢地想碰触他。手伸出去的一瞬间就被推开了。

"我不是说过了吗？我不会让你碰我。"

朔也以宣告刑罚般的语气说完，离开了卧室。幸世忍不住哭倒在床上。

下一晚，朔也又将手伸过来的时候，幸世因恐惧而惴惴不安。朔也的动作流畅、温暖，幸世没有逃走的机会。一旦被他紧拥在怀中，想接纳他的心情就会占上风，连反抗的力量都消失了，内心充满了想相信他爱自己的愿望，如祈祷般央求他别再做那种事。幸世说：也让我爱你，让我竭尽心力地服侍你。她抱紧蜷缩在自己双腿间的朔也的背部。"住手！"朔也厉声对她吼道。亢奋之情冷却，内心立时冰冻。幸世泣诉："为什么？为什么不让我尽心尽力地服侍你？"

"我希望你做的不是那种事。"

幸世明白他的言下之意，激动地摇头，双手捂住脸。

"你让我竭尽心力地满足你却不肯答应我的要求？既然如此，我只好去要求别的女人。我不会再碰你。今后我要服侍别的女人了。当那个女人也服侍我的时候，她就会变成我最重要的女人。你就会从我心中永远地消失。"

幸世在脑海中反刍他的话。他再也不碰我，要服侍别的女人……把那个女人变成他最重要的女人而将我忘掉……不知是因为恐惧或愤怒，她感觉胸内像被烧烂似的痛楚，问道："你决定好对象了吗？"

"答应我请求的人，才是我真正的妻子。"

朔也如此回答，离开了卧室。幸世一直哭到早上，想干脆一死了之。她甚至拿起了菜刀，但又心想：如果自己死了，只会让别的女人获得他的服侍。于是打消了念头。

窗外天色变白时，幸世下定了决心：我只要杀了朔也，然后随他而去就行了。

晚上，幸世没有说自己也要共赴黄泉，只告诉朔也自己的决心，说："我愿意杀了你。"他紧拥幸世。那力道令她感到前所未有的爱，她不想错失这种愉悦，已经无路可退。她又落下泪来，那一晚也接受了他的服侍。像在疼爱孩子般的服侍令幸世内心凄苦，但又沉醉于兴奋之中，觉得骨头仿佛都要融化。既然决定了要杀他，那么他是否允许自己服侍他了？伸出的手却被轻轻地推了回来。

"你的服侍要留到最重要的那一瞬间。"

下一晚，以及再下一晚，幸世持续地接受了朔也的服侍。她感到某种存在于自己心中、只能称之为"恶"的事物。全身和内心的一部分欣然接受了以杀他为前提所换取的服侍。幸世明明可以说"好痛苦，住手"，却将他的服侍视为爱的表现，贪得无厌地向他索取。幸世认为，这种内心的"恶"，是出于对他的爱而被唤醒，也对理所当然地、习惯以杀人为代价接受他服侍的自己感到恐惧。

朔也说出了计划。他苦笑道：建庇护所的男人成了施暴的丈夫，这会不会太过讽刺呢？他说，想减少对幸世造成的麻烦，设法让幸世的身上出现瘀青，有时会在人前暴打她，扇她耳光。引人侧目地购买作为凶器的菜刀，并留下"我要杀了幸世"的录像画面。他说，如果是防御过当，大概会判四五年的有期徒刑。幸世原本打算随他而去，没有仔细听。

当天下雨。朔也说："这样能避人耳目，反而好。"开车载幸世前往曾是废弃物处理场的公园。他之所以选择偏僻的户外场所，好像是担心在自己家里可能会忽然有人登门拜访，又害怕幸世改变心意。如果在半山腰，则无处可逃；万一发生情况，朔也大概打算无论如何都要让幸世按照计划行事。

偌大的公园内，只有几盏路灯，映照出被雨水淋漓的地面，看起来像无底的沼泽。

朔也停下车，对幸世露出笑容。差点儿被丈夫杀害，于是在抵抗的过程中刺杀了丈夫……朔也让她配合演出这种剧情，说了句"你要忍耐哦"，将结婚戒指瞄准幸世的脸颊用力击打，留下了瘀青和擦伤。车头灯依然亮着，两个人站在雨中。

朔也让幸世将菜刀握在手中。他抬头仰望天空，说："喏，没有神佛吧？"

"而我，在丈夫的要求下……杀了他……"

幸世身子软瘫，跌坐在地。将从没告诉过别人的实情说出口，就像被呕吐夺走了体力，令她站不住。

　　听见静人问："你还好吧？"但是无法回应，像还没吐完，腹部痉挛。忍着忍着，没吐完的东西又回到了肚子里。她抬起头，确认这里是小寺庙。静人担心地看着她。明明将不足为外人道的夫妻私事都对他说了，却不觉得丢脸。感觉好像突然强硬起来，觉得就算被路人看见自己酒醉呕吐的秽物又怎样？大不了豁出去地向对方明示：这就是杀夫的女人。

　　"后来，他浴血的身影令我惊慌失措，就打电话叫了救护车。因为我希望他得救。不久，救护车来了，我也坐上车……错过寻死的机会了。我在监狱里蹲了四年。出狱后，不知道接下来该怎么办才好。不觉得他真的死了，就先去那个地方看看，发现你在那里……我说完了。现在你明白爱是无聊的东西了吧？"

　　静人递过来用洗手处的水弄湿的毛巾。幸世焦躁地拨开，说："怎么样？我是为了不使你误解才告诉你的。你知道爱是痛苦的根源了吧？"

　　静人似乎在听幸世诉说时卸下了背包。他将毛巾搭在背包的侧面，说："听你讲述经历了那么多痛苦的心情，我很惊讶。我觉得漫不经心地安慰你会很失礼。我只想告诉你，我确实理解了你说的话。"

　　"那么，别再哀悼逝者了。至少别以爱这种字眼记住逝者。听完我刚才说的话，你会改变对朔也的哀悼吧？因为你之前说过，如果知道新的情况，哀悼的内容也会跟着改变。"

幸世等待对方垂头丧气地表示悔改。但是静人沉思良久，说："不管甲水先生的真正用意是什么，他被许多人感谢是事实。再说，你和甲水先生去看樱花和焰火而感到幸福的时候，爱是美好的存在吧？"

"都是他设下的陷阱。我告诉你他说过的话了吧？他说，爱不过是执着罢了。"

"我总觉得定义不重要。不管是执着或错觉，都无妨。"

意外的答案令幸世的内心陷入一片混乱，她一时无法反驳。静人面不改色地说："只要有一项对别人体贴的举止或被感谢的行为，就足够了。我没有裁判他人的权力，也没有看清什么真相的能力。我的哀悼只是个人的行为。"

说完，他以如常的动作背起背包，直接朝庙外迈开脚步，令幸世大吃一惊，问他打算做什么。他回过头，理所当然地回答："继续旅行。我想在黄昏前到达一个地方，差不多该走了。"

"你的意思是……接下来不带着我走了？"

"不是。如果你要一起走，请便。那是你的自由。"

"你不怕我吗？我说了……我杀了人，我杀了丈夫。"

"可是，你并不想杀我吧？"

或许是出于体贴，静人稍微放松了脸部表情，朝庙外举步前行。

（你真的告诉他了，毫不羞耻地对外人说了。）

说话间，躲在背后的朔出现在肩膀上。

"他明明知道了真相，却认为你是好人，说要哀悼你……你不觉得他跟你有点儿像吗？即使思考的方式南辕北辙，却不顾一切地将自己的想法付诸行动。"

（哈哈，你也会挖苦人了。说我像那种憨直的男人，我觉得很光荣，但是……现在就下判断未免过早。再说，你没有把我的事情说完就打住了。）

朔也指的是刚才幸世咽回肚子里没有吐完的东西。换句话说，是她刺杀朔也的场景。但如果仔细地回想，就太痛苦了。

（你仍没办法理解我在临终时告诉你的那些话的含义？）

"那就是……你出现的理由？你的遗憾就是那个？"

朔也默默地退到幸世背后。幸世要他等一下，想问他：你怎么看待我？我果真只是个杀人犯？难道我也有可能是好人？

第七章

搜索者
(蒔野抗太郎 - III)

1

初秋的晴朗早晨，空气清澈澄净，从楼宇之间能看见富士山。莳野抗太郎从小区的顶楼楼梯间俯瞰对面的民宅，将罐装啤酒灌入口中。

几辆警车停在民宅前。一星期前，该户人家的十八岁长女被叔父刺死，因为叔父上门借钱被她兄长拒绝，叔父愤而拿菜刀刺进她胸口。警方今天早上进行现场取证。

三天前，莳野将受人喜爱的女孩突然遭遇的这起不合理事件写成了报道，内容包括父母和妹妹的痛哭、葬礼上挤满吊唁者等。但是，主编称这篇稿子不予刊发。

"抱歉，小莳，这种水平的报道已经塞不进版面了，何况关注被害者的报道已然不吃香了。"

莳野以"崭新手法"关注被害者的报道曾风靡一时，广受好评。但内容渐渐变成千篇一律，开始有读者来信批评莳野将所有被害者都写成无辜的好人，是伪善且多愁善感的写法。莳野觉得好像在哪里见过寄到编辑部的这种读者来信，后来他发现，那些信件类似寄到自己寻找静人的网站的批评。

被退稿的第二天，莳野拜访静人的老家。为什么会有静人这种人？莳野想通过他的家人和故乡的环境了解这件事。静人的母亲好像身体微恙，却毫不畏怯，以坚决的态度娓娓道来。她虽然告诉莳野她相信儿子，可莳野觉得，其实她不太清楚静人开始哀悼的理由。莳野想进一步追问时，她却说出令人意想不到的话，使莳野语塞。她问莳野：与其分析对方，还是自己见到了那个人之后获得了什么比较重要吧？

"你怎么看待静人？他给你留下了什么呢？"

踏上归途之后，他找回了反驳的念头。我不可能从那种家伙身上获得什么，他哪能留下什么？

然而，受静人的影响所写的报道获得好评却是不争的事实。乘胜追击地继续写，却受到了批判。莳野万万没想到，偏爱血腥和性爱的报道、一直被称为嗜血野的自己，有一天会被人说成伪善且多愁善感。自己哪里变了？

不，没有变。莳野将代替早餐的啤酒灌进肚子，把空罐扔向庭院。

人们对犯人被捕的案子漠不关心，正在进行现场取证的民宅周围也不见记者的身影。其实，距此仅十分钟左右步行可达的地方正聚集着一大群媒体相关人士。

以社会派报道而闻名的新闻主播与年轻偶像明星的婚外恋遭曝光。因为主播平时在节目中谴责政治家道德沦丧，所以这起事件引发了轩然大波，他从昨天起便没有上节目。

记者们无所事事地在主播的豪宅前看报纸，写电子邮件。莳野一走过去，新人成冈就从电线杆后面举起手。

"嗨，嗜血野老爷，又不是杀人案，什么风把你吹来了？这件事不用劳驾你提笔吧？"

一名熟识的资深记者挖苦莳野。莳野面露苦笑，回了句"彼此彼此"。

"是啊。如果是一般的杀人案，就没有人紧盯不放了。对了，十八岁少女被活活烧死的案子，虽然被害者身份不明，但是决定起诉了。检察官似乎取得了法官的许可。"

虽然事发时令人震惊，但犯人次日就被逮捕，而且警方无法确定被害者身份，公众对这起事件的关切早已淡去，连莳野都在不知不觉间快忘记了。

下一秒，有人叫道："出来了！"所有人一拥而上，冲向主播家的门。闪光灯狂闪，响起铁卷门的声响。成冈架着相机，莳野也按着他的背往前推了一把。从前方传来一声"是女佣"，人潮又随着嘈杂声散去，莳野也跟着回到了电线杆后面。傍晚，各家媒体收到主播办公室的通知，说"明天将召开记者会"。记者们原地解散。

莳野让成冈回去，自己前往埼玉县警署。他和在担任晚报记者时认识的搜查一科重案组组长联络上，在搜查总部没有人影的走廊上询问对方关于被活活烧死的少女的情况。

重案组组长自言自语地嘟囔道：若在被害者身份不明的情况下将案件交付检方，警方会很没面子。但是，各种查询比对无果之后，检察官和法官交涉说，如果能靠供词证明被害者的存在，就请法官将这起案件当作杀人案公审，所以搜查阵营也出现了放弃的情绪。苛野针对遗体如何处置提出疑问，对方说，起诉后会在当地的福利部门火化，骨灰安葬于和该部门有合作关系的寺庙。

苛野将公费买来的三十张啤酒券放在离组长稍远的椅子上，说"请用来庆功"。组长低喃道：对了，被害者随身携带的行李箱中有不知是熊或兔子的奇怪玩偶，右脚脚底板的白色部分以奇异笔写着"空暮"。警方以那个名字比对了几份名单，一无所获。组长当作和啤酒券交换，将玩偶照片放在同一张椅子上。苛野看了一下，果然是奇怪的生物，或许是手工制作的。此外，少女在情绪亢奋时，似乎会冒出方言，但没有人知道是哪里的方言，也没有人知道她的出生地。男性主犯供述，在和少女的争吵过程中，她像发了疯似的情绪失控，以致他勃然大怒，过度殴打了她。少女是因为什么事而突然情绪失控呢？苛野问及理由，组长吐出一句：受到了药物的影响。

"那，事到如今，执着于这名被害者的理由是什么呢？如果有消息，就别隐瞒了。"

苛野也不太清楚为什么执着于她。说不定是受到另一名十八岁少女之死的影响。同样是被杀害，一名少女有家人、朋友的难过与不舍，在许多人的守护下火化。但是另一名少女没有人婉惜，骨灰会被放进和无主孤魂一起祭祀的大型墓穴。苛野心想：如果自己死掉……八成也会被放进无主孤魂的大型墓穴中，不会被任何人哀悼。

苛野离开县警署，为了买醉而去喝酒。同一句话在脑海中反复响起：就算你死了，也不会有人理你——不，你已经死了，因为你儿子连你的长相都不记得……蒔野走进小巷呕吐，四处打电话给可能交欢的女人。翻着记事本时，掉出了一张粉红色的名片，是旧识的帮派成员给他的名片，只要联络对方就能和学生乱来。蒔野没有那种嗜好，但他试着乱打电话，对方不是不接，就是一听到名字就挂断。

深夜回到家，醉眼迷离地看见厨房旁电话的红灯在闪烁。

蒔野以为是通知那个男人死讯的留言，紧张地按下播放键。

"你父亲的病情似乎真的很危急，气若游丝地呼唤着抗太郎、抗太郎。"父亲的情妇理理子诉说着。蒔野突然一肚子火，听到一半就挂断。

蒔野坐在工作桌前，打开计算机，连上儿子的博客。

他很想心一横，寄封信告诉他："你的亲生父亲还活着！"

你的父亲并不是优秀的记者。他个性卑鄙，在工作上也是半瓶水，被所有遇见的人讨厌。尽管如此，他也认真地活过，和向他哭诉"我得了重病，想见你一面"的父亲没什么不同……这个念头制止了蒔野。

他打开自己的主页，连到寻找静人的网站。根据亲眼目睹静人做哀悼的女大学生的说法，将网站的名称改成"哀悼人"。收到的邮件依然大部分是批判或诽谤，都是旁观者的目击，其中也有认错人的。根据最新的留言，静人好像正从东北南下。但从"他和一个女人同行"这种描述来看，显然是其他人。

再往下看时，蒔野发现了《我想见他》这篇文章，于是停下滚动鼠标的手指。

一名男子痛失结发三十年的妻子。寄信前,犹豫了好几天,最后为了梳理自己的心情而决定寄出……冗长的开场白过后,是以下内容:

> 那天傍晚,突然下起了雨。妻子传短信给我,说要拿伞到车站接我。走在人行道上时,一辆超载的卡车没有减速就转弯,货架上的钢架滑落,压在她身上。时隔两年,至今仍因愤怒、悲伤、后悔没有回短信叫她不用来接我而感到痛不欲生。妻子的耳朵听不见。可是,她凡事都和身体健全的人一样,甚至做得更好。我的父母接连病倒时,她忘我地照护他们。父母对她双手合十,安心地走了。遗憾的是,我们没有孩子,但是我们说好了要永远在一起,讨论要做义工,为耳朵或眼睛有残疾的孩子尽点儿心力。
>
> 我却在一瞬间失去了她。时间能治愈内心的伤痛,这是弥天大谎。愤怒和后悔只会随着时间的流逝而增加。有时别人对我说:你变得开朗了。那种时候,我真想用刀刃割开自己看起来开朗的脸。我也想过,干脆随她而去。可是我总觉得,正因为她天生残障却总是积极地面对人生,所以不会允许我寻短见。我上网解闷,以"哀悼"等关键词搜索时,发现了这个网站。看了大家的留言,我觉得哀悼人确实是个可疑人物。不知道他是在闹着玩还是在做宗教团体性质的传教活动……

尽管如此……假如他肯听听我妻子的事，我想告诉他：她的纤纤细指优雅地比划时那种手语之美；她以手语对我说"我爱你"时的喜悦；我想以手语回应爱意时，她说会读唇语，故意要我说出"我爱你"时的淘气眼神……我希望他知道，这个世界上真的曾经存在过一位美好的女性。我希望让尽量多的人记得她。但是，大家都忙于自己的事，渐渐地忘记了她，这只会让我感到遗憾。所以，假如哀悼人真的存在，我想和他聊一聊。正因为是外人，所以假如他能记住，我会觉得她的存在具有了永恒性。如果他真的存在并走访逝者，我应该总有一天能遇见他吧。我开始每天站在妻子罹难的人行道上等一小时左右。他现在在哪里呢？我殷切地盼望着见到他。

"可是，这说不定是骗人的吧？他可能并不存在。既然如此，唉，希望有人……是谁都好，能不能变成哀悼人？"

两天后，蒔野和矢须又见了面。矢须是和蒔野同期进报社的前同事，如今以自由记者的身份活跃于世界各地的武装冲突地区。他主动联络蒔野说想请他喝酒。蒔野极尽挖苦之能事地写完新闻主播的婚外恋记者会报道后，和矢须约在晚上十点碰面。

矢须的报道全是痛陈因大国或企业的自私而导致的悲剧、因人类的漠然而进一步恶化的现实。因为如今的读者喜欢轻松的读物，所以很难找到买家。他曾请教蒔野"有没有出版社肯为我出书"。蒔野通过认识的作家将矢须引荐给编辑。蒔野曾介绍那位作家和马利亚亲热,他以这种形式还人情。莳野觉得既讽刺又有趣。结果出版社似乎决定要为矢须出版新书了。

见面地点是小巷里的居酒屋。矢须笑道:"谢谢你介绍,得以出版了新书。"莳野应道:"你的书一个月就绝版了。"矢须讲了出书的来龙去脉,说:"对了,莳野,我前几天读了几篇你写的报道。听说很受欢迎。"满是胡须、气质粗犷的脸上没有调侃,"你改变风格了?发生了什么事?"

莳野讨厌被看穿,不动声色地说:"只是为了续约嘛,试着写好销的报道而已。婆婆妈妈的,很好笑吧?"

"是哦。不过我看得津津有味,因为你深知人性和社会的丑陋,所以能挖掘出被害者的个人特质。你的报道中散发出活生生的气息。"

莳野停下了将大啤酒杯送至嘴边的手。店内充斥着烟雾和嘈杂的笑声。

"真没想到,居然会被你夸奖。我以为你铁定会说,那种内容太任性。"

"那是我的坏习惯。去国外走了走,就忍不住大放厥词,所以会被人误会。前一阵子,一位难民援助专家的儿子自杀了。那个毅然决然地为难民而战的人在儿子的葬礼上号啕大哭……你的报道让我感受到那种人的私生活。继续写下去如何?"

莳野表面开心,内心却感到焦躁。自己能写出那种报道是受了谁的影响?是谁给自己留下了什么?

"不行哦。读者已经看腻了。我又会恢复成嗜血野了。"

"写什么是你的自由。你能不能看一下我这次的稿子？"

矢须从桌上递过一个厚厚鼓起的大信封。莳野收下，拿出里面的稿子一看，恐怕超过三百页的稿纸底下有一叠文件，写了一大串阿拉伯数字，稿纸上文字的旁边也写着数字。莳野问："这是什么？"矢须一面将烤鸡肉送进嘴里，一面说："噢，赤新月社……你知道吧？我从那儿得到了死者名单，包括日期，对吧？最上面是被误炸民宅里的人，下面是今年七月汽车炸弹在市场爆炸时被卷入案件的一般市民。"

莳野隐约记得后者。大概是从报道中看到，自杀式恐怖袭击导致五十人死亡。

"你知道当时的死者姓名？"

莳野难以置信地问道。矢须抿嘴一笑，叹了口气，继续咀嚼烤鸡肉，说："通过家人和亲近的人的证词，大致知道住在哪里、现年几岁。职业只知大概是劳工、警官、家庭主妇或学生。你是第一次看到这种名单吗？"

莳野将目光落在名单上，点了点头。尽管他作为记者资历颇深，但迄今都只负责国内的案件和八卦，至于国外的信息，和一般人知道的没多大差别。

"难怪你会困惑。我一开始也大吃一惊，因为误炸而死亡二十人，因为恐怖袭击而死亡一百人……留下那么多死者的姓名和年龄，其实是理所当然的事。"

"你将这里列出的姓名写在稿子中吗？"

"别闹了。谁要看没完没了地写外国人姓名的书？这顶多是作为参考数据。"

"你知道这些人有没有家人或曾因做了什么而被感谢吗?"

"如果去各个城镇打听,或许会知道。你要做那种事吗?"

矢须笑着起身去厕所。莳野继续翻阅名单。从文字无法研判,看得出来"34"和"22"等数字是代表人的年龄。也有"0"。记载为"9"的数字代表和莳野的儿子同年吗?莳野想起上一次自己告诉矢须关于静人的事,想起曾问过静人在死了一百人、一千人的现场打算怎么办,想起那一晚做的梦:静人跪在类似沙漠的荒地上反复摆出哀悼的姿势,莳野问他在做什么,他回答:这里死了一万人。

"喂,我刚才小便的时候想到了一件事,就是你上次提到的进行逝者旅行的男子的事。"

矢须露出和粗犷的脸不相称的孩子气笑容走了回来。

"那是在说你自己吧?你打算变成自由记者,展开采访之旅,对吧?"

二人畅饮到早上。莳野不清楚自己是什么时候回到公寓的,几度转醒,又躺下去睡,等到夕阳照进工作室时,才终于起身。

他到厨房喝了两杯水。这时电话铃响起,他头脑昏沉,不假思索地拿起话筒。

"喂……喂?不是转接录音机?抗太郎,你在家吧?喂?"

是理理子打来的。莳野大可以挂断,但是对方声音中的紧张感让他没有那么做。

"医生说大概撑不过今天，要我让该见的人见最后一面。"

莳野看了一眼日历。今天明明不是法定假日或黄道吉日，也不是什么特别的日子，但是理理子说，莳野憎恨至今的男人今天要死了。他内心没有一丁点儿真实感。

"就算来见他，也不等于原谅了他。何况，你不愿意来吧？"

莳野想回嘴"少说那种自以为是的话"，但是喉咙哽住，发不出声音。

"如果原谅他，你就会觉得白白浪费了迄今为止憎恨他的日子，对吧？可是，还是来看看他吧。他的脸瘦得像皮包骨，什么憎恨、什么怨艾的，我已经感觉不到了。"

莳野用力摔话筒，挂断了电话。他坐立难安，准备外出。

外面已将暮，晚风沁凉。附近无处可去，他只好搭乘地铁。喝酒尚嫌早，他在到达的车站下车，又上车。反复这么做，在最靠近父亲住院医院的车站下了车。

干脆从病床前俯视那个人，嘲笑他活该吧？莳野走进医院，走入院内，搭电梯到理理子告知的楼层。电梯大幅摇晃，电梯门打开了，熄了灯的大厅在眼前延伸。那个人在阴暗走廊的前方。对妻子不讲情义、爱奚落儿子的男人如今以博人同情的模样躺在病床上，等着儿子原谅。

莳野决定到北海道就职而退掉东京的公寓时，曾拜托长期住在理理子家的父亲来拿行李。父亲不耐烦地环顾房间之后，指着一隅说：那个，怎么处理？厨房与和室之间靠近天花板的角落里有个定做的柜子，母亲将它当作神龛，存放消灾解厄的护身符。

母亲为了照顾父母而回故乡后再没回来，所以没有处理神龛。苻野踮脚去拿护身符时，一个小盒子掉了下来。看似装了戒指的高档小盒子里放着一块肉干状的东西。父亲一看就说："这是垃圾。拿去丢掉！"苻野认为先给母亲看过比较好，想和护身符一起保留，父亲却说"两个都没用"，一把抢走了护身符和小盒子，丢进了垃圾桶。苻野回到北海道后向母亲报告，她虽然放松了脸部表情，却给人泪已流干的感觉，频频摇头。苻野见状，道歉道：如果我拿来这里就好了，真对不起。被父亲说成"垃圾"而丢弃的，其实是苻野的脐带。

电梯门合上。苻野按了一楼的按钮。

我想还以颜色。正因为是那个男人的濒死时刻，所以我想故意做恶毒的行为，正适合来替他送终。苻野搭出租车离开医院，到闹市区里的酒店开了间房。他喝了酒，用房间的电话拨打夹在记事本中那张粉红色名片上的号码。

半小时后，房间的电话铃响起，一个有气无力的声音说：我们在酒店的咖啡厅，会给你看在读证明。标志物是紫色运动夹克。苻野一下楼就发现少女和年轻男子坐在角落的座位上。少女一身紫色运动夹克搭配牛仔裤，黑色长发，身形消瘦，不健康的肤色白里透青。年轻男子在光头的侧面剃了个"Z"字，戴墨镜，身穿后颈有毛的皮夹克。二人面前放着果汁。

苻野在他们面前坐下。男子对苻野说："我是经纪人。这是她的在读证明，是半年前入学时的集体照。"

苻野向服务生点了啤酒。男子将照片放在桌上——以教师为中心，并排站着约四十名学生。男子指着照片中的少女，是身穿制服时的模样。

"时间是一小时，仅限戴套。十万日元。可以吗？"

莳野从鼻子里发出冷笑，电话中明明说好了两万日元。大概曾有客人因被看到了脸，之后就接受了抬价。

"十万日元岂不是能和离家出走的女孩做上十几次？如果要狮子大开口，就马上给我滚！"

男子摘下墨镜，往前探出脸，瞪大混浊的黄色眼珠耍狠。

"威胁客人就做不成生意了。你以为我是凭谁的介绍打电话给你的？"

莳野一面从座位上站起来一面掏出钱包，将两千日元丢给因感觉受辱而张大鼻孔的男子。

"啤酒我请，喝完再走。如果同意说好的价，五分钟后，女的一个人上来！"

莳野留下房号回到了房间。等了十分钟左右，少女来了。

她还没进房就皱起长满青春痘的额头，不悦地说：先付钱。

"当然是事后付钱。那个毒虫教你拿了钱就逃走吧？"

少女大骂："吵死了，白痴！"进房脱掉夹克。莳野从背后抓住少女的头发扯倒在地。对方吓得想起身，莳野以手臂抵在她胸前，用力将她压在地毯上。

"敢再说轻蔑的话，老子就宰了你！就算我不动手，你也会被别人杀死。"

"如果你对我施暴，我就告诉小笃。你一定会被揍得鼻青脸

279

肿。"少女虽然害怕，但仍拼命地回嘴。

"你为了买强力胶给那种混蛋而做这种事吗？你也吸食吗？说啊！"

"关你屁事啊？别人要做什么，不关你的事吧？"

"是不管我的事，就算你被那个混球杀死也没人会同情。"

莳野骑在少女身上，脱掉她的T恤，露出扁平的胸部。平坦的乳房四周残留着被揉掐之后留下的指甲印。

"如果你敢动粗，绝对会被揍得头破血流。小笃一旦发飙，连上面的命令都不听……"

少女虽然回嘴，但当莳野动手要脱她内裤时还是抬起了臀部。莳野用膝盖撑开她细得令人感到病态的双腿，大腿内侧有像中年女子会有的蓝黑色瘀青。少女从丢在枕边的牛仔裤兜里拿出保险套，丢给莳野。

那个男人快死了，而我要做残忍的事……莳野像念咒语般在心中吟诵，但是下半身不听使唤。他仍然穿着内裤，将放在少女胸部的手往上滑，抵在纤细的脖子上。少女试图挺起身子。莳野骑在她身上，从正上方按住少女的脖子。

"你迟早会像这样死去。到时候，你以为那个毒虫会为你感到难过吗？你以为他会想到你而流泪吗？不会，他会马上找人代替你，不出三天就把你忘得一干二净。"

少女试图摇头。莳野按在纤细脖子上的双手使力。

"就算你现在死在这里，也没有人会掉一滴眼泪。没有人会感到伤心、惋惜。就算你从这世上消失，也只会被人遗忘。哪天在河畔被烧成灰，连骨头都不剩。"

苛野终于从她身上下来，把两万日元丢在她赤裸的胸部。

少女哭了。她一面像孩子般啜泣一面穿衣服，收起两万日元，狠狠地瞪着苛野说："我记得你的长相。你会被杀死，被揍得不成人形，然后被埋进土里。"

她往地毯上啐了一口唾沫，离开了房间。

苛野不想在这里过夜，退了房。小心起见，他走后门离开。

他喝到深夜才回到公寓。电话机有录音，他按下播放键。

"他刚才过世了。你满意了？如果这样你还不来，我就把遗体送去报社。"

2

医院的太平间是一个四面是灰墙、约三坪大的冷清空间，除了房间中央盖有白布的遗体，只有一张靠墙的长椅。

没有陪伴遗体的人。夜间前台的年轻警卫带苛野进来，告诉他隔壁有两间铺了榻榻米的房间，供家属休息或进行简单的守灵。之后便出去了。

苛野目测遗体的形状。体形比想象中更小，而且很薄，怀疑自己认错了人。虽然只要掀开白布就能确认躺在那里的是不是父亲，却因为莫名的恐惧而无法接近。

"怎么了，不看他的脸吗？"

理理子站在门口。大概是从昨天一直陪伴父亲到现在，她头发凌乱，眼睛泛红，穿的大概是家居服，色调朴素，皱巴巴的，令她看起来竟像是家属。

"他不会紧抓着你不放。他没有了一丝力气，咽下了最后一口气。"

或许她也耗尽了体力，嘲讽的声音全无力气，像在叹气似的，嗓音也很嘶哑。

"无所谓……终于结束了。"

莳野说给自己听，再也不用为这个男人烦心了。

理理子从鼻子里重重地喘气，笑了笑，朝他走过来。

"别胡说八道了。遗体怎么处理？先送回你住的公寓？"

"不，我家不方便……"

"就算不举办葬礼，也得火化。必须办理各种手续，要安排车子运送遗体。这世上并不是死了就一了百了。"

"既然这样，你替他办……你和这男人长期同居……"

"你出生的时候，他替你办了手续。在你长大成人之前，也帮了你很多，不是吗？喏，你睁大眼睛仔细瞧瞧，这是你憎恨至今的男人死后的样子。"

莳野来不及阻止，理理子就掀开了盖在遗体身上的白布。或许是护士替他穿上的，他身穿白色和服，双手交叠于胸前。莳野曾见过母亲的遗体，但她是年纪轻轻就过世的，保留了生前的模样，看起来只像是睡着了。然而父亲的遗体掉发、额秃、眼窝凹陷、脸颊憔悴、嘴唇突起，没有表情，只是消瘦，令人觉得他像是脱水般地死去。莳野完全无法把他和记忆中的父亲联系在一块儿，从脚底开始失去力气，跌坐在长椅上。

"所有人都会走到这一步……是公平还是不公平呢？"

理理子以安慰的语气说，将手放在长期同居的男人的额头。

最终是由理理子领回遗体。她说，苝野的父亲在她的店所在的街上住了超过十年，和很多人有交情。

"但我要你来送他最后一程。还有，骨灰放你那边。"

理理子要求苝野出席守灵夜和葬礼，领回骨灰。他不情不愿地答应了。

殡仪馆的员工和理理子讨论之后，似乎认为店里的二楼楼梯过于陡峭，棺材抬不上去。

"那么，就把店中的桌子作为祭坛，让前来祭拜的人在吧台喝酒吧。"

在理理子的提议下，遗体终于在上午被搬出了太平间。她因彻夜未眠，说今天要休息一下。苝野也向公司请了假，回住所补觉，醒来的时候已是晚上。

苝野犹豫着该不该和亲戚联络，告知父亲的死讯。因父亲长期和亲戚断绝往来，所以苝野决定不告诉他们。那么，该不该告诉前妻呢……苝野坐在桌前，浏览她的网站，正展示着和现任丈夫共同制作的美术书籍相关的宣传文章。苝野也去看了儿子的博客，依旧天真无邪地记录着发生在学校里的事。

事到如今，和她已无话可说。苝野关掉电脑，回到床上。

第二天上午办完事，下午穿着丧服去理理子的店。听说"玩具庄"这个店名是父亲据波德莱尔的别墅名取的，但苝野无法相信那个男人有如此诗意。推开贴着写了"忌中"纸片的沉重大门，店内充满了笑声。一身丧服的男男女女坐在吧台的椅子上，理理子在吧台里面。她梳整头发，娇艳的妆容足以胜任营业，就连日式的丧服看起来都像是店里的制服。

"哎呀，欢迎光临。"

这声招呼很开朗，令人感觉不到一丝在太平间时的阴郁。莳野差点儿陷入一种错觉，以为自己来到了风格诡异的酒吧。理理子拍手，引起四周的注意力。

"各位，今天的主客登场。他其实是丧家，但那种称呼令人不舒服。"

坐在吧台的人转头面向莳野。都是五六十岁的年龄，看起来颇友善，也有几张精明能干或土里土气的脸。

有人对莳野说，请节哀顺变，我们受到令尊的诸多照顾，大家都很遗憾……莳野仅点头致意，朝理理子所指的里间前行。

原本放桌子和橱柜的最里间现在设置了祭坛。棺材放在中央，挂着父亲大概是几年前拍的照片。照片中的他头发花白，皱纹也增加了，但快活地笑着。在莳野的记忆中，并没有以这种讨人喜欢的表情笑着的父亲。莳野感到不悦，移开视线。祭坛上点缀着鲜花，亮着插电式的灯笼，线香的烟缕在四周缭绕。祭坛前的空间虽窄，但好歹能站在祭坛前双手合十。

莳野感觉到众人的视线，故意不双手合十。靠近祭坛一侧的吧台座位之所以空着，似乎是为莳野预留的。理理子要他坐下，给他斟了一杯啤酒。

"原本现在应该请主客致词，但是……故人和这个人之间有太多过节。"理理子对众人说，"所以请体谅他。总之，让我们怀念故人，痛痛快快地喝吧！"

或许因为都是年长者，听得懂她的言下之意，没有人特别找莳野聊。众人继续聊起似乎在莳野来之前正聊的话题，说莳野的父亲说过某句有趣的话，因某事跌了一跤，除了诗词也熟知老电影，喜欢开黄腔，经常陪人讨论事情，是个风趣的人……因为是这种酒席，所以莳野作好了心理准备来听所谓"好人"的话题，但心情还是一团乱，想大喊：你们在说谁？

前来吊唁的人络绎不绝，在莳野背后向祭坛双手合十，随后离去。傍晚过后，仍有人进入吧台，不少女人代替理理子到处给客人斟酒、上菜。有人喝醉，也有人荒腔走板地唱歌。理理子不时来到莳野身边，跟他聊两三句。除了熟客、朋友，也有镇议会的人和生客上门。理理子告诉莳野，如果累了，可以到二楼休息。但他一想到二楼曾是父亲和理理子生活起居的空间，就不想踏进。最重要的是他懒得挪动，只好坐在同一张椅子上，一杯接一接地喝酒。

夜深了，理理子曾上二楼小憩片刻。莳野也趴在吧台上睡了一会儿。不久，不知从哪里传来悦耳的声音，像将镇纸放在心底般抚平心灵；又如柔声诉说，哀凄询问，以美丽的词藻描画心情与风景交织的画面，在头顶回旋。莳野怀疑是做梦，抬起头，见坐在吧台的人都闭着眼睛。莳野仔细聆听响彻店内的那个声音。他身旁坐着的一位长脸男子低语道："我是中也。这是以前在这

285

里办诗词朗读会的时候，我录下来的。"

莳野意识到他似乎在对自己说话。因尚未完全清醒，他以不自觉的亲切语气说："啊……那么这是你朗读的吗？挺好的。"

对方蹙起眉，看了莳野一眼，说："你在说什么？这难道不是令尊的声音吗？"

他顿时睡意全消，全神贯注地聆听。记忆表层只留下父亲凡事武断、总将自己的想法强加于人的傲慢语气和嘲弄口吻，但现在听见的用心朗读每一个字的发音，确实与记忆深处父亲的声音一致。

他在这条街上和理理子同居，虽然看在外人眼中，是个性开朗的妈妈桑和在老婆面前抬不起头的老公，但也因知识丰富而受人敬重，是曾经教过诗词的男人……喜欢开黄腔，经常陪别人讨论事情，有着遗照中那种快活的笑容……理理子无法怀孕时，整晚地安慰她"我俩感情融洽地生活就好"；病重失声前扯着嗓子在录音带中录下留言给尚未见到的孙子……失去声音之后，躺在病床上流着眼泪在本子上写下"我想见抗太郎"……那些身影陆续浮现在莳野的心底。

莳野想逃离这个声音。他从座位上起身，却重心不稳。他拒绝别人搀扶，五指成爪，抓着蔓草花纹的壁纸前行，请别人替他开门。走到店外紧紧抱住眼前的电线杆，体内痉挛，忍不住吐了出来。他心想，我不会原谅那个男人，他冷酷无情地待我和母亲，记得他的这一面就够了，孤伶伶去世的母亲不可能原谅他……

苅野心想："总之，要离开这里。"尝试移动脚步，却被什么绊了一跤。地面冰凉，很舒服。他闭上双眼，心想就这样，别爬起来。过了一阵子，冷到骨子里，牙齿格格作响。

他知道自己身处类似小巷的地方，爬出那里，发现是"玩具庄"的后巷。天色尚暗，他打开关着的店门，往里面望去。灯光已经熄灭，吧台内外都不见人影。店里的时钟指向四点。装饰在祭坛上的灯笼光线令白色的棺材和父亲的遗照在黑暗中浮现。无论如何，得先对付寒意。苅野试着寻找衣物，钻过吧台的暖帘，看见了通往二楼的楼梯。他一脚踏上台阶，想向理理子借用毛毯之类的御寒物品。

二楼似乎有两间房，靠近楼梯的房间里有一排衣柜，理理子的丧服就挂在衣架上。合上的纸拉门缝隙似乎流出温暖的空气，苅野像被吸引过去似的，打开纸拉门。在只有夜灯的昏暗光线下，理理子铺了棉被躺着。

她翻了个身，整条右臂露在棉被外面。即使微暗，白皙的肌肤也吸引眼球。父亲在银座的酒吧一面抚摸她一面侮辱苅野的那一晚，苅野在特殊行业的店里将小姐想象成理理子，试图借幻想侵犯父亲的女人，以消除所受的屈辱。后来，他也曾一面搂着妓女一面想象成理理子。年少时的记忆复苏了。

"很冷吧？"

哭哑的声音轻拂耳畔。理理子睁开水汪汪的眼睛。不可思议的是，苅野毫不吃惊，或许因为太疲倦而缺乏真实感。理理子抓住他的手，他横躺下来，紧搂住对方，感觉她的体温。

"你怎么这么冰……刚才待在哪里?衣服都湿了。快,脱下来,不然会感冒的。"

理理子语带纵容,轻声呵斥。莳野照她的话做,脱得精光,缩着身体,将脸埋在对方的身体里,任她搓揉着手、脚和背部。冻僵的身体暖和了,热意渗透全身。你其实在生母亲的气吧?耳畔响起声音。莳野低喃着"没那回事,没那回事",以身体反抗,被迎入对方的双腿之间。你打从心底里怨恨母亲为何爱上那种男人,对吧?可是,你又喜欢母亲,所以更加憎恨父亲……没那回事,没那回事。莳野冲撞对方的身体。理理子轻柔地拍打他的背,安抚他冷静下来。你母亲回北海道后,你觉得很寂寞吧?你是不是觉得自己被抛弃了?住口、住口,莳野不停地撞击对方的身体。理理子抱着他的头,款摆腰部的力量被拥抱化解了。原谅母亲吧,她当时很年轻。爱你父亲并不是罪,他应该也觉得抛下你有错,只是无暇顾及你。没那回事,没那回事,都是父亲的错,如果他没有抛弃母亲……没有十全十美的人,你有时也会待人不真诚吧?母亲在最后一刻对父亲死了心,你反而替她感到不甘心吧?因为这关乎"你也不是完美无缺的,所以会被父亲抛弃"这种想法……

莳野哑口无言,频繁地冲撞对方的身体。理理子抚摸他的头,逐渐平息他的怒气。因为被宽容地接纳,莳野不知不觉感到自己的实体消失,好似渐渐飘至半空般畅快。只要夺回母亲就好,不要再去想母亲被父亲夺走或父亲抛下你们母子。父亲只是嘴上不说,其实他心里一直想着你。

对方身体的温度和重量令莳野安心,将心中的愤怒、怨恨、寂寞、悲伤……一切的一切向外宣泄,纠结在心中的情绪也烟消云散。一股温热的水流入干涸的缝隙,那是因想念母亲而流下的泪水。其实自己也抛弃了母亲。母亲为了照顾她的父母回到北海道的时候,他假装讨厌转学,没有跟着去。这是在测试母亲,看她会不会为了自己而留下。但母亲一走了之,所以莳野转为厌恶她:既然如今选择了逃避,当初为什么要爱上那个男人?在北海道就职后,莳野仍没有和母亲同住,因为母亲说一个人过就好,但其实是自己营造了让她那么说的气氛。后来,母亲孤伶伶地去世了。

世上没有十全十美的人,你也是个好孩子……如此呢喃的人究竟是谁?莳野的心仿佛被原谅,作好了接受死亡的心理准备,放松了全身。

莳野听见有人在叫他"小朋友"。有汽车的声音。那个声音又大声地说了一次:小朋友,我找到你了。

莳野坐起身子。身体在小房间里的一床棉被中,因宿醉而头痛欲裂。黎明前发生的事模糊地留在记忆中。但那是真的吗?莳野探了探棉被底下,自己赤身裸体。那……他还来不及深思,只听从楼下传来理理子的声音:要开始了哦。

莳野连忙穿上放在枕边的丧服下了楼。僧侣坐在祭坛前的椅子上诵经。理理子一身丧服,坐在旁边的椅子上。吧台坐了一排昨天白天看到的那些人,也有人站着。理理子转头面向莳野。她今天化了淡妆，以目光示意吧台上的一串佛珠。莳野默默地拿在手中。

僧侣离开后，理理子向出席者道谢。最后，转向莳野。他觉得不能拂意，低头道："今天很感谢大家……"

熟客也参加了火葬之后的捡骨。莳野没有和理理子独处的时间，无法询问黎明前和她之间发生的事，感到焦虑，但也觉得松了一口气。

或许是由于长期被疾病折磨，父亲的骨头十分轻易地化为粉末。骨灰坛被收进桐木箱，交给了莳野。这下就全部结束了吗？理理子和熟客聊着天，好像打算就这样离去。但还有葬礼的费用要讨论吧？正想向她搭话时，理理子望向他。

"辛苦了。一定备受煎熬了吧？"

她露出一本正经的笑容，走过来。她手里不知何时提着一个紫色的包袱，说了句"请收下"，便递给莳野。他以眼神询问：这是什么？

"素描本，笔谈的时候用的。坟墓的地点好像也写在里面。我没有看。录音带也在里面，有你父亲留给孙子的话。虽然是不值钱的东西，但不该由我留着。我想要丢也该由你来丢。"

莳野不想推三阻四，一手抱着骨灰坛，一手收下了包袱。

"费用由我支付，作为我对他的微薄谢礼。"理理子说。

莳野感觉到诀别的气氛，正要开口询问黎明前发生的事。

理理子立刻锐利地瞪了他一眼，旋即又柔和地微笑。莳野觉得她在对自己说：不准说无聊的事！莳野将目光移向骨灰罐和装有素描本的包袱。

"你有没有意愿葬在同一墓穴？葬在一起的话，父亲应该会比较开心。"

理理子没有立刻回答。她抬起头，神情落寞地凝望远方。

"你的好意，我心领了。不过，临终时，我想回到老家，因为我父母的坟墓在那里。假如那里不肯让我入土……我只好死心，当个无主孤魂了。"

"这样啊……可是，如果你回心转意，请随时告诉我。"

莳野还想说别的事，但是熟客从玄关叫了一声"妈妈桑"。理理子对着那边大幅地挥手后，以嘴形对莳野说"再见"，落落大方地摆动丧服的下摆，大步走去。

莳野傍晚回到家，将父亲的骨灰放在朝西的工作室书柜上。

3

埼玉县警署搜查一科的重案组组长来电联络，告诉莳野"差不多确定了少女的出生地"。

被活活烧死、自称十八岁的少女身份无法判明。昨天，十六岁的共犯少年想起和伙伴看夏季高中棒球决赛时，在厨房喝酒的她瞄了一眼介绍参赛高中的电视节目，嘟囔道："这种学校还在啊？那间学校以笨蛋多而出名，我们同学报考那间学校只是当作备胎。"

因为其余三人叫少年去拿啤酒，所以只有他听见了。少年在伙伴中年龄最小，而且少女对他没有戒心，所以或许透露了关于出生地的事。事实上，少年没听懂少女的言下之意，所以警方问及她的出身时，他至今都回答不知道。

"他似乎是在和负责拘留的警官聊高中棒球的话题时想起来的。那名警官调查了当时在决赛中出场的高中，也向少年确认过了。往爱知县丰桥市这个方向调查，八成不会错。"组长说道。

莳野问："身份也弄清了吗？"

对方在电话中发出苦笑："原则上，我们跟爱知县警署联络过了，希望他们调查失踪人口。但如果没有不化妆的照片，就没办法比对。检察官认为似是而非的信息会妨碍办案，打算不理这件事，还是会直接起诉。"

莳野再次设法调查死得悲惨却没人同情的少女的事。

杀害她的男性主犯的律师知道莳野是周刊杂志记者，流露出警戒之色。知道了被害者的身份，比较有利于辩护，莳野恳求律师能否告知委托人所知道的信息。具体而言，莳野希望知晓所有可能推定少女身份的情况。而且，他对一件事一直耿耿于怀，说："你的委托人好像供述：在争吵的过程中，她突然像疯了似的情绪失控，所以他也失控。为何她会突然变得暴力？"

律师说："我先和委托人讨论再回答你。"拒绝作答。

莳野以给父亲治丧为由请了几天假，再度前往少女进出的店采访。照理说已经全盘调查过她的交友情况，这回却第一次听说了她有交情较好的女性朋友。因为怀孕，这名女性从案发一年多前就不再来店里，所以从采访对象中遗漏了。

那名少妇的头发染成鲜红色,长而蓬乱,身穿运动服,抱着婴儿。警方已经询问过她。莳野在公寓的门口访问时,她告诉莳野:"我回答警方说什么都不知道,这是真的。"不过,她对遇害的少女寄予同情,鼻酸地说:"那种死法太凄惨了,她好可怜。"莳野觉得在少女的朋友当中难得有人同情她,于是说:"大部分人好像都讨厌她,唯独你与众不同。"

她以手背擦拭眼角的泪水,哄着怀里的婴儿说:"其实我也不是那么喜欢她,不过……她来过这里一次。"

"咦,来这里?她来做什么?"

莳野环顾只有厨房和一间三坪大房间的狭窄室内。

"不知道。我有了孩子,还以为和所有人都断了联系,所以见她来很吃惊。她甚至带了伴手礼来。但我们完全没有交谈。她出神地看着婴儿,足足看了一个多小时。在那之后不久,她就死了。所以我想,她大概是来找我商量的?我觉得她好可怜。"

婴儿哭了起来,少妇唱快乐的歌哄他:"和猫、猫、猫熊去买东西。"但婴儿或许心情不好,看来一时半刻不会停,因此莳野向她道谢,离开了公寓。

第二天,男性主犯的律师来电。对方说,如果对打官司有利,就愿意全力协助。然而实际上,他也不太清楚被害者的事。

"我的委托人说,他只是在酒馆向她搭讪,然后开始同居,并不在意她的本名和出身。他好像认为,如果毫不知情,分手也比较方便。"

男性主犯说,他甚至想不起任何可能有关的事。至于少女突然情绪失控的原因,考虑到少女一直打兴奋药物,所以可能是受到药物的影响而产生暴力冲动。

"所以那种冲动是某种原因导致的还是令人摸不着头绪?"

"我问了他好几次,但是都问不出所以然。他在晚餐时间回家,她什么菜都没煮,在玩鼻屎……抱歉,这是他的说法。她一面用指尖玩鼻屎,一面窃笑,所以他以为她打了药物,于是引发争吵。而他气得丢掉了那个。"

"丢掉?换句话说,丢掉被他称之为鼻屎的东西吗?"

"是的。听说他叫她把脏东西丢掉,但是她想把东西藏到背后,所以他扭转她的手臂,从她手上抢走,丢进了窗外的河里。于是她大声尖叫,情绪失控,大叫'我要杀了你',想去厨房拿菜刀。所以,整起事件也有正当防卫的一面。"

"等等……请等一下。"

父亲从莳野手中抢走某样东西说是垃圾而丢掉的画面掠过莳野的脑海。

莳野请求律师:如果你今天也去见委托人,我希望你去问一个我非问不可的问题。

莳野当天再度拜访了抱着婴儿的红发少妇。

"已故少女有没有对你的婴儿说过什么或者做过什么呢?"

少妇不懂莳野的问题是什么意思,歪着头,又不置可否地点了点头:"她倒没有说什么,但一直看着这孩子,无视我的存在,盯着他看了老半天。"

"她有没有表现出想抱婴儿的样子?照顾婴儿的样子看起来

是不是很熟练?"

"哇,你真清楚哦。她虽然嘴上没说,可是看起来非常想抱他。我问她要不要抱,她就露出非常开心的表情。抱婴儿的手法很高明,这孩子完全没有抗拒。"

少妇哄着怀里的婴儿,愉快地唱着:"和猫、猫、猫熊去买东西……"又说:"对了,这首猫熊之歌也是她教我唱的。我去上厕所的时候,这孩子哭了起来,她就替我照顾孩子,边唱边摸他的脸颊和鼻子。常常因为一点儿小事就哭个不停的孩子竟然开心地笑起来,所以我请她反复地唱给我听,也学会了。"

傍晚,莳野接到了律师的电话。他的委托人说,从被害者手上抢走、丢进河里的东西是小钢珠大小、好像脱水干贝的固体。

莳野跟埼玉县警署的重案组组长联络。

"是脐带。她将孩子的脐带当作宝贝珍惜。脐带被丢掉,所以发狂。她有孩子。她会不会离过婚而孩子被男方抢走了?"

情节和自己的身世重叠了,莳野如此大胆假设。对方非但不兴奋,反而以惊愕的语气说:"都是你的主观臆想吧?就算她真的有孩子,也查不出她的身份吧?"

莳野听说这起案件已经交给检察官,警方不会展开行动。不得已,只好跟报社主管交涉。惨遭杀害、身份不明的十八岁少女有孩子……海老原对这个头条标题很感兴趣。不过,因为没有确凿的证据,所以他只给了莳野五天的时间和经费。

第二天早上,莳野前往爱知县丰桥市,去市内的中学询问校方人员:"毕业生当中,有没有人目前下落不明?"并给对方看少女的照片。对方反问毕业年份，怀疑少女是否真的十八岁。蒋野只能估计着回答。校方无法掌握所有毕业生的下落，而且照片中的少女化妆太浓，很难确认身份。蒋野跑遍了市内所有中学，结果白忙一场。他也请校方告知同学会干事的联络方式，尽可能地试着打听，但是所有人都摇头说不知。

考虑到她生过孩子，蒋野又试图向妇产科医生打听消息。但是医务人员有守秘义务，而且原本就工作繁忙，所以连见上一面都很困难。蒋野接触了两三家诊所后放弃，改为前往市公所，拜托行政人员协助他厘清一起重大案件，也给几名可能收到申报户口文件的户籍承办人看了少女的照片。因为产妇不但年龄不详，生产日期也不清楚，所以他们反应冷淡。蒋野又和当地的警察接触，但都得不到期待的回应。

一眨眼就过去了四天，剩下最后一天。早上，蒋野无法从饭店的硬床上起来。半梦半醒之间，思绪奔向自己的孩子。前妻告诉他怀孕的时候，他的心情五味杂陈。身为那种父亲的儿子，对自己能不能养育下一代感到不安，又担心孩子会变成工作上的累赘。但是看到前妻开心的模样，他心想：木已成舟，走一步算一步吧。产前检查等事项所需的一大笔钱也令他火大。他听别人说：申请政府补助可以返还一部分生产费用，怒气才稍消。但是前妻住进了单人病房，又要补病床费的差额。

尽管如此，孩子出生的时候，胸口终究感到一股暖意。出生后不久的小手指紧紧握住蒋野的手指时……想到这里，蒋野终于找到了目标。

他再度前往市公所，询问领取生育补助金的地方。听说是由福利科的育儿支援室受理的。苅野给屋里的员工们看了少女的照片。假如照片中的少女没化妆……虽然借助了对方的想象力，但仍然无法得到期待的答案。疲惫和失望令苅野跌坐在附近的椅子上，身旁坐着一位抱着婴儿的年轻母亲，头发乌黑，脂粉未施。遇害的少女说不定也曾是这种朴素而温柔的母亲。年轻母亲唱着童谣哄逗婴儿。看到婴儿的笑容，苅野试着问她："请问……不好意思，你知不知道'和猫熊去买东西……'这首童谣？"

对方回答不知道。苅野回到育儿支援室的受理柜台，问："有没有哪位知道'和猫熊去买东西……'这首童谣呢？说不定是这个地方教唱的歌。"

但是所有人都歪着头表示不知道。那么，少女是在哪里学会那首歌的？莫非籍贯是这里而孩子是在别的地方出生的？苅野快要放弃了，但依然抱着一丝希望唱道："是这样的歌：和猫、猫、猫熊去买东西……"

苅野自认五音不全，却忍住羞耻唱给大家听。有人从远处发出苦笑声。于是，一名女性员工从柜台里起身走过来，说："该不会是《面包店》吧？听你刚才唱的曲调，我想到有一首游戏歌叫做《在面包店买东西》。"

她说，在为新生儿和年轻母亲开设的亲子教室里，保健师和保育士为了让母子之间增加肌肤接触，会教唱这种游戏歌。亲子教室每个月举办两次，今天不是活动日。那名女性员工问苅野要不要向主办单位询问，告诉了他保健中心的地点。

莳野把养育孩子的事几乎全部推给妻子，所以压根没想到亲子教室和保健中心。他马上前往保健中心，向柜台打听儿歌。女性保健师回答：确实有一首游戏歌叫做《在面包店买东西》。唱"三明治"时，用双手夹住婴儿的脸颊；唱"哈密瓜面包"时，用手指着眼睛；唱"巧克力面包"时，不停地用手指挠婴儿痒。

　　莳野请员工们聚在一起，给她们看少女的照片。

　　"她有可能在这里生养过孩子。请你们仔细看看，头发说不定是黑色的，化妆大概没有这么浓。有没有人有印象？"

　　员工们应莳野的要求，热情地看着照片，但所有人都摇头表示没见过。

　　莳野听说有保健师和保育士外出了，便等待他们回来。一直在办公室里的员工给返回的员工看了照片，代莳野询问。到了下班时间，员工全都回来看了照片，但仍没能听到期望的答案。莳野对她有孩子的推测是个错误吗？或是弄错了出生地点？莳野不禁耷下肩膀，拖着脚步准备离去。或许是觉得他太可怜，一名员工对他说："你连她的名字都不知道吗？孩子的名字呢？只有昵称也可以。"

　　莳野想起了重案组组长给自己看的照片。被害者有一个奇怪生物的玩偶，脚底写着字。之前一直觉得作为人名很奇怪，应该是玩偶的名字，但这时抱着姑且一试的心情说："空暮。与其说是名字，说不定是昵称。有没有人对空暮这个名字有印象呢？"

　　莳野为了让所有员工听见，高声说："空暮，是空暮。"员工们听见奇怪的名字，虽然个个皱起眉头，但也都在口中复地念那两个字，试着回忆。

"是不是空暮美？空暮美。"

耳边传来意想不到的回应，是较早看过照片的保健师之一。

"如果是空暮美，我有印象。"她说。苅野走向她。

"空中的空，日暮景色美不胜收的暮美，空暮美。因为这个名字很美，所以我印象深刻。我听说孩子的父母在夕阳很美的时候许下了结婚的约定，所以替孩子取这个名字。"

"照片中的少女是不是那位母亲呢？像不像？记得孩子的长相吗？"

"记得。她是个乖巧的女孩，气质和照片中的少女完全不一样。但是时隔太久，记忆也不太可靠了。"

"你记得她的名字吗？还有老家的地址？我想她大概离了婚，抛下孩子去了东京。你知不知道她的前夫和女儿的住址？"

"她确实出身于母女相依为命的单亲家庭。她结婚后一年左右，母亲去世，应该已经没有老家。空暮美和她父亲也不在了。"

"他们搬家了？"

"过世了。当时，三岁的空暮美被河水冲走，她父亲跳进河里救她，两个人的遗体都被冲到了下游，分别被发现……对了，我有空暮美的照片。办完葬礼一个月后，我去慰问她母亲。她太可怜了，我担心她会想不开。"

她以保健师的身份为婴儿做满月健康检查时第一次去对方的家。婴儿得了过敏性皮炎，她给空暮美的母亲介绍小儿科医生，之后也接受咨询。三岁复查时确认过敏性皮炎的情形稍微好转，她和空暮美的母亲一同感到高兴。不久，就发生了意外。

"我上门慰问后，要回家的时候，空暮美的母亲递给我这张照片，请我别忘了空暮美。几个月后，我去看望，但她已经搬家。她变卖家具，没有告诉任何人去向……那是五年前的事。"

照片收纳在她以年度分类的工作用档案夹中。莳野看了她递过来的照片。

照片中只有一名三岁左右的女童，不见母亲的身影。不过，女童很宝贝地抱着一只看似手工制作的玩偶——看不出来是熊或兔子的奇怪生物——用脸颊摩蹭着它，笑着。

栂地小百合是这名女童的母亲的名字。不能说她是少女，据说今年的实际年龄应该是二十六岁。十八岁，是她生下女儿时的年龄。

莳野听着保健师的说明，注视着照片，忍不住问："这名女童的母亲被谁爱过、爱过谁、做过什么事而被感谢吗？"

4

栂地小百合和中学学长相恋，高中二年级怀孕。她一告诉他这件事，他便在面海的海角瞭望台上看着夕阳对她说：我们结婚吧。他没有升学，去了电气设备公司任职；她也从高中辍学，打工积攒生产的费用。双方父母都反对，但是他俩意志坚定。不久，女儿出生，二人看着夕阳发誓要共结连理，以这份心情给女儿取了名。双方父母因孩子的诞生而态度软化，但是次年，小百合的母亲因老毛病恶化而去世。他支撑着心情低落的她，年幼的女儿也成了她的心灵支柱。她为了治疗女儿的过敏性皮炎，注意饮食，经常打扫。由于玩偶的尘螨是造成过敏性皮炎的原因之一，所以她亲自为女儿缝制玩偶。女儿三岁复诊的那一天，经保健师确认过敏性皮炎稍有好转，看到大人们开心的模样，女儿也高兴地活蹦乱跳，亲了母亲的脸颊好几下。在那之后，一家人前往河边郊游，却发生了悲剧。丈夫的父母责备她对父女俩见死不救，葬礼后，强行领走了骨灰。过了一阵子，她离开了镇上，却没有人申报失踪人口。

"她是个好孩子，真的是个好孩子。为什么会被杀害？她曾以过来人的身份设身处地给其他为孩子的过敏性皮炎而烦恼的母亲提供建议，大家都非常感谢她。"

莳野引用了保健师的这段话，连夜写出了报道的草稿。自称十八岁的少女绝不是死有余辜之人。她深爱着丈夫和女儿，也被他们爱着，受到父女俩及身边人的感谢，是一名值得被深深哀悼的女性。莳野以此作为总结，一大早便寄给了报社。海老原马上回电，说会留好版面，要求莳野火速取得确证。

莳野将空暮美的照片复印件寄给律师，当天就有了回音。经嫌疑人确认，照片中的玩偶和被害少女持有的玩偶是一样的。

莳野接获这个消息后，和崎玉县警署的重案组组长联络，告诉他事情原委。只要比对疑似被害女性直接用手碰过的照片和警方扣押的被害者持有物上的指纹，就能确认被害人身份。在刊发报道的周刊杂志上市之前，警方还有时间确认。假使警方无视这个消息，那就删掉比对指纹的文字，依然可刊发。

"在检察官看到周刊杂志、指示重新调查之前，组长先将他一军，怎么样？"

第二天早上，组长及其属下前往丰桥，莳野为他们带路。第二天，警方内部断定被害者就是栂地小百合，立刻向检察官报告。警方也和莳野联络。莳野向海老原报告，决定配合三天后周刊杂志上市，以广告右侧第一头条刊发报道。

那晚，莳野在自己家里接到了前妻打来的电话。

几个小时前，莳野打电话到位于京都专卖美术书籍的出版社向她的现任丈夫作自我介绍，说想告诉她自己近亲的噩耗。对方表达了遗憾，答应会请她打电话给莳野。

她在电话中对莳野"喂"了一声，声音像披上盔甲，僵硬而沉重。

"抱歉，突然致电。我想可能给你造成了困扰。"莳野留意着语调，客气但不显得生硬，"因为我还是想告诉你一声。"

"听说你的近亲发生了不幸……"

"是的。我父亲过世了，长在喉咙处的肿瘤转移了。"

电话中的她屏住呼吸，又缓缓吐气，说："请节哀顺变。什么时候的事？他今年贵庚？"

莳野简短地回答对方的问题，说："你记不记得曾经拿着孩子的生日礼物上门的那名女性？是她一直在照顾我父亲。"

"你们父子和好了？之前你不是说他已经过世了？"

"不，我们没有和好。我如今也没有原谅他。不过，我认为就算不原谅他,或许也能祭吊他……我父亲在动手术失去声音之前在录音带中录下了留言,想留给未曾见面的孙子。"

对方沉默不语。莳野仿佛看见她皱起漂亮的眉毛。

"我并不指望你放给那孩子听,因为我告诉他爷爷已经过世了……我也知道你怎么告诉他我的事。"

"难不成你看了博客?"她的声音中带着内疚。

"我看过了。我觉得那是无可奈何的。"

"如果不让他忘了你,我会对现在的丈夫有愧……"

除此之外,她大概一直忿恨背叛了自己的莳野。

"是的,我了解。那倒是无所谓。不过……将来有一天,能不能请你告诉他呢?"

"告诉他……你还活着吗?"

"告诉他我说了谎,其实爷爷当时还活着;告诉他如果不那么说,我会很痛苦;告诉他爷爷很高兴他出生,想送礼物给他,而且在去世前录制了留言,希望他坚强地活下去。"

儿子出生的时候,一个生命体就在眼前的强烈冲击力震慑住了莳野。儿子出生后不久紧紧握住莳野手指的时候,莳野的内心充满了热望。一瞬间,莳野有一股冲动,想告诉前妻……自己爱着孩子。但又认为那只是一种自私,于是克制住了。

"我知道了。等哪天时机到了……但不能保证。"她说。

"谢谢。我总说自私自利的话,请见谅。请多保重。"

莳野想挂断电话时,前妻"呃——"了一声叫住莳野。他反问:"什么事?"

"莳野先生……你……变了吧？"

她的声音听起来像是稍微卸下了盔甲。这反而令莳野心里难受，说："不，我什么都没改变。我不是那种会改变的人。那么，我挂电话了。"

挂断电话之后，莳野往玻璃杯里斟了酒，翻开了理理子交给他的素描本，里面写着"我想喝水""脚好痒""肚子好涨""我讨厌尿布"等，一开始像粗大的鬼画符；字体逐渐变小，写着"叫抗太郎来""抗太郎为何不来""我想见抗太郎"等；"带抗太郎来""我想和抗太郎说话"这几句字迹颤抖，空白处有着像是泪水的痕迹。接着，突兀地出现了公墓名称和墓园地图，线条歪歪扭扭，看不太懂，但如果去公墓办公室询问，应该能得到答案。

莳野决定趁这个时候听听理理子交给他的录音带。那个男人大概会忘了自己曾如何对待妻儿，会装模作样地撒谎，厚颜无耻地向孙子示爱，说什么会珍惜别人对自己的关心吧？

杂音持续了一阵子。莳野心想：就要讲话了吧？等一下就有声音了吧？却等了半天也没有。他觉得奇怪，往前快进，但是从头到尾都没有声音，翻面听也一样。理理子不可能特地将空白录音带交给自己。可能的原因只有一个：录音失败。

莳野笑了。真蠢，居然在失声前的重要时刻录音失败了……你真是个彻头彻尾的窝囊废。

莳野从头重新播放录音带，一面听杂音一面喝酒。播完，录音机的开关"嚓"的一声跳起来时，莳野差点儿发出声音，用手捂住嘴巴。

他心想：别丢掉这卷录音带。既然没有声音，就留在身边。

这是唯一能让苛野原谅那个男人、认为他也有优点的东西。

苛野的报道引爆好评。或许因为少女活活被焚烧的画面震动人心，所以令人印象深刻。她其实是一位痛失心爱的丈夫和女儿的成年妇女，因为自暴自弃而流离失所，终于遇上了骇人的悲剧。或许是这个事实引起人们的同情和好奇，在车站内的贩卖部，周刊杂志首日销量就比前一期高出两成，交出了亮眼的成绩。苛野找到她的同学，借用了她的结婚照，抱着玩偶的女儿的照片似乎也发挥了效果。各家电视台的谈话类节目来电向编辑部询问，报社马上就决定要刊登第二波报道。

苛野在父亲的坟前接到海老原打来的电话，收到了通知。

这座坟墓位于公墓的角落，据说去年拆除了旧仓库，售让为墓地。墓碑也已经盖好，小而不显眼，一眼就看得出来是廉价的石材。苛野只是来确认，并没有带骨灰。想到父亲坚持将骨灰埋在这种地方，他感到一股莫名的惆怅。

苛野听埼玉县警署的重案组组长说，栂地小百合尚未纳入无主孤魂的墓穴。故乡似乎有她老家的坟墓，但组长的上司预先向小百合的公婆询问关于夫家祖坟的事，顺便婉转地请二老考虑，如果可以，是否让小百合长眠于丈夫和女儿的墓地？

主犯的委托律师打电话来抱怨，语气冰冷地说：那种报道将损害法官对委托人的印象。如果有第二波报道，应该和律师保持合作关系。但是莳野觉得关于她的事情已经写完。比起这件事，莳野更想飞往东北。

莳野从寄往哀悼人网站的最新邮件中得知，静人南下到了宫城县的仙台一带。他似乎真的和一名女子同行。

他在石卷的港口被人目击。渔船在附近的海上倾覆，三个人死亡。疑似静人的男子到处打听那三个人的事。发件人是渔业合作社的员工，他问那人为何想知道他们的事，对方回答："我想哀悼他们。"邮件中说，他身旁有一名同样背着背包的年轻女子。男子跪在码头上，双手分别伸向大海与天空，然后将手抵在胸前。当他垂头祈祷时，女子目不转睛地看着他的动作。

莳野写信询问这名渔业合作社的员工，从他的回答和对那名男子的年龄分析，确信就是静人。但不知道女子是谁，是记者或是他的信徒？莳野想知道和静人形影不离的女子的真面目。不，比起这件事，他更想先和静人说话。他甚至想，或许和他一起旅行一阵子也不错。

机缘巧合，有帮派头目在岩手县被人以手枪射击好几枪后身亡。莳野向海老原提议，说想去采访这件事，但是立刻遭到了反对。如今，黑道之间的纠纷就算写成报道也引不起读者的兴趣了。但是莳野不肯让步，说派成冈去丰桥即可。结果海老原开出条件，要莳野以电话指示成冈的行动并检查他写的报道，才答应让莳野去岩手县采访。

莳野回到家，准备跟着静人走几天。他自言自语道：该不会一直和那家伙走下去吧……不禁露出苦笑。

工作原则上，必须先采访帮派人士，于是莳野入夜后前往麻将馆，询问老交情的帮派成员发生在台面下的事。他和对方围着麻将桌，一面适度地胡牌、放冲，一面询问东北的帮派斗争。莳野从对方的应答之中察觉到这件事仅止于内部失和，没有扩大化。这时，莳野感觉到了背后的视线。

回头一看，老板正好从柜台对着玄关说："等一下，我想请你替我买包烟。"有人从大门走出去，黄衬衫和黑色长发吸引了莳野的目光。老板说："搞什么？刚来没几天就敢摆架子给我看，果然只能卖肉！"莳野看了同桌的帮派成员一眼，他一面吃莳野丢的牌一面嗤之以鼻道："拿去使唤吧。她的男人大概吸毒上瘾，所以需要钱。不过，唉，没有一个能活到二十岁。"

莳野专挑便宜的牌放冲，打了两小时左右，走出了麻将馆。气温下降，令人感觉冬天不远了。如果和静人一起走在这种寒冷的天气里，光靠现成的衣物恐怕会冻僵，莳野心想，改穿厚内衣，外套换成防寒夹克……突然，侧腹部受到一阵撞击。他屏住呼吸，弯下腰。一辆面包车停在眼前，滑门移开，莳野的臀部被踢了一下，整个人跌进车里。接着有人上了车，关上车门，发动了车子。

莳野被人揪住头发，头两次撞上车窗，反弹的力道使他跌坐在座位上。

"总算找到你了。你似乎对我的马子做了过分的事哦。"

剃光头的年轻人在眼前咧嘴一笑。对方没有门牙，光头侧面剃了一个"Z"字。莳野头痛欲裂，依稀记得对方，却应道：你楞错人了。他的嘴唇破裂，无法正确发音。

"你说什么？楞错人？大叔，你在鬼扯什么？喂，是这家伙没错吧？"

年轻人揪住莳野的头发，让他面朝后面的座椅。那里坐着一名厚夹克底下穿着黄衬衫、留着黑色长发的少女，白里透青的肤色和阴沉的表情似曾相识。

"嗯，是他，没错。他笑着说：就算我掐着你的脖子勒死，小笃也会马上忘记你。"

"他妈的，开什么玩笑！你又掐我马子的脖子又说老子我的坏话。大叔，我要判你死刑。"

年轻人冷不防地用头撞莳野的鼻子。莳野发出好像骨折的声音，整张脸麻了。

车子在明亮的马路上驶了一阵子，开进阴暗的岔路，在小巷里转了几次弯，又笔直前行，停在一侧的白色护栏向前延伸、寂无人影的马路边。

年轻人说："下车！"驾驶座和副驾驶座上看似十几岁的两个年轻人走下车，拉开滑门。莳野感到恐惧，摇了摇头。他忍住疼痛，仔细地发音："我刚才和你们上面的人打牌，她都看到了。我们的交情可不浅。"

"白——痴。死了就没戏唱了，谁会替尸体做什么？"

年轻人平时或许打了毒品，嘿嘿傻笑着，握拳的手上戴着突出好几根刺针的凶器，毫无预警地痛击莳野的脸。随着一阵剧烈疼痛，视野中一片漆黑。莳野害怕失明，高声尖叫，拼命挣扎。少年们替年轻人抓住、拉扯住莳野的脚。莳野先是感觉飞在半空中，又似乎撞上路面，停止了呼吸。

"喂，站起来走路啊！你敢出声的话，我现在就在这里把针刺进你的肚子。你想死在臭水沟里吗？"

莳野被人拉起来脱掉装有钱包和手机的外套，被人狠狠踢了一下屁股。他依然以手捂住眼睛，嘴里边反复叫着"救命、救命"边挪动双脚。耳边传来拆护栏的声音，头被人压住，往前推了一把。莳野感觉脚底变成了泥地。

"这里的老旧小区刚拆掉，什么都没有。春天才开始盖房子，所以在那之前都不会有人来。地上挖出了一堆坑，如果把大叔埋进去，就会被压在新的大楼底下，永远出不来。"

莳野听见年轻人的声音没有产生半点儿回音，直冲天际。车子来往的声音也很遥远。

"我没有恶意，原谅我！我对她做了残忍的事，正在反省，请原谅我。"莳野死命地恳求，"共犯也会坐一辈子牢的，所以放过我吧！"

"鬼吼鬼叫的，吵死了！就算你从这个世上消失，也不会有人找你！"

耳边忽然响起年轻人的声音，感觉有一根炽热的棒子插入自己的侧腹部。莳野"啊"地失声叫出来，仿佛力气一起流出体外，双腿一软，再也站不住了。双膝跪地的一瞬间被踹了一脚，掉进了似乎是洞穴的低矮空间。好像不怎么深，但身体动弹不得，所以无计可施，只能伸出手，勉强触到洞穴的边缘。挣扎了一阵子，上方发出"沙沙"的声音，似乎是砂石掉下来了；也有好像木板碎片之类的东西落下。

"你们想做什么？住手！拜托你们，救救我。我愿意替你们做任何事。求求你们，请你们原谅我。"

因为看不见，所以只能双手合十向上，不停地前后摆动。

胸口受到一阵沉闷的撞击，对方似乎扔了石头下来。听见年轻人的声音说"吵死了"。腹部也受到撞击，接着是在脸的附近有石头弹过的声音。恐惧感上升了。

"哇，他哭了。你也拿石头丢他，谁叫他掐你的脖子？喏，动手啊。"

苛野总觉得痛得睁不开的眼睛似乎看见了少女在捡石头。他对着少女的方向摇头喊救命。这时，或许眼睛真的睁开了一秒钟，看见了类似光之物，眼前依稀地浮现少女的身影——将头发染成金色，化了妆浓，被火焰包围，静静地注视着这里。噢，是你啊……你也是以这种悔恨的心情死去的吗……很不甘心吧？

"太过分了，这件事有问题……以这种方式死去真的很可怕……"苛野对少女说。她的身影变透明，看起来逐渐与黑色长发少女重叠。

"这家伙在说什么啊？喂，快点儿丢他！你不丢的话，我待会儿不疼你哦！"

年轻人的语气不再嚣张。

苛野的视野再度变成一片黑暗，他向少女劝说："你……听得见吗？我总觉得，你接收到了某位女性的念想……她说：至少要选择死的时候有人认得你的生活方式。"

"喂，大叔终于发疯了。喂，快点儿丢出手上的石头！"

"你在听吗？你死的时候，如果别人认得出你是谁，就能哀悼你，就能记住你。"

"吵死了！我才不希望被任何人记住！"

少女发出近似尖叫的怒吼，一个硬物击中了莳野的额头。四周响起笑声，年轻人拍手道："正中红心！"莳野感到各种废弃物渐渐覆盖全身。

"差不多埋一下就好，反正不会有人来。大叔，你永远从这个世上消失了。"

感觉年轻人留下嘲笑离去。不久，连他们离去的动静也听不见了，四周一片宁静。

我真的玩完了吗？这件事发生得太过突然，仍缺乏真实感。在莳野曾经采访过的案件中丧生的许多人，也许或多或少都有过这种感觉。他心想：自己为什么会遇上这种事？这是真的吗？是现实中发生的事吗？我不要，救救我，我做了什么坏事？可是，知道怎么也逃不了的时候……他们的心里在想什么？

莳野想起分开的儿子。你似乎以为我死了；妈妈好像告诉你我已经死了，但其实我还活着；可是，我今天真的要死了。我想见你。我想见你一面，跟你道歉。如果一直和你在一起就好了，我真蠢。我现在才知道，被你紧紧握住手指的时候，真正的幸福就包围着我。可是你大概不会原谅我……到头来没有人爱我。我明明爱着你，却不知道怎么告诉你。就算尸体在明年春天被人发现，到时候我也变成了一具白骨，没有任何东西能够证明我的身份。我做了坏事，撒了谎，也背叛过别人。可是，我在每一个当下都拼尽了全力……尽管如此，对活着的人而言，我只是一具尸体，一具连名字都没有的尸骸罢了。

不，不是那样的……有一个人，这世上只有一个人会陪在我身旁。哀悼人啊，你会知道我化为白骨被发现、会有一天来到这里吧？然后为我哀悼：这个人一定被谁爱过、爱过谁、因为什么事而被感谢，对吧？你会跪在地上，右手感受着我微微感觉到的气流，左手被埋着我的这片泥土的气味熏染，然后将双手交叠于胸前，试着记住我的事吧？纵然不知道我是哪里的什么人，你也一定会把我视为有可取之处的人，认为我应该奋力地活过……把我当作在这世上走过一遭、无可取代的人……记住我吧？

我觉得自己终于明白了你出现在这世上的理由。你之所以变成哀悼人，或许有许多原因，家人、身世、受过的伤……但不仅止于此。你一定不知道。你好像不知道。将你变成哀悼人的，是充满这世界的、对逐渐淡忘逝者的罪恶感，对心爱之人的死受到差别待遇、被人遗忘的愤怒以及害怕自己迟早有一天也会被当作不重要的死者对待。充满这世界的负面情感累积起来，超出了人们内心所能承载的，于是将某个人，也就是你，变成了哀悼人。所以……或许不只有你一个人。也许在世界的某个地方也出现了除你之外的哀悼人，也在旅行。说不定还有更多除你之外的哀悼人活在这世上，无论素不相识的逝者死于何种原因，都一视同仁地通过关于爱与感谢的回忆将他们铭记在心，试图永远记得他们曾经活过的事实。人们需要这种人……至少，我现在需要你。

唉，假如我能活下去，我就会对世人传诵这件事。即使眼睛看不见，没有人肯听我诉说，我也一定会传诵哀悼人的故事。

忽然，莳野听到了话音和脚步声。其中一个人的脚步声靠了过来，就在身旁不远处。那个人说："啊，在这里，真的在这里……喂，他被埋在这里，啊，在动了。他还活着哦。"

莳野感到石头和木板碎片从自己身上被搬开。他感觉对方一面问自己"你不要紧吧？哪里痛？叫什么名字？"一面从腋下和腰下撑住自己，从洞穴底部抬上来。他感觉被搬到某个地方，背部有支撑，身体被温暖的空气包裹。

"我得救了？"莳野与其说是在问对方，不如说是在问自己，喃喃自语。

"他恢复意识了！"头顶发出似乎在向谁报告的高音量，同一个声音对莳野说，"是的，你得救了。我们立刻送你去医院。说得出自己的名字吗？"

莳野在失去意识前迅速地告诉了对方自己的名字和工作单位。对方的复诵令莳野感到安心，于是问道："请问……你们……为什么会……知道……我在那里？"

"噢，有人报警，说有人被埋在那个地方，如果马上赶过去话，说不定还有救。对方没有报上姓名，是一个年轻女孩的声音，大概是目击者。"

警笛声响起，救护车启动的震动声传至全身。莳野想回应——她是个好孩子……真的是个好孩子——但呜咽哽在喉头，令他发不出声。

第八章

照护者
(坂筑巡子 - III)

1

自从选择居家照护，坂筑巡子就下定决心再也不住院。她一直认为，万一哪天非进医院不可，大概是已经处于昏迷状态。

"哇，山隅医生，您为了进这里的医学院重考了两年？看不出来您也吃过苦哦。"

巡子穿着水蓝色的检查衣坐在诊疗台上，一面摇晃双腿一面对主治医生山隅泰介笑道。山隅个头矮小，一张娃娃脸，实际已经四十二岁了。他从这间医学院毕业后，跑过几家医院。两年前开设居家诊所，主要为癌症末期居家疗养的病患看诊。

"您和山隅医生同届，那么也是念这里的医学院？是应届考上的吗？"

巡子询问正在山隅身旁检查屏幕、负责内视镜的医生。

对方笑着回答："不，我也是重考两年。"

巡子更大幅度地晃动双腿，说："是哦，原来你们知道彼此都吃过苦，才会答应我这种无理要求。啊，我想到了一个好笑的谜题，准备好了吗？题目是'我的胃'，答案是'这里的医学院考试'。请说。"

"解题关键是？"山隅已经习惯了和巡子的问答，忍住苦笑。

"解题关键是'门意想不到地窄',如何?"

隔了一秒钟,山隅忍俊不禁地笑了出来,对一脸错愕、负责检查的医生使了个眼色,示意"她老是这副调调"。对方或许因此感到放松,噗嗤一笑。

"啊,笑了。我说,医生,我这么精神,不用查了吧?"

"坂筑太太,我们差不多该开始做检查了。请乖乖躺下。"了解内情的山隅温柔地劝导。

"可是,山隅医生,我选了居家照护,不需要治疗了吧?"

"经过和家人讨论,您已经同意检查,不是吗?而且您不是都了解,为了有效地运用宝贵的时间必须这么做吗?"

巡子终于放弃抵抗,重重地吐出一口气,放松了身体。

六天前,巡子在洗手间不经意地按压鼓胀的腹部,涌上一阵强烈的呕吐感,忍不住吐了出来。她好一阵子无法动弹。丈夫鹰彦、女儿美汐及在场的外甥怜司都吓得惊慌失措,打电话联络居家诊所。山隅火速赶来,经过仔细的诊查,告诉他们:很有可能是病情加剧,胃的出口变窄。

"总之,我们做检查确认吧。我有个朋友是内视镜专家,可以帮您插队做检查。"

巡子提不起劲做检查。知道了美汐怀孕,巡子想亲手抱孙子,活着有了动力。按照医生告知的剩余寿命,死神的影子应该浮现了,但是身体状况良好。巡子甚至认为:说不定出现奇迹,病情正在渐渐好转。如果接受检查,等于告诉自己那不过是愚蠢的错觉,无情的事实将摆在眼前。巡子感到害怕。

(可是……如果真的好转呢？说不定能通过检查确认！)

巡子如此告诉自己，以缓解内视镜进入体内的不适感。在洗手间里呕吐之后，身体不舒服了半天，但是第二天完全好转了。三餐也能和之前一样，喝白粥和营养汤。说到有问题的部分，就是老毛病便秘，服用医生开的软便剂，稍微解得出来，但经常感觉吃下肚的食物堵在下腹部。

（对了，奇怪的是……）

美汐也为便秘所苦，母女俩经常在餐桌上互相诉苦。一个是一脚踏进棺材的癌症病患，一个是即将临盆的年轻孕妇，却都不得不为日常排泄问题所苦。说大道理没用，所以二人经常莫名地达成共识，觉得"人类终究是生物、动物"而开怀大笑。

突然，头顶传来"嗯？"的一声，医生抽了一大口气。巡子忍不住睁开眼睛。负责检查的医生皱紧浓眉。站在屏幕附近的山隅脸上也掠过紧张的神情。

医生说："明天出诊时会告知结果。"

巡子走出了检查室。她已经没有心力逗山隅他们笑了。换好衣服，来到了大厅，见貌似病患和家属的人都在一脸担忧地候诊。鹰彦大概也以同样的表情在等待自己。巡子呕吐的时候，他的脸色看起来比平时更差。一向话不多的他说"我希望你接受检查"，巡子只好勉强同意。然而，今天来这里之前，他提心吊胆，坐立难安，进入医院之后，露出马上就想回家的表情。如果身旁有人陪伴就好了。但美汐虽然怀孕七个月，仍出门工作；怜司当然也要上班。想也无用。但是如果那孩子在身旁……巡子忍不住想起向来仰赖的长男。

　　巡子心里难受。眼神游移之际,在大厅角落的观叶植物附近看到了鹰彦的身影。他的背部毫无防备,站立着将脸靠近窗边,侧脸隐隐浮现笑容,和预料的表情正好相反。巡子觉得期望落空,她愤慨地走过去,叫唤鹰彦前,想狠狠地推他的背部,却听见他带着笑意自言自语:"只要那么做就好了……对呀,只要那么做就好了……"

　　巡子的心中除了愤怒,又多了狐疑,以整个身体推撞他的背部,说:"你打算做什么?"

　　不知是因为惊讶还是疼痛,鹰彦浑身僵硬,面无表情。

　　"你又打算让我住院?你在想如果病情恶化就让我住院?"

　　鹰彦眨了眨眼。巡子知道越是逼问,他越沉默。结婚前,巡子同情他,认为他的那种习惯是年幼时受到哥哥死于空袭的打击,沉默寡言是因为生性深思熟虑,因而对他抱有好感。但是结婚后,对他在生活上必须讲话的场合都支支吾吾感到不耐烦,也经常因为他不主张自己的权利、导致家人蒙受损害而对他咆哮:"就算沉默是金,也该有个限度!"巡子虽然渐渐习惯了,但是遇上希望他提出意见或反驳的时候,如果他只是眨眨眼保持沉默,还是会气愤地要他好歹说句话。

　　"你应该有很多话要说吧?比如'结果怎么样?''还好吧?''不用担心,不会有事的。'……"

　　巡子的这段话令鹰彦开了口,但他似乎拿不定主意,不知道说哪一句话才会顺遂妻子的心意。她有一股冲动,想欺负丈夫,于是丢下一句重话:"算了,你不用说了。唉,要怪就怪我当初应该嫁一个更懂得表达感情的人。"

她朝出租车扬招点迈开脚步。

那天回到家,巡子依然忿忿不平,把检查产生的疲惫、不安都算到鹰彦头上。等美汐回家,又向她抱怨鹰彦的神态言辞。

"难道他觉得我要是有个万一,就让我住院好了,所以若无其事地笑了?还是说,他在替我的葬礼做打算?诸如葬礼只要过得去就好了,不必铺张浪费?"

当然,巡子知道鹰彦不是那种人,但如果不说几句责备谁的话,实在难消她的心头火。美汐打算向鹰彦确认是否属实,他却起身去庭院浇花。

第三周的星期六,巡子、鹰彦和不用上班的美汐三个人聆听前来家里出诊的山隅报告检查结果。怜司说突然有紧急公务,处理完就会马上赶过来。除了他们,访视护士浦川也在场。

山隅说:"我想宣布坂筑太太的剩余时日,毫不隐瞒地报告检查结果。"巡子应道:"那就麻烦医生了。"

"胃的出口附近果然因为癌症恶化而变窄了。内视镜在中途受阻,没有办法进入。目前只剩下一点儿缝隙,只有糊状食物和水分能通过。不过,我认为这个缝隙很可能不久就会闭合。"

"如果闭合,会怎样?"巡子问道。

"没有出口,就无法进食。换句话说,会无法摄取生存所需的养分。"

山隅在纸上简单地画出胃和肠道,告诉巡子:这种情况下会进行绕道手术，从胃的中间连结到小肠。但是因为别的检查又发现坂筑太太有腹水，所以无法动此手术。除此之外，可以考虑埋设扩张支架的治疗方法。

"换句话说，就是在胃的内侧埋下好像水管的东西。就算胃的出口继续变窄，经过胃消化的食物也能通过那条水管流向肠道……也就是打造人工通道的治疗方法。"

"做那种手术，对现在的我不会有危险吗？"巡子又问。

"坂筑太太的胃部变窄的情况有点儿扭曲，如果不实际尝试，就不知道能否妥善埋设扩张支架。再者，有可能出血、穿孔或感染，就算成功埋设扩张支架，如果身体状况出问题，也有可能从此必须一直留院治疗。"

"那……如果那种治疗进展顺利，我还能活多久？"

巡子开门见山地问。山隅犹豫着该不该说，但是看到巡子点了点头，便似乎下定了决心，一脸痛苦地回答："如果只是胃的问题，通过这项治疗，可望再活三个月……不过，因为出现了黄疸症状，而且有可能转移到其他器官，所以老实说，我没办法说出明确的期限。"

巡子总觉得脑海中有一座天平，要不要接受治疗分别占据了天平的两端，令她难以抉择。

"那么……如果不接受治疗，还剩下多久？以一般情况来估计就行了，以医生为我看诊至今的状况来评估。我希望你清楚地告诉我，那一天什么时候会来？"

"疾病因人而异，诊断会有误差，但是……您最好作好最坏的打算，大概还有一个月。"

此外，关于黄疸的部分，山隅告诉巡子：因为癌细胞转移，导致肝脏衰竭，无法用药物治疗。按照目前的病情，不会特别进行处理。说完，山隅他们先回去了。

三个人各自整理思绪，沉默良久。鹰彦不可能先开口。隔了一阵沉默中的角力，巡子和美汐互相观察，两个人都在想着如何说服对方。

"我觉得现在这样就好。不接受治疗，继续过下去。"

巡子抢先一步，故意以开朗的语气说道。或许是早已预料到巡子的答案，美汐立刻接话："病情可能会好转，我觉得最好还是接受治疗。"

"怎么可能好转？只是可能稍微延长剩下的时间而已。"

"那也好啊！寿命可能会延长，这就值得感谢，不是吗？"

"也有缩短的危险哦，因为有可能再也无法出院。"

巡子并非毫不犹豫。但是，现在能下厨，能到庭院里给喜欢的花移盆，能靠自己的双腿去想去的地方，最重要的是，能一个人上厕所。她的母亲像是被绑在病床上去世的，排泄问题似乎最折磨她。自从包上尿布之后，她的母亲就感到懊恼、难过。感觉从那之后，失智情形就日益严重了。

"您不想抱孙子吗？"美汐问道。这可以说是卑鄙的诱饵，美汐大概也明白这一点，垂下了头。

"我当然想抱孙子……毕竟是长孙。所以癌细胞说不定会等我。"巡子体恤女儿的心情，没有用回嘴的语气，反而安慰她。

美汐的脸痛苦地扭曲了，或许仍然无法全盘接受，便征求鹰彦的意见："爸，您觉得怎么样？"

巡子也想知道他的意见。只见他表情如常，以极为平静的语气回应："如果你母亲那么决定了，就依她吧……"

巡子的期待落空，不禁刻薄地说："我想也是。已经开始筹备我的葬礼的人，不可能会有异议。"

鹰彦不知所措，不停地挠着白发又增多的头。

"倒是美汐……你肚子里的孩子怎么样？还听不见心跳？"

巡子弯下腰，把耳朵贴在穿了连身裙的女儿的肚子上。即将进入第二十六周，肚子已相当突出。隔着衣服也能看到圆润的球形，脸颊的触感也很舒适。

巡子把耳朵东移西挪，忽然听见了"扑通扑通"的心跳声，不禁抬起头来看了一眼美汐的脸。没料到真能听见胎儿的心跳！于是再度把耳朵贴在她的肚子上。扑通扑通、扑通扑通……

"听见了！听见心跳声了！"

虽然很微弱，但仿佛在海底呼吸的生命跳动，震动了巡子的鼓膜。美汐也吃了一惊，问巡子是什么感觉。巡子正邀鹰彦也听听时，怜司从玄关高喊着"午安"现身了，那声音令人感觉他在强打精神。

他见医生已经离开，巡子他们一脸喜气地聚在一起，便放松了原本紧张的神情，舒了一口气。

"太好了，舅妈！我也认为会是这样。检查结果还不错？"

第二周，巡子身体状况良好，便跟着美汐一起搭出租车去做定期产检。

美汐现在的步速正好和巡子一致，二人缓步走进医院门口。

因和秋季祭典的执行委员会会议撞日子，巡子拜托鹰彦出席会议。其实缺席也无妨，但是巡子对鹰彦前几天可疑的自言自语仍耿耿于怀，以此作为对他的惩罚。

美汐在诊前接受血液和尿液检查，在测量室做各种检测，确认胎儿的心跳。胎心跳似乎是将仪器抵在孕妇的腹部聆听，巡子在测量室外等待的时候，从走廊上都听得见"啵、啵、啵"这种好像大气泡在水中破掉的声音。

这是同时设有小儿科的妇产科医院，聚集了来自周边地区的孕妇和病童，经常十分拥挤。预约的看诊时间是上午十点，但等了将近两小时还没轮到。巡子终于累了，将身体埋入大厅的椅子里等候着。美汐劝她先回家，她摇了摇头，说不要紧。她想当场听主治医生亲口说：你的孙子在平安地成长。巡子在心中一再祈祷：是男是女都好，拜托老天爷让他四肢健全、健健康康。

午后，终于被叫到了名字。主治医生是一名五十岁上下的胖男子，前次见面时，他仔细的说明和大方的态度赢得了巡子的信赖。他以电脑确认了检查结果，说："血液和尿液都没有出现不好的数值，一切正常。怎么样，开始觉得辛苦了吗？"

美汐老实地回答说"很辛苦"。她说：除了孕吐和便秘，上下楼梯也很吃力，而且睡觉的时候脚经常抽筋。医生收起胖下巴，点了点头说："这些都是没办法的事，证明了新生命正在你体内长大。"

听到这句话，巡子产生了奇特的感慨。在私立医院的癌症病房认识的病患曾说，在巡子体内长大的癌细胞也被称为"新生物"。如果死于这种疾病，在死因分类上，似乎会使用"恶性新生物"这一名词。同病房的一位未婚病患离世前曾在站不起来的某个晚上神情落寞地说："如果要孕育新生物，宁可是婴儿。"当时，巡子说不出半句话。

"我说，坂筑太太，是那样没错吧？"

医生对巡子说话，她才回过神来。妇产科医生看着她。

"我指的是接下来婴儿会越来越好动，孕妇会更加痛苦。"

"啊，嗯，是啊。如果长得更大，真的会很痛苦。"

巡子像在恐吓美汐似的说。但一想到自己的疾病也是同样情形，笑到一半不由得僵住了。

看诊结束，巡子坐在大厅的椅子上等美汐结账。

一对年轻男女推着婴儿车过来，坐在第一排座椅上。这对夫妻感觉好像美汐和怜司。巡子使力坐起身子，往婴儿车内望去，想看看是怎样的婴儿。

婴儿有残障。或许是大脑受到过撞击，头部的形状和一般人不一样，说不定眼睛也看不见。但年轻父母一脸开朗的表情，男方开心地说"太好了"，女方也微笑地说"真的"。男方点头道："他对光有反应了，本来有可能完全看不见的。真是太棒了。"女方则轻轻地抚摸婴儿的头。

巡子缩回身体，双手捂脸，又以祈祷的姿式将双手在嘴唇前方合十。

抱歉，对不起，她在心中道歉。我是个肤浅的人，马上就忘了自己多么受上天眷顾。即使静人不在这里，也听那位记者苅野说他正充满活力地旅行；美汐肚子里的生命也平安地成长着，我能听见那个生命的心跳声。如此就值得感谢，自己却向老天爷祈求生下来的孩子千万要四肢健全。明明不管怎样的孩子，看在父母眼中应该都是可爱、惹人疼爱的……巡子目送年轻父母和载着婴儿的推车离去。她祈祷着：千万要健康地长大。

"妈……你怎么了？哪里痛吗？"

不知何时，美汐已站在身旁担心地看着她。巡子擦拭眼角，伸手触摸女儿的肚子，对肚子里的孩子说：不管你长成怎样都不要紧，请你诞生到这个世上来。美汐将自己的手叠放在巡子手上，说："妈，我跟你说……我一直很犹豫，但刚才决定了。"

美汐从巡子的手上轻轻地朝自己的肚子使力。

"我要在家里生下这个孩子。"

2

巡子和鹰彦都是在家里出生的。从前的人都是如此。大概在经济起飞前后，在医疗机构生产的人开始增加。巡子也在医院里生下了静人和美汐。但是据说这几年，在家生产的人逐渐增加了。巡子觉得这是好事，又觉得那是别人的事。

巡子回到家之前一直反对：你是生头一胎，最好到给你看诊的医院生产。美汐坚持要在家里生,毫不让步,也不说明理由。

巡子向鹰彦求援。他一直眨眼,只是问了美汐一句:"这样好吗?"

美汐似乎心意已决,毫不犹豫地点了点头。

"那……"

鹰彦转头面向在餐厅椅子上休息的巡子。她惊愕地仰天道:"那是什么意思嘛?你女儿打算在这里、在这个地方生孩子,你懂不懂啊?"

"不是自己一个人生,有助产士陪着我。"美汐回嘴道。

"助产士又不会一整天照顾你,更何况到了预产期……"

(说吧,说出来心里会比较舒服。)

"我已经不在了。"

巡子害怕会爆发什么,但家中反而陷入一片安静。美汐面无表情地侧对着她,鹰彦低着头一语不发。沉闷的气氛令巡子按捺不住地说:"毕竟这种可能性比较高……美汐,去医院生。"

"我不要。"

美汐简短地回答,像是要结束对话似的,把手放在肚子上,上了二楼。

巡子向怜司求援。他在下班后赶过来,赞成了巡子的意见。

"听说我学长的老婆打麻醉无痛生产,似乎比较轻松。美汐稍微磨破膝盖就哭得哇哇叫,比较适合那种方式吧?"

"怜司,你不说话没人当你是哑巴。你还不是踩到狗屎就号啕大哭?"

胡说八道，你才是哩……你骗人……巡子看着他俩拌嘴，想起从前学校里一放长假，怜司就跑来自己家，和静人、美汐融洽地在一起玩，那些日子仿佛是前几天的事。每当同龄的二人一吵架，静人就居中当和事佬。他对怜司说：你别看美汐那样，其实她是个胆小鬼，你要保护她。对美汐则晓以大义：怜司是独生子，所以很孤单。巡子觉得这样的静人很可靠。

"如果静人在身边就好了。"

巡子平常会小心翼翼地绝口不提静人。美汐前男友提出分手的理由就是：从世人的眼光看来，长期进行奇怪旅行的这个哥哥不登大雅之堂。对美汐而言，现在听人提起静人，心情或许就像被人撕开了尚未完全结疤的伤口。话虽如此，就这样闭口不谈也很奇怪，于是巡子说："喏，说起来，你不觉得如果静人在，也会叫你稍微考虑一下吗？"

"这件事和哥哥无关吧？更何况，你怎么知道不在场的人会说什么？总之，我会和助产士讨论一下，还不知道人家会不会接受。等我问过再说吧。"

美汐或许身体难受，吐气吃力，靠在客厅的墙上抚摸肚子。

"你没事吧？"

巡子从沙发上起身，想靠近女儿，却感到腹内侧有什么东西因为突然的动作而摇晃，让她感到恶心，为了忍住而闭上嘴巴，屏住呼吸。鹰彦回过头来看她，二人的视线对上了。他想从矮桌前起身过来，巡子以眼神示意，要他坐着。

"好像饿过头了，身体不太舒服。"

美汐闭着眼睛说。怜司也配合地喊肚子饿。他们都没有察觉到巡子的状态。她浅浅地呼吸，腹内侧的摇晃没有引发疼痛或呕吐，只是像水塘中被丢了一颗小石头，产生向外扩散的涟漪，滞留在胃的底部。巡子刻意用开朗的语调说："糟糕！我忘了煮晚餐。吃现成的东西好吗？我马上去煮。"

嘴上这么说，动作却完全不是那回事。巡子慢慢地移动，以免摇晃体内的积水。怜司或许注意到了，说"把冷冻食品加热就好"，但巡子说着"新鲜是我家的卖点哦"，走进厨房。美汐也来到厨房，说了句"我忍不住了"，便啃起了面包。怜司说："我来帮点儿忙吧。"鹰彦默默地拿出餐具。蓦然回过神来，所有人都挤在了厨房里。巡子苦笑道："厨房这么小，你们在做什么？"但人的体温令她感到舒适。或许大家都有相同的想法，身体挨在一起，在狭窄的空间里待了好一阵子。

星期六的傍晚，助产士登门。她三十八九岁，脸和身体都没有多余的赘肉，给人感觉像是田径选手，薄眼睑、细长眼，眼神深处流露出坚忍的意志。她的头发在脑后梳成髻，身上没有佩戴饰品，左眼下方的泪痣看起来是唯一的点缀。

名叫姜久美子的助产士坐在客厅的矮桌前，美汐坐在她对面，巡子坐在客厅窗边的沙发上，鹰彦坐在沙发和矮桌之间，怜司坐在餐厅的椅子上。

据美汐说，不在医疗机构上班、只处理在家生产的助产士又称外派开业。上网调查后发现，虽然附近也有年长的开业助产士，但是因病休业了。此外，在较远地区从事外派开业的助产士听说美汐已经怀孕七个月，大都面露难色。某位助产士说："那个时间已经排满了工作。"另一名助产士拒绝道："如果不从早期就遵照我们的程序进行就无法配合。"在东京市内活动的姜，起初以距离太远为由拒绝，但是美汐再三请求，于是她答应来听美汐说完身体状况再决定。

美汐给姜看超声波检查时拍摄的照片、医生在孕妇手册上的记录等，告诉她胎儿的情况良好。巡子也在一旁听着，心想：美汐应该会顺产。

"去医院生，对你比较好。"

姜面不改色，甚至令人感觉语气冷淡。

"可是母体很健康，我想没有问题。"美汐狐疑地反问。

"有问题。首先是过了时间。通常应该在十五六周之前面谈，拟定之后的生产计划。再说，这也是对迄今为止经常为你看诊的医院的一种礼貌。"

"我会礼貌地向医院方面解释，请院方谅解。"

"最大的问题是……"

姜望向巡子。对方锐利的视线令巡子感到有点儿畏怯。

"令堂在这里养病，对吧？在这种地方迎接阵痛，必须整晚反复用力，有时候持续更久，对双方都会形成莫大的压力。"

美汐欲言又止地垂下头，似乎死了心。姜见状，准备离去。

鹰彦转头面向巡子。他的眼神在问：这样好吗？美汐为何坚持在家生产呢？巡子虽然没有和鹰彦讨论过这个问题，但心里想的大概一样吧。

自从山隅告知巡子的寿命之后，巡子一直在思考要如何度过最后一个月。自从选择居家照护，一直陆续准备身后事，该做的几乎都做了：整理好存款，也写了遗书，死后请家人寄给熟人的谢函也写好了。之后又大约过了一周。听说胃完全阻塞了也不会马上致命，如果打营养针，能再撑一周左右，所以大约剩下四周……巡子想把第一周用来确认死后的准备；第二周帮忙地方上的秋季祭典，作为向长年居住的城镇和附近邻居的道谢；第三周去滋贺旅行，想和好友即鹰彦的妹妹见面，跟她告别，然后顺道前往四国的今治，希望能再度朝着鹰彦的父亲去世的大海双手合十祝祷；第四周，除了到父母和哥哥的坟前祭拜，就静静待在家里，回顾尽全力走过的平凡一生……

鹰彦大概也在想这种事，美汐应该也不例外。他们无法体会巡子身体的真实感受，只能靠想象揣测巡子的状态，所以有时反而会过度夸大了当事人的痛苦。

"姜小姐……能不能请稍等一下？我想说说我的状况。"

巡子无奈地开口。姜狐疑地抬起头，正要起身又坐了下去。

"其实，我罹患的是末期癌症。虽然现在能够平稳地度日，但是据说只剩下一个月左右的时间。所以，请不用担心，或者应该说，生产的时候，我大概不在了。"

"别说了。"

美汐声音沙哑地制止。巡子怜爱地注视着女儿大大的肚子，说："我女儿不想承认。她这么做或许就像是在向神许愿，期待如果她在家生产，想抱孙子的我说不定会更努力一点儿。"

姜将目光移到美汐身上。美汐依然低着头。鹰彦转头看向巡子。巡子接受丈夫温柔的视线，点了点头。果然只好自己让步。

"既然胆小的女儿那么期盼……我也想稍微努力试试。如果姜小姐不介意有病人在家，能不能请您接受呢？"

姜仿佛要看穿巡子的真正用意，目不转睛地凝视她，又将目光移到美汐身上。"下周三下午，有空吗？"她对美汐说，"现在为你看诊的医院最好继续协助你。不行的话，就请我认识的妇产科医生为你诊查。"

美汐抬起头。姜从背包里拿出一张打印件放在矮桌上。

"不过，不是我让你生，而是你要生。每天坚持做这上面列出的运动，上面也有营养摄取标准，请你注意。体重一旦过度增加，就请你到医院生产。寒冷容易造成子宫收缩，不能穿你现在身上那种单薄的衣服了。那位，是你的先生？"

被她一看，怜司挺直了背脊，或许没听懂她的意思，含糊地点了点头。

"我会请你在各方面支持孕妇。心理压力会透过血液中的荷尔蒙传到胎儿身上，所以禁止吵架。依然可以过夫妻生活，但是请避免造成母体的负担。检查做了吗？"

"咦，我吗？咦，检查什么？"

"如果身上携带病菌，有可能感染给胎儿吧？"

姜不耐烦地说。美汐想开口解释，但是怜司从她前方的椅子上站起来说："啊，是，说得也是。我会带她去做检查。毕竟，不知道接下来会发生什么事。"

他像准备入水那样活动手脚。美汐或许是无力反驳,深深地叹了一口气。

姜严肃的脸上隐隐地流露出温柔的表情,对着巡子歪头,像是在问:真的没问题吗?巡子默默地一笑。

即使待在家里,也能听见太鼓的声音。

相隔一年,拿出短外褂试着穿上,感觉很沉重。明明是妇联会替巡子量身定制的短外褂,但合肩的部分垂到了手臂,手已无法从袖口伸出。

直到去年之前,巡子一直带领妇联会和警方商量居住地区的神舆前进的路线,激励拖神舆的年轻人,在集会场地殷勤地准备餐点、斟酒。今年,那份工作分给了妇联会的其他人。她曾因为有人对她说"少了巡子会很辛苦,你要快点儿好起来哦"而感到开心,也曾因为有人对她说"不要紧,大家会合力去做"而感到落寞。

今年她被委派负责照顾提灯笼的孩子队伍。有人对她说:"您大病初愈,跟在一旁走就好了。"引导幼童们行进、以免他们迷路成了她的主要工作。

巡子对着镜子仔细化妆。不久前,巡子还会感叹镜中的自己日渐消瘦,但现在已经习惯了。幸好黄疸的发展迟缓,用粉底遮住,应该看不出来。令巡子在意的是,主治医生山隅说"有可能胃出血",所以鹰彦跟在她身旁。小心起见,她声称要预防感冒，戴起了口罩。

流程从上午开始。相关人士聚集在町内的神社中，接受消灾解厄的仪式，照规定的路线游行。孩子们提着装饰灯笼，站在神舆的前后。附近的五个地区也会出动神舆。下午，所有神舆在市中心集合，开始游行。这项活动失去了秋季丰收祭原本的意义，如今纯粹是为了维持小区情谊。神舆并不禁止女人接近，经常载着对地区有贡献的女性和长寿老人绕街，给予人们祝福。

这五年来，巡子经常听别人问起静人，对他不参加祭典感到不可思议。他从懂事之后就提着灯笼到处走，几年前也积极地承担后来因少子化而停止的孩童扛神轿。上了中学，就负责照顾扛神桥的孩童。大学时代，甚至在进入社会工作之后，每到这个时期也会回家拖神舆。

（那么喜欢祭典的孩子为什么会向着和祭典歌颂的生相反的方向前行？）

巡子和灯笼队伍中的孩子们走着，不禁感叹时间流逝得太快、太残酷。静人的手，从前也是这么可爱的小手。他的手眼看着变大、变厚，原本纤细的腿也变粗，一转眼就比巡子还高。

如今长大成人、身穿服务人员短外裃的男士不久前还以稚嫩的声音喊巡子"阿姨、阿姨"。一旦上了中学或高中，在路上遇见，能点头致意的都算是好的，很多是视而不见；再长大一点儿，就会继承家业，不知不觉地穿起祭典服务人员的短外裃，一副大人模样地打招呼说："今年也请多多指教。"

置身于无情的时间洪流之中，不禁感叹世代更迭的时刻到了。不过，拜止痛药和其他改善癌症并发症的药物所赐，虽然有倦怠感，但这一阵子体重不再减轻，感觉离死亡还有一段时间；焦躁感也不像刚出院回家时那般强烈。话虽如此，如果那一刻真的逼近，自己会不会挣扎抵抗、大声尖叫、恶意辱骂家人或朋友？因为无从准备，所以这种无力感最为可怕。

神舆前进的速度缓慢，停在付礼金的商店或私宅门前，发出精神饱满的吆喝声，再旋转两三圈。因此，巡子跟得上。游行一小时左右后，神舆一度停在作为休息场所的公共澡堂停车场。巡子感到疲惫，靠在停车场的墙上休息。鹰彦搬来事先准备好的折叠椅给她，巡子在椅子上坐下。他站起来去取妇联会招待的茶时，巡子便做深呼吸，等待积水在体内摇晃的不适感平复下来。

一个身穿短外褂的五六岁男童在她眼前单膝跪地，用指尖戳着蚂蚁。这时，小鸟在他头上啁啾，男童抬起头，把手举向天空。巡子想起六岁的静人哀悼棕耳鹎幼鸟时的姿势，便试着坐在椅子上，轻轻地朝半空中举起右手，左手朝地面垂下，然后将双手交叠在单薄的胸前。

（静人……告诉妈妈，怎样做才能感谢家人和周围的人？怎样做才能被他们感谢，平静地离开人世？你哀悼了许多人，应该知道吧？妈妈还要做什么才行？）

背后有声响，回头一看，鹰彦端来装了茶的纸杯。

"这场祭典……会是我参加的最后一次祭典吧？"

巡子故意说出口。他闷不吭声。

"静人会回来吗？我有事想请那孩子教我。"

"他会……回来。"

那声音带着"自己也如此相信"的情绪，钻进巡子的耳膜。

"阿姨，好久不见。身体怎么样？"

耳边传来活力十足的声音，一位身穿服务人员短外褂的年轻人走过来。他是附近商店街上糕点店的长男，父亲和鹰彦同岁。他也朝鹰彦低头致意。

"我老爸最近几乎总是卧病在床，他退休之后，店里现在是我在负责。"年轻人笑道。刚才在戳蚂蚁的男童高喊着"爸爸"冲向他。

"静人那家伙，外出旅行还没回来吗？这个祭典狂怎么没赶回来？"年轻人一面抱起男童一面说道。巡子想起来，他和静人小学、中学都同校。男童向爸爸撒娇，说想坐在神舆上。年轻人笑道：不可以哦。

"你得参加好几次祭典，为镇上的人工作才行。对了，阿姨，要不要坐神舆？坐在神舆上转一转，祈求痊愈吧！我去跟大家说一声。"

不久，几个熟面孔聚过来，劝请巡子坐上去。穿了一身不合身的短外褂，又戴着口罩，巡子不好意思坐上金碧辉煌的神舆，但见鹰彦也点了点头，只好恭敬不如从命，请他们搭起短梯。她常年担任祭典的服务人员，这是第一次坐上神舆。

感觉比在下面看时更高，心中不是恐惧，而是雀跃。她在队伍的最前列。

少男少女开始吹笛子、敲锣打鼓，演奏祭典音乐。年轻人抬起神舆的车辕，高喊：祈求坂筑巡子女士身体健康！当场旋转起神舆。

旋转速度缓慢，所以并不危险。转了一圈、两圈、三圈后，神舆停了下来。

听见年轻人的吆喝声，四周的人对着巡子拍手。巡子在神舆上站不起身，稍微挺腰，打从心底对人们低头致谢。从神舆下来之后，巡子向静人的各位同学及担任服务人员的年轻人道谢。大家满脸笑容，摇着手说："不用客气，这是回报阿姨先前一直为我们服务的情谊。"

3

祭典过后，巡子感到某种东西从体内推挤着肠胃的柔软部位，导致了令人束手无策的疼痛。疼痛是看准了止痛药效力减弱的时机而发作的。

去找山隅商量。山隅觉得即使增加口服药的剂量，一旦胃的阻塞症状加剧，也难再产生效果，建议她改用栓剂。

"抱歉，山隅医生……栓剂就免了吧？家母之前住院时接受栓剂，好像很痛苦。"

得了这种疾病，就得被迫割舍珍爱之物，想隐瞒的隐私也都暴露在别人眼前——这种难受有时候比身体上的疼痛更痛苦。巡子不想美其名曰为自尊或尊严，她觉得那大概属于虚荣或倔强，但，想在死前稍微保留这些，难道是一种任性吗？

山隅说:"那么,你想不想试试贴剂?"巡子听闻,虽然药量很难调整,但只要像膏药一样贴在身上即可,也不容易产生便秘的副作用,于是同意。如今,便秘也是最令她痛苦的事之一。

第二天早上,她尝试在左手臂贴上名为贴片、十厘米见方的贴剂,具有和吗啡一样的效果。山隅以紧急情况下必须使用急救的栓剂为条件,允许巡子去旅行。

阔别三年,第一次和大学时代的好友,也是鹰彦的妹妹、怜司的母亲福野美野里重逢。美野里自从丈夫因患糖尿病病倒之后,就接管了家里经营的搬运公司。三年前,她即使因为公务来东京,也只在巡子家住了一晚而已。巡子告诉她,静人正在进行"自我探索之旅"。

搭乘新干线旅行并无不妥。怜司虽然提议开车送她,但又考虑到万一道路塞车时她身体状况恶化,反而更束手无策;如果先将行李寄到酒店,几乎两手空空地出门,靠着电梯,在抵达酒店之前,甚至不太需要使用准备的拐杖。

巡子和美野里说好了一起吃晚餐,约在酒店碰头。比约定时间晚了半小时左右,有人敲了敲房门。鹰彦起身去开门,巡子坐在椅子上等。门打开的一瞬间,怜司的母亲发出爽朗的声音:"抱歉,我迟到了。哎呀,哥哥,你的白头发增加了。你是不是又老了一点儿?"

她比学生时代胖了三十公斤,穿一身色彩鲜艳的套装走进来。旅行前通电话的时候,她笑着说:"我又胖了五公斤。"

"抱歉、抱歉,我正要出门,一对新人冲上了路边的护栏,发生车祸……好久不见。"

她一看到巡子便屏住呼吸，眼神因吃惊和困惑而左右颤动，旋即转为悲哀。即便巡子觉得自己还挺有精神，但是通过好友的反应，现实感迎面而来。

"你这个偷肉的小偷！你把我的肉都偷走了，对吧？"

巡子对她露出微笑。美野里试图挤出笑容，但是表情反而更扭曲。巡子察觉到她的心情，说："你听怜司说了吧？我虽然叫他不准说，但那孩子不可能守口如瓶。"

美野里捂住嘴巴，以免尖叫出声，终于从指缝间发出声音。

"我听他说了，但是……我无法相信。毕竟你在电话中的声音那么开朗。"

"看到本人，你相信了吧？如果光看苗条的身材，我可不输给名模哦。"巡子伸出手。美野里握住她的手，与此同时，眼泪从眼眶中滚落。

"哥哥……你待在巡子身边，怎么会让她变成这样！？"美野里一面轻抚巡子的手，一面将悲伤和难过发泄在鹰彦身上，"你跟医院和医生好好沟通过了吗？否则吃亏的是巡子。"

鹰彦歉疚地挠了挠头，走到茶几前，用茶壶泡茶。

"真是块木头。我说，巡子，你有没有什么要告诉医院和医生的？我替你说。"

美野里也不擦拭眼泪，只是更用力地握住巡子的手。巡子以指尖替她擦拭脸颊，说："你想说的，我都直言不讳地说了，但无济于事。"

"事到如今,说这种话虽然无益,但是巡子当年那么受异性欢迎,根本用不着选这种沉默寡言的男人。"

"还不是他在我父亲过世时趁虚而入……他很会挑时机。"

"没错。因为闷不吭声,所以让人疏于防备,以为他什么都没想,其实是坏心眼儿地在盘算。"

"前一阵子我接受检查的时候,这个人不知道是在盘算葬礼还是考虑如何使用生前给付的保险金,居然暗自窃笑,自言自语地说:只要那么做就好了。"

美野里惊呼:"不会吧!"转头对鹰彦说,"我说哥哥你啊,比起年龄增长、白头发增多,你也要多话一点儿。"

鹰彦默默地端来茶杯。巡子自然地看了一眼他的脑袋。

(美野里说的是真的。我专注于自己的病,没有察觉。去年这个时候,他的白头发并不明显,我还常说他看起来比实际年龄年轻十岁。但是知道我的病之后,白头发增加了……)

"可是,果然是父子。变老了,越来越像父亲了。"美野里说道。

"对了,我们准备明天搭飞机去四国,对着父亲去世的大海祝祷。"

"我跟你们一起去。我是父母搬到横滨之后出生的孩子,所以没有看过那片海。可是……"

"喂……要不要先吃饭?"

鹰彦嘟囔了一句,巡子和美野里不禁相视而笑。

三个人前往美野里预约的饭店,被带至包厢。美野里顾虑到巡子，问她有什么忌口，见巡子随身携带了制作婴儿断奶食物时用于将食物辗碎的汤匙。

"访视护士建议我这么做，这样大部分的食物都能吃。光吃婴儿食品好像越活越回去了，难不成在为投胎转世作准备？"

巡子不忍心把精心烹煮的佳肴辗碎，但是，柔软的食物由自己动手，稍硬一点儿的假手鹰彦，将食物弄得容易通过胃，得以充分享用了美食。慢慢地花时间吃完饭，积攒的话也说得差不多了，美野里表情僵硬地端坐在榻榻米上。

"今天，最主要的当然是想见巡子，但是……我还有特别的话要对你俩说。"

美野里一反常态的认真令巡子中止了开玩笑，等她说下去。

"其实是关于怜司的事。你们知道了，对吧？美汐的……呃，肚子里的孩子的事。"

巡子心想：搞什么？原来是那件事啊！便放松下来。美野里见状，叹了一口气。

"果然是真的？讨厌，真是的……我老公应该来的，却因为害怕而不敢来，都推给我，叫我来问是不是真的……对不起，请原谅。"美野里将手撑在榻榻米上，低头赔罪。巡子不太明白，和鹰彦互看一眼。

"怜司昨天打电话给我。我原本以为他一定是要我向你们问好，结果他说，他不止是为了这件事……说他和美汐发生了关系，都是他的责任。"

"怜司这么说？"

"我知道那孩子喜欢美汐，但我自信地认为，他们情同亲兄妹，而且美汐比怜司稳重，应该不会理他……我真的感到很抱歉。但我就趁这个机会问了，能不能让美汐嫁到我们家呢？怜司是独生子，所以还是有传宗接代的任务。你们家虽然有静人，但也还在旅行，对吧？所以我想，不知你们同不同意呢？"

巡子观察鹰彦的表情，他似乎察觉到了美野里的言外之意。看到他点头，巡子说："美野里，我很高兴怜司有这份心，但是到头来，只会让美汐感到内疚……"

巡子和盘托出美汐肚子里孩子的父亲，以及如何闹到分手。美野里自始至终一脸惊讶地听着，等巡子说完，她才喘了一口气，但不是因为放心或疲惫。

"原来孩子的父亲是怜司介绍给美汐的……真笨，撒那种谎，没有人会得到幸福啊。"

"他是个体贴的孩子，也为美汐肚子里的孩子多方设想。"

"没想到那个少根筋的孩子会这么做……谢谢你告诉我。我会跟我老公讨论，仔细思考。"

"思考什么？"

"考虑迎娶美汐啊。当然，也要听听你们的想法。不过，怜司希望那么做吧？现在的社会，和有小孩的人结婚是稀松平常的事，何况孩子从一出生就会认为怜司是父亲。最大的问题是，美汐是否愿意嫁给怜司这种靠不住的男人？"

巡子用手指按住眼角，强忍住夺眶欲出的眼泪。她感觉到美野里的视线，为了掩饰难为情而故意抱怨："一想到要把美汐嫁入有你这种恶婆婆的家,我就觉得美沙好可怜,忍不住想哭。"

美野里反呛:"吵死了!"

他们决定暂时不告诉两个年轻人这个想法。

次日早上,美野里来酒店接巡子夫妇,一同搭电车前往大阪,再搭飞机前往四国。从机场到今治有一段距离,在美野里的建议下,决定搭出租车直接前往目的地。

穿过热闹的市区,来到海边。平静的内海没有风,除了岸边,海上风平浪静,化为一面明镜,映照出一望无际的蓝天。透明的空气流动于海面和高空静止的白云之间,在海面上形成深浅不一的蓝和缓缓荡漾的粼粼波光。

落叶季节,海边不见游客的身影。他们伫请出租车司机等一下,从堤防步下水泥阶梯。每朝沙滩走一步,海水味就浓一分。在散布漂流物的沙滩上往前走,干燥的沙粒沙沙作响。因为拐杖易陷入沙中,所以巡子请鹰彦搀扶着她走。尽管如此,仍有失去平衡的时候,于是美野里也伸出援手。

警方要求确认遗体时,鹰彦和巡子带着八岁的静人和三岁的美沙来到过四国。确认遗体之后,他们曾遥望公公落入的大海。暌违二十四年,再度站在这片海边。

"原来父亲是在这里离世的……这片海平凡无奇,很一般嘛。"美野里呢喃道,"我长大之后才知道家人遭遇空袭,大哥去世,二哥吃了苦头……我一心以为父母和二哥在八月六日双手合十是在替原子弹爆炸的遇害者祈福。"

大约在美军投下原子弹的八小时前，广岛对岸的今治遭大规模空袭，火灾持续将近五小时，超过四百五十人丧生。巡子如果不是嫁到坂筑家，大概一辈子也不知道这个事实，只会认为八月六日是广岛原子弹爆炸的日子。

公公落海是在八月六日。那一天，他从前担任教职的学校举办同学会。两天后，巡子他们前往今治确认遗体。海边的泳客在盛夏的沙滩上来来往往。他们一家四口身穿西装或外出的正装，被近乎赤裸的游人包围，在烈日下伫立，想必显得格格不入。美汐热得浑身无力，巡子抱着她。静人穿西式短裤、白衬衫及平时不大穿的皮鞋，一动也不动地面向大海。

（对了，静人当时好像嘀咕了一句……没人知道，对吧？）

海滩上的人好像都不知道我们珍爱的人两天前死于眼前的大海。又有多少人知道在原子弹投于对岸的同一天，在这座城镇也死了一堆人呢？回到家，静人把自己关在房间里一直哭。但那天在海边，他握紧身边鹰彦的手，一脸怒容地忍住了眼泪。

（说不定那天的景象烙印了在那孩子的心中。他知道曾经发生过不被关注的死、不被回顾的死。明明每种死法的分量都一样吧？为何却遭受不同的待遇呢？以这种悲伤的心情将那天的景象铭记在心中……会不会是这个驱使着那孩子展开旅程？）

应该还有其他的主因。经历了祖父母的死、小儿科病房一个个孩子的死，重要的好友也去世了。不过，最初让他认为对任何人、任何死法都该平等地哀悼的原因，说不定正是在海边泳客笑容的包围下极目远眺广岛的这片海边产生的……

345

"听福野已故的母亲说,滋贺县也有过空袭,好像是在大津和彦根等地。"美野里对着大海说,"可是,我们家年轻的一辈都不知道,连特别聪明的孩子好像也只以为广岛、长崎、冲绳和东京这四个地方受害。"

(每一位逝者都该被记得,而每一位逝者被遗忘都是无可奈何……静人,你想说的是这个吗?你认为,如果把某个人的死被遗忘视作了无可奈何,到头来,是否所有人的死被遗忘都将是无可奈何?)

"我说,我们来盖个……纪念碑吧。"

巡子在沙滩上小心翼翼地蹲下,用手拨拢脚底潮湿的沙。鹰彦从近海岸处搬过来潮湿的沙。美野里也加入。两个五十八岁的女人和一个六十四岁的男人简直像返老还童似的,摸索着玩沙子的要领,不断地将沙子往上堆,但不是要盖沙堡,而是要盖沙子纪念碑。他们将形似富士山的沙堆敲硬,不经意碰到彼此的手,心想:"都老大不小了,还在玩沙子……"虽然没有说出口,但都心照不宣地对彼此露出苦笑。

或许是起风了,白色浪花朝脚底附近涌过来。他们退到干燥的地方,沙子在秋日阳光的照射下微微发光。三个人对着看起来庄严的纪念碑双手合十,闭目祈祷。

不久,沙子纪念碑被涌上岸的大浪吞噬,只留在了记忆中。

4

"舅妈，说不定你的病情好转了？这世上果然有奇迹吧！"

旅行回来两天后的周日，怜司开车载巡子、鹰彦和美汐去坂筑家的坟前祭拜，也绕道去了巡子老家的墓地。预定的行程全部完成，巡子松了一口气。坐在家中的晚餐餐桌前，怜司这么说道。美汐眼泛泪光，满怀期盼地注视着巡子。

只要将食物磨碎，就还能进食三餐，而且排便顺畅。虽然皮肤因为止痛贴布而起了疹子，有点儿痒，但是疼痛完全消除，其他状况也没有恶化。

巡子观察身旁鹰彦的表情，心想：果然是因为向老天爷祈求，所以发生了奇迹吗？二人在桌子底下十指紧扣。

但是开心不到一秒，巡子又变得胆怯，担心会被推入地狱。

"我说，怜司，我之前听别人说，我的病不会一直恶化，有一段时期叫做缓和期，症状会减轻或停滞。你不要胡乱期待。"

巡子努力佯装出冷静的表情，冷淡地回应。

到了山隅下一次的出诊日，巡子兴冲冲地告诉他目前的状况，故意以一脸不可思议的表情问他：胃的出口还没闭合是怎么回事？对方困惑地笑了笑，说："我们说的是平均数字，有许多活得较久的患者会嘲笑宣告了剩余寿命的医生。看坂筑太太的气色，显然比当时好很多。"

巡子知道他指的是一个多月前她在洗手间呕吐时的情况，感觉时隔已久。当时是在出席讨论秋季祭典的准备会议之后，也是自称莳野的周刊杂志记者上门拜访的日子。那天之后，好像一直匆匆忙忙的，就此忘了莳野的事。

山隅离开之后，巡子翻找衣柜的小抽屉，寻到了莳野的名片，还有一张写有数字和符号的卡片，像是连到莳野网站的暗号。据说他在征集关于静人的信息，似乎有许多人对静人的行为持否定的意见。当时并不觉得非常想看，但或许心情变得从容了，现在想知道关于静人的所有事情。巡子心想，怜司应该能打印出来给自己看，就趁和他单独相处的时候告诉他这件事，以免被美汐听到。

第二天，怜司到家里来，趁美汐去洗澡的时候交给巡子一叠文字密密麻麻的纸。怜司说他把关于静人的信息都打印出来了。巡子仅大致浏览，就再度感受到静人走访、哀悼许多逝者的事实，感叹的同时也感到心痛，心想：静人大概很痛苦、很辛苦吧？他也知道别人称他为伪善者、可疑人士，却仍坚持这么做，都是他自找的。但是听到家属责难他"感觉在耍我们"时，巡子只想替他道歉：那孩子没有亵渎逝者的意思。

"静人哥好像被称为哀悼人，听起来挺帅吧？"

或许是察觉到巡子的心情越来越沉重，怜司开朗地说，翻到记载如此描述的那一页。

最近寄来的邮件中似乎有人肯定了静人的行为，也有人想和他见一面。看了那些内容，身为亲人果然获得了救赎。巡子把在厨房洗碗盘的鹰彦叫过来，告诉他曾发生的事，一起看邮件。

"然后，最惊人的新闻……静人哥好像和女人在一起。"

最新的留言中提及有人目睹静人和年轻女人走在一起。

到底是谁？怜司将视线转向巡子，巡子也摸不着头绪。

"如果是女朋友就好了。"鹰彦嘟囔了一句，眼神中充满了温柔的笑意。是啊，巡子也点头。

（如果那孩子和喜欢的女孩同行，对方在艰辛的旅途中成为他的精神支柱，那该有多好。）

怜司试着进一步搜寻详细信息，但莳野的网站最近没有更新。试着打电话到名片上的报社，对方说莳野目前停职。

"假如舅妈真的想向莳野询问静人哥的事，我们公司和报社都有关系，我想会有办法联络到他。"

巡子想起莳野对静人不怀好意的揣测，不禁犹豫该怎么做。耳边传来美汐洗完澡的声音，于是她拜托怜司：你尽力就好，不用勉强。

一直待在家里闲得发慌，巡子又开始去老人之家做义工。尽管没办法协助老人用餐，但是能倾听他们说话。巡子向负责人提起这件事，对方请她务必前来帮忙。

巡子请鹰彦陪她去老人之家。她撑着拐杖独行，向入住者打招呼。听说有人经常把自己关在房间里，她就去拜访对方；对健谈的人，则坐在一旁握住对方的手。傍晚，巡子握着一个躺在病床上、面容凶恶的男人的手，心想：他过着怎样的人生呢？他以前是能干的刑警还是帮派分子？

傍晚，鹰彦来接她。巡子问送她到玄关的员工关于刚才那位老人的事。员工不知道老人年轻时从事的工作，但他有妻子，妻子经常生病，虽然很少来探望他，但每周会寄来一张明信片，写着简短的"你好吗？已经秋天了。别感冒哦！"等。员工会念给他听。老人虽然没有反应，但员工似乎感觉到他期盼收到明信片。巡子说："他们真恩爱。"年轻的女员工便羞红了脸说："他们教会我，即使见不到面也能心灵相通。"这代表尽管那位老人卧病在床，年迈的妻子仍然爱着他，而且被年轻员工感谢。

从第二天起，巡子在和老人对话的过程中，会以一点儿游戏的心情拜托对方告诉她：你爱过怎样的人？被怎样的人爱过？做了什么事而被感谢？

老人听到"爱"这个字眼，露出害羞的表情。巡子继续追问，对方就会或腼腆、或洋洋得意、或口若悬河、或吞吞吐吐地回答她。巡子觉得这些答案宛如宝物。爱在男女、家人、师徒、朋友、同事、逝者甚至没有名字的人之间交流，而大多数人诉说的不是自己被感谢的心得，而是感谢对方的心情。对那些让自己能够活到现在、能够待在这里、支持自己至今的人……说一句"谢谢"。每次听到他们口中的感谢，巡子都深信：感谢的话语肯定会以好几倍的形式返回致谢的人身上。

怜司答应试着和莳野取得联络的一周后，少见地拉着一张脸到家里来。美汐因为吃太多，有点儿变胖，所以出门散步了，鹰彦陪她去。怜司好像有话要说，巡子便主动开口问：你是不是要说莳野的事？怜司支支吾吾，然后说：

"呃，那个名叫莳野的记者……好像不行了。"

怜司的上司的同学在莳野任职的报社上班,怜司打电话问了那个人。"是传了好几手的传闻……听说莳野被几名年轻人盯上刺杀了。虽然一度脱离险境,但术后发炎,大概活不成了。"

巡子想起了莳野的脸,狡猾而冒失。巡子总觉得他的体内潜藏着一个怀恨的孩子,而他的言行反映出那个孩子的愤怒。

"我能不能去探望他?"巡子下意识地脱口而出。

怜司一脸错愕地应道:可是我没有问医院名称。

"他好像很惹嫌。告诉我这件事的人笑着说他遭了报应。"

"没那回事……怜司,你还是去打听一下是哪家医院。如果可以,我想去探望他。"

"打听是没问题,但是听说他已经不行了。如果他死了,你要怎么办?"

(到时候……感谢他告诉我静人的事,感恩地哀悼他吧。)

不久,美汐和鹰彦回来了。他们从静人的同学家开的糕点店买了水羊羹回来。

"哎呀,你们不是为了减肥才出去散步的吗?我们家可不能生出一只小胖猪哦。"巡子一面揶揄美汐,一面收下包裹。

美汐回嘴:"还不是觉得妈能吃才买回来的嘛。"巡子把她的话当作耳边风,在茶几上打开包裹。忽然,感觉肚脐的内侧被拉扯。她硬挤出笑容,留下一句"看起来好好吃",假装没事地进入厕所。她用手撑在墙上,告诉自己:这不过是暂时的不舒服,忍一忍就过去了。

三天后,晚餐吃到一半,在鹰彦和美汐的眼前,她跑到流理台全吐了出来。巡子心知肚明，这和之前的呕吐不一样，却向鹰彦他们坚称：没什么大不了的，只要喝汤和营养饮料就行了，不必叫山隅过来。

又过了三天，巡子把汤也吐了出来，闻到营养饮料的味道就觉得恶心。她像个幼童般忘我地在心中告诉自己"不要紧，不要紧"，情绪化地对想找山隅过来的美汐大吼："不要叫医生来！"身体摇摇晃晃，站不住脚。鹰彦把山隅叫了过来。巡子似乎是脱水，打完点滴，重心不稳的状况就消失了，站得起来了。

第二天，巡子到医院接受检查。医生说，胃的出口几乎完全堵塞了。如果不设法延长寿命，一两周之内就会过世。第二天，到家里来出诊的山隅端坐在客厅里，刻意轻描淡写地说：到时候，你的血压应该会渐渐下降，人变得嗜睡，在几乎睡着的状态下毫无痛苦地过世。我也会努力让你平静地离开。

"那么，这样可以吗？"

山隅讲到最后，声音有点儿沙哑。在场的访视护士浦川也低下了头。

这是个残酷的问题。自治疗以来，山隅一直以"你意下如何""你要选哪一种治疗方式"等问题要巡子作出选择。选项经常很少，而且大部分的情况是不管选哪一种，痛苦都没有差别。

这次已经称不上选择，等于要求巡子两周后放弃生命。

巡子的身体深深地陷入沙发，壁钟的秒针走动声听在她耳中显得格外响亮。

"拜托医生对我母亲进行静脉高营养疗法。"

坐在山隅对面的美汐说。她将视线从山隅转移到巡子的身上，说："我调查过了，即使不能进食，只要将养分直接送入血液中，就能延续生命。"

巡子半信半疑地望向山隅。他一脸困惑，和身边的浦川互看一眼后说："从静脉注射养分的方法确实能指望延长寿命，但是到了末期，会延长病患的痛苦，而且高热量的输液会造成疼痛，所以我们并不积极建议。当然，如果病患本人和家属坚持，我们可以采取这种治疗方法……"

"妈，接受吧。这是一种简易的治疗方法，据说很安全。医生，对吧？"

对于美汐的发问，山隅回答：这一点，倒是没问题。

"我详细地调查过那是怎样的治疗方法，然后我找了怜司。怜司，你告诉我妈呀。"

待在餐厅里的怜司一脸紧张地从椅子上站起来。

"那个……我和美汐看了专业书籍，知晓了这种静脉高营养疗法，但是……为了将输送养分的导管与血管连通，需要在皮肤底下植入小型的埋针式长期留置注射器，对吧？"

怜司看了山隅一眼，像是在观察他的表情。山隅点了点头。怜司接着说："书上有留置注射器的照片，于是我忽然想到静人哥以前是医疗仪器厂商的业务代表，对吧？我以前去找静人哥商量就业事宜、问他在做什么工作的时候，他给我看过相关医疗仪器的手册。我想，当时的手册上确实有这种留置注射器。"

"我找了哥哥留在房间里的工作资料，结果找到了用于静脉高营养疗法的留置注射器。妈，那是哥哥销售过的东西，您愿意放进身体里吧？"

美汐和怜司投以哀求的目光。山隅和浦川也望向巡子。他们又在要求她作出选择。

不管选哪一种都很痛苦，但众人好像在催促她快点儿选择，令她想干脆放声大哭。

有人将手放在她的肩上。鹰彦在不知不觉间来到她身旁，手掌的温度传遍全身。

"用不着、现在、马上、决定吧？"

他像是一字一字说给大家听似的说道，眼睛眨也不眨地直视着巡子。这时，巡子才察觉到——

（这个人……已经作好了心理准备。）

与此同时，巡子察觉到美汐和怜司还没有作好送巡子离开人世的心理准备。抱孙子、见到静人……如果能实现这些愿望最好，但自己最希望的是身边人获得内心的平静。巡子不希望家人抱着后悔或不甘的心情，而是接纳现实，目送自己离开人世。

巡子将消瘦的手与鹰彦放在自己肩上的手交叠。

医生将比静人当年推销的更小、更简便、用来接收输液的留置注射器植入巡子的锁骨下方。住院的五天内，医生观察输液过程，思考均衡的营养量。鹰彦等家人和巡子本人也学习如何将导管前方的针头连结到留置注射器上。

不必再一面担心呕吐一面进食，输液设定成在睡眠期间流入体内，白天可以拔掉针头自主行动，所以巡子暂时对这种状况感到欣慰。尽管植入体内的留置注射器和静人所销售的不同款，但是静人曾经销售过这种医疗仪器的事实仍令巡子感到开心。明知是错觉，但一想到是静人亲手送给自己的养分，即使胃里没有获得满足，心中也感到一阵暖意。

巡子的母亲罹患肺癌，苦于身体日渐失去自由，无法走路、坐马桶，乃至卧床不起……每失去一样自由，母亲就会感叹"再这样活下去只会惹人厌"，一再地对身边人乱发脾气，陷入自我厌恶。所以巡子记住了母亲亲身教给自己的事：与其感叹失去的东西，不如珍惜所拥有的东西。

巡子希望事先作好心理准备：知道自己最后会变成什么样。她百般哀求鹰彦替她买回来描写末期癌症患者的书，好几本书的内容和山隅所讲的一样，即使高热量的养分进入体内，病情也不会停止恶化，有时反而会加速恶化。书中提到，若过多的养分进入衰弱的身体，将无法顺利代谢，使得病患饱受折磨。

令巡子感到救赎的是，死于癌症的病患大多在最后时刻仍保有意识。与其浑然不觉地死去，她宁可在临终时刻有所意识。癌症虽然是没有人愿意得的疾病，但是比起意外等突然地死去，上天给予自己时间作准备，或许反而是一种幸福。而且，"纵然看不见或无法说话，听觉也会保留到最后"，这段话也很有意思。

巡子想起父亲去世时，鹰彦在守灵夜到家里来，告诉她逝者拥有"灵魂的耳朵"，听得见生者的声音。

（我临终时会听见什么？"灵魂的耳朵"会听见什么？）

5

早上,亲手拉开卧室的窗帘成了一项重要的仪式。看到庭院里盛开的花朵的颜色,感到自己的生命也像花朵般绽放,感谢自己能活着迎接早晨。

腹水越积越多。明明骨瘦如柴,腹部却膨胀得令人以为怀了孕。尽管如此,还是能凭自己的力量站起来,能做将内衣裤丢进洗衣机等家务。贴剂无法完全消除疼痛,山隅就改用持续对皮下注射吗啡的方法:将针留置于腹部,靠留置注射器持续地将吗啡注入以止痛。留置注射器收纳于类似饼干罐的长方形容器中,能放在轮椅上外出,于是巡子继续做义工。

(我是受上天眷顾的人。可是,要再撑六星期……果然还是会很困难吧?)

从今天起进入十二月。美汐的预产期大约要再等六星期,她昨天开始请产假。美汐应该已经通过检查知道了胎儿的性别,但她说:"你自己亲眼确认吧!"不肯告诉巡子。

下午,美汐要产检。她躺在铺于客厅的棉被上,姜助产士将听诊器和手抵在突成漂亮半球形的肚子上。巡子坐在轮椅上,守候在客厅的角落里。鹰彦在餐厅里预先泡好茶。姜的表情渐渐沉下来,说:"看来胎位不正。"

事前就听说,胎位不正便无法在家生产。

"怎么会……我做了运动,也注意饮食。哪里做错了?"
美汐语带哭腔。巡子也不知道该怎么安慰她。

"造成胎位不正的原因有很多种，你不要自责。压力对胎儿的影响最大。"姜语气严厉地告诫美汐，劝她暂时放松。

产检结束，美汐起身去上厕所。鹰彦端茶给姜，巡子开口道："姜小姐……那孩子和我一起生活，是不是造成了她的负担呢？请你来还说这种话，真的非常失礼，不过……你是不是觉得还是在医院生产比较好？"

姜以茶就口，脸转向巡子，表情平静地摇了摇头。

"我觉得如果现在改成在医院生产，美汐小姐的不安反而会加重。我先前听你说，她是因为希望母亲的状态稍微好转才决定在家生产。但是我如今觉得，你陪在她身边反倒成了她的精神支柱，她试图以此忍耐对生产的不安。"

美汐尚不知道怜司有心和她结婚，还打算一个人养育孩子。纵然知道了怜司的心意，她大概仍会像从前一样拒绝。巡子感到羞愧。美汐肯定很不安。身为母亲的自己，原本是应该让她作为依靠的。

"你的意思是我现在支撑着那孩子？我都这样了……"

姜平时锐利的眼神突然变得温柔，犹豫了好一阵子才开口："我丈夫是公立医院的妇产科医生，他是个重视血亲的人，说他是次男，而我是独生女，所以入赘冠我娘家的姓。他从不拒绝医院的紧急呼叫，在结婚纪念日的深夜也被叫去医院，做了紧急手术，接生了一个早产儿。手术后，他没有小睡片刻。在回家的路上，或许是因为疲劳而转错方向盘，车撞上路边的电线杆以致身亡。我一直责备自己为什么不阻止丈夫深夜出门。可是，丈夫生

357

前接生的最后一个婴儿及其父母上门向他道谢。因丈夫出门而能够诞生在这世上的婴儿，那笑容真的好美……原本是准护士的我重新读书，取得了助产士的执照。丈夫一直是我的精神支柱。如今，我也靠他支撑着，帮忙迎接新生命到这个世上。"

美汐不知道什么时候回来了，也听着她说。巡子谢谢姜告诉自己这件事，说："你现在依然爱着的男人，当时一定也爱着你，想早点儿回家。你现在一定也被许多孩子及其父母感谢。"

姜听到这段话，露出来这个家之后的第一个笑容。

巡子留意着在日常生活中要尽量表现得开朗，这么做是为了让美汐放心，以利于改善她胎位不正的情况。因为美汐只要看到巡子无法进食，就会担心得失去食欲，所以巡子在用餐时间会一起坐上餐桌，试着以舌头品尝食物。譬如将西瓜或水蜜桃放入口中，稍微咀嚼一下，称赞"好吃"，但并不咽下肚，而是吐到袋子里。她也会浅尝红酒，吐进袋子之后说着"我喝醉了"，靠在鹰彦的肩上。

巡子决定到最后一刻都要靠自己的力量去上厕所。她打电话给装修公司，在厕所内装设扶手。她用点滴架代替拐杖，扶着墙壁去厕所。她遵守与家人的"不锁门"约定，一手握住扶手，一手拉下内裤坐在马桶上。虽然不假他人之手值得骄傲，但经常使尽了全力也很难解手。

巡子会坐在轮椅上将家人的脏衣物放进洗衣机，按下开始键，以这种努力坚持做家务。尽管是简单的动作，但每当觉得自己至今仍肩负着让家人干净地生活的责任，就感到开心。进入十二月第二周的一个早上，她拿在手中的脏衣服掉落在地却捡不起来。鹰彦正在打扫庭院，美汐似乎在上厕所；当天是工作日，所以怜司在上班。巡子勉力伸手想捡起地上的脏衣服时，差点儿连人带轮椅往前翻倒。

"妈，您在做什么？哎呀，脏衣服掉了。既然这样，叫我们一声嘛。"美汐慢吞吞地说，跪在地上捡起脏衣服，随手丢进洗衣机，又将篮子里的脏衣服全部倒进去，按下了开始键。

同一天傍晚，巡子坐在轮椅上在厨房里帮忙准备晚餐。虽然无法煮菜、炒菜，她仍然坚持帮忙备料，比如给蔬菜削皮等。尽管将厨房交给了鹰彦和美汐，但把白萝卜桂剥成薄片这种需要精细刀工的活儿还是留给自己，觉得自己并非毫无用处。可是，开始处理白萝卜不久，就感觉像是迅速沉入沼泽似的，双手乏力，菜刀掉在了她的脚上。所幸因为穿着拖鞋，没有受伤。当时怜司正好来家里，和美汐一搭一唱地说"您去休息，别逞强了"，抢走了菜刀。

巡子险些叫出声：我再也受不了，这种身体不是我的……

但她知道如果叫出声来，只会伤害家人，于是手贴着右锁骨下方。

（必须珍惜剩下的东西……珍惜我还能拥有的东西……静人，对吧？）

十二月的第三周，美汐开始不停地说肚子鼓胀，很痛苦。鹰彦为美汐按摩腰部,当他照顾巡子的时候则由怜司代劳。

进入十二月之后,怜司每两天就会到家里来一次。巡子拜托他订了婴儿用品目录,四个人把脸凑在一块儿挑选婴儿床。由怜司下单,请店家在圣诞节寄来"祖父母送给孙子的礼物"。怜司问巡子:舅妈想要什么?巡子心想"我想要静人回家",但没有说出口,回答:"帮婴儿洗澡吧。"

莫名的倦怠感日渐加重。她感觉皮肤和肌肉之间夹着胶状物,无法顺利地将指令传达给身体。而且那层胶状物不时颤抖着,令人心情变差。

一周又过了一半。某天在厕所拉下内裤时,那种感觉突然袭来,气力传达不到手上,结果来不及坐上马桶,只能束手无策地看着尿液濡湿双腿,在地板上形成一摊水。她差点儿哭出来。

如果美汐看到自己在哭……巡子心想,咬紧牙关,忍了下来。她低喃着"静人",抚摸着植入锁骨下方的留置注射器,向外间呼喊:"鹰彦,不好意思,拜托替我拿抹布、热毛巾和替换衣服来。"

后来,巡子和鹰彦去了药房,选购了内裤型纸尿布。但她充其量只是为防万一而穿上,坚称要和之前一样一个人上厕所,并且说到做到。

周末,或许是由于腹水压迫内脏,她连呼吸都觉得痛苦。之前听说腹水含有丰富的蛋白质,几乎等于血液,如果抽掉,可能导致身体衰弱。但是,即便在美汐面前也无法维持开朗的表情,实在痛苦,终于拜托山隅替她抽掉。随着腹水排出体外,身体变得轻松,自然而然地睡着了。醒来时,腹部已经变平坦。虽然腹水似乎很容易再次累积,但如今也不挂怀了。她在鹰彦、美沙和怜司的面前摸着平坦的腹部说:"我在你前头生了。"

美沙接受了第三十七周的产检。姜做完检查,巡子躺在隔壁房间的床上,听见她语带安心,开朗地对美沙说:"你很努力。胎位变正了。"

自抽掉腹水的第二天起,身体的倦怠感又加重了。这天,连移到轮椅上也很痛苦。

"没问题。美沙小姐可以就这样在家里生产。"

巡子听见姜朝这边说话的声音,拜托她到自己身旁来,向走过来的她伸出手。姜也回握住她的手。巡子坐起身子,靠在靠枕上说:"下一个孩子,也想拜托姜小姐帮忙……"

"咦?你太心急了,接下来才是紧要关头。可是,如果美沙小姐有这个意愿,我愿意帮忙……"

"不是美沙,是我的孩子。下次怀孕的话,万事拜托了。"

姜在这个家里第二次露出笑容,拍着胸脯保证:我绝对会帮你接生,请放一百二十个心。

圣诞夜这天,家人聚在傍晚送达的婴儿床前合影。巡子从鹰彦的手中接过一大束花,据说是三个人送给她的礼物。又从美沙手中接过一只绑了缎带的大信封,说是和怜司一起准备的。信封里装着一张纸。

打印出来的文字的开头是:"告诉哀悼人。"以下汇总了寄到莳野网站的关于哀悼人的内容，并写着：假如见到这个人，名叫"静人"，请告诉他，他母亲在等他，请他火速赶回家。

"我不知道有多大效果，但是浏览过莳野网站的人经常会以哀悼人这个关键词搜寻到我的网站。"怜司说道。

"如果什么都不做，联络上哥哥的可能性就是零。这样做，至少机会会多一点儿。"美汐接着说。

巡子很开心，尤其是看到了美汐的表现，她必须走出因为静人而导致和情人分手的不愉快回忆。但是……巡子怀疑，这样叫静人回来好吗？

"谢谢你们。可是，那孩子想回来的时候再回来，这样就可以了。"巡子如此回应道。

晚上，巡子迟迟无法入睡。照理说明明作好了心理准备，但是感受到家人的温暖，想到出现了能够见到静人的一丝机会，心情又激动不已。自我的贪心令巡子心里难受，以致呜咽、啜泣。睁开眼睛，见鹰彦一脸担心的表情，守在一旁。

巡子把手伸向他，鹰彦默默地爬上床。他小心地避免碰掉导管，从她的脖子底下伸过去手臂。巡子把身体缩成一团，脸靠在他的胸前。

第二天，怜司来电，说知道了莳野住在哪家医院，第二次或第三次手术成功地挽回了他的命。不过，据说已失明。

巡子将开车送他们去医院的怜司留在医院大厅，请鹰彦为她推轮椅，进入了护士告知的六人病房。

"重点不在于你拥有多少金钱或信仰什么宗教。假如你死了,不管你赚了多少钱或做成了什么事,都会有一个人完全不在乎表面的东西,而是把你视为真正重要的人,记得你曾经活在这个世上。"

靠窗的病床前,一名男子正坐在圆椅上说话。他身穿水蓝色的住院服,眼睛部位缠着绷带。他的说话对象似乎是躺在对面病床上、右脚吊起来的年轻人。从躺在门口附近病床上的男子那边听边点头的样子来看,他或许多次听过同样的话。其余三名病患可能是听腻了,其中两名在用手机写邮件,一名在睡觉。

"父母总有一天会过世;朋友有了家庭之后,只会想到自己的家人,会轻易地遗忘你,或者原本就不记得你。只有这个哀悼人会记得,你是这世上独一无二的人……你能坚强到一口断定他的行为毫无意义吗?"

正在说话的男子肯定就是莳野了,和之前见到的他简直判若两人。或许是住院的缘故,感觉他的赘肉减少了,说话方式也令人感觉到诚意和温情。

"莳野先生……"

巡子喊他。她的声音失去质地,也没有抑扬顿挫,成了单调的声响,但发音还算清晰。对方将脸转向她。

"敝姓坂筑……是静人的母亲。枫叶尚未转红的早秋时分,您拜访过寒舍,对吧?"

巡子知道对方张口结舌了。他张开嘴巴,但是没有发出声音,吐出憋住的气之后,歪着头问:"静人的母亲?哎呀,可是……为什么会来到这种地方?"

巡子也想详细诉说原委,但身体衰弱,舍不得多消耗体力,只说:"我听别人说起,就想来探望……如果能和您聊一聊静人的事,我会很高兴。"

"这样啊……不过话说回来,让您特地跑一趟,很不好意思。请坐。"莳野用手摸索着抓住病床的围栏,移到了病床上,请巡子到这边的椅子上坐。

"谢谢。我坐着轮椅。椅子让外子坐好了。"

"噢,难怪,我觉得声音从低处传来。您的身体还没好?"

巡子只回答:稍微好了一点儿。假如眼睛看得见,他大概一眼就能察觉出巡子的状况。

"其实我刚才正在说静人老弟的事。我向大家介绍他,不会给你们家人添麻烦吧?"

"哪里的话,请尽管说。"巡子语带歉意地回应道。

"您是听别人说的吗?那么,您应该也知道我落得这种下场的原因吧?该说我命不该绝吗?我苟延残喘地活下来了。可眼睛不但伤势很重,而且有坏菌侵入,听说很难治好了。"

"真是遗憾。很难熬吧?"

巡子注视着他缠了绷带的眼睛,为没带半束花来表示歉意。

"我想问莳野先生喜欢什么花,之后再送过来。"

"噢,花很好。能发出香味的东西令我的心情非常平静。可是,请千万不要客气。倒是静人老弟后来有联络吗?"

没有,巡子答道。莳野以弓着背的姿势,对着窗户的方向点了点头说:"我之前为了他的事,对您无礼了,请原谅我。"

巡子纳闷:他发生了什么事?难道是受伤的打击尚未平复?

"变成这样,我担心今后该怎么办。但是另一方面,心情也稍微平静了,或许是因为我相信,不管我变成什么样,都会有人努力了解我。"

他保持不变的姿势诉说了自己已故父母的事,像在怜悯父母的死,说如果只想着二人好的一面,虽然会和自己所知道的他们的真实模样有所偏差,但总觉得能接触到他们应该仍保有的"纯洁灵魂"。

接着,他以手摸索,拿起放在枕边的手机,朝巡子他们的方向递出。

"我保留了电话录音。这是支撑我的另一件宝物。"

他以熟练的动作按下播放键,流淌出大约是小学生的男孩声音:"妈妈拨了这通电话,叫我至少在电话中向你问候。你其实还活着,对吧?可是,妈妈说你受了重伤⋯⋯虽然不能去探病,但你要保重哦⋯⋯再见。"

莳野按下停止键。虽然看不清楚他的表情,但似乎面露腼腆。他说:"抱歉,光顾着说自己的事⋯⋯您是为了静人的事而来,有什么话要跟我说?"

巡子想开口,却突然感到倦怠,话来到胸口处便停住了。

"网站上说⋯⋯他和一名女子⋯⋯走在一起。"

鹰彦替她说。莳野朝他的方向仰望,问道:"您是静人的父亲吗?"

"我们在想……那名女子……是谁……"鹰彦的发音跟喘气没什么差别。

"我不知道,或许是对静人老弟的行为产生共鸣的人。其实我觉得多几个这种人很好。如果可以,我也想延续他的理念。"

巡子不知所措。虽然她很高兴有人赞美静人,但是也不希望别人过度吹捧他。

鹰彦大概是担心巡子的身体状况,催促道:我们差不多该走了吧!她再度向蒔野说了些慰问的话,对他告知的事表示谢意。蒔野也向她道谢,站起来说:"改天,我可以再到府上请教静人的事吗?"

巡子应道:"随时欢迎。"握住对方伸过来的手。刹时,他的手僵住了,没有使力。或许是察觉到了巡子的病情,但他什么都没说。

走出病房时,巡子听见吊着脚的年轻人不以为然地低喃道:"怎么可能有那种人?就算有,对别人也没有任何帮助。"

十二月三十日早上,鹰彦的妹妹美野里从滋贺来到了东京。大概怜司跟她联络过。她一看到卧病在床的巡子,就来到一旁坐下,一直握着巡子的手。

昨天又请山隅抽掉了腹水。虽然身体变得轻松,但是已经不觉得有精神了。山隅说:"高热量输液只会造成身体上的痛苦。"建议巡子改打营养针。美汐也说:"如果妈愿意,我没有意见。"同意了这种做法。巡子心想:"接下来只是'维持'生命了。"接受了山隅的建议。

巡子和美野里出门散步,顺道前往老人之家。圣诞节过后,巡子就不再当义工,所以想去打声招呼。员工们大概隐约察觉到了巡子的状态,但仍像平时一样对待她。巡子对大家说"预祝大家新年快乐",所有人面带笑容地回应她"新年快乐"。

巡子消瘦以后,松弛的皮肤干燥发痒,有时即使涂了止痒乳液也无法忍受。美野里得知后,想到照护婆婆的经验,将浸湿冷水后拧干的毛巾抵住发痒的部位,冰凉的触感暂时止了痒。

此外,皮肤表面因黄疸加剧而变成了黄褐色,还到处形成疮痂状物,变成碎屑脱落。美野里问她:"有没有其他想要我为你做的事?"巡子回答:"我想设法清除这些皮屑。"又问道:"我可以洗澡吗?"

"说起来,舅妈说过想和出生的婴儿一起洗澡,对吧?"怜司想起来,说道。美汐很快获得了山隅和姜的允许,说:"妈,你现在就和婴儿一起去洗澡吧。"

巡子被鹰彦抱到更衣室,请美野里替她脱衣服。二人从左右两侧抱起巡子,送到先泡在了浴缸里的美汐身旁。因为浴缸狭窄,所以她的身体被夹在浴缸和美汐之间,借此保持稳定。鹰彦走出了浴室,美野里则以防万一,在浴缸外扶着巡子。

巡子像是被吸引似的,把手放在美汐似乎快要撑破的肚皮上。令人感觉内在饱满、紧实的肌肉弹性和紧绷的皮肤触感,让巡子觉得婴儿真的在这里……活在这里……她内心一阵激动,顺着肚子的曲线抚摸,但忽然意识到了什么,说:"你会不会厌烦让我这种……"

让我这种濒死的人触摸婴儿……巡子无法以言语问美汐。

美汐用双手握住巡子的手,用力按在自己的肚子上。

"多摸几下,尽量摸……"

"巡子,要不要对婴儿说说话?"美野里建议道。

巡子亲吻眼前圆滚滚的大肚皮,说:"是外婆哦……我现在和你一起洗澡……你要健康地生下来哦。"

话刚说完,美汐肚子的某个部位马上发出"咚"的一声,像往上顶似的动了一下。

巡子吓了一跳,抬起头。美汐笑了,美野里也在笑。巡子从身体深处涌起一股暖意,拼命地举起手臂抱住美汐。美野里协助她完成这个拥抱。

突出的肚子紧贴在单薄的胸部,巡子总觉得像是被母亲拥抱着。她以全身心感受着紧贴住自己的美汐肚皮内再度"咚"地发出讯息的力道,感觉像是自己孩子的胎动。美汐在她耳畔说:"妈,这个孩子……是男孩哦。"

除夕那天是个晴朗的冬日,白云散布在淡蓝色的天空中,仿佛设计得恰到好处的纹样。

巡子邀鹰彦去附近的神社。他说:"不如明天和大家一起去吧?"但巡子说:"明天人多,而且……偶尔约会也不错。"

(而且我有预感,明天,我可能处于无法外出的状态了。)

神社完成了迎接新年的装饰,但神社内不见人影。

巡子请鹰彦为她推轮椅，登上石阶旁的斜坡，前行到功德箱前。巡子被鹰彦从身后搀扶，设法拉响铃铛，投入香火钱，祈求家人幸福、婴儿健康、静人平安。她坐回轮椅，换鹰彦祈祷。巡子看到他在神明面前垂下白发又增多了的头，心想"必须趁这个时候讲"，于是说出了稍早前察觉到的事："鹰彦……你……打算随我而去，对吧？"

他的背影在颤抖。巡子到医院接受胃部检查后回到大厅的时候，听见他安心地自言自语"如果那么做就好了"，大概是下定了决心：如果是不好的结果，自己马上随她而去就好了。正因如此，后来他没有因巡子的状态而忽喜忽忧，而是平静地照顾她。

"你绝对不能随我走。"

"为什么？"鹰彦背对着巡子说。

"你在胡说什么啊？因为美汐，而且孙子要生下来了。"

"交给怜司就好了。还有美野里。"

"如果同时失去父母，美汐会多难过？一定会影响婴儿。"

"我办不到……如果失去你，我怎么活下去……"

这句话撼动了巡子的心，幸好没有注视着彼此的眼睛。巡子设法平复心情，镇静地说："静人回来的时候，如果发现我们俩都不在了，会大受打击的。你要告诉他，我是怎么走的。我想，他大概来不及回来见我最后一面了……所以你要告诉他，我是含笑走的。"

"来得及……他会回来的……"

"你要守护他。如果他累了，就让他休息；如果他说不想做了，你要陪在他身边；如果他能坚持，请你把原本要用在我身上但没用完的钱交给他。"

鹰彦将手放在功德箱上撑住身体。

"我说，鹰彦……今年是美好的一年。有了孙子，美汐也有了托付的对象。虽然没见到静人，但是知道他身体健康。没错，今年是美好的一年。"

巡子碰了碰鹰彦的腰。他面向前方，握住巡子的手。

"我啊，等见到我的父母，打算跟他们炫耀。"

巡子像是要挤出剩下的力气，紧握住鹰彦的手。

"怎么样，我看男人的眼光不错吧？"

丈夫蹲下来的身影令巡子更难受，她将目光移向天空。

抬头看，形状不一的白云表面有阴影。既在高空，又从哪里产生阴影呢？是彼此柔软的尖端遮住了阳光还是内在重叠的厚度化为了阴影？天空和云感觉比平时更近。巡子心想，说不定……

（说不定我正在接近天堂。）

第九章

理解者

(奈义幸世 - III)

1

雨夹杂小冰雹打在柏油路上，溅起水花，膝盖以下已湿冷。

车道的一侧，山势绵延，树叶落尽的濡湿树干映衬出雨天的暗淡，十分萧瑟。车道对面有一片田，看得见零星的人家。昨天在公园捡到的报纸上写道：十二月过后，北国真正开始下雪了。

奈义幸世低下头，以免雨刮进雨衣，只看着前方坂筑静人的腿部。静人换穿上脚手架工人在雨天穿的好像布袜的胶鞋。据说经过了几次尝试，这是最适合他雨天旅行时穿的鞋子。幸世没有路过能够买到那种鞋子的店，只穿着一般的长筒靴。因为雨水会从鞋子和小腿肚之间的缝隙流入鞋内，所以静人建议她把报纸塞进靴内。幸世照他的话做了。

如今，他们走在群马县国道旁的人行道上，快到群马县和埼玉县的县界。和静人一起走了差不多三个月，因为他步伐缓慢，所以幸世勉强跟得上。

（你该不会打算就这样永远跟这家伙一起旅行吧？）

甲水朔也几乎每天都会调侃她。如果幸世当作耳边风，朔也就会觉得更有趣，抿嘴笑着，在她耳边呢喃——

（我说，你跟这个家伙同行的动机……其实是想杀了他，对吧？）

四周的人家变多了。静人离开国道，进入住户聚集的地区。

河渠经过田边，因为下雨而水流加速。静人对着一辆行驶在农家路上的轻型卡车举起手。车上年长的男人探出一张防备的脸。听静人说完，男人不悦地皱起眉头，惜字如金地回答了几句，对幸世投以怀疑的严厉目光之后，又发动卡车前行。

（你打算在旅途的终点杀掉这家伙吧？）

幸世在静人面前像呕吐似的，一口气从自己的身世说到杀死朔也，包含性事在内，可以说丢尽颜面。但静人的反应与其说是冷静，不如说是冷淡。幸世明明告诉静人"朔也看似善良的行为都是装出来的"，静人却说：只要人们感谢他，那就无妨，我还是会将他视为好人而哀悼他。静人又回答：尽管朔也利用你对他的爱，使你堕入杀死他的地狱，但哪怕是一秒钟也好，只要你爱过他，我就会将那份爱视为美好的事物铭记在心。判断别人的生命纵然是个人的自由，但他只选取符合自己想法的片断，捏造出不真实的人物形象来记忆，这种行为会得到上天的允许吗？

静人在前方停下脚步。河渠陷入地下排水沟的部分嵌着铁栅栏。两年前的夏天，住在附近的四岁男童掉进河渠上游，遗体似乎在这里被发现。静人大概是根据报纸报道和那个开轻型卡车的男人的话来哀悼。他赤脚卷起牛仔裤的裤管，穿着雨衣、背着背包进入河渠。

平时的水量应该更少，现在水位来到了静人的膝盖处。他叉开双脚抵挡水流，将左手浸泡在水流中，右手朝雨中举高，然后双手在胸前交叠。这是幸世之前也见过的景象。哀悼在河边钓鱼而被水流冲走的少年和试图救他的附近男子时，他也是赤脚进入水流的。

幸世的背后传来引擎声。刚才的轻型卡车停在前方十米左右处，副驾驶座的车门打开，一个看似三十五六岁、穿工作服的男人下了车。他不撑伞就朝这边冲过来，瞥了幸世一眼，察觉到河渠内的静人，好像停止了呼吸，马上重振起精神，声音沙哑地问静人在做什么。他清了清嗓子，又问一次："喂……你在那里做什么？"

静人或许是因为正在哀悼，没有抬头。穿工作服的男人焦急地往前走到路边，大声地重复同一句话。静人总算抬起头，点头致意，一如往常地回应道："我在哀悼。"

男人大概听不懂他的意思，语气弱下来，问：什么意思？

静人把手搭在马路上，从河渠爬上来，双脚湿漉漉地站在男人的面前。

"我哀悼在这里去世的男童。"

身穿工作服的男人显然脑中一片混乱，神经质地环顾四周。不知不觉间，轻型卡车司机走过来，为穿工作服的男人撑伞，并警告他："我不是告诉过你不要乱来、远远地看着吗？听我的，准没错，别和这个人扯上关系！"

"呃，如果方便，能不能告诉我已故男童的事？"

静人对穿工作服的男人说。他握紧拳头，注视着静人。年长的男人马上说："没有什么好说的，两年前的事了。你走吧。你们是某个教派的信徒吧？这是宗教行为吧？"

幸世经常想，明明回答"是的"比较节省时间，但是静人偏偏不那么做。如果让人以为他的奇怪举动是出于宗教的缘故，一般人应该都会和他保持距离，然而，他说："不，我们和宗教没有关系。我只是想以个人的方式哀悼死者。"

老实地解释，反而使对方更不理解。

"怎样都无所谓，总之你快走。否则我要报警了！"

年长的男人拉住穿工作服的男人的手臂回到轻型卡车上。

静人从雨衣底下拿出毛巾擦脚。轻型卡车发动了引擎，副驾驶座的车门却突然打开，穿工作服的男人再度冲过来，站在静人的正前方，说："你要哀祷，他是个好孩子。如果你要哀祷，就哀祷他真的是个体贴的孩子。他想把开在河渠旁的花送给妈妈……他是那么善良的孩子。"

男人说到这里，痛苦地叹息，垂头丧气地走回轻型卡车。

静人高喊：我会哀悼的……

男人把手搭上轻型卡车的车门，回过头。

"我也会哀悼说，他是你疼爱过的男孩。"

男人像是吞下了什么似的，用力缩起下巴，低下头，坐上了副驾驶座。轻型卡车马上倒车，在岔路掉头离去。静人跪在路上，双手不再一上一下，而是直接交叠于胸前，垂下头。

我希望这个男人怎么做？虽然我杀了人，但是他没有责难我的权利。漫不经心的同情也令人生气。说不定我希望受到漫不经心的责难或同情，认为这个男人和其他人一样，因而感到放心。那样，我大概就能和他分道扬镳了。幸世感觉到朔也在自己的肩上，心想：该怎么活下去？她并不期待得到他的回答，却无计可施。如果变成独自一个人，不是跳进水里就是突然冲到车子前自杀。如果继续和静人一起旅行，却得不到任何答案，还是只能选择一样的出路吧？幸世心想：到时候，拉他一起共赴黄泉是理所当然的。如果他扰乱我的心情，却不给我任何答案，这是他应得的报应……

（那岂不是任性？也就是说，你的杀意中包含着任性？）

静人哀悼完，穿上胶鞋迈开脚步。他没有向幸世示意，幸世也知道他不会那么做，直接跟在了他身后。他虽然没有拒绝幸世，但也不会邀她同行。尽管如此，若幸世跟着他，他会在必要的时候伸出援手。幸世经常遵照他的忠告行事。露宿旅行有许多麻烦事，窘迫之处更是不胜枚举，找不到厕所、不得不在户外解决的情形也不在少数。当她不想丢脸的时候，朔也就会从肩头探出头来嘲笑她都杀了人还顾什么面子。被他这么一说，幸世就能豁出去，甚至习惯了长途跋涉，觉得这趟旅行一直持续下去也不错。问题在于，醒悟这趟旅行终将毫无意义而想结束的那一天何时会降临？

回到国道上，发现了公车站牌。搭公交车一小时左右，将近黄昏时，抵达一片萧条的地区。住在此地的一位八十岁老妇人在家中勒死卧病在床的丈夫，然后把绳索挂在衣柜抽屉的把手上自杀了。静人根据今年春天在车站捡到的周刊杂志的报道，得知老妇人和儿子、媳妇及两个成年的孙子住在同一屋檐下，家人会协助照顾老妇人的丈夫，所以她绝不孤独。

那户人家附近的十字路口有一家杂货店。这种店家多半会对静人感到狐疑，但是另一方面，因为误以为他是宗教人士，会告诉他大致的经过。

今年三月，老妇人感冒恶化，担心自己的身体，也担心丈夫和自己给家人增添更多困扰，于是留下遗书，写下"我俩先走了"和其他感谢的话。家人和附近的邻居都同情老妇人，落下了眼泪……静人听完，问起店家没有提及的丈夫，问他是否被人爱过、被人感谢过。

在他发问前，店家一副淡忘的表情，随后说起大家受过老人的恩惠。老人的兴趣是养植物，美丽的菊花和杜鹃花受到附近邻居的喜爱。静人答应店家不给他们添麻烦，请教了去那户人家的路怎么走。那是一户幽静的人家，庭院里的花草如今也养护得宜。他单膝跪在门前的马路上。

此地没有适当的露宿场所，于是二人回到国道上。道路旁盖着无人的小屋，似乎在售卖产地直销的蔬菜。正面的防雨窗没有上锁，二人轻易便进入了，卸下行李，在水泥地面铺上塑料布。静人点燃固体燃料，摊开折叠锅，拿水壶到公园的水龙头接水。水煮沸，倒进折叠杯，立即熄火，以免附近邻居抱怨。幸世拿出买来的特价吐司、香蕉和汤粉，打开手动发电的手电筒以便用餐。餐后，以同一支手电筒上的收音机听广播。静人将"有两个人死于火灾"这则新闻记录下来。若要解决内急，只能穿上雨衣外出。就寝前，静人就着手电筒的光记录当天哀悼的逝者。结束后，重读过去的记录，加深对哀悼内容的印象。

因为早睡，静人平时会在黎明前醒来。幸世今天早上更早时被静人吵醒，因为雨刮了进来，静人说"最好起来坐着"，于是二人收起睡袋，穿上雨衣。即使周围变亮，雨势依然没有减弱，而且刮起了强风，枯枝等杂物撞上了小屋的墙壁。

"看来今天没办法走了。我们就这样待在这里吧。"

静人经常注意天气变化，害怕因无视大自然或勉强的行程而导致疾病或受伤。一开始旅行的时候，他似乎经常因逞强而感冒，反而浪费了时间。他没有投医疗保险，一旦健康受损害，就会造成经济上的损失。

不能行动的日子，他会翻开笔记本，复习之前哀悼的内容。幸世没有其他事做，也会拿别的笔记本来看。她已经浏览过好几遍，觉得这些称不上是逝者记录。静人将报纸和广播中的各种报道抄记下来的时候不会写下人们的死因，只会记载他们一生中关于爱和感谢的故事。这些笔记的内容令人觉得那些被爱、被感谢的人仿佛仍然活在世上，可以说是供人追念的名录。

救护车的警笛声从国道传来。静人站了起来，从半开的木板窗望向国道。救护车驶去时，他将双手的十指交握于腹部，做出像在祈祷的动作。不只是现在，每次看到救护车，他都会做出一样的动作。因为手势不同于哀悼，所以幸世曾问过他在做什么。他只是害羞地微笑，没有回答。

"您打算和我一起走到什么时候呢？"

静人忽然问道。他依然保持目送救护车远去的姿势，语气平淡。但是幸世能够从他的声音中感觉到不耐烦，心头一惊。他第一次这样说话，而幸世摸不透他的真正用意，答不上来。于是静人坐下，将目光移回笔记本。

　　感觉距离天黑还很漫长。说起来，这是他第一次流露类似焦躁的情绪……他总是平心静气，从不曾表现出愤怒或焦躁。

　　十天前，他们见郊外的道路上供着花，一对中年夫妇用卷尺测量道路和路旁树木之间的距离。他们似乎以为走访追悼逝者的静人是参拜寺庙的香客，热心地回答他的问题。去世的是他们的儿子，骑机车时与卡车擦撞，撞上路旁的树木致死。当时，警方没有进行详细的查证，只采纳了卡车司机的证词，一口断定是他们的儿子在骑车时讲手机造成失事。他们千方百计地调查通话纪录，证明了儿子在过世前并没有通电话。于是，警方改变说法，认为他当时不是在通电话，而是在看短信，还是不能怪罪卡车司机。二人边流泪边诉说对警方的不信任、对加害者的愤怒，连幸世听了都不禁情绪激动。然而，静人对那些内容不感兴趣，只请他们告诉自己：除了父母之外，他们的儿子被谁爱过、爱过谁、做了什么事而被感谢？夫妇俩对不与自己的愤怒共鸣的静人感到不满，忿忿的情绪写在脸上。夫妇俩逼问他：你怎么看待这种没有天理的事？他冷静地回答：我没有制裁人的权利。

　　如今，他稍微表现出了不耐烦。而他之前对于幸世跟着他走一直不曾表现不悦……他心中产生了什么变化？

　　（说不定他开始在意你了，也就是意识到你是女人了。）

幸世钻进了睡袋,朔也在她耳畔说道。入夜后,雨势转小,静人和幸世将睡袋并排在塑料布上,躺了下来。静人打开手电筒阅读笔记本。

(你毫不隐瞒地讲了和我的事,是为了撩起他的欲望?)

静人向幸世道晚安,合上笔记本,关掉手电筒。幸世回了句"晚安",闭上眼睛。黎明前,她一觉醒来,发现雨停了,静人已经在准备早餐,用餐后,在天色未明前离开小屋。静人昨天的话,大概是自己听错了……幸世仍跟着他走,他一句话也没说。

2

抵达位于群马县和埼玉县境内的稍大的城镇时,二人看见车站大楼的墙壁上贴着正在东京举办的美术展海报,感觉到了即将抵达东京的气氛。

从车站前的显示板得知,附近有图书馆的分馆。静人每次发现图书馆便会前往,以地方报为主,阅览之前错过的报纸。幸世也是在旅途中才知道,原来全国性报纸里政治和经济相关的新闻会占据社会版,不刊登死亡报道。地方报却每天刊登附近地方上因意外或事件而致死的报道,有时候还会刊登死者简介。静人会细心地做笔记。

这天,一整天在图书馆里度过,晚上决定在镇内的公园露宿。先到超市买食物,去偶然发现的公共澡堂洗澡,然后到投币式洗衣店洗衣服。连续两天都哀悼了在市中心发生的意外和案件的死者,直到进入镇内的第三天午后,才搭乘前往郊外的公交车。今年夏天,四名年轻人前往远离村庄的山林,在轿车内烧炭自杀。根据图书馆馆员说,这件事在当地成为话题,能查到详细地点。不过,报纸上除了逝者的性别、年龄和出身地,并没有公布姓名。看来静人不可能获得哀悼所需的信息。

静人在公交车的终点站又向司机打听,走上没铺柏油的山路,踩着地面的落叶前进。事发现场据说在高压线铁塔旁边,通往现场的是一条仅容纳一辆车经过的羊肠小道,不久便抵达被铁栅栏包围的铁塔前。轿车被撤走了,无法知道确切的地点,但是四周弥漫着某种气氛,仿佛这里是吹遍山林的风的聚集处。静人像在闻风的气味似的深呼吸,抚摸树干,跪在落叶之中。

"我说……你连对方的姓名和什么爱呀、感谢呀都不知道,能哀悼吗?"

幸世问道。静人将目光落在一堆开始腐烂的深色落叶上,说:"我无法哀悼每一位逝者。不过,有四个无可取代的人在这里死去是事实。所以光是这些,我也想和这片风景一起铭记在心。"

冷风从远方捎来鸟鸣声,他在冷风中高举右手,左手捡起几片被雨水淋湿未干的落叶,以双手拿着,抵在胸前,垂下头。

在那期间,幸世坐在塔底休息。看到静人哀悼完、迈开脚步,她忍不住出声:"等一下。"

他停下脚步。刚开始和他一起走的时候,只要她说"等一下",他就会走回来,问"没事吧",替她按摩抽筋的脚或者处理脚上的水泡。幸世心想,告诉了他发生在自己和朔也之间的事之后……他变得只会对幸世说一句"没事吧";再过不久,就会变得连头也不回了吧?

"这里的最后一班公交车很早,我们的动作得快。"

平淡的语气和他说"你打算和我一起走到什么时候"类似。

那果然不是自己听错了?害怕被抛下的恐惧如寒意般从脚底升了上来,幸世站起身来。在此同时,躲起来的朔也探出头来调侃她——

(呀,你好像害怕被小白脸抛弃的女人。想抱他的脚吗?)

因对静人感到不安,幸世火上心头,回嘴道:"你闭嘴!"

前方的静人回过头。

(你在看什么?又不是在跟你说话。)

朔也对着他冷笑。

幸世意识到自己想说同一句话:你在看什么?又不是在跟你说话……是巧合吗?但是静人刚才的反应绝非巧合。以前明明都没什么感觉,但是最近……幸世心想,果然,在告诉静人自己和朔也之间的事之后……幸世开始察觉到,朔也的话经常在他说出口的前一秒钟或后一秒钟与自己的念头重叠。

幸世看了一眼自己的右肩,心想:这是怎么回事?朔也消失无踪,不回应。幸世把脸转回来,静人皱紧眉头地看着她。幸世告诉他自己杀害朔也的来龙去脉时,对他说朔也就在自己肩上,但当时并没有说清楚。她有一种冲动,想再试一试他。

"被我杀害的甲水朔也就附身在我的肩膀上。他经常从身后探出头来对我说话。他也一直看着你哀悼,嘲笑你是个傻瓜。"

静人的表情没有变化。幸世虽然胆怯，但豁出去地想：我已经向他坦承了自己的杀人罪行，就算他怀疑我精神异常，我们之间又有多大的差别呢？反正他的旅行也很疯狂。

"你看得见吧？他并没有真的死掉。他是一个特别的人。"

静人将视线转向幸世肩上。幸世期待他说不定看得见。但静人马上向前方迈开脚步。那种态度在幸世眼中，与其说是害怕她精神异常，不如说像是对她的谎感到错愕。幸世火冒三丈。

"等一下！你一直走个不停，好歹顾虑到我，稍微休息一下吧？我不是累赘。我在你身边也帮助过你，不是吗？"

或许是因为这句话听起来有点儿以恩人自居，静人不可思议地望向她。

"你说你之前经常被警察盘问，对吧？可是自从我和你一起旅行，那种事情一次也没发生过。难道不是因为带着女人不容易被当作可疑人士而会被误以为是参拜寺庙的香客吗？"

幸世不知道实情究竟如何。比起一开始旅行的时候，她现在更习惯静人的哀悼方式和提出的问题。即使有人感到可疑，也不会高度警戒甚至报警。但是，幸世故意态度强硬地说："有时候你询问别人，应该也是因为有女人在旁边，才方便说话。"

"或许确实如此。"

静人爽快地承认。但幸世来不及松一口气，静人又说："不过，就算您不在，我也能一直旅行至今。"

他举步走向来时路。幸世无话反驳，往前踩着沉重的步伐。

回到车行道后走了一阵子，看见了最后一班公交车驶离公交车站的车尾。静人没有责怪幸世,继续走。幸世怀疑"难不成他打算走到镇上",便问:"我说,在这附近露宿,待到早上等公交车来,如何?"

静人没有回应,于是幸世捡起脚底下的小石头丢向他。石头没有丢中,滚到了一旁,他简直像在追那颗石头似的穿越车行道。前方杂草茂密,有两间看似仓库的并排建筑物。来的时候似乎是因为搭乘公交车而忽略了它们。

幸世揣测,两层楼高的建筑物大概是制造工业零件的工厂。夕阳照进内部,窗玻璃几乎一片不剩,一大片水泥地显得空旷,墙壁和天花板的建材散落一地。另一栋建筑物也是一样,但天花板崩塌,地板积着雨水。静人打开眼前的建筑物没有上锁的拉门,内部的空气开始流通,尘埃以宛如群虫齐飞之势在斜射进来的光线中飞舞。

在墙壁和天花板的包围下,屋内比这几天露宿的公园暖和,心情也平静了下来。静人开始准备晚餐的时候,幸世也想拿出食物,忽然想起确认身上还有多少钱。朔也的家人交给自己的分手费扣除旅行以来的必要花费,已经减少了将近一半。若按照目前的花钱速度,再过三四个月就不得不结束旅行——假设在钱用完的那一天来临之前,静人允许自己继续跟随。

"从明天起,我们不要一起走了吧?"

餐后,静人突然说。

幸世无法理解他在说什么。她的脑海中混乱地浮现父亲最后一次离开家的那一天对着追到门外的自己说"再见"、轻轻挥手时的画面，也感到将已故女儿的照片放进项链坠子的叔叔和母亲分手的那一天笑着对一旁的自己说"再见"时的心痛。

"为什么……你不是说……我可以跟着你走吗？"

"我只说过您和我朝同一个方向走是您的自由。"

静人的态度和平时一样平淡。幸世心想，说不定是自己告诉他"朔也附身在自己肩上"令他害怕了，但是从表情无法观察出那种内心变化。

"那，好吧，我会和之前一样走在你身后。"

"我之前刻意不问，但您和我一起走的目的到底是什么？"

他一反常态、语气严肃地问道。幸世想在这趟旅行中厘清自己该往生死的哪个方向走，但无法向人解释，于是别过脸去。

那一晚，她夜不成寐。感觉到静人在折叠睡袋，坐起身时，窗外已经亮了。他准备的早餐是一人份。幸世有事先买好的糕点面包和营养饮品，所以不以为意。静人用餐后，确认笔记和地图，打扫睡过的地方，出发赶上第一班公交车。幸世默默地追在他身后。

搭公交车回到镇上后，静人到工地现场哀悼一名被掉落的起重机轧死的秘鲁男子。他接近傍晚时离开镇上，来到县边境上的大河沿岸，缓慢地踩着稳重的步伐，不休息地持续走着。幸世因为睡眠不足而全身疲倦，吃力地跟上他。

过了一阵子，下起小雨，起风了。静人经常挂在嘴边的一句话是：有风比下雨时更难走。幸世屡屡遭受从山的侧面吹来的风，身子摇晃不已。

静人走进位于河岸、看似堆放建材的场所。一边堆着钢管等钢材，另一边堆着圆木和加工过的木材。大概有人曾在此地死于意外。

他朝里面好像管理室的建筑物走去。幸世蹲在门柱后等候。小雨濡湿了头发，水滴流到了脊子上，她拿出雨衣，压着随风飞舞的衣摆穿上。

（你对他挺执着的嘛。他若逃走，你就得一个人死去吧？）

朔也出现在右肩上，打了一个大哈欠。幸世懒得回答他。

她感觉到了动静而回头。静人单膝跪在一堆钢材前，一个满头白发的男子站在管理室前注视着他的行为。静人哀悼完毕起身，对男子深深地鞠躬，朝门外走了过来。幸世也站起来，跟在他身后。

"你做了怎样的哀悼？死去的是怎样的人？"

做哑巴很痛苦，于是幸世试探性地询问。她心想"说不定他不会回答"，但静人稍微将头转过来说："四年前，堆放的钢材倒下来，压死了一个正在工作的人。"

他的声音在风中断断续续。

"死去的是刚才那位老先生的儿子。他后悔没让儿子当上班族，也对儿子的疏忽感到生气。我把过了四年仍未消退的悔恨和愤怒作为父子之情而哀悼。"

他的步伐和平时一样，或许是幸世的双腿没有移动，二人之间的距离一点一点地拉开。

"这种雨势，最好不要穿雨衣了，否则风灌进衣服里，人会被风卷走。"

静人在前方说道。他停下脚步,望着幸世。

"你别管我。反正我们各走各的,不是吗?"

幸世赌气地回嘴。静人好像欲言又止,往她这边走回来。

他在幸世前面卸下背包,从包中取出塑料绳,用小刀割成适当的长度,拉直后缠绕到幸世背后,压住鼓起的背包,再往前拉,在她的胸前打结。幸世感觉雨衣没有了被风灌进去的缝隙。

(喏,这不是大好机会吗?你直接紧紧地抱住他就好了。)

听见朔也的怂恿,幸世反而使劲推开静人。

"我不是叫你别管我吗!?"

静人不动声色,确认幸世的雨衣不再灌风,才背对她走开。

这条路除了不时有车辆来往,完全没人经过。路面呈河堤状拱起。左手边是河岸地,前方有水流;右手边的树丛先是以洼地状凹下,随后往山上连绵而去。因为没有问下一个目的地,一直走,越来越感到徒劳。和静人之间的距离进一步拉开。幸世不安地想叫他等一下,却紧抿嘴唇忍住了。

(喊他不就得了?向他求救、要他带你走就好了。毕竟,你需要他吧?)

幸世听到朔也的话,怀疑自己听错了。我需要那个男人?

(我说过了,这趟旅程结束的时候,如果你找不到该走的路,就会选择拖上他共赴黄泉,这种想法是一种任性。不管是死是活,你都需要他。)

"胡说!我决定杀你时就舍弃了人的感情。"幸世反驳。

（如果对方是一般人，你大概不需要。但他不是一般人。他徘徊在与死毗邻之地。他可以说是站在杀了我的你和被你杀死的我之间。）

"那又怎样？不管他站在哪里，我都没有理由需要他。"

（你想活下去吧？）

朔也顿了一下，没用平时的讽刺口吻，语气中透着怜恤。

（你希望站在我们之间的那个男人把我推入阴曹地府，把你推回人间，对吧？你是不是开始意识到，如果和他在一起，就有活下去的可能？）

我……活下去？我杀了心爱的人，能活下去吗？

（为何不面对真相？你真的爱过我吗？那是爱吗？）

"你在说什么……难道你要说我不爱你吗？"

当初，幸世试图得到朔也的爱，一直阅读他那些艰涩难懂的藏书，想象他对每天发生的事作何感想、有何意见，拼命地改变自己的生活方式，配合他。而在他死后，因为没有亲眼见过遗体，所以内心抱着几分"他还活着"的念头，面对每一件事都会想象他会怎么想、表达什么意见，可以说是努力地与他同化至今。

"我爱你，所以才会按照你的期望去做——杀了你！"

幸世呐喊道，感觉胸口受到了拘束，于是松开静人打的结。山边的暴风往下吹，钻进雨衣的缝隙，一下子将她抬了起来。她试着使力站住，但是变成踮脚站着，双腿使不上力。雨衣被更强的风吹得鼓胀，幸世来不及发出声音，朝河岸滚了下去。

3

腰部受到一阵强烈的撞击，幸世停住呼吸。四周一片寂静。她的腰部以下泡在泥浆中。并不怎么痛，手脚也能动，但站不起来。抬头看堤防，高度将近五米，坡度陡峭，雨衣又被风吹动。幸世向前扑倒，从袖子中抽出手，雨衣像振翅般飞去。上方传来车声。幸世一时发不出声音，衣服被蒙蒙细雨濡湿而变沉重，身体开始发抖。"这样下去可能会冻死"的念头掠过脑海。

她似乎听见了人的声音，夹杂在风声之中。突然，有人从堤防滑了下来。

"没事吧？有没有受伤？哪里痛？"

男子认真得令人颤抖的脸凑近了。幸世感到放心了，但同时，憎恶之情涌上心头，心想：事到如今，干吗猫哭耗子假慈悲？明明刚才抛下我不管！她忍不住推开对方的胸口。眼前的男子困惑地眨了眨眼。幸世想放声大哭，却咬住嘴唇忍住了。她说"不用你管"，又推了对方的胸口两三下。

"总之，我们先爬到马路上再说吧，待在这里会感冒。站得起来吗？"

男子站起来，将手插入幸世的腋下，试图让她站起来。幸世大喊"我不要"，夹紧腋下，左右摇头。你明明抛下我而去，你明明不来接我。幸世双脚乱蹬，扭动身体，把全部体重施加在对方身上。随着"啊"的一声，支撑她的力量消失了。

幸世像从梦境中醒来，恢复了意识。原本脱离了泥浆的双脚又渐渐沉了下去。她坐起身子,回过头看。静人皱着眉头,以左手按着右手手腕。

"怎么了?手受伤了?难不成骨折了?"

"不知道,只是有点儿扭到。倒是脚……"

静人以左手触碰右脚踝。或许是感到一阵疼痛,他屏住了呼吸,闭上了眼睛。

幸世明明觉得该道歉,却无法坦然地说对不起。又发现他行装轻便,问道:"行李……去哪儿了?"

"我放在上面的马路上。"

根本不可能在这种地方露宿,也没有防寒用具。幸世抬头看向堤防。想带着他爬上去简直是天方夜谭。附近没有人家,也很少有车辆经过。

"我跑去刚才堆放建材的地方求救吧?"

"已经关门了,而且那位老先生刚才开车过去了。"

刚才的车声难道就是他经过的声音?

"走一段路后,堤防会变矮,有个地方能够设法爬上去。"

幸世搂着他的腰,让他把手搭在自己的肩上。二人边走边被大小石头绊脚。半路上,听见几辆车从堤防上驶过。幸世高声求救,但是车辆全都呼啸而过。

到了堤防高度矮至两米左右的路段,幸世先爬上去,环顾四周。附近没有住户的灯火,天色渐渐暗了。静人背靠在斜坡上,以左脚蹬地往上爬。幸世把手伸给他,等他爬上马路之后,再跑去拿行李。回到他身边,看到他脱掉了右脚的鞋子,脚肿得厉害。他从背包里拿出毛巾，说："我想固定脚踝，能不能请你替我缠紧？我的右手使不上力。"

幸世接过毛巾，替他裹住脚踝。他皱起眉头。看来暂时无法长途步行了。

"折回去一点儿的左手边有一辆弃置的破车。我们过去看看吧。"

如静人所说，往回走一百米左右的左侧洼地中有一辆没有轮胎的轿车被遗弃。往洼地方向的坡度较和缓，幸世让他把手搭在自己的肩上，他勉强能走下来。

幸世打开副驾驶座的车门。没有方向盘和仪表板，但是车窗没破。座椅上虽然有无数个鞋印，但横躺在上面不成问题。她也打开其他车门，让空气流通，并从背包里取出旧报纸，摊开在座椅上，让浑身污泥的静人坐在副驾驶座上。她自己坐在铺了报纸的驾驶座上，关上车门，顿时挡住了寒风，总算松了一口气。

"谢谢。"

静人说。幸世心想："明明是被我害的。"内心羞愧不已，无法回话。

他拿出手电筒。只要旋转发条两三分钟，灯就可以亮大约半小时。幸世见他用左手不顺手，便替他旋转发条。静人在亮起来的车内取出急救袋。袋内装有消毒药水和膏药等用品，幸世也经常用到这些。他拿出冷敷贴布贴在右脚踝上，说："我希望只是扭伤，但要避免移动，观察情况。能不能帮我？"

说完，他将绷带递给幸世，把右脚抬到半空中。为防止脚晃来晃去，幸世把他的脚搁在自己的膝上。濡湿牛仔裤的雨水因为脚的压力而渗出，弄湿了皮肤。

（哦，你挺积极嘛。终于打算用身体告诉他你需要他了？）

幸世没有发出声音，在心里对朔也回嘴道：我刚才有危险的时候，你躲到哪里去了？

（因为风很大啊。如果那时在你的肩上探出头来，就算我是鬼，也可能会被风吹走。）

你明明附身在我肩上，别说笑了。最好你被吹走。

"请从脚踝内侧往外用力缠紧绷带。"

静人没有察觉到朔也的存在，这样说道。幸世遵照他的指示，用手掌按住他肌肉发达的小腿肚，缠紧绷带，并以同样的方式缠紧他的右手腕。总算大功告成时，电力减弱，幸世又转了三分钟的发条。她浑身发冷，连续打了两次大喷嚏。

"最好赶快换衣服，这样下去的话会感冒的。"

幸世移到后座，从背包里取出换洗衣物。她用报纸包住脏衣服，在新的报纸上换穿牛仔裤。感觉稍微舒服之后，她发现静人身上只换好了干净T恤，还在辛苦地脱脏掉的牛仔裤，特别是右脚，拔不出来，耳边传来他痛苦的呼吸声。幸世移到前座，帮他把脚从牛仔裤中拔出来，并且小心地不抬起头。

（你害羞个什么劲儿？他又不是不知道你跟我有过多么缠绵的夜晚。）

幸世用左手驱赶右肩上的朔也。他巧妙地闪开，移到左肩。（他也在等你哦。他好久没碰女人了，听你说了那种事，正欲火

393

焚身呢。)

"别再说了。别再捉弄我了。"

电力再次减弱,车内迅速陷入了黑暗。风声呼呼地怒吼,车身微微地颤动。

"呃,甲水先生现在也……在您肩上吗?"

平静的声音在黑暗中响起。幸世内心犹豫,不知道该怎么回答,紧张地反问:"在的话,又怎样?"

"我能和他说话吗?我能和甲水朔也先生说话吗?"

幸世一时之间听不懂他的言下之意。经常露宿,照理说已经习惯了浓重的黑暗,但幸世突然感到害怕,于是转动手电筒的发条。静人在亮起来的灯光前,以和平时一样的眼神看着她。

"我一直很在意我所哀悼的对象,也就是逝者会如何接受、看待我的哀悼。可是,我当然没办法问他们的感想。"

"那么,你相信我说的话,你相信我说朔也附身在我肩上这件事吗?"

静人的视线移到幸世的右肩。朔也正在她的左肩,静人似乎看不见。

"坦白说,我不知该怎么去想这件事。不过……我听过几位家属和亲近的人说,他们至今仍感觉逝者就在身旁……"

(这家伙果然脑袋有问题。不过,有趣,我就跟他聊聊!你替我们翻译。)

幸世犹豫不决,正想告诉静人朔也的想法时,静人打了个喷嚏。他说:"可以先帮我换好衣服吗?"幸世帮他换完了衣服。

（那，由我发问吧。这样比较容易交谈。）

"我来传达朔也的话，可以吗？"幸世战战兢兢地问道。

"嗯，好，麻烦了。"静人答道。

接着，幸世倾听着朔也所说的话，烦恼着不知该如何传达。但不必特地改变说话习惯，他的话已经借助她的声音传了出来："你好，可以说是第一次打招呼。不过，我一直看着你。"

幸世对自己口中跑出来朔也的话感到惊讶，有些茫然失措，又听到他接着说："首先是我对你哀悼我的感想。坦白说，我觉得很滑稽。我并不希望你在误会如此多的情况下哀悼我，也并不希望有人记得我曾经活过。我想，应该不止我一个人这么想。你自己呢？不曾怀疑过这一行为吗？"

静人的眼神颤动。他大概还摸不透从幸世口中说出来的话是否真的出自朔也的意志。他花了一段时间才理解、消化这段话的内容，回答说："我经常感到怀疑，做这种事又能怎样？是不是会伤害某个人？我怀着这种疑问，像被抵在背上的刀刃驱使。"

"既然这样，为何继续？为何不停止？驱动你的是什么？"

幸世心想，自己好几次问过静人这个问题：为何做这种事？为何继续？写详尽的笔记有什么用？每次问他，他都只是含糊回应，避而不谈，说："请你当我有病。"幸世心想，这次他大概也会那样逃避。

但是静人露出似在凝视自己内心的眼神，默然不语。过了一阵子才说："该怎么解释才好呢？我自己也不太清楚……这件事说来话长，你愿意耐心地听我说吗？"

他以此为开场白,娓娓道出之前就职的公司、因为工作和担任义工而到小儿科病房与病童产生交流、好友的死,等等,并且道出曾经因为精神衰竭而住进精神病院。说到一半,手电筒的灯光熄灭,但是幸世不想打断他说话,于是在黑暗中继续听他说。

"我没有办法替在医院过世的孩子做任何事,也没有地方让我以死为教训,为治疗下一个孩子而努力。我束手无策,只能眼看着变亲近的孩子死去,还来不及悲伤,又要眼看着下一个相处融洽的孩子离开人世。和我比起来,好友是社会上更需要的男人。他工作过劳时,我明明有机会劝他休息,却一句话也没说,日复一日,结果他死了。我明明发誓绝对不会忘记他,却忘了他的忌日。我住院时的主治医生说,我太在意这件事了。所有人都会经历别人的死,置于内心角落,日子久了就会淡忘,继续活下去。这种事我早已知道。不过,即使理论上能够理解,感情上却无法接受。在出院回家的路上发现路边供着花,一问得知原来那个地方发生过车祸,一名年轻女子身亡。被家人爱着、被朋友重视的人在我身边离世,我却一无所知。我再次体认到,在我悠闲度日的时候,肯定有被身边人珍惜的人离世。我感到一股疼痛涌上心头,心想:这样好吗?这样真的好吗?我坐立难安。"

静人一口气说到这里,停住了。摇晃车身的风声暂歇,在黑暗中能听见他的呼吸。幸世在等,朔也也在等。不久,静人重重地喘了一口气,然后说:"我开始在附近到处走,一发现供花就向附近的人询问原委。我每知道一起死亡,便心想:'这前面应该有更多起死亡。'于是我越走越远,以前无视了的逝者信息不断地映入眼帘。如果距离近就过去，如果距离远就先做笔记，按地区前往。我没有特别的想法，只是受到强迫性念头的驱使，一面哀悼某个人一面心想：我可以不哀悼下一个人吗？家人说我被逝者附身了。我心想，或许真是那样，没错。我也好几次想放弃这么做。可是，有一个声音会对我呢喃：'这样真的好吗？你能够忘记这名逝者和那名逝者而活下去吗？'令我胸闷得无法入眠。所以，我决定把这当成一种病，这样想，心情会比较轻松。我告诉自己：因为我生病了，所以不能怪我……"

"难道你并不是从一开始就以爱和感谢哀悼逝者吗？"

"是在旅途中自然而然演变成那样的。重要的是不忘记，因为那可以说是我的哀悼的原点。可是，若要记得每一个素昧平生之人的个人历史和背景，当然会受限，根本无法了解得那么深入。在持续旅行的过程中，我省略了许多，最后剩下了三件事。"

"可是除此之外还有重要的要素，诸如被杀害的原因或者被杀害的方式。把对不合理死法的愤怒和悔恨铭记在心，有时候更能告慰逝者的在天之灵吧？"

"我对杀人、酒驾等恶性犯罪也会变得情绪化。可是我意识到，如果累积了越来越多的愤怒和悔恨，比起逝者，就会更清楚地记得事件或意外的细节，甚至是犯人。譬如，比起已故孩子的名字，反会是对那个孩子下毒手的犯人的名字更快地浮现脑海。在走访逝者的过程中，我意识到人生本质不是如何死去，而是爱过谁、被谁爱过、做了什么事而被感谢。"

幸世在近距离耳闻目睹他的哀悼，觉得他对逝者并不怎么同情，也好几次感到不对劲。最近，一名因摩托车车祸而去世的青年的家属对警方的散漫调查和草率态度感到愤怒，但静人没有和青年的家属同声谴责警方，只想了解青年活着时的事情，几近冷淡的态度令幸世印象深刻。或许是察觉到幸世的想法，朔也问道：你怎么看待在那起意外中离世的青年的家属呢？静人痛苦地叹气，然后说："家属真的很可怜。从前，我对那种事情也会感到愤怒。除此之外，媒体过度报道或没有同情心、恶作剧的人都会令我火上心头……可是，就算生气，我也无能为力；不仅无力，恐怕还会被愤怒和焦躁占据内心，把'是怎样的人去世了'忘得一干二净。那个青年被父母爱过，也爱过糕点工厂的女同事，被来工厂参观的孩子们感谢，称赞他很会解说。我想，身为外人的我，能做的就是把这样的青年曾经活在世上的事实铭记在心。不过……"

静人吞吞吐吐："最近，我有点儿勉强压抑感情，好像让那个青年的父母感到不愉快了，因此觉得很抱歉。"

"勉强压抑感情？那是什么意思？发生了什么事？"

静人没有回答。幸世对他的沉默感到不安，旋转了发电发条。充电装置在黑暗中单调、反复地发出"嗡嗡"的运转声。她一面听着，一面默默地动手旋转，内心产生一种幻象，仿佛正在垂放一条通往冥界的缆绳。灯光像防空洞里的油灯般朦胧地亮起，静人认真的表情在黑暗中浮现。他注视着幸世。

"我是一个……尽可能……扼杀感情的人。"

静人缓缓地说。幸世无法从他脸上移开视线。

"我刚才也说过了，我在刚开始旅行的时候，会对每个人的死产生情绪化的反应，以全盘接纳的方式哀悼。那是因为我不知道其他方法。于是，在我持续以家属或好友的心情哀悼素不相识之人的过程中，精神损耗太大，终于倒下来，无法继续哀悼。也有一段时期，我在悲惨的死法上过度投入感情，每天净在思考死亡这件事。我认为自己必须克制感情。不克制感情，就无法哀悼。结果，我对家属和相关人士表达的感情产生共鸣，经常带给对方不愉快的感觉。破坏对方的心情虽然不是我的本意，但是为了能继续哀悼，这也无可奈何。我第一次遇见奈义小姐的时候，也习惯性地压抑了感情。可是后来，听了发生在她和甲水先生之间的事，令人震惊的内容撼动了我的心。我意识到自己勉强保持的平衡险些因为你们俩的事而被打破。正因为如此，我必须更努力地压抑感情。但是这一阵子，不管我怎么压抑，感情就是异于平常，所以我只能采用粗鲁的方式应对。"

幸世感觉到内心的骚动，至少自己并没有被他讨厌……

"也就是说，你之所以说不再和幸世一起走，是因为太过在意我们，所以变得无法保持平静？其中……是否也包含了把幸世当成女人看待的恐惧呢？"朔世以惯常的调侃语气问道。幸世虽想制止他，但也想听听答案。

"我不知道该怎么回答才好。压抑感情成了我的习惯，即使我对你们俩有什么感觉，内心世界也不会动摇，不会试着去弄清或思考那种感觉所代表的意义。"

"好委婉的说法。你讨厌女人？结婚了？有女朋友吗？"

"似乎……问题突然变得好琐碎。"

静人放松了脸部表情。幸世比朔也更惊惶失措，垂下头，以眼角余光看见静人像是在放松僵硬的身体似的，活动了肩膀，靠在椅背上。

"果然是一场不可思议的对话……也确实和奈义小姐平时的说话方式不一样，我真的在和已故的甲水先生说话吧……"

静人似在说梦话，语带笑意。从他的语气听来，感觉他并没怀疑幸世在说谎，而是把与朔也对话当作事实来接受，想要享受和他对话的乐趣。

"甲水先生、奈义小姐，我……经常在想，没错……我……哀悼别人的死，或许是为了避免自杀。"

幸世惊讶地抬起头。静人将目光移向挡风玻璃，保持平静。

"我或许是为了避免自杀，所以沉溺于回望别人的死。"

语气中不带紧张感，简直像快睡着般轻柔。

"展开旅行前，我和交往的对象分手了。小儿科病房孩子们的病故，加上好友的死，令我持续过着自责的日子，实在没有心思谈情说爱，劳神伤身。我觉得死神紧挨在身旁。尽管如此，不知道在开始旅行之后过了多久，随着渐渐地习惯，某种欲求从心底冒了出来，这倒也是事实。在镇上看见穿着暴露的女性，在捡来的体育报或杂志上看到照片时……和前女友们之间的记忆也复苏了。可是，罪恶感马上会压制这种念头，警告我：'正在哀悼逝者！'欲望会以'在脑袋中幻想又不犯法'的方式挣扎。我因为这件事而痛苦了一阵子。不过，如果不去特种行业店，就不可能有机会实际和女性发生关系。而且因为旅行的支出，没有多余的金钱——这或许值得庆幸。实际上，我每天都走到精疲力竭。我并不是以道德感在压抑。'真的可以哀悼吗？''哀悼有意义吗？'类似的问题在脑海中挥之不去，就算想沉醉在幻想中，那一天的哀悼对象也会浮现在脑海。感觉性欲已经在不知不觉地委靡，离我远去。"

也许是朔也的存在……准确来说，不是朔也本人，而是和死者交谈这一状况……令这个一直哀悼至今的人，内心倾向于想接受和死者说话这种超乎常理的事……稍微卸下了心防。幸世感到，静人觉得"如果发牢骚，持续哀悼的意志可能就会瓦解"，因而仅稍微拆除一点点包围自己的铜墙铁壁。

静人把头转过来，以看起来甚至有点儿淘气的开朗表情说："我也可以问甲水先生问题吗？你们俩的事，和奈义小姐所说的一样吗？我并不是怀疑，而是因为如果当事者的立场不同，就会有不同的看法。"

"噢，大致和她说的一样。不过，她并没有说出所有事。"

幸世心头一惊，左脸颊强烈地感觉到朔也的注视。

"幸世说了杀我之前和杀我之后惊慌失措地叫救护车的事，少了中间的部分，也少了我的临终遗言。"

因为没有必要说到那种程度，而且那是令人痛苦的……幸世没有说出口，只在心中解释道。

"大概是对那件事心存依恋吧。"静人说道。

朔也和幸世一起望向他，以眼神反问他这句话是什么意思。

静人应该只看得见幸世,但或许是从她的动作中察觉到了,将视线转向她的左肩,说:"甲水先生之所以在那里……是因为他对这个世界心存依恋吧?可是,据甲水先生所说,奈义小姐应该都按你的期望做了,然而你却心存依恋。所以我想,这代表奈义小姐没有说出来的部分有一些隐情。"

"住口!怎么可能有隐情?是因为痛苦,我说不出口。"

幸世瞬间恢复了自己的声音。她想打断这场对话,说:"你们聊够了吧?我夹在你们之间,已经累了。"

灯光正好熄灭,车内又处于完全的黑暗。幸世在黑暗中松了一口气。

朔也和静人沉默不语。风声停歇,忽然响起虫鸣般的声音。

"差不多该吃点儿东西了吧?"幸世听见静人难为情地说。

4

风停了,朝雾缓缓地贴着地面飘移。静人提心吊胆地确认右脚的状况,刚将重心移在右脚就蹙眉,又转向一脸担心的幸世,舒开皱紧的眉头。

"看来好像只是扭伤,别无大碍。手也不痛了。如果小心走路,应该不要紧,所以我想早点儿出发。"

他准备的早餐是两人份。因为共同拥有和朔也对话的异常体验,幸世感觉两人之间酝酿出此前没有的和睦气氛。

吃完早餐,静人进入树丛,从被昨天的强风吹断的树枝中捡了一根适合的树枝作为拐杖。幸世亦步亦趋地走在他身后，再度和他一起旅行。

中午过后，终于进入埼玉县，哀悼了一年前因公寓火灾而丧生的英国女性。据说她在当地的中学教英语，被许多学生喜爱。

当天决定早早地在公园露宿。钻进睡袋后，朔也探出头。

（终于安顿下来了。今晚再和他聊一聊吧？）

他向幸世提议。虽然价值观南辕北辙，但静人的思考方式毕竟和一般人不同，说不定朔也对这一点感到有趣。幸世向静人传达了朔也的话，静人便说："噢，甲水先生出现了吗？好啊，稍微聊一聊吧。"

静人简直像接到朋友打来电话似的，语气极为自然。

幸世将内心放空，为朔也的意念提供口舌，他的想法便化为声音传进静人的耳中。

"哀悼时说的关于逝者的爱和感谢，包含了你的想象吧？你有时候会强行把一般的回忆转换为爱或感谢的回忆，那么做是被允许的吗？"

"我懂你的意思。可是我想，不管是谁，哀悼从前或远方的逝者时，都无法排除主观意识或想象。如果要遥想在过去的战争中离世的人，就必须依靠想象力。思索在外国发生的悲剧时也一样。所以，我希望找出逝者的存在在人们心中留下的好的影响，以此为目的，向人们打听。"

第二天，进入了大城镇，去了饭店，两年前在客房内发现了一名被勒死的女性遗体。但是在哀悼前，被警卫赶了出来。静人只好在饭店旁的马路上为死者哀悼。

晚上在露宿的地方，朔也和静人又通过幸世继续对话。

"可是，也遇见过让你没有机会发挥想象力的坏人吧？被世人讨厌、疏远，死了之后仍令人怀恨在心的人，对那种对象就无从哀悼了吧？"

"嗯……可是，不管是怎样的人，在打听消息的过程中都会得知他曾被某人喜欢、被某人感谢的过去。即使追溯到小学时代，甚至婴儿时期也无妨。"

"我觉得这是好好先生的回答，或者应该说是开悟。"

"没那回事，这是我的原则。因为去记住令人痛苦的内容很痛苦，所以想找出那个人留下的类似温暖的感情遗产，我才能勉强记住。"

第二天早上，幸世起身时感觉身体重心不稳，似乎在发烧。服用了感冒药，病情稳定了许多。静人仍跛着脚，所以跟着他走没有问题。

这一天，去了某个新兴住宅区。今年初夏，一名三十八岁的男子勒死同岁的妻子、十岁的长女和八岁的长男后，留下遗书，自己也上吊自杀。谣传动机是还不起房贷，加上他本身的健康问题所致。但实际原因似乎不明。

住宅区的公园里有五位带着孩子的妇女，静人向她们攀谈。她们虽然采取警戒态度，但仍然畏畏缩缩地说了些无关痛痒的事：那对夫妇是好人，看起来是感情融洽的一家人。其中一位妇女一脸困惑地反问静人："你问这种事，想做什么？"即使静人回答"我只是想哀悼他们",对方仍继续追问:"负责人是谁?你们是怎样的团体?"

原本在玩耍的孩子们不知不觉聚集过来,似乎在听大人说话。两个十岁左右的男孩插嘴说:"叔叔,我告诉你。"问静人,"你想知道那家伙的事吗?"说出了已故男孩的名字。

他是个容易得意忘形的家伙,擅长模仿,上课时也会模仿老师逗同学笑。打电动很差劲,总是笑容满面,和他在一起很开心;做梦也没想到他会死掉……

有人说:"去世的女孩也是……"话匣子一打开,孩子们七嘴八舌地说:她和弟弟不一样,是个懂事的孩子,很会照顾别人;她是班干部,会骂很吵的男生;我父母离婚的时候,她陪我一起哭;事情为什么会变成那样呢?如果是假的就好了……

幸世听到那些,想问携子自杀的父亲:"你知道自己的孩子这么令人怀念吗?"然而,静人没有说一句类似的感想,只走到已成空地的命案现场,在干冷的路面上进行哀悼。

街头开始迎接圣诞节,热闹的气氛令人想上前一探究竟。静人在角落里哀悼完几个人,二人前往寒风呼啸的秩父山区。

在郊区的公交车站下车后,正好和鸣着警笛急驶而去的救护车擦肩而过。静人十指交握于腹部前方,对着救护车做出不同于哀悼、像在祈祷的姿势。

幸世再度问他:每次救护车经过的时候,你都在做什么?但他还是不回答,像是在掩饰难为情似的,确认右脚脚踝的情况,把当作拐杖用的树枝丢进树丛。

二人抵达一座蓄水池。去年春天,一名年龄在十八到三十岁之间、身份不明的男性的尸体被人发现。男子似乎是在距离公交车站三十分钟路程的另一个地方被杀害,然后被弃尸于蓄水池。

没有看到供花等用来哀悼的信息,静人说想到芦苇丛生的水边绕一绕。幸世因全身发冷,决定留在返回公交车站的路旁等。

(根本无法哀悼今天的逝者吧?做了太多白费力气的事。)

朔也说道。语气并非责难,因为静人一定也心知肚明。

"那有什么办法……他并不是在埋葬逝者,而是设法让逝者活在自己心中……"

飘起了细雪。雨衣被风吹走之后,幸世忘了买新的。她蹲在路边,将水壶里的水含在口中,却卡住了喉咙,呛得咳了起来。她低头埋在膝盖间,忍住咳嗽。一只冷凉的手抵住她的额头,稍微把她的头抬高,说:"好像在发烧。你刚才瞒着我?"

幸世紧盯着从额头离开的手,模糊地看见了静人的脸。脉搏紊乱,头痛欲裂,幸世闭上双眼,感觉到他说了什么,似乎要站起来。对孤独的恐惧袭上心头,她说:"别丢下我!"

胡乱地抓住手能碰到的地方,把脸贴在静人温暖的身上。

"放心。我不会丢下你。"

静人握住她的手。幸世不知不觉靠在他的背上。蓦地,她觉得自己飘在半空中。

"我们下山到有人的地方,请好心人带你去附近的医院。"

幸世虽然担心静人的脚扭伤刚好,但是被背着的舒适感令她说不出话来。

赫然回神，发现自己坐在了车上。细雪落在挡风玻璃上，被雨刷刷走。静人正在道谢："您肯倒车回来载我们，真是感激不尽。"驾驶座上坐着一名胖胖的女性，她说：这附近的人都到那家诊所看病。

赤裸的胸前感觉到了金属的冰冷触感，后背也感觉到了。嘴巴被人强迫张开。

一脸严肃、上了年纪的老妇人直盯着幸世。老妇人约六十岁了，额头和眼尾刻着许多皱纹，蒜头鼻上架着一副眼镜，眼睛因镜片的度数很高而显得很大，眼白略发黄。

"喉咙通红，大概是得了感冒。最好补充营养，好好休息，也吃点儿药吧。"

接受检查的地方好像学校的健保室，狭窄的房间冷冷清清。

"你说你们在旅行？今天打算怎么办？之前都怎么生活？"女医生毫不客气地问静人，语气轻蔑，"我讨厌那种露宿之旅。就算当事人觉得自由自在，但如果弄坏身体，就会给身边的人添麻烦。在我之前待的医院里，有好几个人拖欠着医疗费。"

静人以全额自付的方式支付了医疗费，又和女医生商量：能不能让她在这里过一晚？

"我们诊所不是旅馆。你叫出租车下山，去镇上。还有，快点儿结束这种旅行，你的家人也会担心的。再说，旅行的目的是什么？少跟我说什么自我探索，听了就恶心。"

幸世想替闷不吭声的静人反驳，却不知该如何把想法化作言语。换成朔也，八成会用精准的措词反驳。幸世意识到朔也的出现,拜托他帮忙反驳。

"他在哀悼人……原本……活着的人一旦死去,就会被人当作数字,当作鬼魂……除了亲近的人……人们会日渐淡忘怎样的人曾经活过……但是这个男人会赋予逝者曾经活过的日子以新的价值……他会单纯地赞扬那个人曾经活在这个世上。"

朔也的话因借助幸世之口而变得结结巴巴,但女医生大概听懂了……她惊讶地盯着幸世,然后把头转向静人。

"她说你在哀悼人……难道,你就是人称哀悼人的那个?"

自称比田雅惠的女医生向静人请教姓名后,频频歪头。

"我还以为是更年长、更有神秘感的人呢……"

据她说,网络上似乎在流传着关于哀悼人的消息。她出于工作的关系,对死亡感兴趣,在上网查数据的过程中查到了哀悼人的信息。她心想"世上的怪胎还真多",因为自己也是个怪胎,所以并不讨厌奇怪的人,兴趣盎然地阅读了。

"没想到真有其人……还当面见到,甚至教训了人家一顿,真尴尬。"

比田邀请二人到她家过夜,当作道歉。

平房诊所的隔壁是一栋两层楼的住宅,幸世在客房铺了棉被躺下,服药之后稍微舒服了一点儿。静人在隔壁的客厅享用晚餐,但幸世没有力气坐在他身旁。

"机会难得,我能询问哀悼的事吗?靠网络不太清楚。"

比田向静人提出很多人经常提出的问题,比如哀悼的意义?

怎么发现哀悼对象？有没有接受家属的金钱？怎么生活？

"哦……挺即兴的。我原本期待会是更具宗教性的大型仪式，没想到很朴实。"

静人苦笑道："是啊，很朴实。"幸世也听见了他的回答。

"那我问你，几天前的新闻报道中，狱方对一名死囚执行死刑。那种情况下，你会怎么做？对方杀害了好几个人，毫无人性可言。你会哀悼他吗？"

幸世也一直想问他，你会哀悼杀人凶手吗？你打算忘记对方杀了人、挖掘出对方好的一面吗？但是想到万一他说"我没办法哀悼杀人凶手"就害怕。她等待静人回答比田的问题。

"我过去曾为了这件事而烦恼。经常从杂志上读到死囚的身世和在狱中的生活，倒也不是不能根据那些内容在拘留所前哀悼，但是……如果对方是杀害孩子的人，我就会失去哀悼他的意愿。不过，我也定下了平等地哀悼任何人的规则，这么一来，就会违反自己的规则。所以，我又定了一个规则：如果能够哀悼被害者三次……如果能够前往被害者离世的地方三次，就连加害者也一并哀悼。但是，这种机会尚未出现。"

比田发出闷在嘴里的笑声，听起来像是错愕，也像是感叹。

"这种旅行不痛苦吗？亏你受得了。你要如何接受一条条生命的死亡呢？"

"大概是在旅行的第二年，有一段时间，我对逝者过度投入了感情，老想着死这件事。旅行之前，家人要我答应一年回家一次。我心想：因为给他们添了麻烦，所以起码要信守诺言，于是回到家,坐在好友遗留下来的椅子上思考着死法。当时,母亲对我说:如果丧失了自我,就无法达成目标。她说,继续哀悼很重要。母亲或许是感觉到死神将我拉向它。那句话救了我。后来,我就渐渐能和逝者保持距离了。"

原来这个人有母亲、有家人。和我不一样。这个想法涌上幸世的心头。他有家可归,不是我可以拉去共赴黄泉的人……

"说到这个,你的老家在神奈川?我在什么地方看见过关于你母亲的消息。你等一下。"

比田离去,对话中断,想继续听二人对话的幸世放松了紧绷的神经。听见静人问:"你要不要吃点儿东西?"幸世摇了摇头,合上了沉重的眼皮。

幸世闻到日晒过的灯心草散发出的气味,这是小时候最爱的味道。幸世怀念地睁开眼睛。阳光落在榻榻米上,随着鸟儿鸣啭,小小的影子在阳光中掠过。

幸世穿着一身不习惯的睡衣躺在比田家的客房。挂钟指向十点,需要先找到厕所。于是幸世打开了客厅的门,门后出现一条短短的走廊,通往诊所的诊疗室。

身穿白袍的比田正在替一位老妇人看诊。中年护士看到幸世,告诉了比田。

"噢,睡醒了?身体怎么样?今天早上替你量体温的时候,烧退了不少。"

幸世向她道谢。比田或许是从她道谢后心神不宁的态度中有所察觉，告诉她厕所在厨房旁边，但是既然过来了，建议她干脆使用诊所的厕所。幸世听见背后有人问——大概是老妇人的声音——是医生的女儿吗？咦？可是，你女儿不是过世了吗？

幸世回到比田家换衣服，收起棉被等候。比田似乎是趁看诊的空当溜回来的，替幸世做了简单的检查，微笑道："再静养一两天，大概就没问题了。"

"请问……我的伙伴去哪儿了？"

幸世没看见静人的身影和背包，感到担心，但又不知道该怎么向别人称呼他。

"坂筑老弟？今天早上，我叫他把诊所打扫干净，抵作看诊和住宿的费用。他现在去附近哀悼了。附近有谁、怎么过世之类的，我把我知道的都告诉他了。"

"这样啊……他会回来吧？"

幸世试图相信自己昨天因恐惧而紧抓住他时听到的回答："我不会丢下你。"但她毫无自信、太过不安地说出的这句话令比田大惑不解。

"恕我冒昧……你们不是夫妇？也不是男女朋友？你是所谓的信徒？对他的行为产生共鸣而和他一起走，对吗？毕竟听你的口吻，好像非常了解他。"

她指的大概是朔也昨天的发言。就在幸世不知如何解释的时候，从诊所传来呼唤比田的声音。比田留下一句"冰箱里的东西，你可以随便吃"，正要离去，幸世说："请问，能不能也让我做点儿事呢？打扫什么的都可以……"

比田苦笑道："你不要勉强自己替我打扫、晒棉被哦！"但幸世仍替自己和她做了午餐。什么也不做地一直等着，会令人窒息，所以幸世又煮了晚餐，和比田面对面坐在餐桌前。比田说："我也告诉了他一起发生在较远处的意外，他大概顺道过去了。"

"如果你追上去，万一与他擦身错过也很伤脑筋。总之，你就在这里等着吧。"

这间诊所似乎是比田的恩师回归故里开办的，比田在他死后继承了下来。

"我曾有个女儿，如果她还活着，现在的年龄比你稍微大一点儿。她天生就有身体残障，我没办法让她参加学校的远足。因为动手术有危险，所以我想尽量延后，但是那孩子希望接受手术。她说，想尽情地蹦蹦跳跳，想去喜欢的地方，如果不能做这些事，活着也没有意思……我和外子因为一些如今想起来很无聊的小事而发生口角，争着要请各自的恩师动手术，最后决定拜托外子的恩师……唉，我受够了很多事情，一个人来到了这里。"

"你也告诉了他这件事？"

"坂筑老弟？嗯，因为他问了我女儿的许多事，我跟他讲到快天亮。他为我女儿哀悼的时候，我拜托他，要说出孩子的父亲对她的爱……我觉得自己终于能够原谅外子了，或者应该说，他也很痛苦，我们心里的苦楚实在不相上下……说完，心情就稍微轻松了。"

比田上了二楼，幸世在客房躺下来，依然给静人铺了棉被。

到了第二天晚上，他仍没回来。

"他该不会回老家了吧……"

据比田说,哀悼人网站最近没有更新,几天前,她以相同的关键词搜寻时连上了某个网页,似乎是哀悼人的亲戚开设的,其中有一段呼吁访客的话:假如遇见看似哀悼人的男子,名叫静人,请告诉他,他母亲在等他,要他火速赶回神奈川的老家。

"没有说得很清楚,但我觉得,可能是他母亲病了。"

比田说,她告诉了静人这件事,也用诊所的电脑给他看了那个网页。

幸世心想:如果他回了老家,就暂时不会回这里。视他母亲的病情,有可能再也不回来。比田说网上没有写他老家的地址。

(他会回来的。一定会回来的。)

钻进棉被之后,朔也以不同于平时的认真口吻说。

(他不是说过不会丢下你吗?再说,还有我。)

(还有你……他和你做了什么约定吗?)

(他知道你没有详细地告诉他我临终时的事,会回来听那件事,因为不轻视任何一个哀悼对象是他的作风。)

但是到了第二天早上,静人仍没回来。幸世打扫、煮饭、帮忙为诊所的被污染器材消毒。比田说:你可以帮忙照顾病人,暂时待在这里。

"我被抛弃了?"这个念头掠过幸世的脑海。明明自己和静人之间没有抛不抛弃的关系,这句话却在心中挥之不去。你又被抛弃了、丢下了……

"闻起来好好吃,你在煮什么?"

正在准备晚餐的幸世听见背后有人这么说。静人站在客厅和厨房之间,有点儿憔悴的脸颊上挂满笑容。若不是看见他身后比田的身影,幸世差点儿就要冲上前抱住他。

"他说在哀悼的地方有人介绍了他另一名哀悼对象,就忍不住顺道过去了。"

比田说道。静人手上没有拿背包,似乎是先绕去了诊所。

"你好歹联络一下呀,她很担心哦!快道歉。"

"对不起。因为你待在比田医生家,我很放心,就忍不住过于随心所欲了。"

幸世勉强压抑住涌上喉咙的情绪,转身回厨房。

晚餐的餐桌上,静人比平时多话,讲起了关于哀悼对象的事。比田深感兴趣,出声附和,但是幸世没有听。难以名状的感情在心中悸动、高涨,幸世想一股脑地对他宣泄,但是要在比田面前忍耐,渐渐模糊地消散了。

晚上十点多,诊所的电话响了,马上被转接到客厅的电话上。比田问对方有什么事。

"先前看诊的老爷爷似乎有生命危险,我可能会晚一点儿回来。你们先睡。"

二人在门口目送比田开车离去。晚风沁凉,星光穿透似被冻结的空气,更鲜明地投射在地上。不知是因为星光过于闪耀还是无法决定如何对待静人,幸世对二人共处于狭窄空间感到尴尬,不想进屋。

"甲水先生是不是也因为我迟迟不归而生气了？"静人轻松地问道，"因为刚才比田医生在，我没办法问这件事。"

"没有……他说你一定会回来，你会回来听我说所有事……回来听他临终时的事，因为你不会看轻任何哀悼对象。"

朔也出现在幸世的肩上，放松嘴角——

（他回来了？）

"那么，你愿意告诉我关于甲水先生临终时的事？"

"你只是为了听那件事才回来？你只是想听那件事？"

一股好像急得发脾气的怒火涌上心头。幸世不知道自己心里为何如此难受。

"那么，我就告诉你好了。那件事只会令我痛苦，但根本不是什么秘密。当时我站在那个地方说'我还是办不到'，拒绝了朔也的要求。他动怒了，对我施暴。可是他最后终于死心，想抛下我离开。我为了留住他，追上前缠住他，结果杀了他。但是直到最后一刻，我都无法从他口中得到我想听的那句话……那就是'我爱你'。他在朦胧的意识中，好像把他五岁时去世的母亲和我搞混了，梦呓似的说完，失去了意识。于是我回过神来，叫了救护车……你明白了？根本没有任何事实能改变你之前对朔也的哀悼。"

静人不发一语，望向幸世的右肩，又望向她的左肩，然后对着看不见的对象说："我能请甲水先生亲自告诉我关于他临终时的事吗？"

5

因静人说,外面冷到了骨子里,我们进屋吧,不然会着凉的……幸世听了他的劝,回到了比田家的客厅。幸世觉得不便在明亮的灯光下说出朔也的话,只和静人隔着从窗户射进来的月光,和他面对面。

"一路上,向许多人打听消息下来,我认为,即使是同样的事实,如果立场不同,看到的也会不一样。那些不同的看法之中经常隐藏着我想用来哀悼的内容。"

静人像在教诲似的说。但是,幸世犹豫着要不要将内心放空,完全接受朔也,把他的意念化为语言。这一阵子,她经常感到疑惑,于是把心一横,说:"我不太确定他……朔也是否真的存在。我最近察觉到……他常常把我脑中的念头说出口,而且在他说出口之后,我往往会感到惊讶,因为他说出口的话竟然和我想的一样。所以,我虽然一直认为他大概是鬼魂,但……他说不定是我的幻象……不,或许是我的罪恶感,或许是因为精神受到打击而产生的另一种人格……"

幸世说到这里停顿了。静人不知如何理解这段话,露出思索的眼神,开口说道:"甲水先生对于你的想法怎么说?"

"我刚刚才告诉他,所以……他若有所思,没有说话。"

"我来问甲水先生。你怎么看待她说的话?"

幸世下定了决心,把内心放空,给朔也腾出空间。朔也在她的右肩上开口说道:"这件事真可笑。她或许因为拼命看了我的藏书，多少增添了一些智慧。但就算我是鬼魂或她因罪恶感而产生的幻象，两者有差别吗？就算她试图理解我是何方神圣，我也不会因此而消失。"

"嗯，我刚才也是这么想的。"静人带着赞同朋友般的亲密语气说，"我认为，就算甲水先生是亡魂或犯罪感产生的内心幻影，你都知道奈义小姐不想说或不能说的你的临终情形。如果你对这个世界心存依恋，为了升天成佛……如果奈义小姐内心的问题是为了解除负担……那么应该从她的立场阐述事实。"

"那么做的话，我会变成怎样呢？欸，算了，试着说吧。基本上，幸世刚才说的话没有骗人，她应该也无意隐瞒。她只是因为恐惧和不安，无法坦然地接受耳闻目睹的事情而已。我们抵达原本是废弃物处理场的公园之前发生的事就不用再讲了吧？我对这个世界和自己本身都感到绝望，策划了连神佛都料想不到的死亡剧情——让幸世握着菜刀执行。如我的预期，和我结婚、感到幸福的女人想杀我，神佛无法妨碍这计划的进行，因为它们原本就不存在。我抬头看着下雨的天空，笑着说：'喏，没有神佛吧？'对幸世张开双臂。"

幸世听着朔也的话以自己的口说出来，看见了那一晚发生的景象在从窗户照入的银白光线中浮动，重现。

硕大的雨滴映照在汽车的车头灯上。雨打在地面的声音将二人与世界隔绝。朔也将张开的双臂反剪在身后，向幸世挺出仅穿了一件衬衫的胸膛。

幸世握着菜刀的手在发抖。只要向前踏出一步，这个人、这条命就会从这个世界上消失,这样好吗?她不胜惶恐。自己没有那种价值。

"我办不到。我果然办不到。请原谅我。"

幸世像祈祷似的伸出握菜刀的双手,跪在积水的地上乞求。

头顶传来朔也的怒吼声:"事到如今,你在说什么?都已经来到这里了!你只要刺我一刀就好,直接拿着刀朝我冲过来就行!你不爱我吗?一切都是骗我的吗?"

幸世哭着摇头,乞求原谅。朔也甩了她一巴掌。"醒一醒,振作一点!"又被朔也甩一巴掌时,幸世丢下菜刀,紧紧地抱住他的脚。她听见朔也的咆哮声。朔也将她一脚踢开,又踹了她一脚,叫她拿起菜刀,接连对她踹了好几下,拉扯她的头发,把她拖到悬崖边,命令她依约行事,否则就把她推下去。幸世心想:"那样还比较轻松。"应道:"请你那么做,请你亲手把我推下去。"朔也的叫声划破雨夜,响彻四周。幸世一头撞上护栏,撞破了额头。她仰躺在地上,朔也将脸凑向她,背对着车头灯,她看不见他的表情。

"我终于明白了,你并不爱我。爱不过是执着,但你只对自己执着。我自以为利用了你的爱,真可笑。你假装爱我,其实是彻底利用了我。没想到,我会被你欺骗。"

朔也发出自嘲的笑声,气愤地扯破衬衫,扔在她的脚边。

"难不成你也是出于潜意识?误以为对自己的执着就是对我的爱?因为一旦贯彻了对自己的执着,就会和对别人的爱混淆,所以不自知。"

朔也从她身边走开，走向汽车。不……不是的。幸世在口中喃喃着追上他。朔也背对着她说："算了，我会去找别的女人。"等一下！幸世总算发出了声音。他在上车之前回过头，像是要命令幸世不准过来似的，把手指向她。

"等到早上，在车站等着就行。我派人把行李跟钱交给你。"

别丢下我。别留下我一个人。幸世欲伸出手，却察觉自己的手中握着菜刀。或许是刚才仰躺在地上的时候，把脸凑过来的朔也让自己握住的。

"我以前觉得和你一起看的樱花和焰火好美，当时好快乐。大概是因为感到对我执着的人在我身边，才会那么觉得。但是，一切都是骗人的。你为了自己享受、体验奢华的生活，假装对我执着。回忆都成了散发恶臭的污物。"

不是，不是那样的。幸世哭得屏住了气息。眼前是朔也的背部。他将双手撑在车顶，腋下完全张开，仿佛在说"这是最后的机会"，以毫无防备的赤裸身躯等待着。

这是幸世曾经怜爱地抱过的背部，用双臂环抱、以手指爱抚过无数次的美丽背部。

要把它转手他人？不，不是我不要它，而是这个背部忘了我曾经那么地爱过它。非但如此，它居然排斥我，说"一切都是骗人的"，轻蔑地说那是散发恶臭的污物……

我不太清楚自己是否确实爱过人，因为我没有被爱的经验。所以，或许你没有感受到我的爱，但我自认为全心全意地爱过你。可是，这样还不够吗？如果我按照你说的去做，你就肯相信我吗？好……请你原谅我……我以我的一切爱着你。

幸世走向朔也，将身体靠在他的背上，一面以全身感觉着他的体温，一面将手臂绕到前面，右手触碰他的左侧腹。他提气，短促地吼了一声。幸世感触到紧绷的皮肤瞬间破裂，接着，手中的东西毫不受阻地进入了他的体内。

二人静止不动良久。朔也依然张开双臂撑在车顶，幸世将嘴唇贴在他的背部哭泣。朔也的身体突然失去支撑，迅速瘫软在地。幸世想从背后撑住他，但是办不到。她先是坐在地上，然后将他紧抱在膝上。朔也无力地仰躺，闭着眼睛。幸世呼唤他："朔也。"他睁开眼睛，或许是因为雨水跑进了眼睛，他眨了眨眼。幸世将身体俯向他，替他挡雨。他的一边脸颊浮现笑容，说："你做到了……快……再刺一刀……半途而废是不行的，做事要有始有终。"

不知是跑进眼中的雨水在反光还是眼泪，他的眼睛是湿润的。他举起右手，握着不知何时拔出的凶器。他张开那只手，催促幸世接过去。她犹豫不决，问道："你不肯相信……不肯相信我吗？"

朔也微微张开嘴唇，露出一口白牙。幸世受到鼓舞，再度拿起凶器。他把右手放在自己的心脏处，手指沿着肋骨滑过，像是在说"这里"，停在乳头斜下方的肋骨间。幸世差点儿发出尖叫，以左手捂住口。

我好害怕。我好痛苦。幸世想把尖叫的冲动吞咽下肚，向对方乞求最后的鼓舞。

"你爱我吗……你愿意说你爱我吗……请你说给我听。"

朔也的太阳穴冒出青筋,接着,表情变得柔和,轻轻地摇了摇头。

为什么!?幸世用目光回以无声的控诉。朔也叹了一口气,叹息中带着笑意,回应道:"那种话,我说不出口……"

他的口吻仿佛想说:这违背我的信念和哲学。他稍微被呛到,痛苦地咳嗽。

"一旦时间拖长,痛苦就会加剧……"

他嗓音沙哑地说。幸世感觉到他不是在示弱,而是不想被她看见痛苦的自己。

幸世已经放弃一切,顺着他手指的指示,像被牵线的人偶般移动手腕。这次感觉不到一开始时的皮肤阻力,像是拿刀切进柔软的果肉。

朔也呼吸加速,车灯光线下的脸变得苍白,忽然闭气,又悠悠吐气,睁开眼睛。瞳孔的焦点不是对着幸世,而是对着遥远的天空。

"我想……被你生出来……"

朔也如此低喃,幸世手中微微感觉到身体紧绷感消失了。

茫然地任雨打在身上多久呢?说不定只是短短的一秒钟,但身体像通电似的颤抖,为自己做出的事情的严重性而打着寒战。她呼唤着朔也,摇晃着他的身体哭喊,最后把他从膝上放下,上车拿手机,一面叫救护车一面回到他身旁,把他抱到膝上。

"没死……朔也没死……他还活着……他还活着……"

幸世持续念诵，直到救护车来。救护人员问她什么事，她也如此回应。在医院接受治疗时也重复同样的话。身穿制服的警官问她：那么，他是被谁刺杀了？这时，幸世才说了另一句话——这份责任不能让给其他任何人。

"是我，是我刺杀了他。"

加重的话语撼动了耳膜，幸世像被"是我刺杀了他"这几个字的回音摇醒似的睁开眼睛。淡淡的月光从窗户斜斜地照进来，能看见对面静人的身影。

幸世觉得，封存在内心深处的记忆由朔也的话语引导着，最后是自己在诉说。

"这件事……你明白了吗？"她问静人。

"嗯。"他简短地回答。

"朔也说到哪里？我是不是也讲了一些？"

静人微微歪头。幸世问了之后才意识到，因为都是出自她的口，所以大概难以准确猜中哪部分是谁说的。

"像是甲水先生说到最后，也像是奈义小姐说了全部。"

若如静人所说，她刚才在幻觉中看到的景象大概也是朔也认同的、毫无隐瞒的事实。幸世为了调整气息而做了深呼吸，说："我一直以为此前没有说这个场景是因为我会难过，看来是我在欺骗自己……朔也说得对，我只爱自己。我嘴巴上说爱他，可是如果真的爱他，那么不管再怎么被他讨厌、憎恨，我都不能杀害他，对吧？应该让心爱的人活下去。你还记得前一阵子去哀悼携子自杀的一家人吗？就是父亲对妻子和两个孩子下毒手的事件。我认为，如果他爱孩子，就不能杀害他们。能够忍住不带孩子共赴黄泉，这才是爱。原来我也不是真心地爱着他。我不想把他的背部交给别人……除此之外，我也受不了他将我的奉献轻视为散发恶臭的污物……所以遵照他的话去做了。我希望他认同我，认同我是一个有爱的人、一个拥有爱人的能力的女人……朔也看穿了我的本质，于是引导我执行他的计划；我执迷于对自己的爱，救不了他。非但如此，我还避开内心的目光，不去面对真相。所以朔也出现了。他是为了谴责我说谎、欺瞒而现身。"

"我不这么认为。"

静人说道，声音低沉，语气凛然，传达至听者的内心深处。

"你刚才提到携子自杀的事件，我不认为那位父亲的行为是爱。可是，我认为在他考虑做出那种事之前曾经有一段时间爱过孩子，我能够以这个事实哀悼他。你在和甲水先生度过的日子里，也有感觉到爱的时刻吧？既然如此，我就认为爱确实存在于你们俩之间，以此哀悼他。"

"这是造假，因为在最重要的时刻，我选择的不是他，而是守护自己的爱。"

"你先前对我说，你以前从没真心喜欢过谁，觉得随时都会死，这样一路走了过来，对吧？这样的你遇见了甲水先生，试图求生。你想活下去。遇见甲水先生之前的你，活在完全的孤独中，是不会产生爱的，包括对自己的爱。你为了能够爱自己而需要甲水先生……因为他在你身旁，你才能够爱自己。既然如此，那就可以称之为……对他的爱,不是吗?"

"可是,他……朔也他……要我正视我只爱自己,要我承认事实,甚至附在我身上折磨我。"

"我想,甲水先生爱着你。我打算那么哀悼他。"

"你听到哪里去了?我希望他说他爱我,我那样拜托他。可他拒绝。他说那种话说不出口,直到最后一刻都拒绝我。"

"他大概是害羞吧。他临终时不是说想被你生出来吗?"

"那大概把我和他的母亲弄混了。他母亲在他五岁的时候跟情夫私奔,后来死了。他心有遗憾,想再次和母亲生活吧?"

"一般人不会用'你'称呼母亲。甲水先生虽然说不出他爱你,但也许想向你传达同样的想法。他说,爱不过是执着。你在最后一刻应该可以逃走。如果你贯彻对自己的爱,大可以丢下菜刀逃走,寻找另一种人生。你执着于他,却又没有执着到底。你没有像他的母亲那样丢下他逃走。我认为,他获得了满足。他说的'你'是指奈义小姐,假如再次投胎转世,他想被奈义小姐生出来……至少在我听来,他传达了那种想法。"

"可是……假如是这样,想被我生出来……是什么意思?"

"这只是我的解释,你听听就好……孩子会将生命托付给生下自己的人。想被你生下来,意思大概是指,你可以做他托付生命的对象,因为他认为你不会逃走,也不吝于牺牲,会为他奉献一切……他坚信无神论,觉得神佛象征着某个只奉献而不求回报的爱的存在。五岁时被心爱的人抛弃的伤痕说不定一直留在他心中,照理说会奉献不求回报的爱的那个人却选择了爱情,丝毫不顾他而死去……从此，他否定爱这种东西，否定神佛的存在。但在否定的同时，又强烈地寻求爱。不……这样一口断定，对他也很失礼。他好像是个绝顶聪明的人，所以就算没有发生母亲和情夫私奔这种事，他或许迟早也会厌恶这个世界的价值观，对以往的生死观和神佛的存在持有怀疑。而且当他倾心于虚无之境到了想死的地步时，也没有人制止他。我想，这也是事实。"

幸世想起静人说过，当他囿于死的念头时，是母亲的话语救了他。朔也踏入虚无的世界观时，假如有人让他依靠，后来的走向大概会有所不同。

"假如你认为，感到甲水先生的灵魂附在自己身上的状态是来自罪恶感或精神疾病，那你就误会了。我告诉你，甲水先生是在感谢你。假如真的是他的灵魂，而且要求你正视事实……我想，他是担心你误会，希望你能理解最后的遗言是要传达他对你的爱，故而现身。我打算据此再次哀悼甲水先生。"

静人站起身，打开通往庭院的落地窗，面向庭院单膝跪地，右手举向月光如水的天空，左手垂向被夜晚寒冷的空气冻结的地面，然后双手交叠于胸前。

幸世注视着静人哀悼的身影，心里只想着一件事——

我被爱着？我被朔也爱着？

幸世因为电话铃声而回过神来。静人不知不觉在她背后接起电话。他对着话筒回了一句"我过去"便挂断了。

"是比田医生。听说病患过世了，对方是独居的老人。通知比田医生老人病危的女佣先回去了，现在只有比田医生在那里。

她说：如果我还没睡，要不要过去哀悼？比田医生因为不能让死者独自待着，所以没办法来接我。好在只有二十分钟的路程，而且那里很容易找，只要转两次弯而已。"

静人关好门窗，循着比田告知的路线出发。远方只有一盏盏零星的路灯，但他手里拿着手电筒，而且月光皎洁，不至于伸手不见五指。

幸世跟在静人身后没走两步，就觉得背后有人在叫她。回头一看，朔也的头在黑暗的半空中飘，自己一直背在肩上的他仿佛被遗落在那里。

幸世问他：你怎么了？怎么停在那种地方？不一起来吗？

朔也面露微笑，不是冰冷的讪笑。他的脸上露出了淳朴青年的笑容，怜爱地凝视着幸世。突然，幸世有一种预感，觉得他在跟自己告别。她踏出一步，想往回走，但朔也随着她前进的步伐后退，远去。她停下脚步，朔也仍继续向黑暗深处飘远。

幸世呼唤道：朔也……朔也。他将头往后扭，说：我差不多该走了。

走了……他已经走了。我不太清楚这到底是他的灵魂还是我内心产生的幻影，但是，因为我理解了他的爱……相信他是真的爱着我……所以他像是完成使命般地走了。

我愿意生下你……幸世对着逐渐消失的朔也呼喊。我愿意生下你。假如你投胎成为我的孩子，我会尽一切心力地养育你。

朔也促狭地瞪大眼睛，对着幸世皱起眉头，开玩笑道："你没问题吗？"他抬头仰望天空，又俯瞰地面，耸了耸肩说："我接下来不知道是要上天堂还是下地狱。"随后他看着下方说："果然是这边啊。"一如往常地面露讪笑，然后说了声"永别了"，点了点头，温柔地微笑，缓缓地、渐渐地远去，最后融入了黑暗之中。

幸世当场蹲了下来，双手捂住脸，呜咽声像是从腹部深处蹿上来似的，从口中发出。一只手从身后放在她肩上，撑住她的身体。耳边传来"你怎么了"的声音。

"朔也……死了。他……死了。他真的……走了……"

自从朔也那一晚被抬上救护车之后，幸世无法相信他的死而一直忍住的泪水，终于决堤般地倾泻而下。

6

从肩膀到背部，感觉到冷风吹拂的寒意。即使静人劝幸世回去等，她也不肯，仍跟在静人身后走着夜路。

抵达之所笼罩着一股类似空屋的荒凉气氛，庭院被枯萎的杂草覆盖，墙壁发黑。比田出来迎接，看见幸世，顿时皱起眉头。幸世知道自己眼皮红肿，但是比田一副什么都没看见的表情，引领两人前往逝者的房间。

过世的屋主七十三岁，肾脏等多个器官衰竭，最近似乎一直卧病在床。比田拿出纱布，她的脸比实际年龄老了十几岁。

房间内几乎毫无装饰，从床上伸手能够到的墙壁上贴着十几张照片，引人注意。照片以两个男孩为主，也有模样似父母的男女合影。除了旧，或许是因为长久接触空气，每一张都像是加了黄色滤镜似的变了色。

"那是他的孩子，成年人是他和妻子。老大已经快四十岁了。两个孩子好像都因为工作问题而和他大吵一架，离开了这个家。他妻子去世时好像是父子和好的机会，但似乎因为性情乖僻，他不准两个儿子出席葬礼。最近的个性也还是老样子，老嫌我和女佣笨手笨脚。但是他经常夸奖孩子们，说他们读幼儿园的时候跑得很快，在小学的成绩是第一名……他病倒之后，朋友和市公所跟孩子们联络，但他们一次也没回来过。"

幸世再度望向死者。看起来只有皮包骨的脸庞浮现出有人情味的哀伤表情。幸世渐渐看见死者的假面具后面的脸。

"如果不介意，我来帮忙换上新的衣服或衬衫吧？"

幸世被死者的表情吸引，自告奋勇地说。她说她以前在殡葬中心帮忙办过葬礼，也曾在孤老居住的小区从事看护工作。

比田欣然接受。护士因为孩子生病而来不了，女佣清晨才能前来。她虽然已经把内脏取出，但很难在遗体变僵硬之前擦拭完身体，换上新衣服，因而感到遗憾。

"我也来帮忙，虽然我没做过这种事。"静人也自告奋勇。

"哎呀，明明哀悼过那么多的死者，居然没有处理遗体的经验？"比田问道。

"嗯，因为我都是在他们过世一阵子之后才前往，所以……我可以说是一个经常迟到的男人。"

他自己似乎没意识到，语带滑稽地回答。比田和幸世"扑嘻"笑了出来。接着，三个人起身，依照比田的分工，静人到厨房煮热水，幸世从洗手间搬来毛巾，比田则从衣柜取出衬衫跟和服——或许是女佣刚洗过，散发出香皂的气味。

静人和幸世戴上比田递过来的塑胶手套，由静人抬起遗体，幸世和比田擦拭。幸世一面从脖子擦到消瘦的手臂、布满皱纹的手背、手指和指缝，一面不禁想着朔也。

自从朔也被送到医院之后，她就没有碰过，无法替他清洁被血弄脏的身体。如今，她能够接受他的死亡，像是替他清洁似的清洁着眼前的身体。比田夸奖她："你的动作真熟练，这个乖僻的人一定也在感谢你。"

幸世对朔也呼唤道：都是拜你所赐。你以前说过，你盖小区家园是在替寺庙宣传、赚钱，让逃进庇护所的女人照顾那些老人是为了削减经费，认定自己的行为都是出自恶意。可是我有了当时的经验，才能替这位老人处理身后事。你的行为变成了被感谢的行为。我相信，好好清洁这位老人……等于清洁你的身体。

给遗体穿上新的和服，换过床单，将遗体移到棉被中，死者的表情看起来好像变清爽了。比田说："我代死者和家属感谢你们。"向幸世和静人低头致谢。

"哪里的话。让我有了良好的体验，我才该道谢。"静人说。

幸世也是一样的心情。之前从肩膀到背部感到的寒冷，因为刚才的动作而驱散，或许是因为活动了身体，全身好暖和。

静人看了一眼贴在墙上的照片，说：让我在此哀悼。

照片上似乎是这栋房子刚盖好时的景象，貌似中学生和小学生的男孩及年轻时的男子和妻子以新盖的房子为背景，并肩站在修剪过草坪的庭院里笑着。

静人走向庭院时，幸世追上去对他说："希望你把我加进去，作为感谢他的人之一……是他告诉了我，我现在想知道的死者的触感。"

静人点了点头，踏进枯萎的杂草中进行哀悼。

两人留下比田在这里小睡片刻，先回了她的家。钻进棉被不久，天似乎就亮了。感觉到静人起床的动静，幸世醒了。她觉得虽然时间短暂，但睡得很熟。

正准备出发的时候，比田返回了家，三个人提早吃了早餐。比田摊开早报说：再过不久，就要过年了。幸世对日期失去了概念，惊呼：已经年底了？

"报上说，国外的事故中死了三十多人。可是相关的报道很短，能据此哀悼吗？"

她向静人摊开报纸。他仔细地读完报道，摇了摇头。

"如果报道了逝者的姓名、年龄、家人、工作等信息，就算我身在此地，也能以那些内容进行哀悼。"

"你相信神佛吗？会有令人感叹'这世上神佛何在'的死亡吗？"

"我觉得只有家属才有权利质问神佛何在，外人靠别人的死亡借机做文章是一种亵渎。再说，我在旅行中察觉到，如果接触了悲惨的死亡而问神佛何在，就会关注逝者的年龄、长幼、有没有家人等，劳心于诸如逝者明明还是个孩子、为什么要夺走他的生命……或者还有小孩要抚养、以后由谁来照顾……而且，即使不算是歧视，也会在不知不觉间忍不住区分出死得不那么撼动人心的逝者。"

餐后，静人和幸世分别打扫了诊所和比田家。幸世获得比田的允许，到二楼的房间向她女儿的牌位双手合十。比田拿着照片过来说："因为看了会难过，所以我没有摆出来。"照片中是一位天真无邪的少女，躺在病床上比出胜利的手势。比田说是在动手术的前一天拍的。幸世老实地说出心里的想法："这张照片拍得真棒。"比田将照片摆在牌位旁。

"我死的时候，将是孤独终老……没有任何人陪伴地离开人世。"比田以淡淡的语气低喃道。接着，她转头面向幸世，一脸开玩笑的表情说："你们是两个人，真好。就算万一有人不幸过世，也能哀悼彼此……很安心吧？"

幸世心里一阵悸动。如今朔也离去，她怀疑自己还有理由和静人一道旅行吗？再说，比田大概弄错了。即使她死了，静人八成也不会哀悼自己……

三个人在诊所的门口互相道别。比田把过期的周刊杂志递给静人，说："别忘了把这个带走。"那是原本放在候诊室里、病患看过的旧杂志。为了获得关于逝者的信息，他大概会想要。

"慢走。一直对着背影挥手不适合我，就不送了。"

比田回到诊所。静人对她深深地鞠躬，幸世也学他那样做。

静人已经在附近转过，于是两人搭公交车深入山麓。

公交车的终点是群山环绕的盆地小镇，以岩石区的溪流景观而闻名。当地也有连通山间小村与其他地区的铁路经过，车站周边意外地繁荣。他看着抄写了报纸和广播报道的笔记，说要在这座小镇哀悼三起案件中的五个人。

今年五月，山里的火药工厂发生爆炸，死了两名员工。两人在镇上打听了详细地点。因为没有公交车经过，所以他们朝工厂步行前进。据说徒步前往要花三小时以上。

一边是连绵的杉树，一边是悬崖。静人走在下有溪谷的山路上，幸世意识到和他之间的关系起了变化。之前有朔也在，不管他是人是鬼，都妨碍着幸世和静人。如今朔也离去，幸世察觉到自己非常依赖静人。如果和他分离，幸世想不到今后该何去何从。之所以能够接受朔也的死，也是因为静人在身旁。一旦和他分离，总觉得朔也会去往更远的地方。幸世忽然想：这是不是执着？朔也说，爱终究是执着。那么，她对静人的感情是爱吗？但是，静人大概对她没有任何意思吧？因为他的心被逝者占据，因为他只关心死去的人。

走了将近一半的路程时，两人在杉树的树荫下休息。幸世一面吃着在镇上买的面包和牛奶，一面试探他，留意让语气听起来像是在开玩笑："比田医生感叹地说，她自己一个人，死了之后也不会有人哀悼她。然后她转头对我说，你们如果发生什么事，就能哀悼彼此，所以可以放心……"

"我打算每隔几年去那一带走一趟。假如比田医生不幸过世，我当然也会哀悼她，将她视为爱着女儿、也被地方上的人爱着、而且被我感谢的人。"

"如果是我呢？如果我死了，你会哀悼我吗？"

静人狐疑地看向她。幸世佯装若无其事，又问了一次："如果是我，你会哀悼我吗？"

"如果有机会，我会哀悼所有逝者。"

"可是，不是现在。你先前回答比田医生的问题时说，除非哀悼被害者三次，否则不会哀悼犯下杀人罪的人。前一阵子前往朔也去世的地方是第二次，对吧？"

"我昨晚也哀悼了甲水先生。我认为已经哀悼他三次了。"

"那么，假如我现在死掉，你会哀悼我吗？"

幸世不禁尖起嗓门。静人更加狐疑地看着她。她将视线移向森林深处，说："可是，你要怎么哀悼呢？我执着于朔也……如果那份感情能称之为爱，我确实爱过他，他也爱过我。可是，我是个不曾被感谢的人啊。"

"我受伤的时候，你不是让我搭你的肩，还帮我换衣服吗？"

幸世正要回答"是我害你受伤，那么做本来就是我的义务"，他马上接着说："我也很感谢你，因为通过你，我才能和甲水先生讲话。我之所以能帮忙处理遗体、送逝者一程，也是因为你的提议。比田医生也感谢你帮忙处理遗体。我认为，包括甲水先生在内，有许多人感谢你。"

我不需要许多人感谢我。只要朔也和静人感谢我，就够了。

休息结束，又举步前进。幸世心想：那么，什么时候和他分离？她走在静人身后，内心渐渐充满了依依不舍之情。一起旅行一阵子再和他分离吧？

不，不行。如果长期旅行，说不定静人会讨厌她，她也可能将自己惹人厌的一面暴露在他面前。现在的他应该会以刚才说的内容哀悼她。但是，要怎么做？如果静人不知道她的死，就无法哀悼她。

"如果下山途中天黑了，可以在那里过夜。"

幸世听到静人发出开朗的声音，抬起头来。杉树间有一栋小木屋，造型像是用来放置养护山林的器具的仓库，兼作休息小屋。或许是太久没人使用，整间屋子呈现向里面塌陷似的弯曲，墙板也腐朽了，破了几个小洞。

幸世将视线转向山路对面。溪流在险峻悬崖下方二三十米处流动，底部大概有巨岩，四处溅起水花。

"抱歉，我的脚有点儿痛……大概是身体生锈了。我可以在那间小屋里等你吗？"

"嗯，可以，不过……你没事吧？"

"我没事。倒是你，会回来吧？你一定会回到这里吧？"

"嗯……我当然会回来。为什么这么问？"

幸世只是笑而不答，目送静人离去。一想到再也看不到他往前走的背影就感到无比难过。幸世像是要摆脱这种情绪似的，拨开草丛，朝刚才的小屋前进。

大门脱落，近门处是空无一物的泥地房间，往里走有一间一坪大小的木地板房间。虽然积了尘土，但是屋顶牢固，所以并不太脏。幸世拂去木地板上的灰尘，卸下背包，思考着要写下什么遗言给静人，却什么也想不到。她决定脱下鞋子，作为跳河自杀的提示。回顾迄今为止勉强走来的人生，只记得和朔也共度的日子以及和静人一起的旅行。虽然朔也的死令人难过，但是……自己会被当作确实懂得爱人、有能力接受别人的爱以及曾经被感谢的人铭刻在某个人的心上。想到有些逝者身份不明，甚至无人为其祈福，自己大概是幸福的。

幸世脱下鞋子，走出小屋，经过杉树林，横穿山路走到能俯瞰溪流的悬崖上。她告诉自己别犹豫，如果苟活，就无法留在那个人心中。她轻轻地往前跨步。

耳边传来声音。虽然距离尚远，但她听见了有人在叫"奈义小姐"。幸世心志动摇。"请等一下。"声音近了。不可以看，要往前直走。"幸世小姐——"声音更近了。他第一次直呼自己的名字。视线忍不住摇晃，眼角余光瞄到了静人跑过来的身影。

那个人在奔跑……回过头时，两人四目相对。纯粹地渴慕着什么人的眼眸中闪烁着令人害怕的光芒，幸世感到非常不安，往小屋那边冲了过去。能把自己丑陋的一面暴露出来吗？就算被他冷漠对待，我也打算跟着他走吗？她被小屋的门槛绊了一跤，摔倒在泥地上。只要逃离他就行了。那么一来，就不用让他看见自己丑陋的一面，不用被他冰冷对待了。但是来不及了，幸世被他从背后抱了起来。

"你怎么了？发生了什么事？你刚才是认真的吗？为什么要那么做？"

"因为这么做就能让你铭记在心……就能让你哀悼我。"

幸世忍住想大叫的冲动，以宛如呢喃的声调说："为了活在你心中……我非死不可……"

刹时,他放松了力道,仿佛丢了魂。但马上又抱紧幸世,说:"你已经刻在我心上了。"

幸世不太清楚这句话的意思,沉默不语。于是静人又说了一次:"你深深地刻在我心上了。我们不是一起旅行至今吗?就像我之前说过的那样,我确实认为是托了你的福,才不会被当作可疑人士,从别人口中打听消息也变得容易。"

听到这句话,幸世明明应该感到心满意足,但又觉得听起来只是表面话,心中掠过一抹焦虑的情绪。

"我算什么?方便的助手吗?你怎么看待我?"

静人支支吾吾。不久,幸世感到他贴在自己背部的胸膛鼓起,感到他在深深地叹息。

"刚开始一起走的时候,我觉得我们合不来。坦白说,我也曾经觉得,如果不是你肌肉酸痛或水泡破掉,我可以走得更远。可是,在一起旅行的过程中,有人替我思考哀悼的意义,是一件令我开心的事,虽然一整天持续做令人痛苦的哀悼,但晚上能够和你聊天。如果是一个人,心情大概只会沉郁得化不开。我好几次觉得自己获得了救赎。虽说我已经能够和逝者保持距离,但逐一访问逝者的行为仍然令我心情沉重。脚步似有千斤重的时候,一旦感觉你在背后,就觉得有人在推着我。不知从何时起,我开始害怕你消失,经常在早上醒来后因确定你在身旁而松了一口气。一起吃饭、谈论哀悼的情况、共同面对美丽的风景和可怕的大自然……一切都变成了快乐的事。你去住旅馆的时候,我担心你会不会不回来；两人一起去公共澡堂，在约好的时间出来，一看到你的身影就感到内心雀跃。因为心里明白'就这样长久地一起走是不可能的'，所以忍住不说出口。就在那个时候，我听到了发生在你和甲水先生之间的事。

"我的内心乱作一团。我无法处理混乱的情绪，所以对你说：我们不要一起旅行了吧。当时的感情或许接近嫉妒，并非单纯地吃醋，而是因你和甲水先生之间没有我存在的空间而感到害怕和焦虑……后来，我能够和甲水先生说话，觉得不但可以和逝者沟通，而且介入了你俩之间，感到满心欢喜。我享受和甲水先生对话的乐趣，而且喜欢上了他。可是理解他的心情也预示了和他的分离……他离去之后，变成我和你两个人，感觉更加难分难舍。我刚才说我喜欢甲水先生，但就某个层面来说，甲水先生也是你，所以我喜欢他。换句话说，那代表……"

幸世已经等不及地在他怀里转身，像央求关爱的孩子般将脸抵在他胸前，感觉到他的手在自己背上。她以身体诉说着没说出口的心情。驱使她这么做的，与其说是欣喜，不如说是类似渴望的不满：我在你心中吗？我真的刻在你心中吗？

静人想抱着她站起来，但是彼此的身体失去平衡，双双倒在地上。他的体温传过来。或许是因为不久前接触过冰冷的遗体，所以更能感受活人的体温。幸世寻求着那份体温，作为自己活着的证明。静人也以手臂使力，长期压抑的冲动终于迸发的强烈力道令幸世痛得仿佛快骨折。疼痛旋即转为喜悦。她贪婪地向他需索，他也向她渴求，两人交叠着，爱抚着，敞开着，紧拥着。幸世心想：这肌肤的弹性、肌肉的饱满、身体的温度，是活着才能拥有的旺盛的生命力。她的内心逐渐获得了满足。

幸世把耳朵贴在静人的胸前，听他的心跳声。原本快速的心跳慢慢趋于平缓。

"你活着。"

幸世不假思索地低喃。胸部感到的震动传递着静人在微笑。

"活着啊。"他应道。

天黑了，两人遵循生理规律地用餐、排泄，然后又相拥钻进静人那只进口的大睡袋，笑着说"果然有点儿挤"，依偎着彼此的身体而眠。幸世一觉醒来，外面的天色仍然灰暗。她悄悄地钻出睡袋，穿上运动夹克，借月光在小屋外解决内急。冷得发抖地回来时，静人醒来点亮了手电筒。幸世面露害羞的笑容，嚷着"好冷好冷"，投入他的怀抱。静人也开玩笑地说："哇，好冷。"他也出去上厕所。回来互相取暖的过程中，身体又自然地纠缠在一起。

幸世看见晨曦照在小屋门口附近。静人在身旁睡得正香。她恍惚地想，昨天没有哀悼任何人……静人也没有打开每天一定会翻阅的哀悼笔记本。他大概一心想着幸世，没有想到逝者。照理说应该高兴，应该觉得幸福，但是……幸世莫名感到内疚。

吃完比平时延后的早餐，两人走向静人昨天没能做哀悼的火药工厂。过了一阵子，幸世意识到静人的脚步比平时稍微快了一些，和一般人走路的速度无异，原本像是一步步的沉重步伐感觉变得轻盈了。静人虽然嘴上没说，但他或许也在意昨天没有进行哀悼……说不定是那份焦躁的心情体现在了走路方式上。

火药工厂紧闭坚固的大门，不见人影。门上贴着字条，写着"过年休息"。这里自昨日起休业，初六复工。幸世说，如果昨天来，说不定能打听到哀悼所需要的内容。她为自己扯了他后腿而道歉。静人说："这也是无可奈何。"在门前双手合十，替逝者只做了祈祷。

静人下山的步伐果然也很快。尽管如此，也是到了傍晚才回到镇上。两人放弃今天的哀悼行程，找了一家公共澡堂清洗，去了超级市场买食物，过夜的地方只找到派出所旁边的公园，因此和昨天一样前往小屋。两人开着手电筒走了一小时以上的夜路，在小屋解决晚餐后，又自然地拥抱对方。

幸世冷得发抖，睁开眼睛。虽然背部紧贴着静人的胸部，但赤裸的肩膀从睡袋里露了出来。幸世从残破的木板缝隙看见星星，仿佛被人以冰冷的语气责问，感到不安。

静人今天无法进行哀悼，也没有打开笔记本。幸世总觉得星星在责备她……这难道不是被你害的吗？她辗转难安，钻出睡袋，摸索衣服穿上，旋转放在枕边的手电筒发条。静人的睡脸浮现在黑暗中，毫无戒心的纯真睡脸令人不胜怜爱。我不想离开这个人。可是，这样好吗？这样真的好吗？

幸世从静人的背包拿出哀悼笔记本，试着翻开。其中罗列着对许多逝者的描述，她一起前往的记录映入眼帘：被父亲拖着陪葬的一家人……溺亡于水渠的男孩……骑摩托车时和卡车擦撞身亡的青年……和比田医生一起处理了身后事的男人……也有关于比田女儿的描述。幸世内心涌上一股恐惧，担心自己现在是否占据了这些人原本应该在静人心中的位置。这样好吗？这样真的好吗？星星眨了眨眼。

幸世连忙把笔记本放回去，熄掉手电筒。她钻进自己的睡袋，蜷缩着身子，仿佛要躲避繁星的视线，忍耐着胸闷，试图躲进梦中，逃避现实。

感觉到空气的流动，幸世睁开眼睛。四周已经亮堂，身边的睡袋里没有人。静人在穿衣服，面向从小屋门口照进来的微光而坐，打开了哀悼笔记本。他的视线每移动一行，侧脸就像被针扎似的扭曲一下，大概是对两天没打开笔记本而感到罪过吧。他痛苦地叹了一口气，把笔记本放回背包，拿出周刊杂志。那是比田给他的杂志。他稍微看了几页，或许仍感到痛苦，正想放回背包时和幸世四目相对。他眼神温柔地笑了笑，说了声"早安"。幸世藏起心中的困惑，向他打招呼。她难以直接询问静人为何痛苦，这令她感到不安，又无法闷不吭声。

"那本周刊杂志是比田医生给你的，对吧？里面刊登了什么报道呢？"

"我打扫时看到这本杂志，拜托比田医生让我拿来做笔记。虽然是有点儿久的杂志，但是刊登了杀人案的后续报道。这起案件被媒体大幅报道过，你说不定也记得。因为不知道被害者的身份，我原本以为大概无法哀悼，但是从这篇报道中知晓了被害者的身份，仔细地了解到那名女性爱过谁，被谁爱过，等等。"

幸世请静人也让她看报道，内容大致是：被活活烧死、自称十八岁的少女其实是一名二十六岁的妇女，她痛失心爱的丈夫和年幼的女儿，拥有一段令人同情的过去。但到处都找不到这篇报道的作者的姓名，大概是杂志编辑部的综合采访。

"那么你能以此哀悼了？你希望记者写出更多这种报道？"

幸世故意以开朗的语气问。静人面露看似落寞的复杂笑容。

"当然，如果真的那样就好了。不过……就算每次都能看到对逝者充满关切的报道，却仍有更多逝者不曾被报道，我也就无从得知。所以，我经常像做梦般许愿，希望能详细了解每个过世的人，每次都能将那名逝者铭记在心。"

"这种事是不可能的，毕竟一般人做不到你这样的哀悼。"

静人表情扭曲，像被某种令人痛苦的硬块堵在胸口。接着，他说："像我这种人……继续这样哀悼好吗？"

幸世认为自己听到了他内心的呐喊，不禁惊慌失措。和朔也对话时，他坦言：看起来在冷静地旅行的自己其实是靠着压抑了感情才能勉强进行哀悼。但当时他仍轻描淡写地诉说，不像现在这样对自己的行为感到疑惑。莫非是和幸世之间的关系解开了他在感情上、欲望上的束缚，令他产生了迷惘？

"我经常会内心一片空白，心跳静止不动……哀悼结束之后的短时间内，我会陷入一种毫无感动又或者应该说是连空虚都没有的状态中。有一种极其厌恶的感觉，好像自己的存在感弱化，即将渐渐消失。我刚才看笔记本和报道时也有这种感觉。"

远方传来雷鸣。或许是因为身在山中，宛如日本太鼓般连击的闷响以随时打在头上的速度逼近。

"你说不定是累了。要不要考虑休息？"

幸世试着劝他。静人重重地喘气，用手掌粗鲁地搓脸。

"我好害怕。一旦休息，说不定再也无法进行旅行了。"

小屋的门口和墙壁的洞口发出闪光。不一会儿，似有大力劈开大树，轰然作响，背后的墙壁似乎裂开。幸世贴近静人的背部。他放松了紧绷的身体，仿佛以近乎放弃的心情端坐着，就算当场被雷劈死也无所谓。

闪光再度发出，雷鸣撼动四周的空气。不久，下起了大雨。

天亮了，吃完早餐，雨没有停止的迹象。因为天气状态而不适合走路时，静人会重读哀悼的记录，或是依据抄写报道的笔记思考今后的旅程。但是这一天，他靠着小屋门口的柱子默默地看着雨。气氛压抑得幸世喘不过气来，想干脆独自出门哀悼算了。但她之前丢了雨衣，还没有机会买新的。

静人回到放在泥地上的背包旁，取出雨衣，一面迅速穿上一面说："我去一下车站后面。有一名女性在去年的台风天被从天而降的屋瓦击中头部致死……如果可以，我会顺道前往另一个汽车翻覆致两人身亡的现场。雨下得这么大，请你在这里等。我会在天黑之前回来。"

他留下背包，离开了小屋。即使他带走背包，幸世大概也不担心他会抛下自己。然而，等了一阵子，幸世想很见证他的哀悼。他能像之前那样哀悼吧？她的存在不会妨碍他哀悼吧？

等到雨势转小，幸世将旧报纸叠放在毛巾上，戴在头上往外走去。她小跑下山，来到车站的时候，报纸已经湿烂了一半。

她在车站小卖部买了雨衣，并向店员询问去年台风天发生的意外。见女店员皱起眉头，幸世问她刚才是不是也有其他人问起这件事。对方点了点头，回答说稍早前是一个男人问的。幸世向对方请教发生意外的大致地点，正要离开，女店员诧异地说："那名女性死者很特别吗？我听说她只是一般的家庭主妇。"

幸世跑动起来，答案浮现脑际：没错，她是个特别的人……这世上没有什么一般的家庭主妇，也没有人是一般市民……特别的人死了，特别的人被杀死了。

现场距离车站不太远，在住宅区内的小马路上。她没有看到静人，几条马路找下来，才在大马路旁的电器行前发现他的身影。明天是大年初一，店前口已经装饰好松枝。静人似乎刚打听完消息，对着店内低头鞠躬，走进了隔壁卖年糕的日式糕饼店。几分钟后走出来，又前往隔壁店铺。

貌似老板的男人从日式糕饼店现身，歪着头看了静人一眼，对电器行招呼。静人只是询问在去年台风天离世的人，没有严重到要报警，但静人肯定被对方视为可疑人士。幸世从远处观察，静人失去了平时给人的冷静印象，带着一脸着急，令人以为他在询问骨肉至亲的消息。

幸世从他身上移开视线，暂时回到车站。车站前停放着一辆救护车，似乎刚载完伤者，鸣起警笛十万火急地往某处驶去。幸世不知道救护车上载的是怎样的人，也不知道发生了什么事，但如果是濒危的伤者，她希望对方能够得救。

这时，幸世意识到，静人之所以每次看到救护车就祈祷似的十指交握，是不是因为不管对方是谁，他都希望对方得救？幸世通过和静人一起旅行，理解了死会平等地找上每个人，认为哀悼和被哀悼果然是一种痛苦的行为，每每觉得如果是能够延续下去的生命，总希望对方设法活下去。幸世察觉到，对持续哀悼大批逝者至今的静人来说，那种心愿大概更加强烈。

回小屋的路上，她的眼泪决堤而出。明明既不悲伤，也不难受，却止不住泪水。

（我们都在等。逝者们都在等哀悼自己的人……）

仿佛是朔也发出的声音，这句话在她脑海中反复响起。

一进入小屋，幸世就从头阅读静人的笔记本。她记得有一名年轻女子被犯人以毛巾塞进嘴里杀害。附近的邻居明明想向静人诉说对被捕犯人的愤怒，但是静人从头到尾只询问关于已故女子的事。幸世问他：你不会对犯人的行为感到生气吗？静人回答：身为外人的我能做的，只是在有生之年记住，内心曾充满爱与感谢的善良女子确实这个世上活过。

笔记本中也有关于朔也的记载。没有打开笔记本的这两天，静人大概忘了朔也。假如幸世一直占据静人的心，是否连朔也都有可能从静人的心中被排挤出来呢？身为他的家属，这实在是一件令人难过的事。

日暮时分，雨停了。幸世快要读完笔记本时，静人回来了。

幸世没问他做了怎样的哀悼，静人也没说。两人用餐后，自然地钻进同一个睡袋，安然地互拥。山中的空气笼罩着两人，即使彼此依偎，夜里仍冷得令人差点儿结冻。不久，不知从哪里响起除夕夜的钟声，余音甚至撼动了周围的寒冷空气。

"到了早上，就算我们俩被冻死，也不会有人哀悼我们吧？可是，假如你死掉，而我还活着……我一定会哀悼你。"

幸世将嘴唇贴在他的脖子上呢喃，感觉到静人在苦笑。

"被哀悼是什么感觉？"

"我没想过这件事……不过，总觉得心情很平静。"

"我问你，你对我说话为什么一直这么客气？好像我们之间始终有一道隔阂。"

"因为我觉得，如果突然改变用语，感觉不太舒服。"

"我真的在你心中吗？即使活着也刻在你心中，对吧？"

"是啊。"

幸世将耳朵贴在他的胸前，心想，是否能听见刻在他心中的逝者的声音？仍活着的自己混迹其中，逝者们会不会感到拥挤而觉得愤怒？

"我要在这里跟你分开。"

幸世把心一横，说道。静人仿佛已经预感到了，沉默不语。

"继续这样和你在一起，你大概无法投入哀悼，会感到痛苦，说不定甚至会憎恨我。不过，我想你无法停止哀悼之旅。你之前说过内心难受的心情：哀悼过某个人之后，不哀悼下一个人可以吗？你说你好像听见一个声音在问你：你能够忘记这个逝者、那个逝者地活下去吗……我总觉得，那是因为过世的人选中了你。默默无名、死法寻常而被遗忘的人……无依无靠的人……

死了仍惹人嫌的人……那种人的灵魂是不是在等待着像你这样的人？我总在想，他们是不是把你当作逝者与逝者之间的桥梁……当然，这是我的幻想。但是我相信，朔也和你之前所哀悼的人应该都希望你今后也继续哀悼……而我作为一个失去了心爱之人的生者也这么认为。"

"和我分开之后，你有何打算？"

静人的声音仿佛试图隐藏体内的疼痛，痛苦地响起。

"我打算先去那个地方哀悼朔也。然后，如果可以，我想学习你。我想参考着和你一起旅行时所学到的，走访逝者。这种人多一个也好吧？如果步履不停，一定能够在某个地方和持续哀悼的你重逢……而且，我不希望你停止哀悼还有一个理由。"

幸世因为害怕实话实说而更用力地将脸抵在他胸前。

"假如你停止哀悼，那么从我们分开的那一刻起，我就再也不会被任何人哀悼了。可是，如果你是哀悼人，那么即使我们分开了，等你知道我死了也一定会哀悼我，把我视为爱过甲水朔也、被甲水朔也爱过、也爱着坂筑静人的人哀悼……"

静人的胸膛鼓起，随着他深深地吐气又恢复原状。

"我要你把我当作一个被爱着的女人，被坂筑静人爱着的女人哀悼……"

幸世再度向他索求，不是把他当作暖炉般地贪图他的体温，而是原原本本地把手当作手、把脚当作脚、把手指当作手指，像是在确认他这个人似的，紧拥着他身体的每一寸肌肤。

大年初一早上，两人作好出发的准备，下了山。几乎与此同时，眼前树林的对面，朴素民宅的窗户亮起了灯光。幸世觉得，人只要活着就弥足珍贵。

"你拿着。"

静人说，语气不再客客气气。他递过来的便条纸上写着神奈川县内的某个地址。

"这是我老家的地址。如果有什么困难，尽管上门求助。我的家人都是好人，而且说不定能联络上我。"

静人大概是考虑到万一幸世怀孕，他愿意负责。其实他们发生关系时避开了危险期；而且就算真的怀孕，幸世也作好了自己一个人设法抚养小孩的心理准备。尽管如此，幸世心里想着"如果这么做能让他放心……"而收下了便条纸。

抬起头来，在静人的肩上发现了蜘蛛丝。伸手过去，蜘蛛丝动了，原来是一只肢体十分纤细的蜘蛛。它避开幸世的手，飞向半空，逐渐消失在朝霭中。幸世担心那个短暂生命的未来，心中掠过静人的家人担心他出外旅行的身影，将目光移落在收下的便条纸上。

"我听比田医生说，令堂或许生病了。"

"那是我行事轻佻的表弟的网页，说不定是乱写的。"

"令堂是个怎样的人？"

"我母亲充满活力，个性开朗，经常讲笑话逗大家笑，很爱照顾别人，是不可能生病的人。我想，应该是表弟在恶作剧。"

"可是……我觉得你最好回去看看。这件事涉及家人，你可不能当一个总是迟到的男人。"

静人回以温柔的笑容，没有回答会怎么做，甩起了背包。

"我要直接爬上山路，越过这座山……"

"你先走。我想看着直到今天也在看着的背影离去。"

静人点了点头，背对着幸世迈出脚步。幸世忍住了想上前紧紧抱住他的冲动。

她在内心深处呼喊：朔也，你曾说过，爱不过是执着。我放下了那份执着，放下了对他的执着。因为我想，这么做是为了他好，一定也是为了我好，为了包括你在内的许多的逝者好……这该称作什么？放下执着……也能称作爱吗？

静人停下脚步。幸世屏住呼吸，祈求他不要回头。如果他回头，自己好不容易下定的决心便会随之瓦解。静人或许也犹豫了，低下头，不动。幸世用手捂住想叫出声的嘴巴。拜托你，就那样离去吧……静人抬起头，缓缓地迈步前行。他一步一步、像是踩着贵重物品似的往前走，不久便在山路转弯，消失了踪影。

勉强支撑住自己的力量松懈了，幸世当场跌坐在地。昨日雨水形成的水洼旁留下了静人的脚印。心里想着他，凝视着它，那个脚印忽然发光。

幸世大吃一惊，抬起头。远方的山棱线出现了一点儿光芒，眼看着渐渐变大，将周围的雾霭和云朵染成明亮的紫色和桃红色，一道金色的光芒朝幸世笔直地照射过来。

脸像发烧似的温热。幸世心想，说不定这就是答案。来自朔也，或者来自更多人，回答了"要把放弃执着称作什么？"这个问题……幸世伸出左手，触碰静人的脚印，又张开右手，接受日光的照射,然后在胸前交叠双手。

我要走下去。请务必守护我。我要感受无可取代之人的生命在我脚下,朝着某天应该会再见的那个人走下去。

幸世站起身,背起背包,朝通往城镇的山路缓缓迈步。

尾 声

大年初一的早上,坂筑巡子的身体不听使唤了,无法靠自己的力气从床上起身,无法安稳地坐上马桶,必须请鹰彦搀着。

尽管如此,她仍把矮桌搬进和室,和鹰彦、美汐、怜司及登门拜年的好友——鹰彦的妹妹,也是怜司的母亲——美野里,围着年菜团坐。巡子浅尝几口屠苏酒①,稍微沾湿嘴唇,满脸笑容地向大家打招呼:"新年快乐。今年也请多多指教。"

初二,遵照上门看诊的山隅的指示,进一步减少了输液量。他向巡子及其家人说明,今后说不定会看到幻象,但那是暂时性的,请大家不要担心。山隅提议,等到倦怠感难以忍受或连呼吸都感到痛苦时,还有一种镇痛的方法,就是用药物模糊意识,舒缓痛苦。不过,施行高度镇痛手段的情况下,之后似乎就无法表达想法了。巡子回答:"我不要那样。"她在心里说,我要在活着的时候能够与人沟通,即使无法表达,我也希望保有意识,因为不知道静人什么时候会回来……

初三,姜助产士到家里来为美汐做产检。她说,胎儿的位置顺利地下降,预产期比十一号提前了。也就是说,在本周内生产的概率是百分之五十。

---

① 相传在新年喝屠苏酒可以避邪。

傍晚，美野里因为工作的关系要回滋贺。她一脸歉疚地反复表示："我很快会再来。"于是巡子调侃她："你连我的那份年菜都吃掉，是不是又变胖了？""你来我家又会变胖的，不用再来了，待在家里减肥吧。另外……美汐的事，就拜托你了……"然后在胸前双手合十。

初四，巡子即使被人搀扶着也无法坐在马桶上了，即使排泄量不多也不得不依赖尿布了。她希望好歹自己换穿尿布，但美汐和鹰彦都希望插手帮忙，她只好把自己的所有大小事都交给他们……她决定把这种将整个身体托付给家人的信赖当作自己最后所能给予的东西。为了预防褥疮，鹰彦和怜司会替她移换体位。怜司住在静人的房间，新年开工之后，他一直是从这个家出发去公司上班。

初五的晚上，怜司尚未从公司下班回来，鹰彦正在洗澡，美汐在替巡子换尿布。穿好睡衣之后，美汐突然背对着她啜泣。

"你怎么了……肚子痛吗？开始阵痛了？"巡子有气无力地问。美汐擦拭眼角，又面朝巡子说："妈，对不起……我老说些任性的话，要你接受各种治疗……结果只是让你受折磨……我真的很抱歉。"

巡子舒了一口气，心想：原来是这么回事啊。反省自己所选择的治疗方法及罹患疾病之前的生活方式的那个时期已经过去了，如今重要的是如何度过剩余的时间。

"你听好了，这一切都是我自己选择的……你这番话听起来太自以为是了。"巡子经过一番深思熟虑，握起了拳头，轻轻地放在女儿的头顶，"美汐……感谢你……有你陪在我的身边……实在太好了。"

"不过，如果是哥哥陪在你身边会更好吧……"

美汐垂下目光说的这句话令巡子心痛。巡子敢对老天爷发誓，自己对静人和美汐没有偏心，对两个孩子的母爱一样多。但是巡子深感，孩子有时会神经质地抓住父母的语病。巡子自己一路走来也曾相信，父母肯定希望个性开朗、惹人喜爱的哥哥继郎活下来。父母在世的时候，巡子从没有提过这件事，他们大概从不知道她的心情。但哪怕是临终时……如果父母说一句"活下来的是你，真好啊"，纵然是善意的谎言，巡子今生的生活方式想必也会有所不同。

巡子移开放在美汐头顶的手，移到她泪湿的脸颊上。"我知道你一出生就对牛奶过敏，所以从不用奶粉喂你，过敏的情形直到你五岁的时候才有所改善。静人倒是喝了不少奶粉，早就断奶了……结果我让你喝母乳到快两岁。把你生成这种过敏体质的人是我，所以我对你感到过意不去，明明百般小心，但是……在你刚满两岁后不久，你自己抓破了湿疹。医生开的药不适合你，又害你拉肚子……我们向医生要了肠胃药，结果因为成分中添加牛奶，害得你全身通红，差点儿引发全身过敏性反应。医生曾要我们作好最坏的心理准备。抱歉，我不是个称职的母亲，真的很抱歉……我在医院握住你的手，你对我微笑，那笑容真的好温柔……我觉得世上真的有天使。等你的身体好了，能回家了，我曾抱着你向神明许愿……假如有转世投胎，请再次让我当美汐的母亲……这份心情,直到现在也从未改变。"

美汐沉默许久,像往前倒下似的,把脸压在床上。她抽抽噎噎地反复地说:"这种事情……这种事情……"

巡子反问:"什么?"

"这种事情……为什么不……更早一点儿……告诉我……"

巡子忍不住笑了,轻抚美汐的背部说:"抱歉。"

说了这么长的一段话,身体开始不舒服了。巡子躺在床上,伸出手继续抚摸女儿颤抖的背部。

初六,巡子想事先处理好人生中的最后一件事,请来了菩提寺的荣哉师父。他站在床边看着巡子,表情刹时蒙上一层阴影,但马上深深地点头。

巡子拜托荣哉师父"葬礼要办得极为简单而隆重"。

关于丧家,巡子特别交代:因为鹰彦是个站在外人面前会感到精神痛苦的人,而美汐临盆在即,静人又不在,所以希望荣哉师父妥善处理。

荣哉师父握起她的手,轻轻地拍了拍她的手背,要她什么事都别担心。

"还有……我不想在额头绑上那种三角形的布……好像会变成鬼跑出来……"

荣哉师父发出浑厚的笑声,回应巡子:"我会好好地替你诵经,不需要那种东西。"

巡子也想向长年来往的附近邻居和朋友告别,但是现在要和每个人一一见面很困难，于是请鹰彦把静人的录音机搬下来，录下这段话："很抱歉，我不辞而别。一想到你们每个人，内心就感到一股暖意。肯和我这样的人来往，真的很感谢大家。外子和孩子，就麻烦大家照顾了。"

她决定委托鹰彦和孩子在葬礼上播放给吊唁者听。

初七，巡子一睁开眼，就觉得房间里格外昏暗。鹰彦站在她床边。

"已经是晚上了？"巡子问道。

鹰彦或许是迟疑着该怎么回答，虽然张开嘴巴，却没有发出声音。巡子从枕头上抬起头。鹰彦将靠枕塞进她背部下方。窗外的庭院在阳光的照射下熠熠生辉。

（噢……原来会像这样渐渐看不见眼前的事物……可是还辨识得出物体的形状……）

鹰彦摊开素描本，拿起铅笔。巡子一时无法理解他要做什么。他迄今为止应该不曾画过人物。巡子心想：假如他打算画自己……希望他不是等到自己变成这么瘦、这么丑之后才画，而是在朝气蓬勃、青春洋溢的少女时期就画了。

"把我画得更漂亮一点儿，怎么样？"巡子应道。

鹰彦眨了眨眼，开始移动铅笔。

"我曾以为像父亲那样一下子消失般地去世是好的死法，现在我不那么认为了。现在的你在我眼中格外美丽。我想，如果能让这种美……不管变成怎样都依然美丽的身影……可以让美沙的孩子看到，那该多好……"

巡子往窗户看了一眼，即使想回答也想不到适合的回话，心想："就这样过世也挺好。"闭上了眼睛。再睁开眼睛时，窗帘拉上了，天花板的日光灯亮着。

枕边放着素描本。巡子拿起来，看到素描本上以柔和的线条、真实淳朴的风格画下了巡子如今因为生病而消瘦、皱纹也增多了的脸。然而，大概因为这张面容详和的睡脸给人以打从心里感到平静的印象，透出宛如少女酣然午睡般的宁静之美。

"你把我画得太好了。"

巡子低喃道，把画抱在胸前，心想：就用它当作遗照好了。

初八，周刊杂志记者莳野抗太郎上门拜访。他在没有任何人带领的情况下进屋，笔直地来到了床旁，睁着本应已失明的眼睛。巡子连声音也发不出来了。他笑道："这是奇迹。你来探望我之后，好运仿佛降临到我头上。后来，我抱着姑且一试的心情接受手术，居然幸运地成功了。"

巡子对他说：太好了，真的太好了。莳野微微蹙眉。

"你发不出声音，怎么了？"

（我没发出声音？终于连声音也失去了吗……）

"病情没有好转？你放心。我要延续静人老弟的理念，去旅行。我打算代替静人老弟，让他过一阵子就回到你身边。"

（真的？静人会回来吗？那孩子现在在哪里呢？）

"他快回来了，请你等着他。我今天只是来向你报告。还有旅行的事要准备，就此告辞。我一定会延续静人老弟的理念。"

莳野前脚刚刚慌忙地离去，美汐后脚就拿着新床单进来了。美汐应该在隔壁房间遇见了莳野。巡子告诉她莳野的事，美汐一脸不可思议："咦？我一直待在隔壁房间，没有人来啊。"

    巡子心想：大概是美汐弄错了。后来，巡子向购物回来的鹰彦和怜司提起莳野上门的事。怜司一脸困惑，和美汐面面相觑。

    （怎么了……为什么大家不高兴呢？静人就要回来了呀。）

    于是，鹰彦像是赞赏般地舒了一口气。

    "那位莳野先生的眼睛看得见了？……太好了，去探望他是值得的。静人居然也马上就要回来了，真令人迫不及待……在他回来前，你可得撑住。"

    从厨房传来煮菜的味道。身体突然被人抱住，似乎在替自己更换体位。巡子听见有人说："舅妈，还好吗？会不会痛？今天是初九，现在是初九的下午五点。"

    巡子懒得睁开眼睛，静静地躺着，又听见怜司说："听得见吗？美汐在洗澡。舅舅在煮菜。舅舅的厨艺进步了哦。"

    巡子想回答：还不是托我的福？但是嘴巴动不了。

    "你在睡觉吗？舅妈……坦白说……其实，我很害怕。我真的很担心自己能否照顾好美汐和婴儿。像我这种吊儿郎当的人，能够像舅妈那样爱护家人吗？"

    （怜司，你这个傻孩子……用不着这么严厉地对待自己。）

    "我认为他俩很重要，但那是爱吗？是不是我自以为是？"

    （用不着怀疑。没有必要。如果觉得为了某个人，自己稍微吃点儿亏也无所谓……那就是爱。）

"我啊，前一阵子忽然想，我一直爱的说不定不是美汐，而是舅妈……从小，我就一直把您当作崇拜的对象……"

（哎呀，怜司的初恋对象竟是我！不是在讨我欢心吧？）

巡子睁开眼睛。怜司正整理着她的棉被，将头转向她这边。巡子伸出手，放在他的头上。怜司或许吓了一跳，停下动作。巡子试图就那样抚摸他的头，但手不听使唤，充其量只是往旁边稍微移动了一下，再稍微往旁边移动一下，便回到了原位。她再次按同样的方式一点儿一点儿地移动。不久，从怜司的口中发出了拼命忍住的呜咽声。

有人在耳畔反复、轻声地说："初十，一月初十。"对方说："你很努力了。"

巡子不知道该怎么回答才好，露出笑容。但是她没有自信：自己是否真的笑了？

连呼吸都觉得疲倦，感觉无法将空气吸进胸腔深处。一想吸气就咳嗽。咳嗽令骨头嘎吱作响，所以要避免咳嗽，反复、浅浅地呼吸。很累。

妈、舅妈、巡子、坂筑太太……许多人在呼唤她。

都听得到。顶多能呼吸，没有余力回应。巡子轻轻点头。

"我再确认一次，不施行镇痛可以吗？虽然意识会模糊，无法讲话，但你已经是这种状态了，那么做会让身体轻松。"

"我妈已经够努力了……"美汐语带哭腔地应道。

"舅妈，你真的很伟大。不会痛苦了。"耳边传来怜司沙哑的声音。

"不，问问你母亲的意见吧。"鹰彦说。

（是啊。问我。问我的想法。我还有意识。）

鹰彦对她呼喊：老婆、巡子。他在问自己要不要施打镇痛药。巡子摇了摇头。

她说不出话，也睁不开眼皮。但是她祈求老天爷设法让鹰彦接收到自己的意思，摇了摇头。

（已经走到了这一步。我想感受着这个家的温暖和家人的气息，直到最后一刻。我想等待婴儿出生、静人回来。即使来不及，我也能拥有等待着心爱之人的幸福。）

巡子听见："今天是十一号了。"她听见："舅妈，美汐准时在预产期阵痛了。"

"妈，这种感觉好像是阵痛。孩子好像要出生了。再等一下就好，你要等孩子出生哦。"

"刚才已经叫姜小姐过来了。山隅医生和浦川小姐也会马上来照顾你。"

巡子使出全力呼吸，用整个身体感觉自己在呼吸，只能思考呼吸这件事。

可是……耳边传来的大概是美汐的呻吟。巡子听见"嗯……嗯……"拼命挤出力气的声音。她想说：你要忍耐，相信自己和身边的人；只要忍耐，婴儿一定会出生，来和你见面……

巡子听见:"好痛、好痛啊。"听见"啊——啊——"的叫声,那是即将诞下新生命的人类的声音。我能够听着诞下新生命的人类的声音死去,快要迎来死亡的我能够置身于无可取代的生命即将在这个世界上诞生的瞬间。

忽然,巡子感到有一只手放在自己的额头上,凭触感知道对方是鹰彦。他说:"马上就是十二号早上了。山隅医生他们回去了,如若有事,他们会马上赶来。姜小姐还在这里,美汐还在努力。虽然彻夜生产,但孩子快生下来了……这是托你的福,是因为有你在而诞生的生命。"

巡子感到他在抚摸自己的头,感到温热的东西在触碰嘴唇。

他哭了。巡子不知道自己是否流下了眼泪。

美汐的声音变得更加高亢了。巡子听见怜司的高声喊叫:"舅舅!"鹰彦说:"我去一下。"巡子点头道:我没事,你去吧。我已经心满意足了。嫁给你真好……真的谢谢你。

周围的声音仿佛隔着厚膜,忽然远去。呼吸突然变轻松了。

好像有一只看不见的大手温柔地抚摸她的胸口,说:"你可以不用再勉强自己呼吸了。"

明明仍然闭着眼睛,却感到头顶有一片五彩缤纷的天空。

色彩像云朵般涌现,太阳与月亮不断交替出现。穿越被樱花萦绕的天与地,来到一片向日葵田。她想起小时候看过的风景:鲜红的枫叶出现了;层层叠叠的红叶凋零了,变成了白雪;四周变成了银白色的雪景。巡子伸出手。

下一秒,她来到了辽阔的沙漠,杳无人影,只有沙砾绵延不绝。脚边有一座小沙丘，好似自己、丈夫和好友三个人堆成的纪念碑，表面刻着"坂筑巡子"。纪念碑像是从内部坍塌了，变回沙砾状。她独自留下，在一片没有生命体的沙海中，因太过寂寞而哭不出来。我死了吗？这就是我最后的居所？

总觉得身后有人在叫自己。一个耳熟的、期盼已久的声音说道：我来迟了。巡子集中起仅剩的一丁点儿力量，睁开眼皮。她不知道自己是否真的看见了。这是不是真实的情景？

人影在眼前摇晃。人影注视她良久，走到她身旁。人影跪了下来，右手朝天高举，左手朝地垂下。人影的右手伸进巡子的肩膀下，左手伸进她的膝盖下。

巡子被缓缓抱了起来。她悬浮在半空中，被抱向那道人影的胸前，简直像是要进入那个人的胸膛。非常温暖，充满了爱。

"你是……爱过我的人。"

耳畔听见了低喃，一个完全没有混入任何杂质、纯净澄澈的声音响起。

"你是……我深深感谢的人。"

人影更加用力地抱紧她。总觉得自己的身体仿佛融化般消失了，只有真正重要的生命之核留在对方手中。

"你是……我爱过的人，是今后也会被我持续爱着的人。"

自己的一切被收纳于对方交叠的手心，进入对方的胸怀。

人们站在绿意萌动的草原上。草原的左侧通往森林，右侧从沙滩延至海洋。天空是深邃的蓝，令人联想到不曾受到任何污染的原始天空。人们自在地倘徉在这个悠闲的世界中。僧侣般留着短发、威风凛凛的男子,身穿制服的女高中生,到处跑的孩子,和蔼可亲的老人,身体挨在一起的家人,彼此体恤的老夫妇,怀抱婴儿的母亲……其中也有好像是外国人的。年龄、肤色、眼睛颜色都不一样的许多人,脸上同样地充满了笑容,享受着对话,赞赏着大自然。

巡子的父母站在树叶随风摇曳的林间树荫下。继郎身穿运动衫站在一旁对她挥手。海边,鹰彦的父母坐在沙滩上,怜爱地注视着一个五岁左右、在岸边嬉戏的男孩。他们也察觉到了巡子,对她挥手。

世界上的所有人平等地存在着。而且,巡子感觉到所有人都爱着彼此……被彼此爱着……互相感谢着对方。

巡子很高兴能进入这个世界,不再感到不安,不再迟疑地朝人们迈出脚步。所有人都察觉到了她,满脸笑容地挥手迎接。

这时,比背后海天交界处更遥远的地方金光四射,似乎与过去世界联通的光芒后方传来婴儿的号啕大哭。在她刚刚离开的世界里,新生儿强有力的初次啼声真切地传入她的耳中。

谢 辞[1]

---

[1] 本文为日本文艺春秋出版社版《谢辞》。

二〇〇一年秋，我在创作杂记本中写下萌生这个故事的想法。同一年的年底，想法形成了略微具体的语言，杂记本中首度出现"哀悼人"这个标题。接着，有了以下笔记：

"接触了太多人的死、背负了太多悲伤而倒下的人。"

"无法做任何事，只是一味地哀悼。"

从此，我和这个人物朝夕相处了七年。如笔记所写，哀悼人一开始就倒下而不能动弹，随着时间流逝才站了起来，重新审视自己的内心和发生在周遭的事件，战战兢兢地向外跨出脚步，旋即展开了令人意想不到的哀悼之旅。

在此期间，一直协助我的是文艺春秋出版社的编辑们。该出版社第一次向我邀稿是在上世纪的一九九六年。此后，我持续回答"我要写下一部作品""我正在写"……整整十二年。另一家出版社于二〇〇〇年为我出版某部单行本之后，我答应文艺春秋出版社着手写下一本单行本之时，哀悼人突然出现在我面前。于是我中止正在写的作品，像是被附体似的，写了一年、两年、三年……结果，本作成了暌违八年的单行本。我原本努力更早地发表，但是以我的能力，若想以确切的形式向读者传达哀悼人的存在，势必需要这么久。

责任编辑在长年累月中不断更换，有的还没等我交出一行稿子就调职了，令我感到不安。其中，荒俣胜利先生是我早期的责任编辑，经过几次部门调动，最终又以伙伴的身份陪伴我写完这个故事，尽其所能地答应我的要求，让我和作品尽情沟通。除了感谢，我想首先对他献上慰劳之意。

我本人也曾焦虑不安，不知道哀悼人何时才会成形。或许是因为经过了长期酝酿，我对发表作品变得过度慎重。从背后推我一把、不断鼓励我连载的是《全读物》[①]当时的主编羽鸟好之先生。如果没有他的英明果断，本作可能会更晚发表。他现在是出版部负责人，可以说是本作的实际制作人。他和下文的增田医生是同学，曾引荐医生，也对我帮助良多。

曾经担任责任编辑的伊藤淳子女士为了取得我所需要的数据，和许多人联系过，跑了许多地方，协助我建立作品的架构。她在人事调动后仍写信鼓励我，为了将这本书送到许多读者的手上而煞费苦心。武田升先生是本作在《全读物》连载时的责任编辑。除了我需要的数据，他还会依照个人的判断而搜集资料，对我有莫大的帮助。如果没有他，本作大概不会成为现在的模样。继他之后接棒的是秋月透马先生，他开朗热情地道出对作品的认同，给了我毫不松懈地写完故事的动力。羽鸟先生之后的继任主编吉安章先生宽宏地接纳了故事内容，为我营造了以创作为优先的环境。校对者们准确的指摘总是让我获益匪浅。这次从连载到单行本，让多位校对者受累了。

[①] 文艺春秋出版社旗下大众小说月刊。

除此之外，还有许多帮助过这部作品的人，遗憾的是无法一一列出他们的名字，但我要再次由衷地感谢文艺春秋出版社的各位相关人士。

群马县伊势崎市石井医院消化科的增田淳医生帮了我很多。他仔细地回答对医疗无知的我提出的繁琐问题；看过书稿之后，也针对各种表述给予指点。他甚至寄来医疗仪器的数据，真是感激不尽。关于医疗问题的相关表述，丸山七奈惠女士也鼎力相助。此外，还有几位希望匿名的医疗相关人士针对我的问题给予了详细的回答。我要一并深深地感谢各位的协助。

对于在长达两年的连载期间为我画插画的日置由美子女士，我内心也充满了感谢。每一回连载中，把握了作品核心的高质量插画不仅将故事和读者紧密联结，而且屡次鼓舞了我。

连载期间，我收到了许多鼓励的话语，其中，主编松田哲夫先生除了平日的感想，还给了我关于内容的宝贵建议。此外，我故乡的儿童文学家畑孝志先生是自我出道就守护着我的恩人之一。他是一九二一年出生的前辈，却会阅读每一回的内容，写信寄来宝贵的意见。我将他们当作众多读者的代表，谨致以感谢。

二〇〇五年一月，我开始和哀悼人同行，有机会到雕刻家舟越桂先生的工作室打扰，看见了他刚完成的新作《人面狮身像》。我听说这尊雕刻作品将运至国外，在日本无法见到了，当时便冒昧地用相机拍下来。它的身姿清新而奇特、宽容而高雅、无瑕而充满了神秘感。我觉得它仿佛呈现出了哀悼人的精神特征，便拍下照片摆在书桌上陪伴我继续写作。因此，我在封面设计上也殷切地盼望以这个美好的雕刻作品来点缀本作，强人所难地要求允准使用我这个外行拍的照片。但是舟越先生和西村画廊爽快地答应了。遇见这尊雕刻作品甚至让我感觉到了命运的安排，真的非常感谢。而文艺春秋的关口圣司先生将外行拍的照片设计成漂亮的封面，真是有劳了。

创作这个故事的七年里，不仅是出于写作上的需要，也因为我在精神层面的紧绷，以致无法休息。对和我一起忍耐那种生活、始终支持我的家人，我怀有格外深切的感谢之情。我希望家人理解，我的创作绝非个人的工作。这虽然不足为外人道，但是我刻意写在这里。此外，我有几位早逝的朋友，和他们共同的回忆以及和他们的遗属之间的交流也支持着我。

我还要致读者。你们相信我写小说的态度，一直等待着我的新作问世……存在于我和你们之间的信赖关系将支持我未来无法预知的创作。能够收获这样的读者，我真的很幸福。

最后，能够写完这个故事，有出版社愿意让我写这个故事，是最幸福的一件事。如今我仍然感到不胜惶恐：自己是否适合扮演向读者讲述哀悼人故事的角色？但我为出版社委托我创作哀悼人的故事感到骄傲，并为每天能够感受到他及其身边的人而感到喜悦。我要怀着敬畏之情，向容许我写出这个故事的各种人、事、物及意念献上感佩之意。

除了参考资料，现实生活中关于过世之人的报道也以各种形式在这部作品中留下了影子。我实在无法像静人那样哀悼，但是我向诸位致以深深的感谢，恭敬地祈求诸位在天之灵得以安息。